清闲丫头 著

名捕夫人

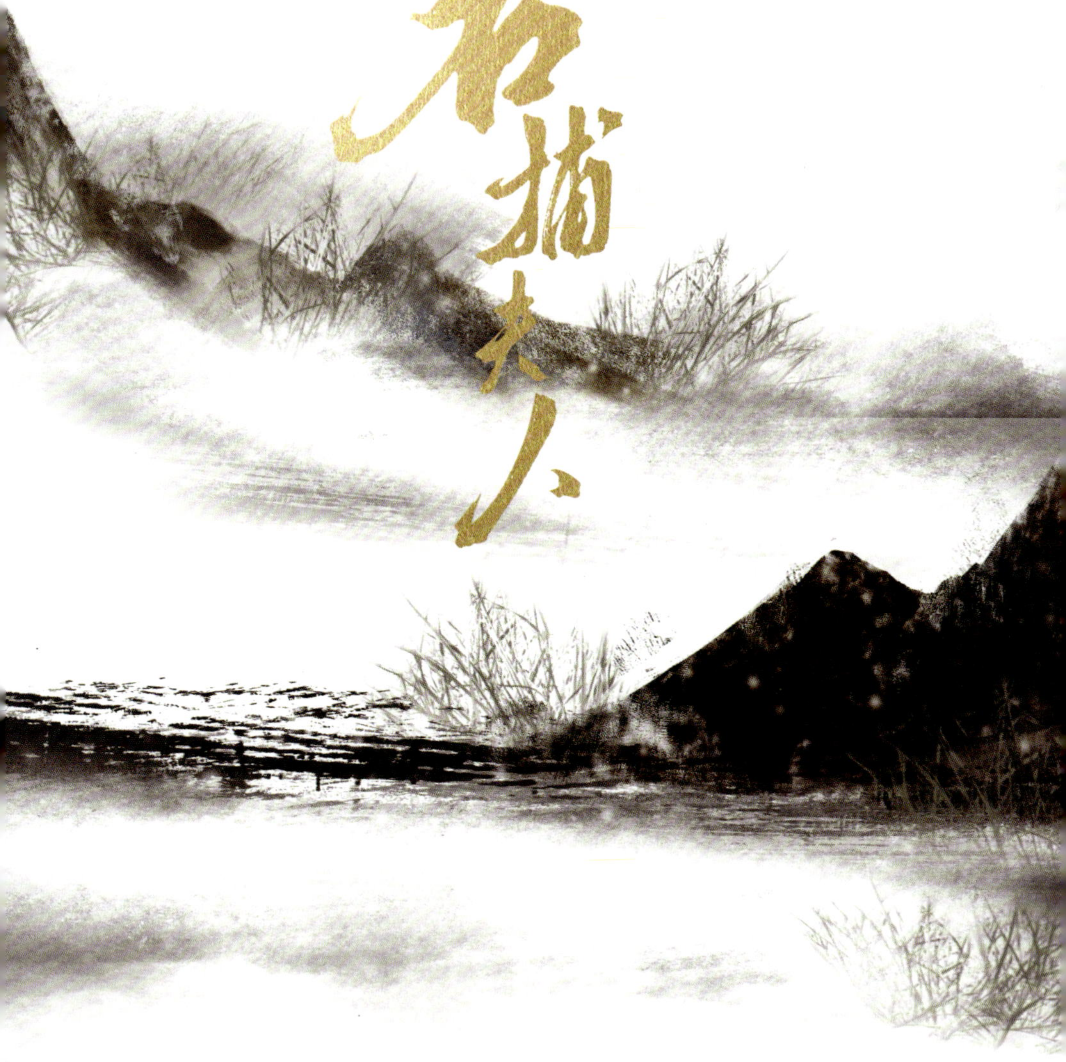

江苏凤凰文艺出版社
JIANGSU PHOENIX LITERATURE AND ART PUBLISHING

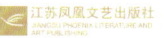

图书在版编目（CIP）数据

名捕夫人 / 清闲丫头著. -- 南京：江苏凤凰文艺出版社, 2025.6. -- ISBN 978-7-5594-9706-2

Ⅰ. I247.5

中国国家版本馆CIP数据核字第20252JL460号

名捕夫人

清闲丫头 著

选题策划	澜 亭
责任编辑	汪玉玲
特约编辑	谢佳卿 夏家惠
责任印制	杨 丹
出版发行	江苏凤凰文艺出版社
	南京市中央路165号，邮编：210009
网　　址	http://www.jswenyi.com
印　　刷	三河市嘉科万达彩色印刷有限公司
开　　本	700mm x 1000mm 1/16
印　　张	22.5
字　　数	404千字
版　　次	2025年6月第1版
印　　次	2025年6月第1次印刷
书　　号	ISBN 978-7-5594-9706-2
定　　价	49.80元

江苏凤凰文艺版图书凡印刷、装订错误，可向出版社调换，联系电话 025-83280257

目录

001　第一案　家常豆腐

087　第二案　蒜泥白肉

163　第三案　剁椒鱼头

231　第四案　麻辣香锅

335　番外

第一案　家常豆腐

结发为夫妻，恩爱两不疑。

欢娱在今夕，嬿婉及良时。

——《留别妻》汉·苏武

第一章 一拜天地

八月仲秋，清早，天凉如水。

冷月把快要跑断气的枣红马勒在大理寺狱的铁门前，翻身下马，在两位狱卒的帮助下，卸下那个被五花大绑驮在马背上的八尺大汉，交到早已闻讯候在门口的老典狱官面前。

"我的亲祖宗哎……冷捕头真是神了！"老典狱官看见这胡子拉碴的大汉，就像看见艳名远播的花魁娘子一样，激动得声音都发颤了，"朝廷下旨抓这兔崽子抓了多少年，竟栽到冷捕头手里了，真是，真是……"老典狱官挑了半天也没挑出一句最合适的话，索性挑了句最顺口的赞了出来，"真是缘分啊！"

冷月哭笑不得地瞥了一眼这个在连日颠簸之后吐得两个狱卒都架不稳的精壮大汉，抬起手背抹了一把几天没洗的脸。她也时常觉得，月老拨给她的那点儿男人缘好像都在抓犯人的时候被她用光了。

想起男人，冷月记起了她没日没夜地从凉州赶回京城要办的另一件事："周大人，听说大理寺的景大人在这儿？"

"在呢，在呢。这段日子秋审，景大人每天天一亮就往这儿跑，跟这群兔崽子一耗就是一整天，辛苦得很啊！"

"我想找他说件事。"

"刚才见他在白字号房呢，你自己进去就成。我把这兔崽子关好了就给你登记，你别管了。"

"谢谢周大人。"

"哎哟，谢我干啥，全朝廷都得谢谢你呢！"

大理寺狱的牢房是按《千字文》的顺序排的，白字号所在的这一片是普通牢房，间间都是墙上一扇小窗，地上一层干草，再无其他，犯人吃喝拉撒全在这巴掌大的地方，就算到了隆冬也一样浊臭逼人。一般官员办案都是把犯人提到刑房或是衙门里问，也不知道这位景大人是有什么想不开的，竟亲自钻到这里来了。

冷月皱眉忍着恶臭一路走过去，差四五间不到白字号的时候，突然听到一个不同于走廊两侧犯人嘶哑低吼的清润声音。

"这个季节的羊肉刚好，你再想想，不着急。"

在这种环境下还能如此心平气和地谈起食物，好像不是年初她在安王府见到的那个一派书生模样的新任大理寺少卿能干得出来的。

难不成大理寺里还有别的景大人？

冷月正琢磨着近来有什么案子能扯到羊肉上，恍惚间好像真的在刺鼻的恶臭中闻到了隐约的肉香，越往前走，香味越浓郁。

这香味闻起来怎么好像是——

火锅？

这个念头刚冒出来，就被冷月摇头甩开了。

开玩笑嘛，谁会在这种地方吃火锅？

冷月只当是自己没吃早点饿昏头了，紧走几步，刚走到白字号牢房前，一眼扫见牢中景象，登时脚步一僵。

这里面——还真有人在吃火锅！

就在这间污浊不堪的牢房里，一个身着正四品文官官服的清俊书生与一个被麻绳捆了手脚的犯人对面坐着，两人中间靠近文官的地面上摆着一只热气腾腾的铜火锅，那文官正伸长了筷子悠然地拨弄着刚倒进锅里的羊肉薄片，从摞在文官左首边的空盘子来看，这顿火锅已吃了有些时候了。

火锅用的是浓汤加辣油的锅底，还放了不少滋补的香料，越煮香味越浓，已全然盖过了空气中的浊臭，把犯人引得直咽口水。奈何手脚动弹不得，避不过也吃不着，只能两眼发绿地干看着。

文官像是没觉察到有人走近，安置好锅里的羊肉就搁下筷子抬起头来，友好而心无旁骛地看着眼前的犯人，继续用清朗的声音道："想好了就说说，还是刚才那个问题，你是用什么凶器割断你媳妇喉咙的？"

割媳妇的喉咙？

冷月倏然记起上次抓犯人回京复命时听说的一件案子。苏州刺史衙门怀疑嫌犯因媳妇与邻人苟且而一怒之下用利器割了媳妇的喉咙，案发时间、地点与证人证言全都指向这名嫌犯，却因为一直找不到凶器，嫌犯也拒不认罪，苏州刺史衙门迟迟不能结案，只得报到了京里来。

这是两个月前的事了，照理京里早就派人去案发地复查过，竟然到现在还没查出个所以然来，也不能怨苏州刺史衙门无能了。

"我……"犯人在浓香的折磨下使劲儿吞了下口水，到底还是硬硬地道，"我没杀我媳妇！"

"好吧。"

那文官毫不动气，只略带遗憾地笑了一下，重新拿起筷子，从翻滚的汤中捞出一撮羊肉，在碗中的料汁里滚了滚，送进嘴边慢悠悠地嚼了起来。

这人长得文雅，吃相也文雅，尤其他微微眯眼细细咀嚼的时候，好像正在享受什么千金难得的珍馐美馔一样，把原本被牢中恶臭搅得胃里直翻的冷月也生生看饿了。那许久没沾过荤腥的犯人更是看得两眼发直，来不及吞咽的口水顺着嘴角直往下淌，狼狈得一塌糊涂。

那文官如品诗一般安静优雅地吃着，突然目光一扬，冷不丁地问了一句："你媳妇怎么死的？"

"我用瓷……"犯人刚鬼使神差地吐出仨字，忽然一个激灵恍过神来，忙道，"我没杀我媳妇！我媳妇不是我杀的！"

冷月眉心一动，瓷？

瓷字打头能割人喉咙的，难不成是瓷器摔开的碎片？

文官却像没听到这功败垂成的一字似的，只再次略带遗憾地笑了一下，又往嘴里送了一筷子羊肉，细嚼之下轻叹出声。

"唔……好吃。"

这一声发自内心的轻叹比多少句精于辞工的赞美都容易惹人感同身受，犯人就像被刺猬戳着屁股似的，怎么也稳不住了。

"我……我什么都不知道！你放我出去！"

文官兀自享用着碗里的佳肴，置若罔闻："嗯……汤味够浓了，可以下点豆腐了。"

"你放我出去！"

文官悠悠地把筷子架在碗上，腾出一只手倒下半盘豆腐，搁下豆腐盘子又端起一盘鱼片，犹豫了一下，还是放了回去："鱼片再晚些下锅吧，片得这么薄，一过水就可以吃了。"

"让我出去！"

文官又拿起筷子在汤里捞了捞："哎，该吃百叶了，再不吃就要煮化了。"

"让我出去！"

文官把一片百叶送进口中："你媳妇是怎么死的？"

"我用瓷片割……"

犯人话没说完，猛然醒过神来，声音戛然而止，却显然已经迟了。

还真是瓷片。

冷月微不可察地皱了下眉头，她记得案发地是在一个巴掌大的小村子里，就是把整个村子翻个底朝天也不是什么难事，怎么会迟迟搜不到一块与伤口形状吻合的瓷片呢？

"说吧。"文官温文尔雅地嚼着，不紧不慢地道，"说完才能让你离开这儿。"

"我……"犯人犹豫了一下，到底在这人再次把筷子伸进锅里的时候破罐子破摔了，"我发现那贱人背着我偷汉子，她……她还反过头来骂我厌！我一气之下摔了个瓷碗，拿瓷片抹了她脖子，我……我就是想让她闭嘴别说了，谁晓得……"

文官这才放下碗筷，从身后拿出备好的纸笔，一改刚才的不疾不徐，一阵笔走龙蛇，眨眼工夫就把这些话记到了纸上，写罢，又问道："碎瓷片藏在哪儿了？"

"拿蒜臼子捣碎撒到鸡窝里了。"

文官笔锋一顿："鸡窝？"

"是，是鸡窝……大人不养鸡估计不知道，鸡吃完食老是爱啄点小石子啥的磨磨食，我家那十几只鸡一宿就给啄干净了……我这都是实话，不信您找只鸡试试！"

案子越大越难，前去查案的官员品级就越高，对养鸡这种粗活有所了解的可能就越小，难怪折腾到现在都找不出个所以然来。

冷月有点同情地看着牢中几近崩溃的犯人，安王爷早先颁下禁止各衙门刑讯逼供的严令时，应该没想到把当着犯人的面吃火锅这条算在内吧。

不过如今看着，跟这条比起来，打板子抽鞭子那些简直算不得什么了。

文官没再多问，再次飞快地记完，站起身来大步走到牢房门口，把记好口供的纸页往外面狱卒手里一塞，吩咐他们带犯人去画押。之后才好像刚刚留意到站在外面的冷月，微微一怔，和气地点了个头。

冷月还没来得及点头回礼，这人却倏地从她眼前掠走了，速度之快，冷月只看到了一团一晃而过的暗红色影子。

她早就听人说过，这位景大人早年在宫中当太子侍读的时候，抽空修习了一身精绝的轻身功夫，出入戒备森严的宫闱都可如入无人之境。但年初在安王府见到他时，她就仔细打量过，这人没有内家修为，两腿修长有余健壮不足，下盘并不算结实，一点儿也不像寻常的精擅轻功之人，却没想到这传言竟是真的。

这位书生模样的景大人似乎不像是打眼看起来那么简单……

冷月循迹在走廊拐角找到他的时候，这人正扶墙站在泔水桶前吐得翻江倒海。

"那个……"冷月一直待到他吐完了，才伸手戳了戳他因喘息未定而起起伏伏的脊背，"你试试这个。"

文官没觉察到背后一直站着个人，微惊之下回过头来，正见冷月把一个小药瓶递到他面前。

四品文官的官服是暗红色的，端庄而不凌人，眼下这人拿一块素色丝绢掩着口，只露出温和的眉眼，几丝不解让这半张清俊的书生脸越发显得温良无害。

冷月在三法司供职这些日子，还从没见过哪个和他一样官阶的官员像他这样看起来很好欺负。

她大概只用一根手指头就能欺负死他吧。

"消食的。"冷月晃晃手里的药瓶，顺便又扫了一眼这好欺负的人不怎么结实的下盘，"你饭量还真小。"

见文官怔着不动，冷月又看了一眼捏在自己手里的药瓶，嘴唇轻抿，犹豫了一下："瓶子是有点儿脏，不过里面是干净的……不需要就算了。"

文官好像这会儿才回过神来，赶在冷月缩手之前把那个脏兮兮的药瓶接了过去打开，倒出两颗药丸送进嘴里，微微皱眉吞下之后又将瓶子小心地托在掌心送还到冷月面前："谢谢。"

"你先拿着吧，我看你没让人收摊，是还要继续吃吧？"

文官像求之不得似的，也不跟她客气，又道了声谢就把药瓶收进了怀里，有点儿无奈地笑了笑："这法子是有点儿缺德，但是够快，秋审这段日子活儿实在太多了。"

"你是大理寺少卿景翊景大人？"

文官微调站姿，让自己显得精神了些许，才谦和地点头应道："正是。"

冷月抱剑拱手："我是刑部捕班衙役总领冷月。三年前从北疆军营回来之后在安王府当过侍卫，后来一直在替安王爷跑各州县的案子，很少回京，你可能不记得我了。"

"我记得。"景翊温和地打量着眼前这位红衣如火的高挑女子，微微点头，"今

年年初我上任前拜会安王爷的时候,我们在安王府见过。"

对于一个灰头土脸、满身泥泞,还一见面就死盯着他下三路看起来没完的女人,景翊无论如何也是忘不了的。

这女人又往他下三路瞄了一眼,才点点头,正色道:"我来这儿送个犯人,顺便找你说件事。"

自打秋审开始,景翊几乎每天都会从与安王府有关的人口中听到类似的话,这样的话之后往往跟的不是什么好事,而这些不好的事往往意味着他又要和一些不好的人多耗上许多工夫。

景翊在心底幽幽地叹了一声,依旧谦和地道:"请讲。"

"咱俩今儿晚上成亲吧。"

冷月说这句话的口气与上一句毫无差别,景翊愣了好半晌,才怔怔地反问了一句:"成亲?"

"你既然记得我,应该也记得咱俩的婚约吧,就是十七年前定好的那个。"冷月冷静得像刚才在门口交接犯人时一样,看着眼前这脸色变得有些斑斓的男人,提醒道,"就是你刚满周岁那年,抓周抓出来的那个。"

"我记得……不过,"景翊仍怔怔地看着她,好像是怀疑自己听错了似的,又毫无底气地反问了一句,"今晚?"

冷月在这一声反问中突然想起好像还没有征求过这人的意见,不禁略带歉意地问道:"你今晚没空?"

景翊噎了一下,有点哭笑不得,这好像不是有空没空的问题。

"有是有……"

不等景翊把后面的话说出来,冷月已轻舒了一口气,快刀斩乱麻地道:"那正好,我也有空,就今晚吧。我现在得去安王府复命,你先忙,忙完了就去那儿娶我,这样行吗?"

这安排听起来如行云流水般自然顺畅,景翊鬼使神差地应了一句:"行。"

"那回见。"

"回见。"

直到冷月挺拔的身影消失在视线中,剩下他一个人站在幽暗憋闷的走廊拐角,景翊才反应过来刚才的话意味着什么。

他刚才……答应今晚娶她了?

景翊赶忙往怀里摸了一下,指尖实实在在地触到那个不知是被他还是被她的体温捂得温热的药瓶,不禁轻叹出声。

该来的，到底还是来了。

冷月到安王府大门口的时候，门口正停着一辆陌生的平板马车，车板上放着几口用大红纸条封着的红木大箱子，红封条上写着"玲珑瓷窑"的字样。

这瓷窑的名字很陌生，但那红木箱子一看就是质地精良的上乘货色，能装在这种箱子里的瓷器，想来也不会是寻常的杯盘碗碟。

冷月在这辆马车前翻身下马，看着车上的箱子皱起了眉头。

安王爷虽也算得上是文人雅士，但平日里公务繁忙，日子一向是往清淡里过的，从没见他这样整箱整箱地往王府里买过什么玩物。

"冷捕头回来了。"

门童热络地来帮冷月牵马，见冷月皱眉盯着那辆没人看管的马车，便道："这是玲珑瓷窑的车，豫郡王家三公子前段日子新开的瓷窑，这俩月隔三岔五地就送一箱来，请王爷品鉴指点。"

"豫郡王……"冷月在脑海中浩繁的皇亲名录里搜寻了片刻，"就是皇上那个堂兄？"

"是，就是那个豫郡王。"门童说着，对着马车上的箱子嗤笑了一声，"听赵管家说，他家烧的瓷器品相差得要命，王爷为了顾全豫郡王的面子，都快把这辈子的违心话全说完了。"

冷月莞尔一笑，难怪要用这么精美的箱子，敢情是撑脸面的。

冷月到二全厅门口的时候，那个来送瓷器的瓷窑伙计正垂手站在一口敞开的箱子旁，冷月站在门口就能看见箱子里堆满了黑乎乎的瓷器，瓷器堆得毫无章法，活像乱葬岗一样。连冷月这不懂瓷器的也能一眼看出这是一箱连次品都称不上的废品。

安王爷萧瑾瑜就端坐在厅中上位，目光复杂地品鉴着捧在手里的那个灰不溜秋的瓶子样的东西，端详了一会儿才缓声道："还好，器形还好，只是对火候的掌握还需稍稍加强，其他，还好。"

那瓷窑伙计似乎也对自家瓷器的斤两心中有数，听萧瑾瑜这么说，忙干脆地应了声谢，干巴巴地说了几句吉祥话，就识趣地一拜而退了。

瓷窑伙计一走，萧瑾瑜立马把捧在手中的瓶子端到一旁的茶案上，如释重负地叹了一声，有些无力地对候在门口的冷月道："进来吧。"

冷月这才稳步进门，对着这个端坐在轮椅中的与景翊年纪相仿的白衣男子规规矩矩地一拜："卑职冷月拜见王爷。"

"赵辛抓到了？"

"是，已送到大理寺狱了。"

萧瑾瑜眉心微展，轻轻点头。冷月虽是他手下办事的人里年纪最小的，也是三法司里唯一的女官差，但随他办事的这些年，无论是当侍卫还是当捕头，都从没让他失望过。

"辛苦你了，相关案卷可以迟些再理，先去歇歇吧。"

冷月两手一拱，颔首道："卑职还想讨点儿东西。"

萧瑾瑜过日子虽不讲究，却从来不是个吝啬的人，何况冷月逮回了这么一个让他头疼许久的犯人，赏她点儿什么也是应该的："需要什么，但说无妨。"

"我想要点儿成亲用的东西。"

萧瑾瑜怔了须臾，看向冷月的目光比刚才打开箱子看到这堆狼藉的废品时还要难以置信："成亲？"

冷月端端正正地回道："是。"

"跟什么人成亲？"

"大理寺少卿景翊景大人。"

景翊……

萧瑾瑜刚舒开的眉头又蹙成了一团，比刚才看瓷器的时候蹙得还紧。他早年还住在宫里的时候就与景翊相熟了，她与景翊的婚约他是知道的。只是他最为器重的两个手下人成亲，他怎么直到现在连张喜帖还都没见着？

"这日子是何时定的？"

"刚才。"冷月依旧端正且条理清晰地答道，"我刚才在大理寺狱里问过他，正好我俩今晚都有空，就定在今晚了。"

萧瑾瑜怔怔地看了她片刻，缓缓吐纳，抬手抚上有点发胀的额头。秋审期间他需要琢磨的事情实在太多，这件一听开头就注定他一时半会儿理解不来、就算理解了也帮不上什么忙的事，还是随它去吧。

"好，我待会儿就让赵管家备贺礼。"

"王爷误会了，卑职不是要贺礼。"冷月颔首道，"卑职是想要点儿当新娘子要用的东西。"

萧瑾瑜又是一怔，揉在额头上的手滞了一下，抬眼看向依旧一脸正色的手下："你是说，你要在这里出嫁？"

"我娘到凉州看我爹去了，我家没人。"

冷家一门全是武将，冷大将军常年驻守北疆，两个儿子也都在军营效命，长女前些年远嫁南疆苗寨,次女如今在太子府中当侍卫长,冷夫人要是去了凉州,冷月在京中确实是没什么可以为她操办婚事的娘家人了。何况冷月自打进安王府当侍卫起就一直是住在王府里的,在这里出嫁好像也没什么不妥。

萧瑾瑜心生些许怜惜,便点头道:"也好,你需要些什么,我差人去置办。"

"我以前没当过新娘子,也不知道需要些什么,请王爷赐教。"

萧瑾瑜噎了一下,额头更胀了。

她那套查疑取证的本事是他教的,但不代表他什么都教得了。

"我也没当过……那就让赵管家去办吧,额外再有什么需要的,你就与他商量。"

"谢王爷!"

"不必客气。"

赵管家虽然也没当过新娘子,但到底多活了几十年,是安王府里难得几个见过猪跑的,在终于从萧瑾瑜那里证实冷月确实不是在拿他寻开心之后,便有条不紊地忙活了起来,还把自家媳妇找来,帮忙张罗那些男人不便张罗的事。萧瑾瑜甚是放心,也就回安王府存放卷宗的三思阁里继续忙活去了。

夕阳西斜的时候,堆在萧瑾瑜手边的案卷倏然被风吹动,桌案旁的窗户陡然大开,一道暗红色的身影伴着一股浓重的火锅味轻轻地落到了他的桌前。

"呼……齐活儿了。"景翊把一沓子纸页搁到萧瑾瑜的案头,苦着脸抚了抚在微宽的官服遮掩下丝毫看不出饱胀的肚子,"王爷,这种加急的活儿下回换个人干行吗?一天审了十几口子,差点儿撑死我。"

萧瑾瑜放下手里的笔,拿过案头的纸页信手翻了翻。他虽一时没明白一天审十几口子犯人和撑死有什么关系,但从这些供词的质量上看,景翊就算是真的因为这个撑死了,那也绝对没有白死。

"下回再说下回的事。"萧瑾瑜小心地把这沓得之不易的供词收到一旁,抬眼看了看显然是刚才从狱中出来就直奔这儿的景翊,"你今天加急的活儿还没干完呢。"

景翊微微一怔,旋即苦笑出声:"你说成亲的事?那个不急,老爷子那边我打过招呼了,亲戚朋友他来请,我宅子那边有齐叔呢,我大哥二哥成亲那会儿都是他盯着收拾的,出不了什么岔子。我待会儿回去拾掇拾掇自己就行了。你放心,我保证装得跟真的一模一样。"

萧瑾瑜一愣:"装?"

景翊伸手端过萧瑾瑜手边的半杯温茶，悠悠地喝了两口，看着一脸不解的萧瑾瑜，施然笑道："我这些天忙活秋审的事没去上朝，但朝廷就那么大点儿，你就甭瞒我了，皇上那儿参我的本子都能绕着御书房摆满一圈儿了吧。"

萧瑾瑜眉心微沉，一时无话。

景翊把喝空的茶杯放回萧瑾瑜手边，薄唇微抿，抿出一声轻叹："除了你之，我还真想不出谁能让你安王府的人心甘情愿地干这种差事。"

这种差事？

萧瑾瑜恍然明白景翊话中所指，不禁一愕，沉声道："你怀疑她嫁给你是为了查你？"

"我没怀疑，"景翊轻轻摇头，"我看得出来，打心眼儿里想嫁给我的姑娘看我的眼神不是她那样的。"

景家五代京官，察言观色、识言辨谎本就是家传的本事，景翊又在宫里待了那么些年，更是把这样本事修炼得炉火纯青。别说本就没什么花花肠子的冷月，就是那些已在朝廷里摸爬滚打了大半辈子的老狐狸也糊弄不住他，他能当上这个大理寺少卿，这样本事至少占有一半的功劳。

景翊能这样直接说出来，就一定是有十成把握的。

萧瑾瑜心里微沉，嘴上仍轻描淡写地道："她是在边疆军营长大的，如今又是公门中人，怎会跟那些女子一样？"

景翊摇头苦笑，他比谁都了解这位王爷。在这位王爷眼中，世上女人只有两种，一种是跟案子有关的，一种是跟案子无关的，那些跟案子无关的女人的事情跟他三言两语很难掰扯得清。

景翊索性挑了个最直截了当的证据："她在你这儿当差也有些年头了，你听她说过想嫁给我的话吗？别说想嫁给我了，你就说，从你认识她到现在，你总共听她提过我几回？"

算上今天早晨的，依然屈指可数。

萧瑾瑜一时语塞，静默了半响，才凝眉沉声道："这若真是件差事，也不是我派给她的。"

景翊看得出萧瑾瑜这句话是实话。

即便看不出，他也相信萧瑾瑜不会跟他说假话。

"不是你，那能是谁？"

萧瑾瑜摇头，冷月虽是刑部的官差，但向来只听他一人差遣，以冷月在军营里养出来的性子，除非情况特殊，否则任何行动无论有无必要都会及时禀报于他。

特殊到连他都要瞒着的情况……

萧瑾瑜还在沉思着，景翊已摊了摊手，微眯起那双线条温和的狐狸眼，有些慵懒地笑道："我本想着这要是你让她来的，我就好好装几天贪官佞臣，好让你有东西交差，既然这不是你的差事，那也省了我的事了。反正我迟早是要娶她的，何况她长得也不难看。"

景翊话音未落，就觉萧瑾瑜的目光倏然一冷。

"你要是敢——"

景翊登时觉得背后蹿起一股熟悉的凉气，原本慵懒松散的身子一下子紧绷起来，不等萧瑾瑜说完，景翊已身影一动，闪电般急速掠出，落至离萧瑾瑜的书案最近的墙角，两手抱头，往下一蹲。

"我不敢，我不敢，我不敢……我一定当亲媳妇一样供着她！"

"当？"

"不当，不当，不当……就是！她就是我亲媳妇！"

他与萧瑾瑜相识的年头比冷月给萧瑾瑜卖命的年头长得多，但萧瑾瑜的偏心程度绝不是按年头长短来定的。

听景翊这样信誓旦旦地保证完，萧瑾瑜这才把话音里如刀的凉意收起了些许，低头捉起笔来："没别的事，就该干什么干什么去吧。"

"有，还有件事，好事。"

萧瑾瑜头也不抬："说。"

景翊也不起身，就抱着后脑勺蹲在地上一蹦一蹦地凑到了萧瑾瑜轮椅旁边，仰起一张写满了忠心耿耿的笑脸，略带神秘地道："王爷，我过来之前听典狱官老周说，京城瓷王张老五重出江湖，到玲珑瓷窑烧窑去了。"

听见"玲珑瓷窑"四个字，萧瑾瑜不禁笔锋一顿，抬起头来，下颔朝墙角的那口红木大箱子扬了扬："那是他们今早送来的。我有日子没当面看他们送来的东西了，有点儿过意不去，今天看了看，还真是惊喜。"

萧瑾瑜说这话的时候无忧无喜，景翊一时听不出这话是褒是贬，于是起身走过去掀盖看了一眼，一眼看下去，差点儿把眼珠子瞪出来。

"这是……"景翊犹豫了好一阵子才探下两指，拈出一只不知道起初上了什么釉色但最终烧成了黑一块白一块的瓶子，拧着眉头里外端详了一番，才勉强下了个结论，"烧废的釉里红吧。"

萧瑾瑜没点头也没摇头，说实话，品赏瓷器这种事他倒是会，但他这种会纯粹是因为自幼养尊处优，见的好东西多了，自然知道好东西长什么样的那种会，比起景翊这种好能知道怎么好、坏能说清怎么坏的行家里手，水平还是差着许多的。就像对着这活像煳锅底一样的东西，他怎么也看不出什么红来，但是京城瓷王张老五的名号在他这里还是如雷贯耳的。于是他只替那明珠暗投的瓷王叹了一声："可惜了。"

景翊把捏在手里的废品搁回箱子里，又往深里拨拉了几下，从里面翻出几片碎瓷片样的东西细细端详了起来。

萧瑾瑜见景翊半晌无话，不禁蹙眉看向景翊小心拈在指尖的东西："怎么连碎的都送来了？"

"这不是碎的，这是火照子，就是验看火候用的那东西。他们上回来给我送瓷器的时候我嘱咐他们一块送来的，不然实在看不出他们到底是怎么糟蹋材料的。"景翊说着，把翻出的几块碎片全搁在掌心里递到萧瑾瑜面前，"你看，升温的时候火候把握得还挺好的，到控温之初也没什么问题，就是时辰不够，降温降得太早太急，跟赶着去投胎似的。"

景翊像是看不见萧瑾瑜满脸的兴致索然似的，边说边摇头苦叹，转过身去如收尸入殓一般惋惜地盖起这一箱狼藉，轻轻拂去指尖的薄灰："等忙过这段日子我就去玲珑瓷窑瞧瞧，瓷王要是宝刀未老，我就跟他磨点好物件，你要不要？"

比起上好的瓷器，萧瑾瑜显然对眼下堆在书案上的这些案卷更有兴趣，听到这番话毫无动容之色，只重新落笔行文，淡淡地回了一句："先忙过了再说。"

"那你晚上还来喝几杯吗？"

"晚上再说。"

自打上午赵管家把自家媳妇送到冷月在安王府的住处，一直到日落西山，冷月几乎听完了京里由上古至现今所有有关嫁人的规矩，午饭也没落着吃一口。

冷月本想在上轿之前抓个苹果啃啃，结果一个苹果刚拿到手里就被赵大娘一把夺走了。

"冷捕头啊，"赵大娘面带忧色地看着虽然穿好了嫁衣化上了妆，脸上却仍然不见多少喜气的冷月，欲言又止，"有件事，我也不知道当不当问……"

冷月幽怨地望着攥在赵大娘手里的大红苹果，认命地一叹："您说吧。"

"冷捕头……"兴许是冷月这声应得实在有点儿漫不经心，赵大娘还是犹豫了一下，才试探着道，"我听我家老头子说，你和景大人成亲的事是今儿早晨临时定下的。"

"嗯。"冷月应完，突然想起方才赵大娘苦口婆心讲的那些规矩，不禁补充道,"我俩十几年前就有婚约,他家也早就给过聘礼了,您不用担心,这个是合规矩的。"

听冷月这么一说,赵大娘"噗"地笑出声来:"这个我知道,你们两家一文一武,一直住在一条街上,景家四公子周岁生辰的时候,你娘抱着你去坐席,他抓周的时候别的物件一眼都不看,一把就抓了你的小镯子,你俩的亲事打那会儿就定下了,这事京里人都知道,早些年还有说书先生拿这个编话本呢。"赵大娘笑盈盈地说完,笑意一收,眼里的担忧之色又浮了上来,"我不是担心这个,我是担心你。"

冷月一怔:"我?"

她现在除了饿得两眼冒金星,好像没什么值得担心的。

赵大娘深深地看着眼前这不悲不喜的新娘子,把声音放轻了些许:"冷捕头啊,我知道景四公子生得俊俏,性子也好,京里的姑娘都喜欢他,但成亲跟抓贼可不一样,不是瞅准了逮起来往牢里一塞就齐活儿了,拜完堂入完洞房,接着还得柴米油盐过日子呢,这可是一辈子的事……这事,你自己真琢磨好了?"

冷月大概听明白赵大娘担心的是什么了。

她和景翊两人小时候是整日玩在一起的,但自打景翊八岁那年奉旨进宫当太子侍读,她也随父去北疆军营习武之后,算下来年初在安王府重逢之前已有十年没见了,这会儿说嫁就嫁,听着好像是有点儿想一出是一出的意思。

冷月侧头往妆台上的镜子里扫了一眼,镜子里的人盘着一个令人眼花缭乱的发髻,凤眼叶眉已被精心描画过,还是盖不住那股不应在待嫁女子身上出现的英气。

在这番折腾之前,她还真以为嫁人就是穿身红衣服往轿子里一坐就完事的呢。

冷月转回头来,对着这个虽不在安王府干活,却没少替安王府上下操心的赵大娘展颜一笑:"您放心,我都琢磨好了。"

冷月答得毫不拖泥带水,赵大娘却仍是满脸的怀疑:"琢磨好了,可不见你高兴呢?"

"我饿。"

赵大娘这才放心地瞪她一眼,把桌上整盘的水果一口气端得远远的:"忍着,刚说的规矩咋又忘了!"

于是,从坐上景家的花轿一直到拜完堂被送进洞房,冷月对成亲这件很值得琢磨的终身大事最深切的感受就是饿。

饿得嗅觉都变得格外灵敏了。

冷月被丫鬟搀进洞房，一屁股坐到婚床上之后，就掀开盖头深深地吸了口气。

"夫人使不得……"丫鬟见冷月自己揭了盖头，忙奔过来要给她盖上，"这要等爷来了才能揭呢！"

外面酒宴才刚刚开始，天晓得那位景大人要把满院子的宾客伺候到什么时候才能回来，等他回来，怕是她饿死的尸体都要凉了。

"不要紧，"冷月一边往屋里所有能放食物的地方巴望，一边安抚道，"我就找口吃的，吃完就盖回去。"

成亲这件事她虽提得仓促，但景家是什么人家，世居京城，五代朝臣。如今当家的老爷子官拜太子太傅，老夫人是当今圣上的亲堂妹，景翊的三位兄长分别供职于翰林院、太医院和礼部衙门，只有他们家想不到的，没有他们家办不到的。就像这间婚房，临时张罗都能张罗得这般周全，目光所及全是象征吉祥如意的摆设，什么能吃的东西都没有。

丫鬟蹙眉捧起被冷月随手丢在床上的盖头，依旧劝道："夫人，这不合规矩。"

"律条里写了？"

丫鬟噎了一下："没……没有。"

"可是律条里写了，你要是饿死我，你得偿命。"

冷月说罢，在一片舒心的寂静中站起身来，又四下里仔细扫了一圈，还是没有找到一样能下嘴的东西。

怪了，她明明就闻见了丝丝缕缕烤肉的香味，这会儿掀了盖头，香味又清晰了些许。

这间婚房离设宴的院子还是有些距离的，酒宴上的香味铁定飘不到这儿来，所以这屋里一定藏有一样吃的。主料是烤肉，可能烤得有点过，香味里掺杂着点煳味，但毫不妨碍她闻香垂涎。

冷月仗着她这两年在各种犄角旮旯里找犯人的经验，皱着鼻子在屋里寻摸了一圈，到底还是回到了床边。

气味好像就是从床底下传出来的。

冷月敛起宽大的嫁衣裙摆往腰里一掖，卷起袖子，跪下身来，挪开床下的脚踏，扒头往这布置一新的檀木雕花大床底下看了看，只见下面堆放着几口大小不一的木箱子。

丫鬟眼看着新夫人穿着嫁衣撅着屁股往床底下钻的模样，实在忍不住了："夫人，这床下的箱子是我收拾的，放的全都是一时用不着的衣物被褥，没有吃的，您快起来吧。"

"未必。"

冷月说着，伸手从床下拖出一只红木箱子来。箱口被大红封条封着，封条上写着"玲珑瓷窑"的字样，跟今早送到安王府的那只装了一堆废品的红木箱子一模一样。

但冷月闻着，气味的源头好像就在这口箱子里。

冷月微勾嘴角，屈起手指在一尘不染的箱子盖上轻轻叩了两下："你不知道吗，你们爷小时候就有往睡觉的屋里藏零食的毛病，我还以为他在宫里那些年会把这毛病改了呢，敢情不但没改，手艺还见长了。"

按辈分算，那豫郡王是景翙的亲舅舅，他家儿子开的瓷窑给景翙送瓷器是合情合理的事，这样一口箱子出现在景翙房里自然不惹眼，零嘴什么的藏在这里面，再仿个封条贴上，主子没开过封的东西没人会擅动，真是再保险不过了。

冷月在心里一阵暗叹，丫鬟却诧异地看着这口箱子，一头雾水地道："夫人，这口箱子不是我放的，而且爷年初搬进这宅子的时候我就跟来伺候了，可从没见爷把什么吃的往卧房里带过啊。"

冷月蹙眉低头。

景翙在宫中当了十年太子侍读，直到今年年初太子爷离宫建府，才跟着从宫里出来，受安王爷举荐进了大理寺当差。如今看着，这人确实已是通身的谦和温雅，举手投足间既有书生的气质又有朝臣的气度，一点儿也没有当年那副熊孩子模样了。这半年她一直在各地跑着办差，偶尔回京复命也只有跟这位景大人擦肩点头的机会，她也拿不准他如今是个什么脾气心性，兴许他还真就把藏零食的毛病改了吧。

冷月还是不死心地敲了敲箱子盖："那这口箱子是谁放在这儿的？你闻闻这味，里面装的绝对不是瓷器。"

"我也不知道，早晨洒扫的时候还没见呢，洞房布置得急，床下就没顾上收拾，也不知是什么时候放进来的。"

不管这吃的是不是他藏的，冷月这会儿只想先填饱肚子再说，反正横竖就是口吃的，最多回头赔上就是了。

冷月这么想着，低头把嘴凑到封箱口的纸条边，哈气把纸条下干透的糨糊吹潮吹软，然后小心地把纸条完好地揭了开来。

箱子上没有锁，冷月伸手一抬就把箱盖打开了一条缝。

一股浓烈的焦煳味登时从缝中涌了出来，刹那间就把那丝隐约的烤肉香冲得

016

一点儿也不剩了。

冷月一愕之下手指一松,箱盖"啪"的一声落了回去。

箱盖跌落的重响惊得丫鬟一个激灵,但冷月的脸色明显比丫鬟的还要难看百倍。

这气味……

这种诡异的气味她以前闻过,还闻过好几回,不过不是在燃尽的柴草堆里,就是在刑部的验尸房里。

这是经烈火长时间灼烧之后的尸体所特有的焦臭。

这种气味只要闻过一回,必定如成亲一般令人终生难忘。

就算他是大理寺少卿,就算眼下正值忙得一塌糊涂的秋审,他也不至于恪尽职守到把焦尸带回家里来同吃同住吧?

"这箱子到底是哪儿来的?"

丫鬟虽不知这蓦然蹿出来的焦煳味是怎么回事,但突然被冷月冷厉地一问,不禁心里一慌,忙退了两步:"不……不知道,真的不是我放的……"

"那你去把你们爷和管家叫来。"

"万万使不得!"丫鬟连连摆手,慌得声音都尖细起来了,"吉时没到呢,爷可万万不能进来,管家老爷更不能……"

丫鬟话音未落,冷月倏然抬手掀了箱盖,刺鼻的焦臭登时弥漫开来。丫鬟错愕之下不由自主地垂目往箱子里看了一眼,只见这口贴着"玲珑瓷窑"封条的红木大箱子里没有一星半点儿瓷器的影子,只有一团焦黑以骇人的形状蜷在里面……

"啊——啊——!"

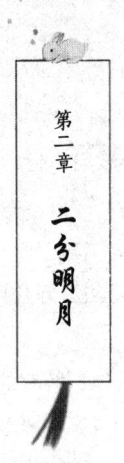

第二章 二分明月

妙龄女子惊天动地的尖叫声登时传彻景府，冷月关箱子盖的工夫，该来的不该来的就来了好几个。

第一个赶过来的是安王府的侍卫长吴江，他一把揪住了撒丫子要往外跑的丫鬟。第二个赶过来的是她眼下在京城里唯一的娘家人，她二姐，太子府的侍卫长冷嫣，她一冲进屋就握刀护到了她身边。

紧随这两个平素以行护卫之事为本职的人之后的就是景翊，一袭红袍映着玉面，把眉宇间的一点儿担心映得别有几分温柔。

"怎么了？"

这一声是从吴江和冷嫣两张嘴里一起问出来的。景翊一进门就被冷月明艳如火的妆容配着下水捞鱼一般的打扮晃了眼，不禁愣了一愣，没赶得上和这俩人一起问，听他们问完了，才回过神来补问了一句："什么东西煳了？"

见亲妹妹安然无恙，冷嫣悬起的一颗心放了下来，毫不客气地扭头白了一眼淡定得有点儿不像话的新郎官。

冷嫣虽是冷月的娘家人，这趟却是为保护前来赴宴的太子爷来的，公职在身，所以一袭金甲配着长刀，威风凛凛。这一眼着实有些力度，落在一副书生模样的景翊身上，冷月心里竟生出几分舍不得，刚想跟冷嫣说真的是有东西煳了，谁知景翊迎着这个有力的白眼温文尔雅地笑了一下，不慌不忙地道："我猜是有什么贵重的东西烧煳了，她发现的时候已然补救不及，这才惊叫出声的。押五两，冷将军以为呢？"

人命大于天，自然是再贵重不过的，景翊这么说好像没什么不对。

冷嫣还没张嘴，冷月就鬼使神差地跟了一句："跟五两。"

吴江犹豫了一下，到底没忍住："跟七两。"

景翊望着脸色渐黑的冷嫣，越发温文尔雅地笑道："押定离手，冷将军跟吗？"

冷嫣攥剑眯眼，扫了一眼这三位安王府门下数一数二的大将："你们身在公门，公然聚赌，也不怕安王爷削你们的脑袋？"

景翊双目轻眨，温和又无辜地笑道："我们哪里聚赌了？"

"没赌，这五两、七两的是什么？"

"栗子。"景翊笑意微浓，满目坦荡，"这个月是糖炒栗子，安王爷选的，押定离手，冷将军跟吗？"

这个月是糖炒栗子……

冷嫣忽然想起了什么，转头瞪向身边的冷月："上个月你回京那两天，一连请我吃了五顿芹菜包子，都是你这样赌来的？"

冷月抿嘴嘟囔了一声："你又不是不知道我不爱吃芹菜。"

冷嫣被噎得脸色很有点儿复杂。

景翊有点儿遗憾地微笑着："冷将军不押点儿别的，这局就开不成了……罢了，"景翊转目看向仍缩在吴江高大健硕的身子旁瑟瑟发抖的丫鬟，依旧温声道，"季秋，你照实说吧，今儿个府上大喜，不罚你。"

一听景翊这么说，季秋慌得把头摇成了拨浪鼓："不……不是我干的！我没见过那个箱子……夫人，是夫人打开的！"

箱子？

三人这才留意到，被红烛红被红缎子装饰得满屋泛红的房间里摆着一口贴着红纸封的红木大箱子，就在一袭大红嫁衣的冷月脚边，打眼看过去一片红彤彤的，竟也没觉得碍眼。

景翊看着箱子愣了一下，忽然想起在萧瑾瑜那里看到的一箱狼藉，心里顿时一松，笑意微浓："别怕，这箱瓷器是他们瓷窑自己烧坏的，与你无关。"

"不……不是瓷器。"

景翊耐心十足地看着快把脑袋摇掉的季秋，温声安抚道："我知道，这些是烧毁的泥胎，准确来说确实不能称为瓷器。"

"不……不是……"

冷月有点儿想替她干干脆脆地把那句"不是瓷器而是焦尸"一口气说出来，还没开口，冷嫣的耐心就先她一步耗尽了。

019

冷嫣二话不说，伸手就掀了箱子盖。冷月一个"别"字连头都没来得及起，那股刺鼻的焦臭就再次冲涌而出了。

三人一愕，齐刷刷地看向这股焦臭的源头，房中登时响起一片倒吸冷气之声。季秋膝盖一软，"扑通"跪了下来，憋了这么半天，终于放心大胆地哭出来了。

"爷……这真的不是我放的！"

"我知道。"景翎好生定了定神，才有些僵硬地微微点头，用略显虚飘的声音道，"这是我放的。"

几束见鬼一样的目光倏地聚到景翎颜色煞是难看的脸上，景翎赶忙欲哭无泪地摆手："不是，我不是说里面这个……我是说这箱子，这箱子是玲珑瓷窑一早送来的，我正好急着出去，就顺手塞到床底下了，一直没来得及看，我也不知道……"

余下的话说不说都一样，景翎索性化作一叹。

和这箱一比，送到安王府的那箱废品实在可爱得很。

他是哪里对不起玲珑瓷窑了，竟送这么个东西给他，还偏又挑在这么个日子？

景翎满含歉意地望向冷月，却见冷月像是发现了什么似的，皱眉盯着箱中之物。

景翎一怔之间，吴江和冷嫣对望了一眼。

他俩一个是冷月曾经的长官，一个是与冷月最亲的姐姐，死人的事他俩见得多了，所以冷月的这副神情他俩也都熟悉得很。

"那个，这事需要从长计议，我先去跟王爷说一声。"

"我也得去跟太子爷说一声。"

两人话音未落就不见了人影，季秋一慌，顾不上抹泪就从地上一骨碌爬了起来："我……我去喊管家老爷！"

说罢，季秋也跌跌撞撞地冲出了屋子。

屋里寂然一片，那股刺鼻的焦臭味也显得更加浓烈逼人了。

景翎也想走，却又觉得把冷月一个人撂在这间已经不像之前那般美好的洞房里有些不妥，想劝她跟他一起出去，又担心物证离人会出什么岔子。犹豫之间，冷月已替他决定了去向。

"景大人，你过来看。"

景翎一点儿也不想过去，他刚才已经远远地看了一眼，他很确定，那里面实在没什么好看的。

景翊站在原地，尽可能温和地提醒道："冷捕头……今晚你我大喜，安王爷既然在这儿，此事还是交给安王爷裁夺吧。"

他宁愿用加急连审一百个犯人来换萧瑾瑜赶紧把这箱不速之客请出他的洞房。

"嗯。"冷月漫不经心地应了一声，依旧头也不抬地道，"你先过来看看。"

景翊犹豫了片刻，还是硬着头皮走了过去，勉强维持着微笑，心平气和地道："看哪儿？"

"你看他脑袋。"

景翊一眼瞄下去，没找着脑袋在哪儿。

景翊的差事向来都是与活人打交道的，尸体对他而言一直都只是负责监管验尸的书吏送上来的验尸单中的几句精简描述，乍一面对这样一具色味俱全的实物，景翊的想象力一时有点儿适应不来。

冷月见他目光落得不是地方，伸手往那团焦黑的一端指了指："看这儿，他后脑勺上有个洞。"

他不知道冷月是怎么认出这片是后脑勺的，但他看得出来，冷月指的这块地方确实有个拳头大小的窟窿。

死人脑袋上有个窟窿……

景翊眉心一蹙，顺理成章地推断道："你是想说，这人是被什么东西砸死之后焚尸的？"

冷月摇头："不是。"

景翊被她晃得有点儿想咬人，眉眼间却依然温和一片，这是身为京官起码的修养："那你是想说些什么？"

"大片枕骨碎裂脱落，"冷月满面正色，字句清晰地说着，探手下去绕着那个黑窟窿的边缘比画了一圈，"人头骨上受过重击的地方受到火烤就可能出现这种情况。不过只是可能，不一定会发生，这要达到一定的火势，尸体本身也要具备一定条件才行。"

景翊没听出她这番结论与他的有什么区别："所以？"

"所以能遇上一回挺难得的，我以前也只见过一回，景大人在大理寺才待了半年，估计还没见过，就叫你过来看看，没准儿以后用得着。"

景翊嘴角僵了须臾，才挤出一道有点儿违心的笑容："谢谢。"

"至于最终死因，"冷月依旧盯着那个窟窿，红唇微抿，"是重击还是火烧，这样看还看不出来。"

景翊连日审问犯人,习惯已成,听她这样一说,鬼使神差间就追问了一句"那要怎么看",问完立马就后悔了,还没来得及改口,冷月已道:"验一下就好。"

验一下……

在他俩的洞房里,验一下?

景翊登时笑得更违心了:"这些事,还是等安王爷来了再说吧。"

"没事,举手之劳,我在这儿闲着也是闲着。"

"等等,"眼见着冷月一双玉手就要触到那团焦黑上了,景翊忙伸手一拦,正色道,"此案出在这儿,按律你我都要避嫌,安王爷来之前,这尸体还是不碰为好,免得御史台追问起来又是麻烦。"

冷月犹豫了一下,景翊已趁热打铁地问了句题外话:"你把这箱子拖出来,是要找什么东西吗?"

找东西?

对了,她不是在找吃的吗?

想起吃的,冷月才发现,鼻子习惯了这具尸体散发出来的焦臭之后,好像又能闻到那隐约的烤肉香了。

"景大人,你闻见孜然味了吗?"

景翊微微一怔,也不知从冷月那张依旧正色满满的脸上看出了什么,旋即眉眼一弯:"你在找吃的?"

刚进洞房就满屋翻吃的,还被刚拜过堂的新婚夫婿一语道破,怎么说也是件不大光彩的事,但冷月不习惯睁着眼说瞎话,到底还是纠结着纠正道:"刚才在……"

景翊像是没听到冷月这声低低的狡辩似的,兀自走到床边,低身从床下拖出另一口箱子,打开箱盖,掀开叠放在最上面的一床被子,从里面摸出一个油纸包,递到冷月面前。

冷月怔怔地接过纸包,才发现这正是那股孜然味浓郁的烤肉香的源头。打开包在外面的油纸,只见里面包着一只分量颇足的大饼卷肉,不禁又愣了一下,抬头看向景翊。

景翊往一直挂在眼角眉梢的笑意里掺了几分歉疚:"我本打算让人给你单做点儿吃的送过来,但齐叔说不合规矩,我只能提前在屋里藏了这个。有点儿凉了,你先凑合着吃点儿吧。"

也不知景翊是什么时候把它藏进来的,一直裹在箱中的被子里,到现在还是热乎乎的。冷月拿在手上,只觉得整个人都热了。

"多谢景大人。"

景翊被这声依旧一本正经的道谢弄得有点儿啼笑皆非,就算真是为了办差才嫁给他的,好歹也是嫁给他了,她还准备一口一个景大人地叫到什么时候。

但见冷月已埋头吃起了手上的卷饼,景翊便只温声道了句"不客气"。

与景翊同席吃过饭的女人比萧瑾瑜手里判过的犯人还多,即便如此,景翊也没见过哪个女人是这样吃饭的。用风卷残云形容的话,还必须得是大风,能掀了房顶的那种。

景翊啼笑皆非地看着看着,眼前倏然晃过些已有点儿模糊的画面,不禁微微一怔。

不对……

这种吃相他是见过的,很多很多年前,也是这个女人,只不过那会儿她还是个水灵灵的小胖丫头,与如今这副模样实在有些出入,他一时竟没想起来。

她那会儿好像永远也吃不饱,他看不得她拽着大人的衣角眼巴巴地要东西吃的模样,就总攒点儿易存的吃食藏在自己屋里,她来玩,他就偷偷拿给她吃。

他人生最初的成就感好像就是从看她吃饱的那一刻来的吧。

许是那会儿省吃的省出来的毛病,直到现在他的饭量还不及一般姑娘家的大,在哪儿吃饭都是蜻蜓点水地夹两筷子了事。于是从出宫到现在的短短半年间,京中各大食肆已把景四公子的嘴刁程度捧到了一个神乎其神的地步,也只有天才晓得他有多冤枉了。

他总以为照着当年那个势头发展下去,那小胖丫头终归会以一个大胖丫头的模样出现在他面前,可眼下这想象中的大胖丫头就站在他面前,因为常年习武,加之近年来各地奔忙,身上丝毫不见寻常闺中女子纤若柳枝般的娇柔。一袭娇艳妩媚的嫁衣在身,依然遮掩不住这副身子与众不同的结实挺拔,比起之前两次匆匆一见,细看之下,她这般不管不顾的吃相竟有种让人热血沸腾的明艳。

她这张脸只要洗洗干净,再稍作描画,何止一个不错……

于是,冷月一声不吭地埋头狂吃,景翊就一声不吭地看着。萧瑾瑜推着轮椅来到房门口的时候,正见冷月在景翊脉脉含笑的注视下抱着卷饼吃得不亦乐乎,不禁在门口停了一停。

除了早已弥漫到门口的焦臭味,屋中这般景象怎么看也不像是出了人命案子的。

冷月毕竟是有一身内家修为的,先景翊一步觉察到了萧瑾瑜的出现,一惊之下赶忙把剩下的几口卷饼三下五除二地吃完,举起嫁衣袖子飞快地抹了抹嘴,快到景翊想拦的时候已经晚了，只来得及哭笑不得地叹了一声。

天底下会拿嫁衣擦嘴的新娘子，估计不会再有第二个了吧。

冷月努力地咽下嘴里的东西，尽可能口齿清晰地见了个礼："王……呃……王爷。"

"方便进去吗？"

"王爷请。"

萧瑾瑜有些吃力地把轮椅推过门槛的时候，冷月才留意到萧瑾瑜是一个人来的。

平日里便是有人跟着，萧瑾瑜也绝不许旁人随便碰他身下这张轮椅，但眼下管家齐叔还没到，太子爷和冷嫣还没到，连吴江也还没到，倒是这个满院子人里行动最不方便的人先到了。

冷月疑惑之间，萧瑾瑜已把轮椅推进了屋来，稍稍稳了一下微乱的呼吸，淡淡地道："吴江说，你们洞房里发现了点儿东西。"

景翊苦着脸指了指那口依然敞着的红木箱子："就是这个，玲珑瓷窑送的。你瞧瞧，我这箱的火候比你那箱强多了。"

萧瑾瑜轻转轮椅凑到箱子边，探头往里面看了一眼，刚一紧眉心，冷月已恭立在萧瑾瑜身边不疾不徐地道："王爷，卑职刚才看了一眼，死者男，具体年龄不明，估计是个十来岁的少年，生前身长约六尺，身形偏瘦，后脑有枕骨碎裂脱落的现象，被焚烧前应受过重击，焚尸大概是昨天发生的，具体死因和时辰暂且不明。"

景翊怔怔地看向冷月，她不过是站在箱子边往里看了几眼，居然就能从那一团焦黑里看出这么些名堂来。

那她打见他第一面起就总往他下三路上瞟……

萧瑾瑜静静听完，轻"嗯"了一声，算作赞同，没再多看那具等了他好半晌的焦尸，转而看向正思绪翻飞的景翊："景翊，这案子就交给你了。"

"我？"景翊一下子被这句语气甚是平淡的话拽回了神来，愣得一双狐狸眼都睁成浑圆的了，"不是……王爷，这尸体是在我这里发现的，尸体装在玲珑瓷窑的箱子里，玲珑瓷窑是我亲舅舅家开的，依律我不得避嫌吗？"

"这回不依律。"萧瑾瑜一声轻咳，把本就清淡的声音又放轻了些许，深深地看着景翊道，"你还嫌别人参你的理由太少，非要再给人送点把柄吗？"

景翊微怔，下意识地看了一眼身边的冷月。

他听得出来，萧瑾瑜这话有七成是为了提醒他，这来得极不是时候的一案可

能对他，对景家一门，乃至对整个朝廷造成影响，剩下的三成就是说来试探他身边这人的。

冷月却像压根就没听见萧瑾瑜说话似的，一双眼睛仍盯在箱中，轻轻皱着眉头，不知道在琢磨些什么。

景翊只得应了一声："成，我查。"

"你今晚写个成亲告假的折子给我，我替你向大理寺要三天假，你尽快把这事弄清楚，拖延久了，我这里也免不了麻烦。"萧瑾瑜说着，转目看向冷月，"小月，检验搜证的事，你就给他搭把手吧。"

冷月这才收回目光，一如既往端正地颔首应了一声："是。"

萧瑾瑜沉声补道："若有什么难处，随时找我。"

冷月像丝毫没听出萧瑾瑜的话外音似的，又往箱子里看了一眼，唇边勾起一道信心满满的弧度："王爷放心，这个没什么难的，三天足够了。"

"好。"萧瑾瑜微微点头，依旧轻描淡写道，"此事太子爷和冷将军已答应不会声张，吴江暂替你们把管家和那丫鬟拦下了，怎么堵他们的嘴，怎么告诉景太傅，你们就自己掂量吧。"

这两件都不是什么容易的事，景翊有点儿无力地一叹："那我还是先去应付完外面的事吧，老爷子招呼来的全是人精，他们要是生疑，就是把工部堵河堤的那伙人借来也堵不上他们的嘴。"

"不用，"萧瑾瑜似有若无地笑了一下，"我跟他们说一声你俩已入洞房就行了。"

入洞房……

这人要不是萧瑾瑜，景翊绝不会让他就这么气定神闲地离开这间屋子。

萧瑾瑜刚一出门，景翊还欲哭无泪地戳在原地，冷月已道："景大人，咱们开始吧。"

景翊的思绪还停留在萧瑾瑜的那句入洞房上，乍听冷月这么一句，不禁全身一紧："开……开始？"

京里盛传景四公子少年风流，阅女无数，这个他是承认的，他确实阅过数不清的美人，但确实也只是用两只眼睛阅过，真要让他说开始就开始……

冷月转头瞥了一眼窗外的天色："时辰也不早了。"

"不着急，外面才刚开始没多会儿呢。"景翊定了定心神，努力微笑，"那个……你还饿吗，我再给你找点儿吃的来？"

一连三顿饭没吃，一个卷饼哪够。冷月被这句话撩得又生了饿意，到底还是摇了摇头:"还是等完事了再说吧,迟早要干的,早干完早踏实。"

景翊已料到这一夜必会尴尬得永生难忘,他还尽可能多想了几种化解各类尴尬之法,但完全没料到自己会被尴尬到这一步上。

眼看着冷月这副一心想要快刀斩乱麻的模样,景翊紧了紧牙根。她一个姑娘家都把这样的话说出来了,他要是再拘着,那就不只是尴尬了。

"好,容我准备一下。"

无论如何,这煞风景的箱子总是要收一收的。

"我需要一个香炉,三支香,一个火盆,几两皂角和苍术,还有一支干净的笔。"冷月利落地说完,又客气地补了一句,"劳烦景大人了。"

景翊正准备弯下去的腰结结实实地晃了一下。

他好歹在大理寺干了半年,家里还有个从小沉迷于医药不能自拔的二哥,所以皂角苍术跟火盆搁在一块儿有什么用,他还是略知一二的。

"你准备……验尸?"

"是,尸体越早验越好,拖延得越久越容易出错。"冷月看着箱子说完,抬头正对上景翊那张笑得很是僵硬的脸,不禁愣了一下,"景大人是准备干什么?"

景翊不太想告诉她。

"你说干什么就干什么。"

景翊这话几乎是叹出来的,一点儿底气也没有。冷月不禁皱眉盯着这脸上一阵红一阵白又一阵青黑的人:"景大人脸色不大好,是有哪样东西不好找吗?"

景翊使出了吃奶的劲儿笑得灿烂了些许:"没有,没有。"

"那就劳烦景大人了。"

"不用客气。"

见景翊顶着那张神色复杂的笑脸转身往外走去,冷月忽然想起些什么,扬声唤住景翊:"景大人,我刚才自己把盖头揭了,好像不合规矩……要不,我现在盖上,你再揭一回?"

洞房都成验尸房了,谁揭的盖头还有什么好计较的。

景翊转回身来,温然一笑:"不要紧,谁揭都一样。"

"那揭完盖头还有什么事吗?等你找齐这些东西估计要好一阵子,我闲着也是闲着,一气儿办完了算了。"

剩下的事哪是她一个人闲着就能办得了的。

"没了,"景翊俊美如画的脸上绽开一个童叟无欺的笑容,"你我拜过堂就是夫妻了,剩下的事以后可以慢慢来,你先安心准备验尸吧。"

冷月果然安心地应道："成。"

景翊重新朝门口转过身去，那道笑容也在这转身之间黯了下来。

她还真是奔着这个夫妻之名来的……

不过是印证了他预料之中的事，怎么突然就觉得心里空落落的了？

景翊走出门去，下意识地垂手往腰间摸了一下。那是京中公子哥儿们挂玉坠子的地方，他这里却挂着一只用丝线编成挂坠的小银镯子，这是他与冷家小姐定亲的信物，一挂十七年，如今算是挂到头了吧。

景翊手上稍一使劲儿，就把这银镯子从腰间拽了下来，塞进袖管中，刚走了几步就总觉得哪里不舒服，不禁皱着眉头摸了出来，转而塞进了怀里，这才轻舒眉心，悄无声息地消失在热闹的夜色里。

冷月要的这几样东西自是没法在一处凑齐的，景翊挨个取完确实耗了些工夫，回来时一脚迈进屋里，只觉得满目沧海桑田。

他离开这段时间说久也不久，最多一刻，冷月却已经把满头钗环摘干净了，满脸精心敷抹上的粉黛被洗得丁点不剩，嫁衣也被脱了下来，散乱地丢在床上。那副高挑结实的身子上裹着一件男人的长衫，宽大的袖子卷到肘弯间，好像拜堂成亲已经是上辈子的事了。

见景翊挎着木篮子端着火盆愣在门口，冷月忙走过去把火盆接了过来，挨得近了，景翊才发现她身上这件长衫是他的。

"这衣服……"

冷月顺着景翊怔愣的目光低头往自己身上看了一眼："我从橱子里找出来的，不是你的吗？"

"是我的……"景翊还从没见过能把不问自取的事干得这么理直气壮的人，不禁好气又好笑，"你为什么穿我的衣服？"

"舒服。"冷月更加理直气壮地说完，又坦然补道，"我们已经是夫妻了，你要是想穿我的衣服就自己拿，别客气。"

景翊突然有点儿怀念她跟他客气的时候了。

"谢谢，"景翊僵硬地笑了一下，把那臂弯间的木篮子放到床边的茶案上，抬头之间才恍然觉得有些不对，目光落在茶案右侧不远处的脸盆架上，轻轻皱了下眉头，"刚才有人来过？"

冷月一怔："没有啊。"

"那这洗脸水是哪里来的？"

屋里确实有个脸盆架，但脸盆里的水从来都是什么时候用就什么时候唤人来送的，用完便拿出去泼净，大多时候这脸盆不过是个质地精良、做工精巧的摆设，若没人来送水，眼下这半盆子水是她就地打井挖出来的不成？

冷月把火盆搁到地上，直起腰来，遥手指了一下摆在墙根底下的鱼缸："从那里面舀的。"

景翊狠狠一愣，目光在鱼缸、脸盆以及冷月的脸上徘徊了好几个回合，仍没消磨掉那满满的难以置信："你用这脸盆，舀鱼缸里的水，洗脸？"

冷月听出景翊话里的错愕，不禁皱了皱眉头："这水挺干净的。"

北疆缺水，军营尤甚，她在军营待的那几年多浑的水都吃过，这清凌凌的水里不过游了几尾鱼，洗脸还嫌浪费了呢。

景翊戳在原地缓缓吐纳了好几个回合，终究还是无法决定是该心疼缸里那几尾品种名贵的鱼，还是该心疼泡了养鱼水的古董脸盆，或是该心疼她那张明珠暗投的美人脸，心里乱七八糟地疼了好一阵子，脸色已复杂得和弥漫在房中的气味一样难以言喻了。

她嫁到这儿来，到底是查他言行的，还是要他亲命的？

景翊心疼的工夫，冷月已走过来打开了木篮子，从里面取出香炉，放到那口红木箱子旁边靠近焦尸双脚的一侧，借红烛点燃三支香，敬拜了三下，低身将三支香安置到香炉中，又转身拿过篮中的药包，把一包皂角苍术倒进火盆里，趁着薄烟蒸腾而起，在上面反复跨过几回，这才取出了剩在篮中的那支湖州紫毫。

眼见着冷月握笔走回那口暂替了棺材的红木箱子旁，景翊这才回过神来，微一清嗓："你先忙，我得去找齐叔和季秋聊聊。"

她本也没打算要景翊帮手，就头也不抬地应了声"好"。

"从这院子的东侧门出去左转就是我的书房，里屋有张床，我最近常睡在那边，铺盖都是现成的，比客房舒服很多。你验完之后把箱子放回床底下，去那里睡就好。"

她平日里办案遇到需要验看尸首的时候，也都是到地方就看，看完了就走的，收尸的事自然有相关负责的官差处理。这会儿听景翊这样安排，冷月也就顺理成章地应了声"好"。

直到景翊走没影了，冷月才突然想起来，这一场喜事，坐了花轿，拜了天地，揭了盖头……

他俩好像还没洞房吧。

人命案子当前，她习惯成自然地过掉了脑子里所有与案子无关的事情，一不留神把这事也过掉了。

他也忘了吗？

景翊回到房里的时候冷月已经不在了，那口红木箱子被重新封好塞回了床下，香炉里的三支香已经燃尽了，火盆里的皂角苍术也都成了残灰，布置考究的婚床上仍凌乱地堆着那套被她匆匆脱下的嫁衣。

唯不见他顺手从书房笔架上拿来的那支价值不菲的湖州紫毫，以及他离开之前还好端端地摆在茶盘里的一对白瓷杯中的一个。

景翊缓缓吐纳，窗子半开着，屋中那股刺鼻的焦臭已被焚香燃药的气味冲散得七七八八了，除了新娘子不在，这屋子又有些洞房的样子了。

今儿晚上发生在这屋里的事要是传出去，又够京里的说书先生们吃个三五年了。

焦尸停在下面，那床一时是不能睡了，景翊苦笑着把自己这一天折腾下来累得发软的身子扔进茶案边的椅子里，一阵倦意袭来，他无力地打了个哈欠，双目轻合。

这宅子不是在冷家街对面的景家大宅，这处宅子是他出宫之后刚搬进来的，因为比起景家大宅，这处宅子离大理寺和安王府都近上许多，往来其间能省不少工夫。

景翊跟萧瑾瑜不一样，公务之外，他更喜欢把日子往安逸里过。他不但是朝中根基最庞大的景氏一族的子嗣，而且从小在宫中伴着太子爷长大，近两年圣躬违和，朝廷里明波暗涌此起彼伏，他每日的处境远比掌管全国刑狱之事、短短数载就把梁子结满天下的萧瑾瑜更危险，想弄死萧瑾瑜的人大都在明，而想弄死他的人兴许正在前院乐呵呵地喝着他的喜酒呢。

天晓得哪一刻他会栽到什么人手上，所以只要能安逸着过日子，他绝不会亏待自己一分一毫。

他刚娶进门来的那个女人似乎跟他截然不同。

她好像特别喜欢将就，怎么方便省事就怎么来，连洗脸都能拿鱼缸里的水凑合，刚才验尸的时候还不知道又凑合了些什么呢。

想到验尸，景翊不经意间想起她验尸之前问他要的那几样东西，香、香炉、火盆、皂角苍术、笔……

笔？

景翊突然微微一怔。

她好像只跟他要了笔，没要纸墨。这屋里也没有现成的纸墨，那她要笔做什么？

景翊蹙眉睁眼，在椅中直起腰背，转头又看了一眼茶盘上那只孤零零的白瓷杯。

这套杯子是太子爷送他的，贵倒是不贵，但却是宫里的东西。如果在碰巧的时间出现在了碰巧的地方，完全可以起到致命的效果。

景翊朦胧的睡意登时淡了大半，他从椅中站起身来，悄然潜至书房。

热闹全被萧瑾瑜和太子爷拦在了前院，这处与卧房一墙之隔的院子静悄悄的。景翊放轻脚步走进去，书房里没点灯烛，内室的房门虚掩着，一道昏黄的烛光从细细的门缝里透出来，把无人的书房映得朦胧一片。

景翊推门进去的时候，屋里的人已蜷在床上睡熟了。

这张床本是他搁在这里午间小憩用的，这几天大理寺的公务多如牛毛，他总要在书房里忙活到半夜，懒得回房，就一直睡在这里。这张床睡一个人应该是正好的，可此刻床上的人把身子紧紧缩靠在床边与墙面相接的一侧，愣是空出了半张床来。

景翊不禁看得一怔。

这还不到八月中，暑气还没退尽，她裹着一床薄被竟缩成这样，别是刚才换衣服换得仓促，染了风寒吧？

景翊心里微微一紧，忙走到床边，伸手想要摸摸她的额头，手刚探下去，离她额头还好几寸远，前一刻还睡得安安稳稳的人倏地睁开了眼。

两束凌厉如刀的目光突然射过来，景翊一惊，还没反应过来，伸出的那只手已被一把扣在腕上，反向一拧，骨节间登时传出一声不堪重负的声响。景翊腿脚一软，差点儿给她跪下。

"疼疼疼……"

冷月习武多年，沉睡中仍不失戒备，刚才忽然觉察到身边有异动，习惯使然，没睁眼就出了手，等看清眼前人时，这人已疼得五官都皱成一团了。

冷月慌忙松手，一骨碌爬起身来："对不起！"

景翊也习惯性地挤出一脸极不由衷的笑容，一边捂着差点儿被她拧断的手腕，一边连连摇头："没事，没事……"

冷月知道自己的手劲儿有多大，徒手劈柴都不在话下，别说他这嫩藕一样白生生的手腕子了。不管他是真没事还是假没事，反正她看着都疼，于是一句本该理直气壮的质问从嘴里说出来也没了底气："你……你刚才想干什么？"

景翊这才从钻心的疼痛中回过神来，被她这么抓着一拧，倒是发现她体温没什么异样，心里微松，苦笑道："我看你缩在那睡得挺难受的……"

　　冷月在尚未散尽的睡意中怔了一下，低头看了眼身下的床："这床就这么大点儿，不挤挤怎么睡得开？"

　　睡不开？

　　景翊一愣之间恍然反应过来。

　　她把自己挤成那个样子，空出这半边床，是留给他睡的？

　　"你睡里面还是外面？"

　　冷月问这话的时候正以一个无比随意的姿势坐在床上，身上还松松垮垮地裹着他的那件缎面长衫，一头乌亮的长发散在肩头，不沾粉黛的眉眼间蒙着惺忪的睡意，自然得好像相守多年的老夫老妻一样，看得景翊心里一动。

　　"你睡吧，"景翊眉眼轻弯，温然微笑，"我拿本书回房里睡，今晚府里人多，总得有人看着那具尸体吧。"

　　听景翊说得有理，冷月便不拖泥不带水地点了点头。来日方长，洞房可以回头再说，还是案子要紧。

　　景翊转过身去，正想拿着这屋中的烛台到外间装模作样地找本书，走到桌边还没伸出手去，余光扫见桌上一物，微微抬起的胳膊不禁滞了一下。

　　他是来找笔和杯子的。

　　他要找的那只白瓷杯就摆在这张桌子上，杯中半满，没有热气，色泽重于水而淡于茶，一支笔架在杯沿上，正是他拿给她的那支湖州紫毫。

　　"这是……"

　　景翊的指尖还没碰到杯壁，就被冷月扬声唤住了。

　　"别动，那是证物。"

　　景翊一愣："证物？"

　　两样物件都是跟了他好些日子的，不是每天都用，起码也是每天都见的，怎么这么一会儿工夫就成证物了？

　　"杯子里的水静置到明天早晨，如果有烟灰沉淀下来，那死者就是被打晕之后活活烧死的，如果没有或只有很少的一点儿，那死者就是被打死之后焚尸的。"

　　景翊听得有点云里雾里："为什么？"

　　冷月被问得一愣，挺挺腰板在床上坐得端正了些，才道："这是判定焦尸死因最基本的办法，死者被火烧之前如果没有死，就一定会喘气，一喘气就会把烟灰吸进口鼻里，死人不会喘气，最多只会飘进去一点儿。"

景翊虽是第一回面对焦尸，但与焦尸有关的案子他还是办过几桩的，这样的道理他也曾在公堂上听作证的仵作讲过，道理他都懂，只是……

"不是……"景翊抬手指指杯子，"我是想问，这杯子里的水，为什么会跟死者口鼻里的烟灰有关？"

冷月顺着景翊一尘不染的手指看过去，有点儿无奈地叹道："没有王爷的批文不能在尸体上动刀子，我只能把笔蘸湿之后伸进死者口鼻里扫扫，然后涮进水里等烟灰沉淀……这会儿看恐怕还不准，等明早吧。"

后面几句景翊都没听进心里去，他只听清了她把那支上等的湖州紫毫伸进焦尸嘴里扫灰。

还涮到太子爷送他的白瓷杯里。

景翊一时觉得全身气血翻涌，空有满腹诗书，这会儿愣是挑不出一句来表达自己此时此刻惊涛骇浪般的心情。

冷月说罢，睡意又泛了上来，毫不遮拦地打了个悠长的哈欠。

以笔蘸灰的法子是萧瑾瑜教她的，这法子她已用过好几回了，也没觉得这回跟之前有什么不一样。见景翊微微发抖的身子上顶着一张忽黑忽白的脸，不禁好心劝道："你还是别看书了，脸色都这么难看了，早点儿睡吧。"

景翊几乎咬碎了后槽牙，才勉强挤出一个比哭还难看的笑容，有点儿艰难地应了一声："好，你也早睡。"

"嗯。"

冷月目送景翊玉竹般的身影虚飘地走出去之后，就一扯被子躺回去继续睡了，直到被乍响的推门声惊醒，睁眼已是清晨了。

进门来的是个小家丁，没料到这屋里有人，乍见冷月一袭白衫披头散发地坐在床上，一惊之下差点儿扔了端在手里的水盆子。

"啊呀！"

小家丁在一声惊叫后终于认出了这张有些陌生的面孔。他昨天没见着新娘子长什么模样，但他以前在衙门口凑热闹听堂审的时候见过这位京里唯一的女捕头。

听说他家爷娶的就是这个人。

"夫……夫人，您怎么睡这儿啊？"

冷月抬手拢拢头发，不慌不忙地从床上下来。焦尸的事自然不能提，冷月只含糊地道："景大人让我来这儿睡的。"

家丁愣得更狠了。

且不管那声极生分的景大人是怎么回事，他们爷向来待人和善，脾气好得像没脾气似的，这刚过门的夫人是怎么惹了他，竟在洞房花烛夜被赶到这儿来睡了？

冷月没在意家丁这番见鬼似的打量，垂目看了一眼家丁捧在手上的水盆："你是来打扫的？"

"哎，哎。"

冷月走到桌边，往那只静置了一夜的白瓷杯里看了看，眉目微舒："那劳烦你顺手把这笔和杯子也洗了吧。"

"是，是。"

景翊换了一身便服，捧着一壶太平猴魁坐在卧房窗边翻了一宿话本，话本里讲了一个痴心佳人与负心少爷的凄美而烂俗的故事，他还是一个字一个字地看到了天亮。

所有流传在街头巷尾的东西他都有兴趣试试，在乏味的宫廷和枯燥的朝堂里憋得久了，只有在摆弄这些粗糙却鲜活的东西的时候，他才会觉得自己还是活生生的。

几个丫鬟进来伺候晨起的时候，景翊正翻到最后几页，丫鬟连唤了两声才把他的魂儿从纸页间唤出来。

"唔？"

"爷，"领头的丫鬟垂手恭立，有点儿怯怯地道，"我们……来得迟了？"

景翊搁下话本揉了揉熬得发酸的眼睛，抬头看见丫鬟们喜气洋溢的装束，才想起来她们怯的是什么。

照京里的规矩，洞房花烛夜还远不是一场婚事的最后一步，一夜笙箫起来之后，还有好些他也数不清的琐碎事要做。

他倒是不介意去做这些事，只是这些事大都不是他一个人就能做得了的。

景翊望着那张空荡荡的婚床，无声地叹了口气，她似乎是奔着那个夫妻之名来的，但昨晚又空了半张床等他圆房，她到底想的什么，他也有点儿拿不准了。

不过有一点他是可以肯定的，剩下的那些象征甜甜蜜蜜、百年好合的繁文缛节对这个女人而言肯定不是什么享受的事，强迫着做来也没什么意思，索性不做也罢。

景翊转过头来，在倦意深重的脸上牵起嘴角露出一个好脾气的微笑，从椅中长身站起，舒了舒窝了一宿哪哪儿都疼的肌骨："不迟，伺候洗漱吧。"

"是。"

眼看着有丫鬟拎着热水往脸盆架走去，景翊蓦然想起那只还盛着养鱼水的脸盆，忙道："别急着添水，先把那盆子里的水倒了，拿皂角水好好把盆子洗几遍，里外都洗干净了再拿回来。"

领头的丫鬟应声走过去，还没伸手端盆就是一愣。

那盆里的水面上浮着一层脂粉，一看就是女人洗脸用过的。昨晚脸上敷了这么些脂粉，还能在这个房间里洗脸的女人，也就只有那一个。

但凡伺候过景翊的人都知道他过日子讲究，但新婚夫人洗过脸的盆子要用皂角水里里外外使劲儿洗，这就不像是讲究了。

第三章 三兽渡河

冷月回到卧房的时候丫鬟们已经全都干完活离开了，只景翊一个人站在窗边读着那话本的最后几页，白衣玉立，一尘不染。

冷月无端地想起刚出锅的竹筒粽子，一下子就饿了。

于是房门口倏然传来"咕噜"一声。

景翊一怔抬头，正对上冷月那副好像恨不得一口吞了他的神情，手腕一抖，话本"啪嗒"一声掉到了地上。

景翊刚准备弯腰去捡，冷月已闪身掠近，先他一步拾了起来。

"景大人，"冷月满目担心地往景翊还没来得及缩回去的手腕上看了看，"你的手腕还在疼？"

"有一点儿。"

冷月眉心一沉，扬了扬刚拾起来的话本，像眼瞅着证据确凿的犯人还在挣扎狡辩一般冷声道："这么薄的书都拿不稳，不可能就一点儿。"

不等景翊辩解，冷月已把话本往茶案上一扔，一手牵起景翊的手拉至眼前，一手摸上了景翊的手腕。

冷月自小练剑，一双手已磨出了一层薄茧，不像寻常女子的那样柔滑细软，却格外温热有力。被她突然一握，景翊只觉得有种莫名的踏实，竟连本能的挣扎也在萌生的一霎就被化去了。

冷月用手在他腕上不轻不重地摸过，微微松了口气："还好，没伤着筋骨，也没肿起来。"

"你懂医术？"

"会点儿治跌打损伤的，平时自己用用，治你这个足够了。"

冷月轻描淡写地说着，摸在他腕上的手便沿着筋骨推按了起来，力道恰到好处。景翃只觉得那隐隐作痛了一宿的地方缓缓发热起来，一股拧巴在筋骨间的痛感被渐渐推散开来，很是舒服。

竟是久病成医，也不知道她一个姑娘家受过多少皮肉之苦，才把这门手艺学到了这个程度。

景翃心里刚微微一动，就见冷月垂下了推按在他腕间的那只手，低头拽起身上那件长衫的下摆，玉手利落地一扬，"刺啦"一声扯下了狭长的一片。

景翃心里狠狠一颤，颤得整个身子都跟着震了一下。

这件长衫是他的，上好的苏州丝绸，她就这么……

扯了！

景翃使足了吃奶的力气才憋着没吼出来，竭尽所能保持心平气和，问道："你这是做什么？"

冷月的注意力全在眼前这段白生生的手腕上，全然没有留意到这手腕主人内心深处的波涛汹涌。她一边把这片手感极佳的布条往这段手感更佳的腕子上缠，一边头也不抬地回道："固定一下啊，而且经络刚推开，裹起来免得受风。"

景翃的手腕不由自主地微微发抖："那叫人送些绷带来就好，你何必扯这衣服呢。"

绷带？

冷月在心底里苦笑了一声。

她平日里东奔西跑四处逮人，行装向来以轻简为上，带件换洗的衣服还嫌累赘，吃喝都是就地取材，哪有事到临头现去唤人来把绷带送到眼前的习惯？

冷月埋着头，轻描淡写道："平时都是这样，习惯了。"

景翃一时无话，冷月在这一瞬不大舒适的寂静中轻抿了一下嘴唇。

前些年刚从北疆军营回到京城的时候她就发现了，在京城这个熙熙攘攘的繁华之地，她已然是个怪物了。

当初要不是萧瑾瑜及时把她收进安王府，给了她这么一份可以照军营里养成的习惯过活，却又不用过睁眼闭眼都是厮杀的日子的差事，她一定不会在这片繁华之地久留。

如今要不是皇上加急递到凉州的密旨，她也从没想过嫁人这件事，何况还是嫁给这样一个过日子比安王爷还要讲究百倍的人。

想到讲究这件事，冷月突然想起些什么，手上不由得一滞，抬头望向景翊那双依然睁得有点儿圆的眼睛，有些底气不足地问道："这衣服很贵吗？"

景翊一个"是"字几乎冲口而出，看着眼前人这双坦荡中带着些微紧张的凤眼，却恍然想起来，这些日子明里暗里参他的那些折子中，有近三成就是奏请彻查他那与四品官员俸禄极不相配的日常花销用度的。

她突然问起这衣服值不值钱……

景翊咬牙一笑，笃定摇头："不贵，一点儿也不贵，橱子里还有件一样的，这件不够再撕那件，呵呵。"

她要真是来查他的，他一定要把那个给她出这馊主意的主子揪出来，掐着脖子好好晃荡晃荡，看那人肚子里到底装了多少坏水。

"那就好。"冷月重新低下头去，把景翊的手腕仔细裹好，才放心地舒了口气，"好了，今天一天尽量别用这只手，别使劲儿，晚上我再给你揉一回，明天就好了。"

景翊欲哭无泪地看了看自己被裹缠得舒适却多少有点儿丑的手腕，到底也只能默叹一声，无力地道了声"谢谢"。

大夫是好大夫，只是这诊金太贵了，比他那专门给皇上看病的二哥的还贵。

"景大人，"料理好景翊的手腕，冷月才想起这会儿跑来找他是为的什么，不禁把声音压低了些许，正色道，"我刚才看过了，昨晚水里沉淀的烟灰很少，死者是受重击身亡之后被焚尸的。现在也没别的什么证据证明案发地在哪儿，既然焦尸是装在玲珑瓷窑的箱子里的，我打算去玲珑瓷窑看看。"

景翊点头："也好，我跟你一起去。"

他也想好好问问他那个亲舅舅家的亲表哥，送这么一具焦尸来请他品鉴，到底什么意思。

一听景翊这话，冷月不禁皱了下眉头："咱们都出去，这尸体谁看着？"

"你写份验尸单给我，我来安排。"

安置尸首本就不是她职责范围内的事，景翊这样说了，她便毫不犹豫地应了一声。话音甫落，他们正想转身去书房，一个小家丁突然匆匆跑来传报，玲珑瓷窑的管事赵贺求见。

景翊微怔："可说是什么事了？"

"说是来给您和夫人道喜的。"

景翊眉心微舒，昨晚好像是没见豫郡王府的人来。

"二进院偏厅看茶，我就来。"

"是。"

"还有,给夫人取套笔墨来。"

"是。"

眼见着家丁匆匆退下,景翊转目看了看仍衣冠不整的媳妇,不禁浅浅苦笑:"你就在这儿写吧,写完洗漱一下,用些早点,我去去就来。"

"好。"

赵贺本在厅中坐着喝茶,见景翊进来,立马从椅子上弹了起来,一抹厚重的笑容一下子糊了满脸:"景大人,恭喜恭喜!"

景翊客气地笑着,拱手回道:"同喜同喜……"

景翊拱手之间衣袖往下滑了些许,露出一截手腕,也露出了缠裹在手腕上的布条,于是话没说完,就听赵贺夸张地倒吸了一口冷气。

"哟!"赵贺那满脸笑容登时一扫而光,两眼直直地盯着景翊的手腕,惊讶得好像看见母猪下蛋似的,"景大人,您这是……"

景翊依旧和气地笑着,轻描淡写道:"昨晚没留神扭了一下,没什么大碍,就随便包了包,让赵管事见笑了。"

"哦哦哦……"赵贺又在眨眼间用意味深长的笑容替下了满脸的惊讶,"早就听说冷捕头是女中豪杰,一身功夫了得,还真是名不虚传啊!哈哈哈!"

景翊一时没绷住,任由嘴角抽搐了两下。

这话听起来怪得很,可仔细想想,好像每一个字都是实情。

赵贺心领神会地笑完,才从怀中摸出一本大红礼单,双手捧到景翊眼前:"景大人,我家爷说昨儿晚上家里有事,没能来给您道贺,实在过意不去,今儿一早就让小的来补份贺礼。礼箱搁在门房了,这是礼单,一点心意,愿景大人与夫人早生贵子,白头偕老。"

就冲那具焦尸,还有赵贺这心领神会的笑脸,他那表哥就是送座金山来,景翊也不嫌多。

"表哥太客气了。"景翊坦然接过礼单,信手翻看,边看边似是漫不经心地问道,"他昨儿差人送来的那箱瓷器我看过了,还没来得及给他回话,他可曾问起来了?"

赵贺依旧厚重地笑着:"景大人新婚燕尔,这些琐事就不敢叨扰了。"

"我听人说京城瓷王张老五被你们请出山了,他可有三四十年不烧瓷了吧,这把年纪都被请了出来,表哥为了这瓷窑可真是费心了。"

赵贺的笑容愈浓，自打他当上这个瓷窑管事就只挨过笑话没受过夸，如今好不容易熬到头了，眉眼间的骄傲之色想藏都藏不住："托景大人的福……这瓷王也不是我们请来的，是他自己找上门来非要在我们这儿干活的，说是先前在我们瓷窑干活的一个小窑工是他亲孙子，有急事回乡没来得及给窑里打招呼，过意不去，就来顶些日子，连工钱都不肯要。我们爷生怕委屈了他，好说歹说，他才肯拿他孙子的那份工钱，其他多一个子儿也不收。"

销声匿迹了数十年依然口碑不倒的匠人，被尊奉为王的原因就必然不单是手艺好这一个了。

"他什么时候当值？"

"今儿就在当值呢。"

景翊合起礼单，浓淡适中地一笑："那我待会儿就去瓷窑拜见一下，不打扰吧？"

赵贺一愣，愣得笑容清淡了几分，倒显得多了些许诚意："待会儿？景大人今儿个不用陪夫人回门吗？"

景翊把礼单收进怀中，微笑摇头："她家长辈都不在京里，差人把回门礼送到就行了。"

"那好，那好。"赵贺的笑容又厚重了起来，"我这就回去准备，恭候景大人！"

"有劳了。"

送走赵贺，景翊又去别处做了些安排才回到房里，进屋的时候冷月已梳洗整齐，换上了一身干净利落的红衣劲装，写好的验尸单和笔墨纸砚一起搁在桌子一边。她人就坐在桌子另一头吃早饭，手里端着的那碗白粥已见了底，桌上的盘子里还有一个囫囵个儿的馒头和零星的几点碎渣，三个小碟里各剩着些许酱菜。

她吃得有滋有味，景翊却看得一愣。

除非设宴，平日里府上的饭菜都是那几个厨子自己把握的，这么大半年吃下来，还从没见哪天的早饭清淡成这样。

这是她自己点的吧？

见景翊进门，冷月腾出一手往前推了推那只盛放馒头的盘子："你还没吃吧，我给你留了个馒头，还剩了点儿小菜。"

长这么大，他从没吃过别人剩下的东西，倒不是他多讲究，只是从没有人在吃饭的时候想过给他剩些什么。

景翊突然觉得，这馒头配酱菜好像挺诱人的。

好像归好像，昨天在牢里吃了一整天的火锅，晚上只喝了几杯酒、一壶茶，这会儿要是塞上几口干馒头，估计到不了玲珑瓷窑就要吐得翻江倒海了。

"你吃，我不饿。"

景翊含笑说着，伸手拿起摆在桌角的验尸单，一目十行地翻了一遍。字如其人，既规矩又粗糙，笔画起落之间尽是习武之人的刚劲。

在大理寺待的这半年，景翊已处理过不少人命案子，看过的验尸单却屈指可数，因为萧瑾瑜对人命案子中验尸这一项的要求极高，以致他这样半路出家的，就是想看也看不明白，还不如直接跟负责验尸的官差聊聊来得清楚，如今为这件案子验尸的官差都跟他拜过堂了，他就更没有看的必要了。

景翊从袖中摸出赵贺方才拿来的那本礼单，抽出衬里的纸页，把这几页验尸单折了一折，仔细地填进了那张质地绝佳的大红壳子里。

冷月看得一愣："这是干什么？"

景翊嘴角微勾，还没开口，已有两个家丁"呼哧呼哧"地抬着一口硕大的箱子进了门来。

"爷……您看这个，这个大小成吗？"

"可以。"景翊垂下纤尘不染的手指在箱子盖上轻叩了两下，"你们出去等会儿。"

"是。"

家丁们一拜而退，景翊搁下手里那份已换了内瓤的礼单，卷起袖子走到床边，蹲下身去拽出了那口装着焦尸的红木箱子。

冷月眼瞅着这文弱书生俯下身去扒着箱子两边，像是打算把箱子搬起来，赶忙抹了抹嘴站起来道："刚说了，你这手今天不能使劲儿的，往哪儿搬？我来。"

景翊直起腰来苦笑摇头："太沉了，我还是叫他们进来……"

景翊话没说完，冷月已两步过去，气定神闲地伸手把箱子抱了起来，又面不改色地问了一遍："往哪儿搬？"

景翊呆愣了片刻才默然一叹，这几个馒头还真不是白吃的。

景翊伸手打开那口刚搬进屋来的大箱子："放在这里面。"

大箱子比装着焦尸的红木箱子正好大了一圈，套放进去刚好。冷月低身放好之后气息丝毫不乱，只不解地皱了下眉头："你到底要干什么？"

"给他找个合适的归宿。"景翊微微眯眼，有些狡黠地笑了一下。冷月还没从这个笑容中回过神来，景翊已扬声把候在外面的两个家丁唤了进来，"把这箱东西连同这份礼单一块儿送到安王府去，要安王爷亲自看过礼单才能回来。"

"是。"

不等家丁们搬箱子走人，景翊又转过头来对满脸茫然的冷月温和且客气地道："夫人既然是从安王府出嫁的，这回门礼送到安王府去也是理所当然，将军府的礼等岳父大人班师回朝之后再登门补送，想必岳父大人也不会怪罪的。"

回门礼……

冷月完全可以想象得出萧瑾瑜看到这份礼单之后的脸色。这么缺德却又稳妥的法子他是怎么想出来的？

待家丁们的脚步声消失在院子里，冷月看着这个满脸大功告成的人，不禁问道："你不怕安王爷活剥了你？"

"这有什么好怕的。"景翊眉眼微弯，笑得温良无害，"该回门的是你不是我，写礼单的是你不是我，装箱子的也是你不是我，连安王爷点名负责勘验的人也是你不是我，安王爷怎么会剥我呢？"

看着冷月倏然一黑的额头和微微抽动的嘴角，景翊突然觉得那只白瓷杯、那支湖州紫毫以及那件丝绸长衫全都可以安息了。

景翊风度翩翩地笑着："你要是吃饱了，咱们就上路吧。"

冷月使劲咬了一下后槽牙："走。"

来日方长。

玲珑瓷窑在京郊的一处幽僻之所，冷月一路跟着景翊打马过去，日近中午的时候，才在一片荒芜中看到一座显眼的高大院墙。

院墙下的正门口站着一个身着锦衣华服的男人，直到冷月在他面前翻身下马，才发现这张带笑的脸上竟长着一副与景翊有几分相似的眉眼。

景翊一下马就对着这人含笑拱手："表哥，冒昧来访，叨扰了。"

景翊的表哥，玲珑瓷窑的老板，豫郡王府的三公子……冷月飞快地从脑海中扒拉出一个从来没与脸对上号的名字——萧允德。

"自家人，表弟这么说就见外了。"萧允德笑着展开了攥在手里的折扇，露出一幅精致的花鸟扇面，一边以一种几乎扇不出风的力道在胸前缓缓摇着，一边用一种品赏瓷器般的眼神笑眯眯地看着站在景翊身边的冷月，从头看到脚，又从脚看到头，"这位就是弟媳，冷大将军府上的三小姐吧？"

冷月皱了皱眉头，抱剑拱手，客气的声音里透着一丝硬邦邦的凉意："刑部捕班衙役总领冷月。"

萧允德愣了一下，旋即笑出声来。

冷月一向觉得，长得再丑的人只要笑起来就总会比不笑的时候好看，但萧允德是个例外，他不笑时还有些与景翊相似的清俊，一笑就没法看了。

脸还是那张脸，但看着就是有种说不出的不舒坦，让人恨不得拿块热毛巾把他脸上的笑容一口气熨平。

"幸会，幸会。"萧允德带着这道不舒坦的笑容拱手道，"昨晚冗事缠身，没能去赴表弟与冷捕头的喜宴，还请冷捕头莫要怪罪。"

萧允德把"冷捕头"三个字说得格外清楚，眼见着冷月勾起嘴角，说了一句："萧老板这是哪儿的话。"

萧允德眉目一舒，笑容浓得几乎要滴出汁来了，刚想再客气几句，就听冷月接着道："你来了我也不认识你，为什么要怪你不来？"

景翊方才一直全神贯注地盯着萧允德的脸，这张脸他虽不常见，但起码的印象还是有的，他总觉得萧允德今天的脸和印象里的有点儿不一样，但一时又说不出哪里不一样，就凝神多看了一会儿。谁知冷月陡然冒出这么一句，愣是把他噎回了神来。

眼见着萧允德笑脸一僵，景翊赶忙一把将冷月捞到身后，眨眼间堆起一脸和气生财的笑容："她读书少，词不达意，她的意思是一回生两回熟，以后都是一家人了，呵呵……那个，今儿月亮有点儿毒，不是……太阳有点儿毒，要不咱们里面说话？"

萧允德脸颊抽动了几下才把笑容重新挂了回去，移步侧身，摆了个迎客的姿势："怪我怠慢了，快里面请。"

萧允德这么一笑，景翊恍然反应过来，这张脸与先前是一样的，不一样的是这张脸上的笑容。

他这满脸的笑容虽然和以前一样，假得像是从油锅里煎出来的脆皮似的，但以前的笑之所以假，是因为他作为商人不得不见谁都笑，而这回的笑不光是违心，还透着那么一点儿莫名的紧张，好像今天的这层假笑是专门为了掩盖这份紧张而煎出来的。

见自家表弟和弟媳，他紧张什么？

景翊微微点头，不动声色地客气一笑。

"表哥请。"

"请。"

瓷窑前半截是处布置堂皇的大宅子，萧允德把他二人请进客厅里，唤人奉来茶和茶点，景翊就安安稳稳地一屁股坐了下来，好像大老远赶到这儿来真就是为了聊天喝茶似的。

茶是提前备好的，这会儿端上来冷热刚好。打马跑了这么一上午，冷月还真觉得有点儿口干舌燥，端起杯子就深闷了几口。

萧允德待景翊也捧起了茶杯来，才眯眼笑道："表弟是在宫里待过的人，什么好东西都见过，不知能不能品出这是什么茶？"

自打他从宫里出来，这样客气里带着挑衅的话就没在他耳边断过，一部分人是为了恭维，另一部分人是为了看他丢丑。萧允德一个人把这两部分都占齐了。

景翊习以为常地温然一笑，刚领首把杯子送到嘴边，冷月已斩钉截铁地替他答了。

"大碗茶。"

景翊手一抖，险些把茶汤泼洒出来。萧允德的笑脸又是一抽。

"冷捕头……你也懂茶？"

"不懂。"冷月搁下已经喝得见底的茶杯，举起袖子抹掉嘴边的水渍，才又看着萧允德勉强维持的笑脸正色道，"我只认识这一种茶……不，两种。一种是一文一碗的茶叶梗，一种是两文一碗的茶末子，这是两文一碗的那种。"

两文一碗的大碗茶，景翊不知道自己上辈子有没有喝过，反正这辈子肯定还没有。

萧允德会拿两文一碗的大碗茶来给他品？

景翊好奇地呷了一口，还没等咽下去就眉眼一弯笑了起来。这口感虽算不上熟悉，但也不至于从没尝过，昨晚他才刚喝过，就在安王府三思阁，萧瑾瑜喝剩的那半杯就是这个。

这可不是什么两文一碗的茶末子。

景翊嘴唇微抿，含笑道："这是成记茶庄的十里香，与金同价，用二沸水冲泡会有种特殊的口感，入口苦涩，收口微甜，有苦尽而甘来之感。皇上最好这口，我家老爷子和安王爷也常喝。"景翊说着，略带歉意地把杯子轻轻放回茶案上，"我口福浅薄，喝不来这个苦味儿。"

"表弟果然是行家。"萧允德的脸色这才缓过来，扬起一道淡薄的笑容，深深看了一眼抿着嘴有点儿出神的冷月，"冷捕头嫁给表弟，真不知要羡杀多少美人呢。"

冷月本来正努力地咂摸着口中的余味，想在这股熟悉的苦涩里找出点儿景翊所谓的微甜，忽然听到萧允德这似乎八竿子打不着的一句，不禁愣了一下，不等琢磨过味来,景翊已朗声笑道:"表哥可别这么说,京里上赶着要嫁给你的姑娘可能排上几条街呢,你就只守着嫂子一个,才是伤了不少美人的心吧?"

萧允德笑容一淡,景翊却笑得更浓了:"说起来,表哥是在我出宫前成的亲,我还从没跟嫂子见过面呢,也不知是哪家的千金……表哥在瓷窑建这么一处大宅子,该不是专门藏嫂子用的吧?"

"表弟说笑了,"萧允德僵硬地笑了笑,"她在家里呢,这几日家里有点儿事,等忙完了,就请表弟和冷捕头去家里坐坐。"

景翊轻轻立直了原本虚靠在椅上的脊背,眉心微蹙,蹙出了些许关切的意思:"表哥好像一宿没睡似的,家里是了出什么事吗,很严重吗?"

"没有,就是一点儿家长里短的琐碎事。"萧允德使劲儿笑着,也往景翊脸上看了一眼,似是漫不经心又有点儿意味深长地道,"表弟这脸色也像是一宿没睡,眼底都发青了,昨晚成亲辛苦了吧?"

一宿没睡?

冷月对萧允德的家事毫无兴趣,直听到这句才愣了一下,转目看了看景翊那张满是倦容的脸。

昨天在大理寺狱里见到他时,他好像就是这个样子的吧?

景翊被萧允德这句"辛苦"噎了一下,赶忙拽了拽袖子,把裹在手腕上的那层布条严严实实地盖了起来:"还好,还好……"

萧允德终于像是寒暄够了,微一清嗓,捧起自己的那杯茶,小心地抿了一口:"听赵贺说,表弟来这儿是想见见瓷王张老五?"

景翊巴不得他这会儿换点儿别的说说,赶忙笑盈盈地应道:"是。表哥知道,我就喜欢摆弄这些玩意儿,一听说瓷王重出江湖就坐不住了,冒昧来访,也不知是否方便?"

"没什么不方便的。"萧允德摆手笑着,笑出了几分主人家的自得,"只是他这会儿正在当班烧窑呢,我刚才请他过来他不肯,非要盯完这一班,估计还要小半个时辰。我让人备了点儿薄酒,表弟和冷捕头要不嫌弃,咱们就边吃边等?"

那一杯与大碗茶同味却与金子同价的茶,已经把她对此处饭菜的兴趣全都冲没了,冷月正想说不饿,蓦然记起有个人似乎该饿了。

景翊不是还没吃过早饭吗?

冷月稍一犹豫,景翊已道:"烧窑?那正好,我早就想去看看窑炉了。承蒙表哥抬举,这段日子一直送瓷器来请我品鉴,可惜我只看过器没看过窑炉,有些问题也不好断定究竟是出在哪里,这回正好仔细看看,希望不负表哥信任。"

"表弟难得来一回，还是和冷捕头一起来的，怎么好意思还拿这些事来……"

萧允德还没客气完，冷月已出声截道："我也想看看窑炉。"

萧允德一怔："冷捕头也对瓷器感兴趣？"

他着实不信，这能把十里香喝成大碗茶的女人，会有品赏瓷器这么文雅的爱好？

"没有。"冷月坦诚道，"我只是对窑炉有点儿兴趣。"

萧允德饶有兴致地眯起眼来，他还是头一回听说有人对窑炉的兴趣胜过对瓷器的，不禁问道："为什么？"

景翊微不可察地皱了下眉头。

他当然知道冷月为什么会对窑炉感兴趣，那焦尸出现在玲珑瓷窑的箱子里，而这里适合把人整个塞进去烧的地方无疑就是烧瓷器的窑炉了。

不过据他观察，冷月自昨天在大理寺狱找上他起，直到现在，还没说过一句谎话，他一时也摸不清她是不愿撒谎还是不会撒谎，但眼下似乎容不得她把实话说出来。

景翊正犹豫着要不要出声帮她糊弄过去，冷月已不慌不忙地道："都是被火烧，瓷器被火烧上半天，拿出来是白白净净的，尸体被火烧上半天，拿出来就是一团焦黑，不是很有意思吗？"

景翊的嘴唇微微一抖，把琢磨好的话一口吞了回去。

他还真是多虑了……

"这个……"萧允德还从没把这两种东西凑到一块儿想过，喉结颤了几颤，到底无言以对，"呵呵，冷捕头既然想看窑炉，那就先看窑炉好了。"

萧允德话音未落，赵贺突然匆匆奔进来，没对两人见礼就皱着眉头在萧允德耳边低语了几句，说得萧允德的脸色又难看了几分。

"实在对不住，"萧允德甫一听完，立马顶着这张神色很是难看的脸道，"我失陪一会儿，窑炉那边就先让赵管家带二位去吧。"

说罢，还不等景翊起身相送，就大步奔出门去了。

冷月还怔着，赵贺已用浓厚的笑容遮起了方才进门时的急迫，侧身让出门口的路，欠身道："景大人，夫人，请。"

"请。"

窑炉建在整个瓷窑大院的最后面，一连建了三个。赵贺一路不停地对景翊说瓷器的事，冷月听不懂，只埋头看着各种人留在地上的浅淡足印，快到窑炉所在的院子时,冷月才开口插了一句。

"赵管事,窑炉往外运货的马车是从后门走的吗?"

赵贺一怔,收住口中有关釉里红施釉的长篇大论,一笑回道:"回夫人,正是。"

"搬货上车也是在后门?"

"正是。"赵贺一丝不苟地答道,"装运货多在清早,这前面是爷会友待客的地方,时有客人留宿,走前面路有些远,也易打扰宾客,所以一直走的后门。"

冷月赞同地点点头,又问道:"负责搬抬货物的都是什么人?"

赵贺依旧耐着性子回道:"大多是附近村里的村民,我们窑里给的工钱多,雇人不难。"

"都是个儿高劲儿大的吗?"

"呃……是。"接连被冷月问了这么几个与瓷器毫无关系的问题,赵贺隐约觉得哪里有些不对,于是既客气又谨慎地问道,"不知夫人为何对搬运货物感兴趣?"

"没有,我就是对搬货物的人有点儿兴趣。"

一直在旁边静静听着的景翊微怔了一下,无论这案子是否真的出在窑炉里,这些把焦尸送到他家的人都难逃干系。

不过,眼下证据尚少,似乎还未到传人问话的时候。

赵贺也像是从冷月这句答话里听出了些许滋味,想到这人除了景夫人之外的另一重身份,不禁追问道:"夫人为何对这些人有兴趣?"

"我喜欢劲儿大的男人。"

"……"

赵贺噎了一下,景翊比他噎得还狠,因为他看得出来,冷月这句是如假包换的大实话。赵贺不由自主地转头看向景翊的时候,景翊那一张玉面已经噎出茄子的颜色了。

赵贺蓦然想起景翊被包扎得结结实实的手腕。难不成昨晚洞房花烛,这俩人都用来掰腕子比劲儿了?

被赵贺往手腕上一瞅,景翊的脸色又深了一重。

她并不情愿嫁给他这件事,他心里是有准备的,但那个挨千刀的人把她派来之前,就没跟她讲过既来之则安之的道理吗?

这些事在心里想想也就算了,她还说出来,还当着他的面说出来。小时候她整日黏着他玩的那会儿,她可没说过嫌他劲儿小吧?

昨晚怜她任人摆布，不愿乘人之危做那些并非你情我愿的事情，眼下景翊突然有点儿后悔昨晚的君子风度了。

话本里果然都是骗人的。

赵贺眼瞅着气氛诡异了起来，忙干咳了两声，浓重地笑道："就是这里了，景大人，夫人，快里面请吧。"

景翊迈进这院子之前已把那一脸的官司消化殆尽，跟着赵贺走进烧窑房时已经可以笑得出来了。

这屋子就搭在添柴口上，说是个屋子，其实不过是给烧窑工遮风挡雨避寒暑的地方。屋里一边堆着柴，一边堆着等待装货的红木大箱子，还有一边是门口，正对门口的就是窑炉的添柴口。

一位须发花白的老者单手拄着拐杖，歪歪斜斜地站在添柴口边，赵贺毕恭毕敬地唤了声"张先生"。老者充耳不闻，一声不吭，用拿在另一只手里的一根长铁钩子娴熟地伸进火眼钩出一片火照子来，凑到眼前仔细地看了看，像是郎中摸到了平和脉象一样安心地舒了口气，搁下铁钩子，才从添柴口前颤巍巍地转过身来："还有两刻才能熄火换班呢，赵管事怎么这会儿就来了？"

赵贺忙把手往景翊这边一伸："张先生，这便是萧老板家那位慕名而来的表弟。"

张老五这般年纪本就有些花眼，方才又盯着火光看了一阵，眼前一时还昏花得很，虽凭着声音认出了赵贺，但赵贺身边的人到底只能看出一个模糊的轮廓，只见其中一个温雅玉立，另一个英武挺拔，手中还像攥着件兵器的模样，想也没想就冲着那拿剑的人躬身颔首道："小民张老五见过公子爷。"

景翊温文的笑容在脸上一僵，嘴角的弧度险些掉下来。

这样的眼神想宝刀不老也难吧？

"我，"景翊往前凑了一步，抬手朝自己鼻尖上使劲儿指了指，"我是公子爷，那位是我夫人，张先生，晚辈有礼了。"

张老五愣了愣，好生眨了眨眼才看清两人的面容，忙把腰弓得更深了："小民老眼昏花，失礼，失礼了。"

"不敢不敢。"景翊搀着张老五直起腰来，和气地笑道，"晚辈仰慕张先生才德已久，今日得以一见，实在三生有幸。"

张老五苦笑摆手："一把老骨头又出来丢丑，公子爷抬举了。"

这位张先生有什么才德，冷月一丁点儿也没听说过，但一个匠人到这把年纪还不丢手艺，无论如何也是值得尊敬的。冷月便抱手行了个礼，随景翊唤了声"张先生"。

景翊搀着张老五到一旁的凳子上坐下来，张老五的一双眼睛一直盯在景翊脸上，直到景翊也拉了张凳子在他身旁坐下，张老五才犹犹豫豫地道："小民冒昧……敢问，小民先前是不是在哪里见过公子？"

景翊一怔，眼前这人在京中销声匿迹的时候连他大哥都还没出生，他哪有机会见到这人？

景翊怔愣的工夫，张老五把他上上下下打量了一番，到底摇了摇头，那双有些浑浊的眼睛也随之黯淡了几分："小民老眼昏花，许是看错了，公子莫怪。"

"张先生哪里的话，"景翊温然一笑，"张先生看晚辈眼熟，说明晚辈与张先生有缘，还要请张先生莫嫌晚辈愚钝，不吝赐教。"

"不敢，不敢。"

冷月一时听不出这两人说的话里还能有她什么事，就兀自围着屋子绕了一圈，走到整间屋中她最感兴趣的那个添柴口前，伸手比量了一下尺寸，眉心刚蹙了蹙，赵贺就已凑到了她身旁："夫人以为这窑炉是否可改进之处？"

冷月摇头："挺正好的。"

塞下那具两肩内收、髋骨窄小的尸体足够了。

赵贺登时笑容一浓，落在窑炉上的眼神活像看自己十月怀胎生下的儿子一样："我们爷前些年去江南游历之时，遍访江南名窑，归来之后就有了这座兼得各家之精妙的窑炉……"

赵贺还没把这座窑炉的精妙之处展开细说，冷月已把兴趣转到了张老五刚才顺手搁放在墙根的铁钩子上。

眼见着冷月拿起这把铁钩，赵贺忙道："这钩子乃是由精铁打造，用以钩取火照来查看窑中瓷器的火候成色，便是张先生这样的名家大师烧窑也离不了它，称之为一窑瓷器成败的向导也不为过……"

不等赵贺音落，冷月目光倏然一亮，举起这有向导之能的铁钩子朝景翊的方向扬了扬："景大人，我要这个。"

景翊正一边托着腮帮子对着张老五表诚心，一边小心留意着赵贺那些注定要在冷月耳中成为废话的说辞，乍听见冷月这么一句，整个人都晃了一下。

"别闹……"倏然被张老五见鬼一样的目光盯上来，景翊脸上多少有点儿挂不住，忙干咳了一声，"咱家又没窑可烧，你要这个干什么？"

冷月轻抿嘴唇，声音微沉："这个不光能烧窑。"

景翊一时想不出这玩意还能干吗，只得硬着头皮沉下脸道："那我回去让人给你买一捆来，你先把这个搁下，张先生烧窑还要用呢。"

"我就要这个。"冷月说着，像握剑一样握着铁钩的手柄，利落一挥，在干燥的空气中划出"嗖"的一声，"这个称手。"

站在冷月近旁的赵贺被这突然的一下吓了一跳，心里一哆嗦，慌得往后退了两步。

赵贺一退，景翊心里豁然一亮。

这东西好像确实可以有些别的作用。

"呃，赵管事，"景翊站起身来，对着赵贺露出一抹很是无可奈何的苦笑，"你看这铁钩子……"

赵贺一愣，转目之间正对上握剑一般握着这铁钩的冷月，赶忙道："不要紧不要紧，这东西瓷窑里还有的是，不是什么值钱的东西，夫人喜欢只管拿去！"

"那就多谢赵管事了。"

"不谢不谢。"

景翊稳下心神，转身正要坐回去，见张老五盯着他的眼神还是那么一副见鬼的模样，不禁苦笑道："内子无状，让张先生见笑了。"

料张老五活了这么大岁数，烧了这么多年窑，都没见过在瓷窑里吵着闹着要铁钩子的姑娘吧。

张老五又怔怔地看了他须臾，才微抖着嘴唇轻声问道："你……你是大人？"

景翊这才想起，自己一时激动，还没提过自己姓甚名谁，忙颔首道："晚辈失礼，还不曾报过家门。晚辈姓景，单名一个翊字，现在大理寺任四品少卿。内子出身军营，现在刑部供职，常年在外行走，礼数不周之处还望先生莫怪。"

张老五一言不发地看了景翊半晌，又看了看专心把玩着刚刚到手的铁钩子的冷月，才摆手笑道："不敢不敢，是小民失敬了。景大人是爱瓷器之人，承蒙景大人抬爱，小民无以为报，倒是家中还有几件旧时烧制的物件，景大人若不嫌弃，小民便送给景大人。"

景翊狠狠一愣，还没来得及直起微微欠下的身子就抬起头来。

看这瓷王的形貌装束，如今过得必不宽裕，他旧时的瓷器只要倒一倒手，便足够一户寻常百姓家吃上一年的了，怎么说送就送，还是送给他这个初次见面话还没说上几句的人？

景翊脸皮再厚也不会相信自己这张名满京师的俊脸连这般年纪的老大爷都能迷惑得了，不禁怔怔地反问了一声："送给我？"

张老五点点头，惭愧中带着点儿战战兢兢，补充道："只是物件沉重，小民年迈无力，没法给景大人送到府上，景大人若不嫌弃，可否晚些时候亲自到小民家中看看？"

景翊又是一怔，才颔首笑道："晚辈却之不恭，就先行谢过了。"

"不谢不谢。"张老五像心里有块石头落了地似的，踏实又热络地道，"小民家就在紧挨着庆祥楼的那个胡同里面，进去最里面那户就是，好认得很。"

"晚辈记下了。"

冷月一心盯在那支铁钩子上，没管景翊和张老五又文绉绉地说了些什么，也没管赵贺又在她耳边叨咕了些瓷窑的什么，直到景翊唤她走，她才跟着景翊出去，对直把他们送到大门口还在劝他们留下吃饭的赵贺点头道了个谢，纵身上马，打马往城中走去。

走出一炷香的工夫，四周还是荒芜一片。景翊倏然把本就走得不快的马又勒慢了些许，侧目看向冷月仍抓在手上的铁钩子。

"这是凶器吧？"

冷月也把马勒慢了些，伸手把铁钩子递了过去："你看见钩子尖儿上那点黑东西了吗？"

景翊接过铁钩细看，的确见钩上有点儿零星的黑斑，不像铁锈，更像是沾染了些什么，于是点了点头。

"这是被火烤过的血。应该还有一些被人抹去了，这些在弯钩里侧，不起眼也不好抹，就留下来了。"

景翊心服口服地叹了一声。

这么细微的痕迹，她若不说，估计等凶手亲口把这凶器供出来，他也未必能发现得了。

他还真没想过此案的凶器会是自家媳妇使性子要来的。

"时候不早了，你先回家吃点儿东西吧。"景翊小心地把这来得有些突然的凶器递还给冷月，伸手挽住缰绳，"我去萧允德府上看看，晚些回去，让府上别准备我的饭了。"

不等景翊策马，冷月眉头一沉："你怀疑人是萧允德杀的？"

冷月这话问得一如既往地直截了当。景翊迟疑了一下，没承认也没否认，只道："他今天的反应有点儿怪，好像生怕我知道什么似的。"

冷月摇头："不是他干的。"

景翊一愣之下不由自主地紧了下缰绳，勒得身下那匹白马前蹄一扬，生生把他晃精神了。

再怎么精神，他也想不出冷月为什么能在不知道死者姓甚名谁、何等身份，也不知道死者具体的遇害时辰，更不知道萧允德与死者是否有恩有仇的情况下，就斩钉截铁地下这般定论。

"为什么？"

冷月像没料到景翊会有这么一问似的，怔了一下，才道："死者是被一个身长约八尺的人从背后用这铁钩击中后脑的，铁钩由左上挥向右下，一击毙命。萧允德明显个儿不够高，劲儿不够大。"

个儿不够高，劲儿不够大。

景翊蓦然想起她对赵贺说的那句话。

她说喜欢劲儿大的男人，难不成是因为这个？

景翊心里莫名地一舒，猛然意识到一件险些被他忽略的事："等等，凶手有多高，凶器怎么挥，你怎么知道？"

景翊问这话的时候，脸上带着些许不解之色。冷月听完他这话，脸上的不解之色竟比他还浓郁几分，俨然一副不知景翊是不是在逗她的模样。

冷月犹豫了片刻，正色答道："死者后脑受击的伤处虽然已经成了一个窟窿，但从颅骨脱落程度可以看出，伤处哪一侧受力重，哪一侧受力轻，凶器挥入的一侧受力自然比挥出的一侧重。既然知道凶手是持凶器斜挥的，那从死者后脑被击中的位置就可以推算凶手大致的身长了……"冷月一丝不苟地说完，有些不悦地看了一眼听得发愣的景翊，"死者伤口的位置和走向，我已经在验尸单里标出来了，这些都是一目了然的事，景大人是要考我吗？"

"不是。"

景翊哭笑不得地暗叹了一声，这些她所谓一目了然的事，不但他看不出来，此前协助他办案的那些负责验尸的官差也没有一个告诉过他这些东西的。

他确曾见过萧瑾瑜拿过验尸单一看，就道出凶手的性别年龄身长体型，那会儿萧瑾瑜只淡淡地跟他说了一句"看出来的"，他还当萧瑾瑜是会什么歪门邪道的通灵之术呢。

"你先回去吧。"景翊定了定心神，重新挽起缰绳来，"萧允德一定有问题，我还是得去看看，免得出事。"

在他眼里，萧允德的古怪就像她在尸体上看出的证据一样明显，虽然还不能确定这份古怪的源头是什么，但这样的表现本就不是什么好事。

冷月把铁钩子倒了个手,也挽起了缰绳来:"我跟你一起去。"

景翊刚想说"好",倏然记起她跟在他身边是为的什么,不禁嘴唇一抿,换了一句:"你不是不怀疑他吗?"

冷月点点头,丝毫不见迟疑地道:"他不是这个案子的凶手,但他确实有些古怪,他刚才走的时候满身都是杀气。"

杀气?

他只觉得萧允德出门的时候那副表情让人后背有点儿发凉,要是说成这些习武之人口中的杀气,似乎的确更为合适。

萧允德想杀什么人?

景翊连一个可能的答案都还没想出来,就听冷月淡淡地道:"你有点儿像安王爷。"

景翊愣了一下,他进宫没多久就与萧瑾瑜相识了,他怕萧瑾瑜怕得要命是真,两人私交匪浅也是真,但还从没有人说过他俩相像的话。

他只记得他家老爷子说过,如果萧瑾瑜是那有第三只可以洞悉世间善恶之眼的二郎真君,他大概就是那血统高贵、机敏忠勇、灵活善跑、细腰长腿的哮天犬了。

二郎神与哮天犬哪一点相像,这比萧允德想杀什么人更难琢磨明白,景翊不禁回过神来反问了一声:"嗯?"

冷月凤眼轻转,有些怜惜地看了他一眼:"一看就很容易坏掉。"

景翊的印堂还没来得及发黑,就听冷月在策马之前又补了一句。

"我还不想当寡妇。"

"……"

第四章 四时气备

萧允德出门前只说了声失陪，没说去哪里、做什么，但景翙像心知肚明似的，径直打马到了京中一处冷僻的街巷。

这片地方虽也是京城的地界，但丝毫不见熙熙攘攘的繁华景象，好像是一座没有筑墙围起的大理寺狱，冷肃得让人心里直发凉。

冷月也只在追捕犯人的时候来过这里，见景翙一路奔到这儿来，冷月越走越心慌，到底忍不住把马打快了些，在身下的枣红马超过景翙那匹白马半身距离的时候猛地一收缰绳，枣红马倏然前蹄一转，硬生生把白马别停了。

"你确定萧允德是到这儿来了？"

景翙险些被吓了一跳的白马扔出去，好容易把马安抚好，才哭笑不得地道："确定……你差点儿摔死我，就为了问这个？"

冷月没理景翙话里的埋怨，皱眉道："他走前什么都没说，你怎么能确定？"

"看出来的。"景翙见冷月满脸的怀疑，料定不把这事说清楚他是别想往前走了，索性耐下性子心平气和地答道："就像你验尸一样看出来的。他从见到咱们开始一直很紧张，我问到他家事的时候尤其紧张，说明他那件家事是怕人知道而且还没处理利索的。等问到他夫人的时候，他除了紧张还有些恼火，言辞闪烁，顾左右而言他，可见那不想让人知道的家事八成是跟他夫人有关的……他嘴上虽然说忙完了请咱们去他家坐坐，心里想的却是你们可千万别来。我听豫郡王说，他前些年从江南回来之后就搬到这边的宅子来住了，除了管那个瓷窑也没别的事干，突然跑出来，还带着火气和你所说的杀气，应该就是回家来了。"

冷月怔怔地听完，才若有所悟地深深看向跨在白马上的这个纤尘不染的白衣书生。她隐约记得，听安王府的人议论过有关这个男人的一些事，当时只觉得那些话邪乎得像说书先生讲的鬼故事一样，现在看来，这人本身似乎比传言更邪乎几分。

在她眼里，萧允德自始至终都是在笑的，虽然笑得难看，但言谈举止自然流畅得很，客气得像京中最好的酒楼里的店小二一样，哪里有什么紧张冒火、顾左右而言他。

"你能看出来人心里想的什么？"

景翊一时没答，只微眯起那双狐狸眼，盯着冷月静静看了片刻，倏然如春蕾绽放般笑了一下："你刚才在想，景大人这本事真是太可怕了，嫁个他这样的相公，以后的心事可怎么藏啊。"

景翊话音还没落定，就见冷月腰身一僵，脸颊蓦然晕开两朵绯红。

还真猜中了？

景翊眉眼微弯，嘴角不由自主地往上扬了扬："刚才那句是诈你的，现在你脸上的红晕才是证据。"

冷月一愣，反应过来的时候只觉得脑中"嗡"的一声，脸颊又狠狠地红了一重，红得快与身下的枣红马浑然一色了。

景翊饶有兴致地看着冷月的一张红脸，若无其事地温声道："冷捕头还有什么疑问吗？"

冷月有一肚子疑问，比如她怎么招他惹他了，他就要这么戏弄她，但这样撒娇味儿十足的话单是想想她就全身直发烫，无论如何也说不出口，只得目视前方深深吐纳。熬了好半晌，觉得脸上没那么烫了，这才转头瞪向那个坐在马上笑得极尽温和的人，不冷不热地道："你告诉我萧允德家在哪儿，我去看看就行了，这地方不安全，你还是赶紧走吧。"

景翊一怔，满目笑意淡了些许。

她那眼神虽是恨不得掐死他，但这话里没别的意思，当真只有清可见底的担心而已。

她担心他？

担心他出事，和担心他出了事自己没法交差，这两种都是担心，落在话音里毫无差别。景翊在还不知道情为何物的年纪就已经深谙自作多情的危害了。

"放心，"景翊在马背上挺了挺线条优雅但实在称不上健壮的腰板，安然笑道，"我不会武功，但跑得够快，危险的时候我会跑的。"

想起这人那一身精绝的轻功，冷月点了点头，但到底还是不大放心地叮嘱道："真有危险的话你就只管跑，打的事我来，你不要管。"

景翊微微一怔。

被一个女人叮嘱这样的话，算不得什么光荣的事，但同样的话他好像听过不止一回。很多很多年以前，好像也是出自这个女人之口，只是那会儿她还不会武功，也没有任何差事。

景翊一怔之间，就听冷月又蹙眉补了一句。

"你要是上来帮忙的话，没准我也打不过了。"

"……"

冷月又跟着景翊打马走了约半盏茶的工夫，临近一处高墙围筑的宅院时，没等景翊开口，冷月已知道这便是萧允德的住处了。

这处宅院打远看去与周围的几户没有太大区别，门口也没挂门匾，只是从这宅院围墙里传出的喝骂声，正是属于那个先前带着一身杀气匆匆离开玲珑瓷窑的男人的。

尖厉刺耳的喝骂声里掺杂着拳脚落在皮肉上的闷响和女人痛苦却隐忍的哀吟。架打得多了，光听动静就能想象得出墙内惨不忍睹的景象，冷月翻身下马的同时，转目看向身边的人，刚想叮嘱他待在外面别动，还没张开嘴，就发现白马背上已经没人了。

冷月嘴角微抽，他跑得还真快。

拳脚无眼，他一个手无缚鸡之力的书生不在最好，冷月无暇多想这人的去向，甫一下马便纵身跃上高墙，足尖刚点到墙头时，那刺耳的喝骂声倏然一滞，换了一个温和清润的声音，伴着女人无力的哭声飘上墙头。

"表哥这是在干什么？"

冷月一眼望下去，才发现那个原以为早就钻到哪个胡同里躲得严严实实的人，正堂而皇之地负手站在墙下院中，以身拦在怒目圆睁的萧允德和那个蜷在地上浑身发抖的女人之间。看那一脸气定神闲的笑容，就好像他是专程赶来看热闹似的。

冷月还戳在墙头上愣着，萧允德已在景翊突然从天而降的惊吓中缓过神来，拳头一紧，厉声喝道："你闪开！"

萧允德喝声未落，便觉得眼前银光一闪，颈间倏然一凉，一怔低头，赫然看见一柄薄如蝉翼的剑架在他的脖子上，一惊之下赶忙沿着剑身看过去，正对上冷月一张冰霜满布的脸。

"他闪，你就别闪了。"冷月下颔微扬，落在萧允德身上的目光比手里那把寒光熠熠的剑还要冷厉，"跟我去衙门坐坐吧。"

萧允德狠狠一愣，浓眉一拧，从脸色到音色都全然不见在瓷窑时的客气了："凭什么？"

比起先前那副百般客气的笑模样，冷月倒觉得萧允德眼下这副像要一口咬死谁的模样要顺眼得多。

她不大会跟人客气，但对付不客气的人，她还是很有几分底气的。

冷月转目看了一眼那半闭着眼睛蜷在地上的素衣女子，淡声道："凭你把她打成这样，也该有人替她打打你了。"

萧允德也垂目往那女子身上扫了一眼，满目尽是嫌恶："这是我明媒正娶来的女人，我关起门来管教管教，有什么不妥吗？"

景翙微怔，不禁回头看向这一直以来连名字都没被萧允德提起过的表嫂。这女子年约双十，身形娇小细瘦，蜷在地上只有小小的一团，仿佛还没从方才暴风骤雨般的拳打脚踢中缓过劲儿来，周身还在剧烈地抖着，口中呜咽不成声，只依稀听得出是在不断哀求讨饶。

这算哪门子的管教？

景翙尚未开口，冷月已冷声道："冲你这话，你也该挨几板子。"

萧允德像听了一个有些绕弯的笑话似的，怔了一怔，才突然大笑出声，也不管还架在脖子上的剑，笑得都快喘不过气来了，边笑边看向仍负手站在原地的景翙："表弟，你说说你啊，满京城的姑娘尽着你挑，你是挑花眼了还是怎的，居然挑了这么个连三从四德都不懂的……也好。"萧允德说着，收敛起尖锐刺耳的笑声，扬手往地上的女子身上一指，"冷捕头不是想惩恶扬善秉公执法吗，我报官，这贱人不守妇道与人私通，你把她抓走，该淹死淹死，该烧死烧死吧！"

忽见冷月目光一冷，景翙忙一把按住了冷月握剑的手腕，在上面轻轻拍了两下，把这刹那间蓄足了力气的手腕拍软了下来。

待冷月把剑从萧允德的颈上拿下来，景翙才往一旁侧了侧身，把她半遮在身后，依旧和颜悦色地对萧允德道："表哥，这种事可不好拿来说气话。"

"气话？"萧允德眉毛一挑，一把拽过景翙的胳膊，把景翙转过半个身，正面朝向那还伏在地上勉力挣扎的女子，"来来来，你在朝廷里不就是管审犯人的吗，你审她，就在这儿审，让她自己跟你说！"

萧允德说着，抬脚又要往女子身上踹，抬起的脚还没踹出去，落地的那只脚忽然被泰山压顶一般狠踩了一下，一时吃痛重心不稳，险些一屁股坐到地上，这一脚也就落了空。

"对不起，对不起。"景翊堆着一脸满含歉疚的笑容搀住萧允德，"我昨儿晚上没睡好，今儿早晨起来到现在还一口东西都没吃，刚才有点儿头晕，脚下没站稳……踩疼表哥了？"

萧允德黑着一张脸，强忍脚趾上一阵阵钻心的疼痛，勉强从牙缝里挤出了一句"不要紧"。

景翊不由分说地把萧允德搀到离那女子五步开外的石桌边坐下来，又一本正经地关心了好几句。冷月已借这空当跪下身子把倒在地上的女子半扶了起来，一扶之下才发现这女子周身冰冷，赶忙牵过她的手腕往脉上一搭，又是一惊。

"你最近小产过？"

冷月这句是问向这虚软地倚靠在她肩头的女子的，应她的却是远在五步之外的萧允德。

"一个不知道姓什么的野种……不小产，还让她大产出来我给养着不成？我是开瓷窑的，又不是养狗喂猪的！"

因为脚趾疼得厉害，萧允德的声音格外冷厉，听得那纤弱的女子又把身子蜷紧了些，抖得连气都喘不匀了。冷月与她紧挨着，也只能听到她细如蚊蝇的辩解声："不……不是。"

冷月一时不忍，伸手抚上她喘得起起伏伏的脊背，轻声宽慰："别急，是就是，不是就不是，你慢慢说，没人能冤枉你。"

萧允德眉毛一扬，声音登时又阴寒了几分，要不是脚趾还疼着，一定从石凳上蹿起来："冷捕头这话是什么意思，她拿着我的钱去养野男人，还是我冤枉她了？"

冷月只觉得怀中之人又是一阵战栗。

"我没有……没有。"

"没有？"萧允德怒目一瞪，扬声喝道，"那你倒是说啊，钱袋给谁了！我看你长几层脸皮才能说得出口！"

冷月仅有的耐心几乎被萧允德这几通滚雷般的怒骂消磨干净了，正想着要不要先一巴掌打晕这人，让耳根子清净清净再说，景翊已浅浅地清了清嗓，不疾不徐地开了口。

"表哥……"景翊抬手在萧允德肩头轻拍了两下，面露息事宁人的微笑道，"既然说了让我来审，你就先消消气，容我问几句话，保证给你一个公道，如何？"

冷月远远地剜了景翊一眼。

这个女人分明快要被萧允德打断气了,他还要给萧允德讨公道?

萧允德当真被景翊这话说得火气略消,抬起胳膊肘子担在石桌上,歪身斜靠,冷哼了一声:"你问,我倒要看看我的肉包子被她拿去砸了什么狗。"

景翊微一点头,往前踱了两步,在距萧允德和那女子几乎相同距离的地方驻足转身,面朝萧允德问道:"表哥说表嫂与人私通,还以钱财相赠,可有人证物证?"

萧允德原本端足了一副看戏的架势,乍听景翊这么一问,不禁一愣:"你……你问我干吗,她干的好事,你问她啊!"

景翊扬着嘴角不慌不忙地道:"方才是表哥喊的告状,问案自然要先问告案之人,表哥尽管把知道的和怀疑的全说出来,我一定秉公裁度。"

景翊这话说得在情在理,萧允德迟疑了一下,虽不大情愿,却也在一声冷哼之后便配合地答道:"我早知道她是个骨子里就不安分的,我把家里的下人全换成女的,她居然跑到外面偷去了。要不是瓷窑的伙计昨天来跟我说,我还不知道要当王八当到什么时候呢!你别看她在这儿装得可怜兮兮的,我那伙计亲眼看见她在小胡同口跟一个男人搂搂抱抱,完事还把整个钱袋子都塞给人家了!"

挨在冷月怀中的女子只连连摇头,却紧咬着惨白的嘴唇一言不发。

景翊听着萧允德的话,若有所思地轻轻点头,又心平气和地问道:"表哥昨晚处理的家事,是否就是这个?"

"是……我整天在瓷窑忙活,几天回不来一趟,谁知道她怀的是个什么东西。"萧允德说着,朝那女子丢去了一个冰凉的白眼,"多看她的肚子一眼都嫌恶心。"

"既然昨夜表嫂已然小产,表哥今日处理的又是何事?"

萧允德眉梢一扬,冷笑了一声:"我就知道那野种一没,她肯定要想法子给那奸夫送信,就嘱咐了丫鬟盯着她,结果她还真趁丫鬟不注意给奸夫写起信来了。幸好丫鬟发现得及时,不然这会儿怕是已经有人杀到我家门口了。"

萧允德说着,从袖中摸出一个揉得乱七八糟的纸团,景翊接到手里,正要展开,就听到萧允德又冷声道:"这可是她被丫鬟发现的时候自己揉成这样的,还想往袖子里藏,不是心里有鬼还是什么?"

景翊小心地把纸团展开抚平,粗略地扫了一遍。那纸上确是用细弱无力的字迹写着几句有关被相公踢打以致小产的话,好像还有什么话没有写完便戛然而止。

景翊轻轻点头，不疾不徐地转过身去，对一直摇头却不出声辩驳的女子谦和领首，好像此刻不是在剑拔弩张地审问，而是在萧允德家的客厅里悠然地喝茶一样："在下大理寺少卿景翊，家母康宁郡主是豫郡王一母同胞的姐姐，之前多次想登门拜望一直不得机会，今日初次见面，若有失礼之处还请表嫂海涵。"

冷月不知景翊有没有看出点儿什么，但人挨在她怀里，她清楚地感觉到怀里的人在听到"大理寺"三个字的时候全身倏地一震。低头看过去，只见这女子把嘴唇咬得更紧了，好像生怕一个不留神有什么东西从这两片云片糕一样又白又薄的嘴唇间漏出来似的。

萧允德又是一声冷哼："你用不着跟她客气，你在牢里怎么审犯人就怎么审她，上鞭子抽，上棍子打，怎么都行。"

冷月眉梢微挑，等把萧允德塞进狱里，她一定亲自去集上买几根大骨头，用各种滋补的香料熬一锅浓香的高汤，拿去给景翊当火锅汤底。

想起昨天那一肚子的火锅，景翊胃里抽了一下，脸上仍是一片风平浪静。他没应萧允德的话，只扬了扬手中的纸页，对那女子温声问道："表嫂这封信开头没写称呼，直述表哥伤你的方式，伤你的位置，小产的时辰，还有你小产前后身上的感觉，却只字未提起因……我若猜得不错，表嫂这信是要写给一位相熟的郎中吧？"

萧允德一愣："郎中？"

景翊似是有些怀念地往手上的纸页间扫了一眼，转目看着面露惊愕之色的女子，含笑对萧允德道："表哥估计没写过告状信，这种东西我小时候可没少写，以前在宫里每回因为鸡毛蒜皮的事挨板子之后，我都会给我娘写信。开头肯定会说今儿我干了什么什么事，惹毛了什么什么人，然后才是我挨了多少板子，板子打在哪里，打得有多么多么疼，不然谁知道我这打挨得冤不冤啊。一样的，这要是写给奸夫的信，开头一上来一定会写几句咱俩的事被我相公发现了之类的话，否则那奸夫怎么知道她不是因为刨了你家祖坟才被打的呢？"

萧允德怔愣的空当，冷月终于感觉到怀中之人微颤着点了点头，带着委屈至极的哭腔细若游丝地道："是，就是写给郎中的。以前看病都是这样写了送去的，可丫鬟一进来就要抢，我一慌……就……"

写信看病？

就算是牢里的犯人，也不至于被看管到连郎中都不能见的地步。冷月一阵蹿火，到嘴边的话还没等骂出来，景翊已温然点头："这就是了，既然是误会，何不跟表哥好好说清楚呢，表哥不是不讲理的人，怎么会因为这点儿事就责怪于你呢。"景翊说着，转身向萧允德望了一眼，"对吧，表哥？"

萧允德面容微僵，舌头滞了一滞，才道："对……对啊。"

冷月一时有点儿想连这个睁着眼说瞎话的人一块儿骂上，这都不叫不讲理，还有什么能叫作不讲理的？

景翊像全然没有留意到冷月正拿刀子一样的目光瞪着他似的，一回过身来就径直望向冷月怀中的女子："表嫂可否把钱袋那件事也这样清清楚楚地说出来呢？"

信的误会几句话就被这人解释清楚了，女子受到了鼓励，嘴唇抿了抿，没犹豫多久便轻颤着开了口："那……那个不是奸夫……我就是出去走走，突然就有人把我撞倒，要抢我的钱袋……是那个小公子把钱袋夺回来，把贼喝跑，见我身子沉重不方便，就搀我起来……我只是感激那个小公子，看他穿得简陋，就把那个被他夺回来的钱袋送给他了……"

女子话音未落，萧允德就冷哼了一声："你倒是会编！"

萧允德这声比起先前已算不得冷厉，女子还是身子一颤，慌忙地闭起嘴来，又埋下头来把嘴唇紧紧咬住了。

冷月蹙眉望向景翊，这女子的话是真是假，萧允德听不出来，她听不出来，他不是应该一眼就能看出来吗？

景翊没像冷月想象中的那样一锤定音，而是含笑摇头，有理有序地道："表嫂这话不该是编的，表哥想想看嘛，那孩子要真是奸夫的，说明这奸夫至少已被养了好几个月了，表嫂要是能在表哥这样的照顾下，还在外面神不知鬼不觉地养一个男人这么久，那也算得上是个心思细密、行事谨慎的人了，这样的人怎么可能会做出把自己的钱袋给出去以落人把柄的傻事呢？"

见萧允德仍是一脸怀疑地皱起眉头来，景翊转过头去望了望被冷月护崽子一样护在怀里的人："要想证实表嫂这话是真是假也容易，找人来对对就是了。既是有恩之人，表嫂应该问了那小公子的名姓吧？"

女子犹豫了半晌，才鼓起勇气来缓缓摇头，战战兢兢地道："没……没有，他不肯说……不过，那贼好像和他认识……"

景翊微不可察地蹙了蹙眉头："表嫂还记得那贼长什么样子吗？"

"黑脸，个子很高……很壮实，力气特别大。"

冷月一愣，又是个儿高劲儿大的，如今犯案子的人是商量好了都照着一个模子长的吗？

景翊微一眯眼，转头问向仍是一脸不屑的萧允德："表哥可还记得，向你告发表嫂的那个伙计叫什么名字？"

"瓷窑那么多人,我哪记得过来。他自己说是叫大什么的,反正就是一抓一大把的那种,听一遍谁记得住!"萧允德没什么好气地答完,抿嘴皱起眉头,自语似的嘟囔道,"不过,怎么好像跟她说的这个贼长得差不多。"

景翊眼中笑意微浓,长得像就对了:"这伙计向表哥告发之前,是不是提过什么要求,比如要钱之类的?"

"五十两银子……"萧允德不大情愿地说罢,又没好气地补道,"这么大的事,赏他点儿银子怎么了?"

景翊一道苦笑刚泛上嘴角,还没开口,已听冷月冷声道:"萧老板的脑袋是窑砖砌出来的吗?"

冷月半晌没出声,甫一开口就是这么一句,听得萧允德狠愣了一下才想起来发火:"你这话什么意思?"

"外面看着挺结实,其实就是一个硬壳子,里面全是空的。"冷月叶眉一挑,"这话都听不明白,还真是窑砖砌的。"

萧允德的脸色肉眼可见地绿了一层,不等他拍案而起,冷月已扬着一丝冷笑沉声道:"景大人都把话问到这个份上了,你还没听明白吗?向你告状的那个伙计就是抢劫表嫂的贼,抢劫不成怀恨在心,就倒打一耙诬蔑表嫂。你赏了贼五十两银子不说,还亲手把自己的骨肉打没了,你说你的脑袋是不是窑砖砌的?"

景翊一时没忍住,附和了一句:"还真是……"眼见着萧允德的脸色又狠狠绿了一重,景翊忙一脸乖巧地笑道,"不是不是……我是说这件事的过程还真就是这样的。"

萧允德使劲攥紧了拳头,攥得指甲都要嵌进肉里了,一拳砸到石桌上,才咬牙挤出一声:"我不弄死那个兔崽子……"

"不不不……"不等萧允德把这句发狠的话挤完,景翊已走过去像安抚暴躁的猎犬一样拍了拍萧允德的肩膀,"表哥不能弄死他,表哥要是弄死他,那是要偿命的,还要牵累豫郡王府,何必呢?不如交给我来,我一定让他死给你看。"

景翊这话是笑着说的,虽没拍胸脯,却比拍了胸脯还要信誓旦旦。

他是四品大理寺少卿,弄死个本就有罪的人不是比捏死一只蚂蚁还容易吗?

如此划算的事,萧允德稍微一想就点了头:"那好……"一声应完,看着眼前眉目微舒笑得很是轻松的人,萧允德突然想起一件他早就该问的事来,"耽误表弟这么多工夫,还没问表弟,突然到我这儿来,是有什么事吗?"

"不瞒表哥,"景翊不慌不忙地一笑,笑出了几分歉疚的味道,"确实是突然想起有件事要向表哥请教,记得舅舅说过表哥这宅子的位置,就冒昧找来了,还望表哥莫怪。"

"什么事，你说。"

"是这样，"景翊微一清嗓，正色道，"托表哥的福，刚才在瓷窑见过了瓷王张先生，谈了些烧制釉里红的事，走到半道才想起来，表哥昨天送到安王府的那箱瓷器就是釉里红，就想来问问。表哥可还记得，昨天送给我的那箱，和送去安王府的那箱，是不是同一炉烧出来的？"

萧允德一愣："就问这个？"

景翊认真点头："这个很重要，可能关系到表哥的瓷窑能否跻身京城名窑之列。"

冷月微抿嘴唇，抿掉了一抹不该在嘴角浮现的笑意。

坏事传千里，窑炉里出焦尸的事一旦传扬出去，玲珑瓷窑产的物件不管怎么烂，可不都要名震天下了吗？

萧允德虽一时半会儿还不会明白其中的微妙，但在品鉴瓷器这件事上，景翊的话在京里是很有些分量的，他这样说，萧允德也就这样信了，于是蹙眉答道："是一炉出的……这段日子安王爷忙得很，送过去的瓷器几乎都没看过，赵贺说索性就不指望安王爷给什么答复了，反正从瓷窑去你家和去安王府是顺道的，就在给你送去的时候顺便给安王爷送一份一模一样的。说是这样既不耽误事，也不会因为送着送着突然不送了而得罪安王爷，我就同意他这样干了。"

景翊若有所思地点点头："那表哥可还记得，昨天早晨给我送去的那箱是何时出窑的？"

"只要是送去请人品鉴的瓷器，都是一出窑就装箱运走的，要是早晨送到你那儿的，那就是一大早出窑的。"

景翊微蹙眉心，像在心里盘算了些什么，才又道："昨天那炉釉里红最后一班是哪个烧窑工看的火，表哥大概不清楚吧？"

萧允德眯眼一笑："别的不清楚，这一炉我还真知道。这一炉就是瓷王的孙子烧的，他孙子叫什么我记不得了，他也从没说过他爷爷就是京城瓷王，但要不是那小子烧完之后连招呼都没打一声就回乡了，玲珑瓷窑还未必会有雇瓷王烧窑的福气呢。"

景翊浅浅一笑，轻轻点头："表哥说得是。"景翊说着，转目看了一眼那个仍瘫坐在地上被冷月半拥在怀中的女子，像是犹豫了一下，才道："这样吧，我看表嫂像有些不适，表哥还是先请个郎中来给表嫂诊治一下。我手头上也有些事要办，瓷窑的事我改日约上安王爷一起与表哥细谈。"

萧允德一个"好"字还没出口,冷月已扬声截道:"等等,这儿还有事没完呢。"

八月暑气尚未退尽,地上还不算寒凉,冷月便小心地放开了怀中的女子,女子失了倚靠,又虚软地伏回了地上。看得冷月心里一阵难受,拾剑站起身来看向萧允德的时候,目光不禁又冷厉了几分。

"萧允德,你恶意行凶伤人,人证物证俱全,你既然已经供认不讳了,就跟我去牢里住些日子吧。等你出来的时候,兴许安王爷就有空跟你谈瓷窑的事了。"

冷月话音甫落便要朝萧允德走过去,一只脚刚刚迈出,忽觉落后的那只脚被拖拽了一下,一惊回头,就见那个前一刻还像脱水的鱼一样软在地上的人合身紧抱着她的小腿。冷月还没反应过来她这是要干什么,女子突然张嘴,像是用尽了全身的力气,狠狠一口咬在了冷月的腿肚上,咬破了那层单薄的裤料,一口银牙径直嵌入皮肉。

"哟——"

冷月吃痛之间下意识就想抬腿挣开,倏然想到这是个刚受了一顿毒打连爬都爬不起来的病人,已经蓄到腿上的力气不禁滞了一滞,那口银牙便又嵌深了几分。

这一口似是耗尽了女子所有的体力,景翊刚刚掠到冷月身旁,脚还没落稳,这女子已脖颈一软,昏了过去。

女子牙关一松,血便沿着那两排深深的牙印汩汩而出。冷月还在这来得莫名其妙的突袭中怔愣着,景翊已微一低身,将她打横抱了起来。

萧允德也像被这见血的一口看傻了眼,眼睁睁地看着景翊抱着冷月跃出他家的院墙,一声也没出。

直到被景翊抱着放到候在院外的马上,眼看着景翊蹙眉抓起衣衫下摆,扬手扯下一块布条,冷月才在绸缎破裂的"刺啦"声中回过了神。

景翊刚要拿扯下的布条往她小腿的伤口上裹,冷月突然一蹬腿,从马背上利落地跳了下来。

"你别动!"

景翊一把将又想往墙里跳的冷月拽了回来,力气使猛了些,牵痛了手腕,不禁低吟出声。

这低低的一声比他使足力气的一拽还要好使,冷月一慌之下一下子就收住了脚,乖乖站定了。

景翊有点儿哭笑不得地转了转手腕,早知如此,他直接哼唧一声就行了,还使这个力气干吗!

"你想回去抓萧允德?"

冷月眉梢一挑:"他伤人犯法,不该抓吗?"

景翊苦笑,垂目看了一眼她那道仍在流血的伤口,伤口明明就在她身上,她却像一点儿没感觉到疼似的:"他伤的那个人都把你咬成这样了,你还看不出她不想让你抓她相公吗?"

冷月狠愣了一下,那女人拼尽了力气咬她这一口,是为了阻止她抓萧允德?

"为什么?"

景翊笑得更苦了一点,这种愿打愿挨的事实在多得不胜枚举,连时下京中流行的那些话本里也都是清一色的痴情女子负心郎,从没见过颠倒的,好像这就如春华秋实一样,是老天爷早就安排好的。但他娶回家的这个显然是在定数之外的,兴许是老天爷也像张老五那样一时看花了眼,顺手就把她拨拉到男人堆里了吧。

这种事不是三言两语能说得清楚的,景翊到底只浅叹了一声,选了个最简明易懂的解释:"反正我看得出来,她从咱们拦下萧允德开始,就一直在担心萧允德的安危,所以刚才就算你把我瞪出个窟窿来,我还是得对萧允德客客气气的,否则她是不会听我的话把那些事说出来的。"

冷月被这句"瞪出个窟窿来"窘了一下,敢情他不是没看见,只是假装没看见罢了。

她已亲身体会过景翊读人心思的本事,一点儿也不怀疑景翊是否真能在那女子虚弱到没什么表情的脸上看出这些事来,但还是一抿薄唇,沉声道:"她想不想让我抓,跟萧允德该不该抓是两码事。"

景翊似是没料到她会说出这样的话来,微怔了一下,才重新聚起一道不深不浅的笑意,问了她一个八竿子打不着的问题。

"我朝刑律共三十二卷,七百二十六条,你记得多少?"

冷月一愣,迄今为止她念过的所有的书,把《三字经》和军规都算上,满打满算也没有三十二本,萧瑾瑜知道让她念书比让她吃素还难受,从来也不逼她,教她学东西一向都是言传身教。实话实说,刑律三十二卷,她就只看过萧瑾瑜常年摆在书架上的那个壳子,她能想到的能算得上刑律的也就只有两条。

景翊既然问了,她也就坦然答道:"杀人偿命,欠债还钱。"

景翊像料定了她会这样回答似的,眉眼间不见丝毫意外之色,还扳起手指头饶有兴致地边数边道:"这句算三条吧,杀人的偿命,欠债的还钱,还有杀人又欠债的,就既偿命又还钱。还有吗?"

这人显然是没打算听她背刑律的,但他到底为什么问她这个,她一时也想不明白,冷月眉头一皱,有些不耐地道:"你想说什么就直说。"

冷月手里还攥着一把剑和一根曾经当过凶器的铁钩子，景翊一点儿也不想惹毛她，便直说道："我朝刑律第四卷中有一条是这样说的，非奴籍的男人明媒正娶来的正房妻子如果被他自己打死了，这男人就要依杀人之罪抵命；如果打了但没打死，且正房妻子没有亲自到衙门击鼓告状，那这就算是家事，衙门是管不着的。"

冷月还真是头一次听说这条刑律，不禁把眉头拧得更紧了些："这条是谁编的？"

"安王爷。"景翊淡淡地答完，又微笑着补充道，"原文比我说的要严谨得多，但艰涩拗口，估计念出来你也听不明白。"

冷月一点儿也不想知道原文是什么样的，只把眉心的结拧成了一个死疙瘩："安王爷一向公平公正，怎么会编出这种律条来？"

景翊仍是一副一切尽在预料之中的神情，不疾不徐地含笑道："你知道这条原来是什么样的吗？"

她连现在的都不知道，上哪儿知道原来的去。见冷月摇了摇头，景翊才道："这条原来比这个简单，大概的意思就一句，男人打媳妇是家事，打死打伤都跟衙门没关系。"

冷月一惊，眉头都展开了。

这一惊也在景翊的预料之内，但景翊还是忍不住露出一抹苦笑："修改这条刑律的事，是我年初刚进大理寺那会儿安王爷提出来的，就为了做这点儿改动，我这半年来在朝堂上就没奏过别的本子，光陪着他跟那群老顽固吵架了，连他恩师御史大夫薛大人都跟他唱反调，他真是生生拼掉了半条命，才让皇上同意在今年秋审前把这条改成现在这样的。"

萧瑾瑜提议修改刑律的事她是有所耳闻的，只知道阻挠此事者众多，却不知道竟是为了这样的内容。

"也就是说……"冷月有些不甘地咬了咬牙，才道，"他夫人不想告他，我就是抓了萧允德也是白抓？"

"也不是白抓。"景翊无奈地笑了笑，"至少萧允德可以告你无视法度，滥用职权，并让安王爷在朝堂上焦头烂额一段日子。"

冷月身不在朝堂，但朝堂上杀人不见血的事她还是知道一点儿的，不禁嘴唇一抿，一时无话。

景翊见她没有重新跳回萧允德家的意思了，才暗自松了口气，就地半跪下身来，重新展开刚才从衣摆上扯下的布条，小心地包过冷月小腿上的伤口。

冷月从没见过哪个人是这样包扎见血的伤口的，不在端口紧勒一下就直接包在伤口上，还轻得像给婴儿盖被子一样。纤长的手指有点儿微颤，嘴唇轻轻抿着，脸色也有点儿发白，好像紧张得连气都不喘了。

这被人伺候大的景四公子，从来没做过给别人治伤的事吧？

这念头刚在脑中闪过，冷月恍然记起来，这人是给人治过伤的，治的还是她，不过那都是很多年前的事了。她那会儿还调皮得跟山里的猴子一样，整天上蹿下跳的，经常磕得青一块儿紫一块儿，这在满门习武的冷家实在是再平常不过的事，从来没人在意。倒是景翊总是大惊小怪的，每次见了都睁圆了眼睛问她怎么了，疼不疼，还拉着她又吹又揉的，为这事她没少笑话他胆小。

进了军营以后，身边全是天底下胆子最大的人，就再也没人对她身上的伤口大惊小怪了。

他人都长这么大了，怎么胆子好像还是没有大起来？

景翊小心翼翼地包扎完，站起身来长长舒了口气，见冷月像在出神地想些什么。那双焦点不知道对到哪儿去了的眼睛里既有失落又有隐忧，看得景翊心里一动，不禁微微沉声道："我保证，这条早晚有一天会从整个刑律中删去的。"

冷月听得一怔，也不知他为什么冒出这么一句，还说得这么信誓旦旦，冷月淡淡地随口应道："安王爷都办不来，你一个四品大理寺少卿保证得了什么……"

这淡淡的一声像一杯凉白开，不冷不热地就把景翊浇了个清醒。

她是来办差的，差事在他身上，她怎么会真的在意萧允德到底能不能被判罪的事。这失落与隐忧，莫不是因为那派她来的人也是反对修改这条刑律的？

木已成舟的事，这伙人还没完没了了。

景翊暗自苦笑了一声，气定神闲地道："怎么不能，这条本来就是不对的，只是聪明人已经发现了，脑子不好使的还需要一些时间反应反应，假以时日，他们再笨也会反应过来的。"见冷月仍有些心不在焉，景翊狐狸眼一眯，嘴角轻勾，"如果在你有生之年这条没有从刑律里删掉，那下辈子我就再娶你一回。"

但愿派她来的那人没有什么乱七八糟的心疾，否则这番回禀听下来，他的嘴下就要多一个冤魂了。

冷月又是一愣，凤眼刚刚一瞪，景翊已如谦谦君子般若无其事地关切道："腿上这样绑着，行动还方便吧？"

这样小的伤口本也不用包扎，任血流上一会儿自己就能凝住了，何况他这样系腰带一样的绑法跟不绑也没什么区别。除了那个晃眼的蝴蝶结能提醒别人她这里有处诡异的伤口，根本没有任何影响。

这人为她包扎的本意到底是好的，冷月还是尽可能客气地回了他一句："把你踹回家肯定没问题。"

　　景翊也不动气，笑得更和气了几分："那就好，走吧。"

　　冷月刚要上马，蓦然想起景翊末了在院中对萧允德说的那几句话，踩在马镫上的脚滞了一下，转头问向景翊："你刚才跟萧允德说，要帮他弄死那个伙计的话，是骗他的吧？"

　　景翊轻巧地纵身上马，顺便应了一声："不是。"

　　冷月眉头一动，沉声提醒道："景大人能把律条背得烂熟，应该也知道公门人犯法是罪加一等的吧？"

　　这种话早在那些参他的折子里被说烂了。景翊看着半挂在马上一本正经的人，忍不住笑意愈浓："我要是犯案坐牢，冷捕头会看在夫妻一场的分上进来陪我吃顿火锅吗？"

　　冷月一愣之间，景翊已先一步扬鞭打马跑出去了。

　　冷月赶忙纵身上马，紧跟过去，景翊一路一言不发，没往玲珑瓷窑的方向走，而是奔着完全相反的方向，穿过安王府附近那片最为繁华富贵的街巷，朝整个京中公门人最为熟悉也最为头疼的一片地方去了。

　　比起萧允德家住的那片地方，这片地方实在热闹得多，但这股热闹完全是被聚集在此处的三教九流折腾出来的，一天从早到晚都是嘈杂一团。京兆府每年处理的案子中，有半数以上是出在这儿的。眼见着景翊往这片地方跑，冷月的一颗心都吊到嗓子眼了，连问了景翊几遍去向，景翊都是一句话。

　　"就在前面。"

　　直到远远地看见飘在一家饭馆屋檐下的酒幌子，冷月才恍然明白景翊为什么会跑到这儿来。

　　那张脏得不辨原色的酒幌子上一笔一画地写着三个大字：庆祥楼。

　　他是来见张老五的？

　　张老五对景翊说他家住在紧挨着庆祥楼的胡同里时，冷月也听见了，可京城里叫庆祥楼的地方一抓一大把，冷月怎么想也没想到这里。

　　无论如何那也是一代瓷王，瓷王虽然不是什么官也不是什么爵，好歹也是个名声，就像剑仙刀神一样，再怎么落魄也不至于住到这种乌七八糟的地方。

　　闹市狭窄拥挤，马只能缓步徐行，冷月凑过去与景翊并排而行，近得两匹马几乎屁股挨着屁股。

　　"景大人，"冷月双目盯着前方嘈杂的人群，压低声音问道，"你是来见张老五的？"

听身边这人气定神闲地"嗯"了一声。冷月皱了皱眉头，又向那酒幌子望了一眼："你确定是这个庆祥楼？"

景翃像没听见她问的什么似的，一时没出声。冷月等了片刻，刚想提高些声音再问一遍，就听身边传来一个游山玩水般悠然带笑的声音："这里缺一号人，你看得出吗？"

冷月愣了一下，放眼扫过窄小的街道上挤成疙瘩的人群，街上的行人和沿街的摊位都是乱糟糟的。乱归乱，各行行当倒是一应俱全，一时还真说不出缺了什么："不知道，缺什么人？"

身边传来的声音里笑意愈浓："有钱人。"

冷月嘴角微微一抖，他说得倒是实话，有钱人哪个会跟自己过不去，住到这儿来。

就景翃今天这副素雅的装扮在这里已经很是扎眼了，眼下日头西落，天色渐暗，从他们马旁挤过的人群里贼味越来越浓。冷月全身上下每一寸肌骨都绷得紧紧的，眼睛都不敢多眨一下，她身边这人却还有打趣的兴致，冷月斜了一眼这悠然得让人来气的人："你来了就不缺了。"

景翃牵起嘴角一笑，不置可否，把声音放轻了些，望着越来越近的酒幌子吟诗一般不慌不忙地道："张老五的物件不是什么人都玩得起的，他能大隐于市几十年，隐的就肯定不是那些熟悉他的达官显贵能逛得到的那种市，京城里也就只有住在这家庆祥楼附近的人是没闲钱也没闲工夫玩瓷器的，跟一群只在吃饭喝水的时候才会接触到瓷器的人混在一块过日子，对他来说不是最安全不过了吗？"

冷月不愿承认却也不得不承认，景翃这话是有理的。倒不是她气他什么，而是他在这个地方多停留一刻，她心里就得揪着一刻，自打不再给萧瑾瑜当侍卫起，她就再没为什么人这样提心吊胆过了。

这人要是出哪怕一丢丢的意外，倒霉的可不止她一个人。

"天快黑了，这种地方……"冷月皱眉瞪退一个盯着景翃两眼放光的小贩，越发坚定地道："等明天白天再来吧。"

景翃愣了愣，转过头来饶有兴致地看了看冷月那张紧张得颧骨处都泛起了红晕的脸："你害怕？"

冷月一噎，两片红晕黑了一黑："我有什么好怕的。"

景翃有点儿扫兴地耸了耸肩："你怕什么我就看不出来了。"

冷月实在忍不住，朝这不知好歹的人狠狠翻了个白眼："我怕你死在这儿。"

景翊两眼一眯:"为什么怕我死?"

冷月微启的唇齿滞了一滞,似是犹豫了一下,才不冷不热地丢出一句:"我说过我不想当寡妇。"

景翊一时竟觉得有点儿欣慰,这话虽然不怎么好听,但怎么说也算是句希望他好的实话。

"放心吧,"景翊极尽温柔地笑了一下,声音入耳,轻软如梦,"我一定会活到你想当寡妇的那一天的。"

想当寡妇的那一天?

她好像现在就想了。

第五章　五色相宣

景翊就沐浴在冷月极尽警惕的目光中，不慌不忙地打马钻进那条傍晚时分愈显昏暗的胡同，不声不响地把马勒在胡同尽头那道破败的木门前。

这处宅院的木门与这胡同里其他几家的门相差无几，一看就是用了好些年都不曾换过的，木质粗劣单薄，也没有涂漆，在日复一日的风吹日晒之下，生生裂开了几道大口子，院中昏黄的灯火直直地透了出来，洒落在寂然一片的胡同里。

家家户户都是如此，倒也不显得这一处有什么凄凉的。

冷月随景翊翻身下马，抢在景翊之前拿捏着力气小心地叩响了这扇破败不堪的门。

张老五腿脚不便，冷月以为怎么也要等上一阵才会有人来应门，没想到刚敲了两下，就有一个身影健步走了过来。从木门裂缝中透出来的光线被人影一挡，胡同中登时暗了几分。冷月心里一紧，忙张手把景翊往后拦了拦。

冷月一拦之间，木门被人拉开了一道缝，不堪重负地"吱呀"了一声。一颗又黑又圆的脑袋从门缝里探了出来，粗声粗气问了半句："你们是——"

冷月一怔，忽然想起张老五重出江湖的原因，眉目一舒："你是张先生的孙子吧？"

黑脑袋滞了一滞，把木门敞开了些，愣愣地打量着这两个一看就不属于这片地方的人："我不是，你们是来找张冲的？"

张冲，想必就是张老五家孙子的名字了。

没等冷月再开口，张老五已挂着拐杖颤巍巍地从院中走了过来，边走边急急地往门口望着:"可是景大人和夫人来了?"

听到张老五的声音,景翊才含笑应道:"张先生,晚辈叨扰了。"

愣在门口的青年壮汉愣得更狠了些,直勾勾地看向这书生模样的年轻公子:"大……大人?"

"这是大理寺的景大人,特地来看物件儿的……"张老五走得急了,有些气喘,听起来显得更急切了,"景大人、夫人,怠慢了……快请屋里坐。"

景翊与冷月一前一后地走进院子,壮汉还一头雾水地怔愣着,倒是张老五走过去缓缓地关上了院门,一边落下门闩,一边带着歉意絮絮地道:"这地方人多,一到晚上就乱得很,让大人和夫人屈尊到这儿来,实在不好意思。"

"张先生客气了,既是来拿东西的,该晚辈不好意思才是。"景翊说着,转目看向戳在一旁的壮汉,"这位是——"

"这是我孙儿的一位朋友。"

壮汉这才像得了什么提点,一下子醒过神来,忙道:"小民眼拙,见过景大人、景夫人!"

壮汉说着就要往下跪,景翊一把把他捞了起来,扶着他的胳膊很是和气地道:"公堂之外,不用多礼了,壮士如何称呼?"

"小民孙大成。"

"大成,"张老五闩好门闩,颤悠悠地转身走过来,"我这腿脚不利索,就麻烦你给倒点儿茶吧。"

不等景翊说不必麻烦,孙大成就已爽快地应了一声,小跑着朝小院一侧的厨房去了。张老五一路把景翊两人让进屋,屋里虽陈设简陋,却收拾得整洁妥帖,全无这处宅子外面的那幅杂乱景象,看着也还算舒适。

屋中只有两把椅子,景翊好说歹说劝着张老五坐了一把,又以冷月的腿被狗咬了一口为由,把冷月按到了另一把椅子上坐着。被张老五关切的目光看过来的时候,冷月果断地把那条被景翊精心包扎的腿往后藏了一藏。

"张先生,"待这两人坐定,景翊就站在冷月身旁,转身面向张老五,微倾上身谦和一笑,"我已照您的意思来了,有什么话,您不妨就直说吧。"

冷月一愣抬头,有话?

张老五在瓷窑里对景翊说的每一句话她都听在耳中,虽听不懂那些有关瓷器的事,但张老五请景翊来家里挑几件瓷器的事,她还是听明白了的,张老五哪里说过有话要跟他说?

张老五两颊的皱纹几乎被突如其来的错愕抻平了,但放眼看去只见错愕,不见一丁点儿不知所云的茫然。

见张老五一时没出声，景翊轻轻皱了皱眉头："张先生在瓷窑初见晚辈时虽言辞和善，但神情中隐约有些抗拒，像巴不得我早点儿告辞，却又不好意思直说。待听得晚辈在大理寺供职之后神色忽变，欲言又止之后便要赠我瓷器，还要我登门来取，却又把住处说得模糊，像在委晚辈以重任之前有意试探晚辈一番似的……难道是晚辈会意错了？"

景翊这席话说得十分笃定，哪怕是这末了的一问，也全然没有对自己的判断有所怀疑的意思。

冷月呆呆地盯着张老五那张错愕之色愈深的脸，使劲儿看了好一阵子，死活就是回想不起这张脸上什么时候出现过景翊说的这些东西。

"还有，您刚一见我就觉得似曾相识，打量之后又推说是认错了……"景翊顿了顿，抬手从怀中摸出那只成亲之前一直挂在腰间的小银镯子，"您打量我的时候，第一眼就落在我腰间佩挂饰物的地方，是不是在找这个东西？"

张老五还没从更深一重的惊愕中回过神来，冷月已愣了一愣。

这银镯子是从她手腕子上摘下来的，也是她如今必须嫁给他的理由之一，她当然认得。只是她清楚记得，昨天清早在大理寺见到他时，这银镯子还是挂在他腰间的，拜完堂之后好像就没见着了。她本也觉得这作为婚约之证的物件，在拜堂之后就没有再随身戴着的必要了，没想到他竟然还戴在身上，只是从腰间挪进了怀里。

"真……真是你。"

张老五这自语似的一声轻叹准确无误地落入景翊耳中，景翊牵着丝线扬了扬手中的小银镯子："您认得这个？"

张老五使劲儿点了点头，浑浊的眼睛里目光有些闪动，声音因为激动而微微颤抖："我第一眼瞧见您就觉得像，可是都好些年了……您没戴着这个物件，我还真不敢认……不过也是，打那年见过您以后，可没再见过这么……这么像粉彩瓷一样的公子了！"

冷月默默转头看了景翊一眼。她虽然不知道粉彩瓷是什么，但这么看着，大概是种很好看的东西吧。

这"很好看的东西"似乎没觉得这句是在夸他似的，就在她的注视中轻轻地紧了下眉头："恕晚辈失礼，许是年月已久，一时记不起……不知您是在何处见过晚辈？"

"就在永宁街。"

张老五一个街名刚刚出口，景翎登时像被什么东西浇了脑袋一样，周身倏然一绷，原本清润的笑容蓦地一浓："我想起来了，当日匆匆一见，隔了这么许久，一时没认得出您，还请恕晚辈眼拙。"

永宁街？

永宁街就在景家大宅附近。景翎八岁进宫，直到今年年初才从宫里出来，能在永宁街遇上景翎，那至少也是十年前的事了。

十年前景翎见过的人她多半都见过，但十年前的事在冷月脑子里早就模糊得像被水泡过的一样了，这种长得很是寻常且只见过一回的老大爷，就是把她脑壳砸开了下手去翻，也未必翻得出一丁点儿印象。

张老五也像是对她没有一丁点儿印象似的，只直勾勾地望着景翎道："小民只记得您心善，竟不知您已是大理寺的大人了，景大人能入大理寺当官，实在是老百姓的福气啊！"

冷月承认，在她那些已然成一团糨糊的陈年记忆里，景翎确实一直是个心和脾气一样好的人。除了嘴甜，连家里上了年纪的老仆老婢干些粗重的杂活，他也爱凑上去帮一帮，所以从小他就是极讨老人家喜欢的，每回犯错被景老爷子举着鸡毛掸子满院子追着打的时候，总是不缺站出来救他的人。

不过这跟进大理寺当官有什么关系，她还真想不出来。

景翎却像对这句受用得很，笑着道了声轻飘飘的"惭愧"，把摸出来的银镯子收回怀中，才道："有什么话，您现在可以直说了吧？"

张老五好生犹豫了一阵，瘦骨嶙峋的手握紧拐杖，刚想撑着站起身来，就听景翎问了一声："您想报案？"

张老五一惊，手一抖，刚抬离椅面一寸的身子一下子沉了回去，看向景翎的眼神俨然像见鬼了一样："您……您怎么……"

他怎么知道？

冷月在心里无声地一叹，经过今天这一天的刺激，她已经不想再对景翎问这种问题了。

他就是知道。

景翎温然地微笑："这里不是公堂，我也没着官服来，就是报案也不必起身，您就坐着说吧。"

"谢景大人。"张老五扶着拐杖颔首欠身，算是行了个礼，抬起头来时，看向景翎的目光中又多了几分敬重，"景大人，您既然知道小民到玲珑瓷窑烧窑，想必也听说了小民去那里烧窑的原因吧？"

景翊点头:"瓷窑管事跟我说,是因为您的孙子有急事回乡,没跟瓷窑打招呼,您过意不去,就去顶替几天的。"

张老五摆了摆手,摇头叹道:"小民惭愧,这话是我瞎编的,我孙儿张冲现在在哪儿,我也不知道。"

景翊微怔:"您是说,他失踪了?"

张老五仍是摇头,沉声纠正道:"用您官家人的话说,他应该是逃跑了吧。"

景翊愣得有点儿厉害,连冷月都看得出来,张老五这话是全然出乎他的意料的。

"逃跑?"景翊不由自主地蹙起了眉头,"他为什么要逃跑?"

"他……他好像……"张老五顿了顿,发干的嘴唇紧抿了一下,才有些不大情愿地道,"他好像杀人了……把人投到窑炉里,烧死了。"

冷月惊得差点儿从椅子上蹿起来。

且不说张老五这话是真是假,单是爷爷告发亲孙子这种事,她进安王府这些年就从来没遇上过。

景翊倒像比方才明朗了些许,仍微蹙着眉头,那些怔愣之色却已烟消云散了:"这些事您是如何知道的?"

"大成跟我说的。"

张老五的话还没说完,门口便响起了结实的脚步声。孙大成一手拎着茶壶,一手拿着瓷碗走进门来,景翊看了他一眼:"就是他吗?"

孙大成被景翊这突来的一句惊了一下,脚步一滞,停在屋中间就不动了,怔怔地看向突然间齐刷刷望着自己的三个人:"我……我咋了?"

"没事,没事。"张老五忙朝他招了招手,"你来得正好,我正跟景大人说冲儿的事。"

孙大成一张圆脸倏然一僵,急急走过去搁下手里的东西,凑到张老五身边压低声音急道:"您怎么说出来了!他是大理寺的官,就是管抓犯人的。"

张老五伸手在孙大成扶在他臂弯上的手上安抚地拍了拍,苦笑叹道:"我知道你为冲儿好,但杀人偿命,这是天经地义的。"张老五说着,抬头望向景翊,"景大人,这事虽是大成先发现的,但他也是担心我这个孤老头子没人养老送终,才瞒着不去报官的。这两日他一得闲就到这儿来照应,这屋里屋外全是他给拾掇的。错都在我,还请景大人莫怪罪于他。"

景翊没点头也没摇头,只是面带有事好商量的微笑,望着孙大成不慌不忙地道:"先不忙论错,此事既然是你先发现的,你就说来听听吧。若真如张先生说的这样,免你瞒报之罪倒也无妨。"

孙大成刚犹豫了一下,张老五已催促道:"这位景大人是好官,不会难为你的,你就说吧。"

"哎,"孙大成吞了吞唾沫,朝景翊低头欠了欠身,才怯怯地开口,"回景大人,我也是瓷窑的伙计,在瓷窑里管装箱运货的,我给您府上送过瓷器,但没见过您,刚才在门口失礼了,您别生气。我和张冲的班正好挨在一块儿,就是我每回装箱运走的瓷器都是他烧的,这样我俩歇班的日子也一样,有时候一块儿说说闹闹,所以我俩关系一直挺好。"

景翊轻轻点头以示理解,孙大成又抿了抿嘴,才接着道:"然后,那天……就是前天,前天白天我俩吵了一架,晚上张冲当班烧窑,第二天该我去装箱运货,我就想早点儿过去跟他道个歉,看能不能和好,结果到那儿的时候,张冲已经不在窑炉那儿了,我以为是他还生我的气不愿见我呢,怕耽误正事,就自己把窑炉打开了,结果就看见……"孙大成深深喘了口气,才轻轻地道,"看见里面趴着个死人,都已经烧成炭了。"

冷月微不可察地皱了皱眉头,强忍着没对这样粗陋的描述评述些什么。景翊又轻轻点了点头,也没吭声,只温然地看着这个似是已想到此为止的人,静静等着他继续说下去。

孙大成静了好半响,才又接着道:"我吓了一跳,就出去找张冲,在其他两个窑炉当班的伙计说,张冲大半夜的时候突然急匆匆地跑出去了,他们还以为他是上茅房去了。我知道张冲家里就他和张大爷俩人,他要是出啥事,张大爷就没人照顾了,我就没跟人说,也没报官,就先把那死人藏到了装瓷器的箱子里,想先跟张大爷商量商量再说,结果跟张大爷一道回来的时候,箱子就被他们给抬走送出去了。说张冲有急事回乡的点子是我给张大爷出的,他也是担心自个儿孙子才撒谎的,你们可别抓他!"

冷月眉心微紧,转头看了看仍安然站在她身边的景翊,景翊还是淡淡地微笑着,轻轻点头。

听孙大成这么说,张老五忙道:"景大人,小民一时私心,险铸大错,不敢求景大人恕罪,但求景大人在抓到我那孽孙之后,能让小民再看他一眼……"

张老五眼眶一红,登时垂下泪来,一时抽噎不能成声,撑着拐杖就要下跪。景翊赶忙过去把他搀回椅子上,从袖中摸出一块手绢塞进张老五抹泪的手里:"这个不难,张先生莫急。"

张老五连连摆手,待他好容易顺过气来,满面愧色地道了几声失礼,景翊才退回冷月身边，温声道："张先生，内子昨日清早刚从外地回京，算下来大概就是张冲逃离的时辰，您不妨说说张冲的形貌，兴许她昨日经过城门的时候就见过呢。"

景翊说着，伸手扶上冷月的肩膀，在她肩头轻轻拍了一下。这点儿眼色冷月还是看得出来的，忙跟着接话："守城的官兵和城中的衙差多半我都认得，就算我没见过，我也可以问问他们，他既然刚走不久，只要说得清长相，见过他的人就应该还能想起来。"

张老五还噙着泪的眼睛亮了些许，点点头，边想边道："他……他今年十四，个儿还没长起来，"张老五说着，伸手在半空比量了一下，"就这么高吧，他骨架小，一直挺瘦的，老跟我说有人笑话他跟小闺女似的，其实他的劲儿一点儿也不小，不知怎么就不往正地方用，偏要干这伤天害理的事。"

张老五一叹摇头，半晌无话，冷月实在憋不住，出声问了一句："他的牙呢？"

"对对对，"张老五忙道，"他缺了一颗虎牙，早些年跟人打架打的。他就是性子急躁，动不动就跟人吵架动手，都是我给惯的。"

冷月抿紧嘴唇，强憋着听完张老五的苦叹，才道："我见过他。"

冷月没管张老五和孙大成倏变的脸色，抬头看向景翊，直勾勾地看着，轻描淡写地道："他去安王府了。"

冷月不知道自己说这话的时候脸上是什么表情，但她相信，景翊一定能从她脸上看出来，她说的这个人不是她无意中在安王府撞见的什么嫌犯，而是那箱被景翊包装成回门礼送去安王府的焦尸。

突然爬上景翊眉目之间的神色不像是惊讶，倒像是惊喜。冷月一时心里没底，又补了一句："就是咱们一起见过的那个。"

景翊眉目间的惊喜之色愈浓，一口气轻舒出声："这可真是善恶有报，天意使然了。"

冷月急得有点儿想上手挠他，刚才还一看一个准儿呢，怎么这会儿偏就不灵了呢！

她能精准地描述出一具尸体的死因死状，但要她在这么一位老人家面前，把他已成焦尸的亲孙子从头到脚地描述出来，她实在张不开口。

冷月还睁圆眼睛瞪着泰然自若的景翊，孙大成也扶了扶哽咽难语的张老五的胳膊，低声宽慰道："找到了就好。"

孙大成说着，走到茶案前拎起刚才匆匆搁到桌上的茶壶，分开摞在一块儿的两个茶碗，边倒茶边道："景大人，夫人，劳您二位跑这一趟，喝口茶吧。"

"别忙活了,"不等孙大成倒完一碗,冷月已脸色微变,把投在景翊脸上的目光垂了下来,转投进碗中半满的茶汤中,淡声道,"把茶泡得这么淡还加这种带香味的蒙汗药,一点儿诚意都没有,怎么喝?"

张老五听得一愣,连哽咽都止住了:"蒙……蒙汗药?"

孙大成手腕滞了片刻,茶汤满溢而出,方才手忙脚乱地搁下茶壶,抬袖子便要擦拭。

孙大成的衣袖还没来得及沾到桌上的茶渍,伸出的那只胳膊就被冷月一把按住,挣都没来得及挣一下,就被她拧麻花一样轻巧地一拧,一声惨嚎之下不由自主地顺劲儿连退两步,直背身退到了冷月身前。

"夫人,您……您这是干什么!"

冷月屁股都没从椅子上抬一下,单手扣着这个光凭体重就足以压死她的壮汉,另一只手利落地解下束在外衣上的那圈又宽又长的腰带,三下五除二就把孙大成的两只膀子捆了个结实。

孙大成也不觉得捆得有多紧,但使足力气挣了几下,愣是一点儿松动的意思都没有。

冷月这才一只手拨拉着把他转了个面,嘴角不带笑意地勾了勾:"别折腾了,被这种带子打这种结捆着,连熊都挣不开,别说你了。"

张老五这才从错愕中回过神来,忙撑着拐杖挣扎着站起来:"景大人,夫人,这是误会……误会吧?"

景翊也觉得眼前的一切简直就是个天大的误会,孙大成往茶里下药他是可以理解的,但他一时还不敢相信。他刚过门的媳妇居然只动了两只手就面不改色地把这个熊一样的壮汉捆了个结结实实,老天爷在造这个女人的时候,真的有认真考虑过吗?

"误会?"景翊还在悲喜参半地愣着,冷月已凤眼微眯,转手端起孙大成刚倒满的那碗茶,直递到孙大成嘴边,"你把这碗喝干,一盏茶后只要你还能睁着眼,甭管是坐着躺着趴着,我都给你松绑。"

孙大成紧抿着嘴唇,一声不吭。

"大成……"张老五一把拽住孙大成的胳膊,痛心得声音都发抖了,"你这是干啥啊!杀人偿命,这是天经地义的事,冲儿自己不争气,被抓起来那是应当应分的,你给大人和夫人下药干啥啊?你快跪下,给大人和夫人认个错啊!"

"不必了。"景翊默默一叹,重新在脸上挂起那道和气的微笑,眉眼间丝毫不见险些被人下药的愠色,过去搀住张老五摇摇欲坠的身子,小心地把张老五扶回椅子上坐下，"认错就免了，这茶不是还没喝嘛。"

景翊好脾气地说着，抬起头来向还没想通到底发生了什么的孙大成望了一眼，依旧好脾气地道："他只要认罪就行了。"

张老五一惊，急道："景大人，小民知道谋害官员是大罪，但他也是担心……"

"我看得出来。"景翊温和地打断张老五的求情，"他很担心，打我俩一进门起他就很担心，不然也不会在茶里加这蒙汗药了。我猜，他担心是因为看见了内子手里拿的那根铁钩子。"

铁钩子？

张老五一怔，他倒是还记得，白天在瓷窑的时候，景大人的这位夫人确实使性子要去了那么一根铁钩子，刚才进门的时候好像还拿在手里呢。

方才为了腾出手来捆孙大成，冷月顺手把一直攥在手里的剑和铁钩子搁到了手边的桌案上。听景翊这一说，她又重新握回了手里，朝脸色很是难看的孙大成扬了扬："你认识这个吗？"

孙大成脸色一白，不等他开口，景翊已双目微眯，替他答了出来："认识。"

"是……是认识，"孙大成喉结颤了一颤，吞了一口唾沫，才怔怔地道，"这不就是烧窑的铁钩子吗？我虽然不是烧窑的，但我见他们使过，好像……好像是伸进去钩碎片片的？"

景翊眉眼微弯："那碎片片叫作火照子。"

孙大成低声嘟囔道："我就是个运货的，不大懂烧瓷的事。"

景翊笑意微浓："还好你半懂不懂。"

孙大成一愣抬头："啊？"

景翊轻叹摇头，像老师傅对任性妄为的新学徒一样既耐心又失望地道："因为你不懂，所以你才会在炉中烧着釉里红的时候打开火口把人塞进去，不但空气钻进窑炉，而且窑中温度骤降，把那炉好端端的釉里红烧成了清一色的釉里黑……好在你知道这铁钩子是烧窑必需的东西，在瓷窑以外的任何一个地方出现都会惹人怀疑，所以你在用它敲死人之后匆匆擦掉上面的血迹，又把它放回了原处，我们才不至于在找凶器这件事上浪费太多工夫。"

张老五和孙大成都一时错愕得说不出话来。冷月却是目光一亮，那些什么釉里红釉里黑的她不懂，但她刚才就觉得孙大成描述尸体的那两句有些古怪，原来不只是粗陋的问题。

冷月还没开口，便听缓过神来的孙大成愤愤地嚷了起来："我……我没杀人！那个人不是我杀的！我……我就是看见他，然后把他搬出来……我没杀他！"

"你确实是看见他了，"冷月冷笑扬声，截断孙大成越喊越响却来来回回都是那么一个意思的争辩声，"不过你是在把他往火口里塞的时候看见的。"

"我……我没有！"

"没有？"冷月笑靥愈冷，"焦尸一向是令仵作最头疼的一种尸体，因为经火焚烧之后死者原来的身形面目都很难辨认出来了。你说的那具焦尸刚好就被装箱送给了景大人，景大人一眼看过去连哪个是脑袋都没认出来，你一个瓷窑的运货伙计，居然一眼就能看出来那尸体是趴在窑炉里的。因为那人是被你亲手脸面朝下塞进去的，你不用看就已经知道了。"

景翊微微地抽了一下嘴角，她把他拿出来作对比的这句虽然不带丝毫恶意，但他怎么听都不觉得是句好话。

孙大成狠狠一怔，自语似的轻喃了一声："送给景大人……"

孙大成站的地方离冷月是最近的，这句冷月听得最清楚，却一时想不通他怎么会愣在这件整番话中最无关痛痒的事上。倒是景翊先嘴角一扬，有些遗憾地叹了一声："是啊……本该是送到安王爷那里的嘛，赵管事交代过了，安王爷近来忙得顾不上看瓷器，给我送瓷器的时候顺道给他送份一样的就行了，也不必缠着他请他品鉴，只要送过去就行了。安王爷既然不会去看，那焦尸装在箱子里往库房里一堆，天长日久，等被人发现的时候也许都是十年八年以后的事了，早就无从查起了，是不是？"

孙大成刚要开口，景翊又不疾不徐地道："就算是送到我那儿去也无妨，有失踪的张冲顶罪，衙门撒网去抓张冲，抓个三年五载不得，也许就成了死案，不了了之了。"

"小民……小民听不明白。"

孙大成听不明白，张老五倒是明白了几分，愕然地望向景翊："景大人……您是说，冲儿是冤枉的？"

何止是冤枉的，还是身为死者被冤枉成了凶犯，这会儿就是突然下场鹅毛大雪，冷月也不会觉得奇怪。

"可是……"不等景翊回答，张老五又皱眉摇起头来，"冲儿他要是没杀那个人，他跑什么啊？我在瓷窑里也探问过，他们真的说看见冲儿夜里出去了，好几个都这么说。冲儿平日里性子急，但烧窑的事是我手把手教他的，他一向认真得很，绝不会撂下活儿就跑了啊。"

"就是啊！"孙大成忙道，"好几个人都看见张冲逃跑了，不信您去瓷窑问问啊！"

冷月皱了皱眉头，买通人证不是没有可能，但要这么一群要钱不要脸的人全在那时凑在一处也不是件容易的事。

"我会去问的。"景翊笑意微浓，"我还会多问他们一句，那晚看到的究竟是张冲本人，还是一个与张冲身形相仿穿着张冲衣服的人。"

孙大成身子突然一僵："你……你什么意思？"

孙大成的言语里已没了民对官的谦敬，景翊却和气不减："我的意思是，瓷窑里像张冲那样身形的伙计不少，找一个缺钱又胆大的应该不难，只要使些银子，让他趁天黑穿上张冲的衣服跑给人看个影就是了。"

张老五一时还没转过弯来，怔怔地问道："冲儿……冲儿咋会把自己的衣裳脱给他啊？"

"对啊！"孙大成忙道，"我怎么会有张冲的……"

冷月的耐心已被磨到了极限，她一向是证据确凿就拿人归案的，至于怎么让满口狡辩的犯人低头认罪，从来就不在她的差事范围之内。只是办了这么多案子，她还从没见过哪个杀了人的逃犯有脸跑到苦主家献殷勤，献得连苦主都帮他开脱的。冷月一时没压住火气，不等孙大成一句话说完，起身扬手，"啪"一巴掌响亮地抽在了孙大成甚厚的脸皮上。

孙大成双手被反绑着，本就重心不稳，冷月这一巴掌又没刻意收力，孙大成只觉得半边脸一麻，整个身子倏然腾空，又侧面朝下结结实实地坠回了地上。

"你还敢觍着脸说对！你以为把人烧焦了就看不出他死前身上有没有衣服吗！"

冷月意识到自己冲口而出的是句什么话时，后悔已经来不及了，张老五发抖的声音已穿过几乎凝滞的空气传了过来："他……他杀的是……"

孙大成嘴角已挂了血丝，像大肉虫一样扭在地上爬不起来，却仍使劲儿摇头道："不是！"

冷月一时间有种立马把他拍晕塞进牢里的冲动，手还没蓄起力来，景翊微凉的声音已传了过来。

"孙大成，你这声'不是'说得这么踏实，肯定是嘱咐那人办完事之后把衣服都销毁了，对吧？"景翊的声音里虽有了些凉意，但眉眼温和如故，循循善诱道，"那你现在想想，他在回答你衣服是否已经销毁的时候，是不是一边说是，却一边摇头，或者不由自主地说得大声，又或者同样的话重复了几遍，也或者先吞了下唾沫再回答你……只要能对上一样，他就有六成可能是在骗你，如果对上几样，或者全对上了，你那声'不是'就别喊得那么踏实了。"

孙大成一时咬着牙没出声，景翊摇头轻叹："你用不着恨人家，你既然找的就是个爱钱爱到犯法都在所不惜的人，就早该想到，他是不会放过这种能在日后狠敲你一笔的机会的。我只要请萧老板把与张冲身形差不多的伙计全叫来盘问一遍，不消一顿饭的工夫，就能把那套衣服找出来，你信不信？"

不管孙大成信不信，冷月是信的，张老五显然也信了。

张老五瞪向孙大成的目光悲中有愤，要不是景翊扶着他的肩膀把他硬按在椅中，他恐怕爬也要爬过来咬他一口。

"你……你……冲儿怎么对不起你了，你非要下这个狠手啊！"

孙大成蜷成一团两眼看地，一声不出。景翊也不催问他，只扶着张老五发抖的肩膀温声问道："张先生，您方才说过，这屋子都是孙大成来了之后帮忙收拾的？"

"是啊……他杀了冲儿，还来帮我收拾个什么屋子啊！"

景翊轻轻拍抚张老五喘得一起一伏的脊背，又小心地问道："他是不是收拾得特别用心，几乎把里里外外每一个地方都收拾到了？"

"是……是啊……我还被他骗了，还听了他的话冤枉冲儿。"

张老五一时泣不成声，景翊耐着性子好生安抚了一阵，才又问道："他收拾屋子的时候，是不是就像在找什么东西似的？"

张老五听得一怔，抹泪的手也停了一停，虽仍哽咽着没应声，但景翊已从他这般神情中看出了一个有些犹豫的"是"字。

"孙大成，"景翊这才朝孙大成走了几步，在他面前站定，蹲下身来，歪头盯着他那张埋得低低的大脸问道，"你到这儿来，是来找萧夫人赏给张冲的那个钱袋吧？"

孙大成低埋着脸，冷月直着身子看不见他的神情，但她感觉得到，自己这张脸一定愣得傻乎乎的。

萧允德好像说过，那个向他告发的伙计名字里有个"大"字，而且也是个儿高劲儿大的壮汉。她一时只顾替萧允德那夫人不平，全然没把这两件事搁到一块儿想。

不等孙大成说话，景翊已叹道："天色不早了，我也不想听你再编什么了，我就替你把实话说给张先生听听，剩下的你就攒着到公堂上再嚷嚷好了。"

景翊说着，扶膝缓缓站起身来，用一如既往的温和声音徐徐地道："你当街抢萧夫人，被张冲撞见呵斥了一通，你说的吵架就是这。只是你没像你说的那样，想跟张冲道歉讲和，而是躲在一旁看见萧夫人把险些被你抢走的钱袋送给了张冲,心里不平,就去向萧老板诬告萧夫人与人私通来讨赏,因为怕萧老板找到张冲对质,就没提张冲的名字。你拿到那五十两赏钱之后还不满足,就拿钱买通了那个假扮张冲的伙计,合谋害死张冲,却没在张冲身上找到那个钱袋。也许是你,也许是那个与你合伙的人不甘心,你就又到张先生这里演了这出戏,借照应之名,堂而皇之地把这儿翻了个遍。"

景翊转目看了一眼那壶已没了热气的茶:"你在茶里下蒙汗药不是想拦我们做什么,而是怕我们拦着你找那个钱袋吧?"

孙大成一直不出一声,张老五在铺天盖地的悲痛中缓了好一阵子,才微微摇头道:"没有,冲儿从没拿回来过什么钱袋啊。"

景翊轻轻提了一下嘴角,又垂目看向抿紧了嘴唇的孙大成,淡声道:"所以这才是善恶有报,天意使然,你自投罗网来的,我不抓你都对不起张冲的在天之灵了。"

景翊说罢,抬头看向冷月,和煦如冬尽春来一般微笑道:"冷捕头,此人集抢劫、诬陷、杀人、藏尸、栽赃、伪证、盗窃之罪于一身,你说我在呈送给安王爷的公文里提议判他个死刑,安王爷会同意吗?"

冷月毫不犹豫地朗声应道:"会。"

景翊笑意微浓,向冷月凑近了一步,用低到只有冷月一个人听得见的声音轻而快地说了一句。

"那可惜了,这顿火锅要回家吃了。"

冷月着实愣了一下,才猛然回想起从萧允德家打马来这儿之前他说的那番话。敢情他那会儿就已料到凶手是这个人了。

冷月脸色一黑,把想要掐死这戏弄她上瘾的人的力量汇于掌间,"咔"地一掌下去,掌风擦着景翊的鼻尖而过,结结实实地落在孙大成的脖颈上,把这沉默了好一阵子的人彻底拍晕了过去。

看着被这一掌吓直了眼的景翊,冷月气顺了些许,轻快地拍了拍手:"这附近肯定有自己人,你在这儿待会儿,我去找几个人来善后。"

"好……"

冷月走出去许久,景翊才长长地呼了口气,认命地叹了一声,这才想起那个即将独自面对一座空院的人,心里不禁沉了一下。

"张先生,"景翊走上前去,微颔首道,"晚辈无德无能,倒是早年在宫里当差,与太子爷薄有些私交,以您的名望,在朝中御制坊为您举荐个一官半职……"

"不不不……"不等景翊说完,张老五像受了什么惊吓似的,本就灰白的脸色越发白了一重，慌忙摆手，"小民这把年纪，眼花手抖，实在……实在做不了这精细的手艺活儿了。"

景翊稍一犹豫："那……您若不嫌弃，晚辈就从府上给您挑几个手脚利索的仆婢来吧。"

张老五仍是摇头："景大人的一番心意小民心领了，只是小民贱人贱命，清淡日子过惯了，待安顿了冲儿，小民就回赣州老家去了。"

景翊没再劝，伸手从怀里摸出两张银票，塞到张老五因连连抹泪而微湿的手里："这些算是买您物件的……"

"使不得，使不得……"张老五慌得要把钱往回塞，"说好了要送给景大人，哪能收您的银子！"

"使得。"景翊声音微沉，温和不减的面容上略见愧色，"张冲在我府上时未能及时妥善安置，这些您拿去好好安置他，也当是我对他赔礼了。"

"那……多谢景大人了。"

"您若再有什么难处，无论巨细，只管到大理寺找我，不必客气。"

"谢谢景大人。"

冷月不消一炷香的工夫就带来了几个安王府门下的官差，这些人都是得萧瑾瑜亲自训教过的，做这些善后之事绰绰有余，景翊就连人带凶器一并交给了他们，和冷月打马往家走了。

走出这片极不安生的街巷，冷月精神微松，缓缓地舒了口气，也舒出了一句话来："我请你喝酒吧。"

景翊听得一愣："喝酒？"

请他喝过酒的女人比摞在萧瑾瑜案头上的公文还多，却从没有哪个女人会把这句话说得这么实在，好像真的就是要请他喝酒似的。

冷月在夜色中微抿了一下嘴唇，垂目看着马前的地面，如月光一样清晰却不热烈地道："这案子要是我一个人来办，肯定要绕好些弯子才能抓着孙大成，我还冤枉你要徇私枉法。"冷月说着，腰身一拧，对景翊端端正正地抱了抱拳，"对不起。"

景翊眉眼一弯，笑得无拘无束，摇头道："话不能这么说，要不是你找出来的那些铁证，我估计明早还得回大理寺狱陪他吃火锅去呢。"

"那你就是答应了？"

"那我就不客气了。"

以他的酒量，一个女人家还不足以把他灌倒。

景翊应得痛快，冷月倒是犹豫了一下："今天不行，明晚吧。"

"有什么区别吗？"

"你今儿一天都没吃过饭呢，再喝酒的话你真要坏掉了。"

"……"

景翊进家门的那一刻真心有点儿希望自己是坏掉的，因为吴江就四平八稳地坐在他家客厅里，脚边搁着那口他一早送去安王府的大箱子。

景翊和冷月齐刷刷地在门槛外愣了一下，四目相对，到底是冷月一把把景翊先推进了门去。

"你们可算是回来了，"见两人进来，吴江长舒了一口气，站起身来，从袖中摸出一张花色很是熟悉的大红礼单，"这是王爷回给你俩的礼，非要我等到你俩看过礼单再回去。"

景翊被这熟悉的嘱咐说得心里直发毛，冷月抱剑站在一边不动，他只得硬着头皮接了过来，展开礼单壮着胆子看了过去，刚看了两行就是一愣："这是……卷宗名录？"

吴江伸手替他俩开了箱子盖，盖子一掀，里面不是冷月搬进去的那口玲珑瓷窑的红木箱，而是摆得整整齐齐严丝合缝的满满一箱子案卷。

"王爷说这礼是回给你俩的，你俩看着办吧，反正秋审结束前办完就行了。"吴江大功告成似的舒了口气，"你们忙着，我回去吃饭了。"

吴江说罢就匆匆出门了，景翊捏着这份格外厚重的礼单有点儿想哭。这么满满一箱子案卷，起码也有百儿八十桩案子，秋审结束前办完……

景翊哭丧着脸转向抄手看热闹的冷月，早知道萧瑾瑜来这么一手，他怎么会逞一时之快说出那些话来。

景翊努力地挤出可怜巴巴的一声："夫人……"

冷月叶眉轻挑，微垂凤眼心满意足地向箱中看了一看。

"还没圆房呢，谁是你夫人。"

"……"

夜半，子时，月朗星稀。

一道早已被安王府侍卫视为无害之物的白影，不惊烟尘地飘进安王府的院墙，从三思阁微启的窗中悄无声息地一跃而入，落地无声。

萧瑾瑜没抬头,没停笔,没多少好气地道:"一箱案子这么快就办完了?"

景翊幽怨地打了一个长长的哈欠,盘腿往茶案旁的椅子上一坐:"没有,我看困了,估计你也看困了,来跟你说件事提提神。"

萧瑾瑜埋头写着,没吭声。

这人既然来了,那不管他想不想让他说,他都肯定是不说完就不会走的。

景翊果然不等萧瑾瑜搭理,就兀自绕着手指道:"你还记得我背后那道刀疤吧?"

萧瑾瑜漫不经心地"嗯"了一声。

这个他自然记得,那是他迄今为止唯一处理过的活人身上的伤口。

大概是三年前的事,那会儿他还住在宫里,景翊伙着太子爷偷偷溜出宫看热闹,在外面受了道不浅的刀伤,怕让人知道露了行藏,不敢在外面医馆求医,更不敢宣宫里的太医。太子爷急中生了馊主意,想起他这个七叔是常年抱病的,就把流血流得只剩半条命的景翊偷偷送到了他那里,幸好他在学检验死人之余,也学了些救治活人的东西,也幸好他的住处是宫中除御药房之外药品最齐全的地方,才勉强留下了景翊这条小命。

景翊因为这道伤在他那儿赖了足足半个月,后来行动无碍了,又因为换药调养常来常往,也是打这道伤之后,他再也没法子阻止这个人不分时间不分地点地跳他的窗户了。

至于他为什么三更半夜跑来提起这个,萧瑾瑜熬了一天的脑子实在懒得去想。

景翊也没打算让他想,听萧瑾瑜应了一声,便道:"我记得我跟你说过,这伤是因为有人在街上把我自幼随身的那个银镯子顺走了,我怕露了身份牵累太子爷,就追过去抢,混乱里被他们砍中的。"

萧瑾瑜又轻轻地"嗯"了一声。

他也是从这件事才开始觉察到,这个平日里看起来什么都不往心里放的公子哥儿其实是个心里有数的人,只是没事不轻易数给人看罢了。

"其实这里面还有件事没跟你说过,我追过去抢镯子的时候,那两个顺走我镯子的人正在一条僻静的小巷里追杀一个老大爷,我没管那么多就把他俩拦住了,我只是想把镯子拿回来,但顺手也算是把那个大爷放跑了,救了他一命……"景翊说着,苦笑着一叹,"我今儿才知道,那个老大爷就是京城瓷王张老五。"

萧瑾瑜笔锋一顿,蹙眉抬头:"他认出你了?"

"不光是认出来了,"景翊笑得更苦了几分,"他就是那具焦尸的亲爷爷。我今儿为了办这个案子,把家底全报给他了。我本来想着他一个老人家横竖是没人照应,不如通过太子爷给他在御制坊安排个差事,在自己人眼皮子底下也安心些,可他像怕什么似的,我说给他找几个仆婢来伺候他也不肯,说是要回赣州老家了,我看着倒不像是诳我的。"

萧瑾瑜眉心愈紧,虽是陈年旧事,但若被有心之人煽呼起来,以如今的朝局也不是闹着玩儿的。

萧瑾瑜皱眉的工夫,景翊声音微沉,轻声补道:"张老五提起这事的时候我截得及时,还没让她知道。"

萧瑾瑜自然知道这个她是谁,未置可否,只微微点头:"我替你留意着,你自己小心。"

景翊又打了个哈欠,揉着在书房里窝得发酸的膀子怏怏地站起身来,幽怨地往萧瑾瑜波澜不兴的脸上扫了一眼:"你甭憋笑,想笑趁早笑个够,迟早让你碰上个比她还难对付的,让你后半辈子都笑不出来。"

景翊说着就要往窗边走,萧瑾瑜一道隐约的笑意刚浮上眼角,余光无意中扫见景翊的衣摆,不禁一怔,神色又沉了回去:"你的衣摆怎么回事,跟人动手了?"

景翊一愣低头,目光正撞见那片被他自己扯得像狗啃一样的衣摆,无可奈何地笑了一下。

自打在萧允德家院外不过脑子地扯下这片衣摆起,这事他已琢磨了一宿,临来之前去卧房窗外悄悄看了一眼那人吃饱喝足之后安稳踏实的睡颜,才琢磨出一个他自己不大相信却勉强说得通的答案来。

景翊轻轻一叹,在重新跃入无边夜色之前轻若烟云地回了一句,轻得萧瑾瑜一个字也没听清,只有他自己听见了。

"没动手,可能是动心了。"

第二案 蒜泥白肉

> 一切有为法,如梦幻泡影,如露亦如电,应作如是观。
>
> ——《金刚经》第三十二品

第六章 一语成谶

景翊三日婚假的第二日过得很是清淡。成亲那夜，他那当太医的二哥景诣受他之托把管家齐叔和季秋带回了家，给他们灌上了迷药。这一日，他除了把连睡两天的那两人从景诣家接回来，并拿出在朝堂上舌战各位叔伯大爷的本事，说服他们相信看见焦尸的事只是季秋忙中生乱的一个错觉，余下的时间几乎全都耗在了萧瑾瑜送来的那箱案卷上。

第三日一早，安王府就来信，请景翊前去议事。萧瑾瑜一直等他等到日上三竿，景翊才扶着三思阁的楼梯扶手，深一步浅一步地爬了上来。

景翊一进门就把自己往椅子里一扔，软塌塌地靠着椅背，闭眼皱眉揉起白惨惨的额头来，把萧瑾瑜看得一阵发愣。

就算那一箱案子一天办完，也不至于把他弄成这个样子。

何况以这人一贯的秉性，说秋审之前办完，那不到秋审结束的前一天晚上，他是绝不会把活儿干完的。

"你这是——"

景翊有气无力地道："醉了。"

萧瑾瑜眉梢微挑，传言景四公子是千杯不醉的，事实上他也当真没见这个人喝醉过。

"你还有醉的时候？"

景翊不用睁眼也能想象得出此刻萧瑾瑜脸上那副"坐"着说话不腰疼的神情，脑仁一时间疼得厉害，声音也越发显得无力了："你喝过烧刀子吗？"

"烧刀子？"

萧瑾瑜是喝两杯竹叶青都要胃疼半宿的人，连宫中大宴的时候倒进他杯子里的酒都是兑过水的，烧刀子这种程度的酒他恐怕闻都不曾闻过。

所以不等萧瑾瑜回答，景翊已幽幽地道："她昨儿晚上请我喝的，你说哪有女人请人喝酒是喝烧刀子的啊。她买都买来了，我又不好意思说我没喝过这么烈的，我俩昨儿晚上吃完饭就坐在房顶上空口喝了两斤。"景翊说着，闭着眼朝萧瑾瑜的方向比出两根手指头，又一字一顿地来了一遍，"两斤。"

"一人一斤？"

景翊垂下手来无力地摇头："我顶多喝了四两，剩下的全是她喝的，就跟喝凉白开一样。"

萧瑾瑜皱眉看着他这副霜打茄子的模样："你昨晚醉得很厉害？"

景翊揉着额头缓缓点头："我头一回知道，人还真能醉得想不起来自己姓什么。"

"她呢？"

提到那个请他喝酒的人，景翊又蔫了几分："听家里人说，昨儿晚上是她把我从屋顶上抱下来的。今儿一大清早人家就起床练剑了，练得那叫一个虎虎生风啊。"

萧瑾瑜微一沉声："也就是说，昨晚她干过些什么，你一点儿也不知道？"

景翊总算听出了萧瑾瑜话里那点儿不大对劲儿的音，一怔睁眼："昨晚……昨晚怎么了？"

"萧允德死了。"

萧瑾瑜这话说得一如既往地波澜不惊。景翊反应了一会儿，才像被人从背后使劲儿戳了一下似的，突然挺直了腰背，那双宿醉之下愈显狭长的狐狸眼也登时瞪得溜圆："死了？"

萧瑾瑜抬手指了指搁在案头的几页纸："我已让人做了初验，这是他们送来的验尸单。"

景翊一惊之下酒醒了大半，从椅中站起身来，腿脚麻利地凑到萧瑾瑜案前，一把抄起那份验尸单，从头看到尾，拢共就看明白了半句。

"他是……被刀割了……失血死的？"

萧瑾瑜知道这人对死人身上的事知之甚少，但他还真不知道，这人在大理寺待了大半年，竟完全没有多知道一点。

被萧瑾瑜抬起眼皮凉飕飕地看过来，景翊默默往后退了两步，才弓着腰伸长着胳膊把验尸单小心翼翼地放回原处："王爷，咱们之前不是说好了吗，我办案子

089

只管活的不管死的啊。"

"有人说他是被你夫人弄死的,你也不管?"

景翊狠狠一愣:"我夫人弄死的?谁说的?"

"萧允德的夫人。"萧瑾瑜蹙眉浅浅一叹,叹得有点儿头疼的意思,"人是今天一早被萧允德的夫人带着家丁抬来的,跪在我这儿哭着闹着,让我给她做主,说小月前天晚上就在她家里两度拔剑要砍萧允德,她拼死拦着才没砍成。有这回事吗?"

景翊一时间哭笑不得,在宫里那些年,没良心的女人他见得多了,没脑子的女人他也见得多了,但像萧允德夫人这样既没良心又没脑子的,还真是难得一见的稀罕物。

萧瑾瑜的脑子远比他的要清明得多,这种一听就荒唐得没谱的事必然在他心中早有判断,景翊实在懒得再一板一眼地跟他讲一个忘恩负义的故事,只苦笑道:"你说呢?"

萧瑾瑜果然没在这一问上耽误工夫,只紧了紧眉头,沉声道:"我看萧允德死得有些古怪,就让吴江去京兆府走了一趟,当真找到一个和他死得一模一样的受害人,暂可认为是同一凶手所为。"

景翊怔怔地扫了一眼刚被他放回案头的验尸单。刀伤,失血而死,这不是再寻常不过的死法吗,京兆府那儿应该一抓一大把才对,怎么找一个这样的还需要吴江专门跑一趟?

不解归不解,有关死人身上的学问,他到底还是兴致索然的。

景翊只扁了扁嘴,萧瑾瑜又道:"那尸体是前天清早在京郊发现的,京兆尹怕报来之后万一秋审结束前破不了案,影响今年考绩,本想瞒到秋审之后再办,我索性给他个痛快,把案子从京兆府调出来了。"

萧瑾瑜说得轻描淡写,景翊却听出一股别样的滋味来。

依着萧瑾瑜一贯的脾气,京兆尹敢在他眼皮子底下出这样的幺蛾子,京兆府今年刑名一项的考绩就不用抱什么幻想了,瞒报之罪也是板上钉钉的。除此之外,还必须得在萧瑾瑜的严密监察之下,把这个案子一丝不苟地办出来,办不出来或办出什么岔子来,那么贬官还是罢官就要看当今圣上的心情了。

能让萧瑾瑜这样草草作罢的,肯定不是京兆尹这个人,而是京兆尹瞒的这桩案子,在萧瑾瑜看来本就不该是由他来办的。

景翊眉头轻皱:"死在京郊的这个是什么人?"

"京兆尹没认出来,你若见了应该认得……"萧瑾瑜声音微沉,"靖王,萧

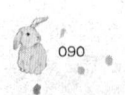

昭暄。"

这个名字一钻进耳朵里,景翊差点儿把眼珠子瞪出来。

萧昭暄是当今圣上与锦嫔所生的皇子,顺位第四,仅比太子爷晚两个时辰出生,若非他的生母是和亲来的高丽公主,如今太子爷屁股下面的那把椅子还会晃荡得更厉害一些。

因为身上淌着一半的高丽血,这位靖王打小就有不往政事上凑的自知之明,唯爱声色犬马。皇上睁一只眼闭一只眼,京中百官也从没拿他当过一回事,以至前些年刚从地方上升迁来的京兆尹面对着这张脸的时候,连一丁点儿似曾相识的感觉都没有。

但无论如何,这也是当今圣上的亲儿子,还是高丽朝的血亲,偏偏死在皇上染恙抱病、朝局一日千变的时候,想到哪儿去都不会过分。

看着满脸错愕的景翊,萧瑾瑜又把声音沉了一沉:"验尸结果证实萧昭暄是在你成亲那晚遇害的,你不知道她昨夜干了什么,成亲那夜总是知道的吧?"

这样的事怀疑到任何人身上都是不为过的,何况还是一个至今都未摸清为什么突然要求嫁给他的人,但是……

成亲那夜?

成亲那夜她睡在书房,他在洞房里守着焦尸看了一宿话本。她到底是不是彻夜都在书房睡着,他还真不知道。

"这个……"

景翊刚一犹豫,就见萧瑾瑜两束冷厉如刀的目光直直地砸到了他脸上:"你那晚没跟她圆房?"

"不是……"景翊两手抱头,眨眼工夫就欲哭无泪地蹲进了离他最近的墙角,"那天晚上洞房里不是有焦尸吗,我就守了一宿焦尸,让她睡觉去了,我这不是为了怜香惜玉嘛。"

这理由勉强说得过去,萧瑾瑜这才把那两道冷飕飕的目光从景翊身上撤下来,淡声道:"这案子我若插手,动静就大了,为避免在真相大白之前有人借机做文章,还是你来办吧。"

"我办?"景翊登时从墙角蹿了出来,他倒是不怕因为此案涉及一位有高丽血统的皇子而再惹出几道挨参的折子来,但有一件事是他实在不甘心的,"王爷,我告的假不是到明儿才结束吗?"

不在三法司当差的人绝不会明白,让萧瑾瑜在秋审期间准三天假是件多么可遇而不可求的事。

"反正这案子交给大理寺了，你不想办就派下去办，"萧瑾瑜不轻不重地咳了两声，云淡风轻地道，"到时候让景太傅知道，你连成亲那晚媳妇是不是在家里都弄不清楚。"

"别别别……我办！"

萧瑾瑜淡淡地"嗯"了一声："那就以一天为限吧。"

"一天！"景翊很想使出萧允德夫人那一招，往他面前一跪，哭给他看看，可惜他现在哭都哭不出来，"不是，王爷，焦尸那案子一天能鼓捣完，实属老天爷可怜我。老天爷又不是天天都可怜我，所以不是什么案子我都能一天就办得出来啊！"

萧瑾瑜抬起眼皮看着他，依旧淡淡地道："一名皇子已死了两日，昨夜又死了一名郡王之子，你觉得以几天为限合适呢？"

"王爷……"

景翊这一声虽叫得凄楚可怜，心底里却不得不承认，萧瑾瑜说的是事实。事关两位皇室宗亲，多耽搁一刻就有一刻的变数，天晓得下一个会不会是太子爷，又会不会是萧瑾瑜呢？

萧瑾瑜没再容他磨叽，一锤定音："再宽限一日，就到后天午时……要是午时他们把午饭送来的时候，你的消息还没到，你就自求多福吧。"

萧瑾瑜说罢，没给景翊留下叹气叫苦的余地，紧接着问道："小月在家里？"

景翊攒了多时的一口气饱满地叹了出来："我来的时候她正在家里磨刀宰猪呢，说集上买来的散肉不够新鲜，要现宰的炖出来才好吃。"

今早出门前看到那头刚被家丁从集上牵回来的活猪的时候，景翊还以为那会是他今天心情最为复杂的时刻，眼下看来，那不过是之一罢了。

"正好。"萧瑾瑜从成摞的案卷盒子中抽出一盒，和搁在案头的验尸单叠放在一起，"这两桩案子的东西你带回去，拿两份验尸单给她看看，她应该不难给你解释清楚。这案子让她参与多少，你自己掂量。"

景翊没听出来这里面有什么正好的，但还是使出了吃奶的力气勉强抬起手来，重新抓起了那几页验尸单。

"遵命。"

景翊一路抱着卷宗盒子坐在轿子里晃荡回府，在家门口下轿之后发现，本在安王府醒了大半的醉意又返了上来，脑仁疼得像被千百个锤子轮番上来敲打一样。

"夫人还在厨房吗？"

景翊虽问的是个门房，但夫人杀猪这件事在这处宅子里的震撼程度，远比死几个皇亲国戚要大得多。即便是值守之处离后厨十万八千里的门房，听得景翊这样一问，也能毫不犹豫地答出这件事的最新情况来。

"是啊！"

景翊无力地皱了皱眉头："还没杀完？"

"没呢，不过倒也快了。"门房应完，许是觉得不够过瘾，又如数家珍般答道，"已经放过血燂过毛了，肚膛刚剖干净，这会儿正洗着呢。夫人嫌咱府上的厨子干活不麻利，从头到尾全是她一个人干的！"

景翊这辈子跟杀猪这件事距离最近的一次，就是早些年在宫里听老爷子给太子爷讲曾子杀猪，那会儿他连猪跑都没见过，还天真地以为那只是个寓意深刻的故事而已。打死他也想不到，这辈子还真能看见有人在家里杀猪，而且还是在他的家里，杀猪的还是他刚过门的媳妇。

景翊把心中所有世事无常的感慨化为一叹。

"我知道了。"

有关杀猪的话，《韩非子》里就只有轻描淡写的一句"遂烹彘也"，他也不知道那具体是个什么场面，等他硬着头皮走到厨房所在的院子时，猪已经光溜溜地仰躺在地上了。

冷月正举着一桶清水冲洗已被掏空的猪肚膛。袖子卷着，长发盘着，衣摆掖着，身前还系着一条厨房里用的白围裙，一个人收拾一头比她重了不知多少的猪，丝毫不显狼狈，从容利落得像杀了半辈子猪的老屠夫一样。也不知她是泼了多少水，地上已看不见什么血迹，连戳在一边的厨子厨娘们的脸上也不剩多少血色了。

她明明是带着目的而来的，却干什么都很有点儿干什么的样子，喝酒就是喝酒，杀猪就是杀猪，与儿时一样地心无旁骛，全然不像他常见的那些女子，只要被人看着，就干什么都是一个样了。

景翊扬手退去那些满脸写着"小的有话要说"的厨子厨娘，小心翼翼地走上前去，在不远不近的地方站住脚，憋了片刻，勉强憋出一句适宜此情此景的话来。

"夫人……辛苦了。"

冷月泼完手里那桶水才抬起头来，见景翊手里拿着案卷盒子，忙把空桶搁下，抬起胳膊蹭了一下汗淋淋的额头："京里又出案子了？"

看一大早来传信召他的人的脸色，就知道肯定不是什么好事，可惜这人偏就睡得像死猪一样，直到传信人走了几个时辰之后才爬起来。

景翊点点头，垂目看了一眼已离下锅不远的猪，犹豫了一下，到底还是指了指厨房道："里面说吧。"

"好。"

冷月低头在围裙上擦手的工夫，景翊已先一步进了厨房。

冷月手上的水渍还没抹干，那刚迈进厨房的人就像见鬼了似的一头蹿了出来，连抱在手上的案卷盒子也掉到了地上，扶着外墙一连踉跄了几步才勉强站稳身子，像刚被人松开掐紧的脖子一样，急促地喘息着，一张脸惨白如雪。

冷月一惊，忙去扶他，手扶到他胳膊上才发现这副身子竟僵得像石头一样。他昨晚醉得一塌糊涂的时候可不是这副模样，冷月不禁急道："怎么了？"

景翊在喘息中道出一个不甚清楚的字来："血……"

"血？"冷月一愣，恍然反应过来，"你是说搁在地上的那盆？"

见景翊微微点了下头，冷月心里悬起的一块石头"咚"的一声落了地，砸得她好气又好笑："那是猪血，我凉在那儿结块做血豆腐的。猪血是好东西，白白淌一地又脏又浪费。你那天在狱里吃火锅的时候不还吃着血豆腐吗，怎么也不见你害怕啊？"

景翊一时没吭声，蹙紧眉头斜倚着墙静静待了好一阵子，待到喘息渐缓，才轻勾起一道苦笑："血是血，血豆腐是血豆腐，这跟臭和臭豆腐的关系是一样的。我怕血也不妨碍我吃血豆腐。"

冷月啼笑皆非地看着这个吓白了脸还不忘贫嘴的人，蓦然想起那夜在萧允德家院墙外，这人帮她包扎伤处时的模样，也是脸色发白、屏息皱眉。她只当他是第一次给人包扎紧张的，难不成也是因为见了血？

她怎么不记得他小时候是怕血的呢？

冷月微怔，蹙眉问道："你有晕血症？"

"那倒不至于，"景翊倚墙微微摇头，轻轻抿了抿淡白的嘴唇，才苦笑着淡声道，"只是刚搬过来的时候，我从宫里带出来的一只猫死了，死得莫名其妙的，好像被人活剥了，血淋淋的一团，就丢在我房门口，早晨一开门吓我一跳。"

冷月听得一愕，脊背上隐隐有点儿发凉。她可以面不改色地把一头活猪一巴掌拍晕，然后放血去毛，开膛破肚，但食物和宠物到底不是一回事，何况还是剥了皮往人房门口丢。

"什么人干的？"

景翊摇摇头，苦笑望着满面认真却不见什么惧色的冷月："问了值夜的家丁，没人看见，我又没你的本事，最多只能看出它死得可怜，就在花园里把它葬了。"

景翊说着，有点儿无奈地叹了一声，"然后我就怕血了。"

冷月不由自主地低头往自己身上看了一眼，还好刚才冲洗血污之前听了厨娘的劝，把剖膛时染脏的那条围裙换了下来。

景翊深深吐纳，这事他一直没与人说过，不是他不想说，实在是没有合适的人来说。对终日忙于各种人命案子的安王府众人来说，这事实在不值一提；对其他人而言，这事又太过恶心可怖。好像只有对这个人说起来是刚刚合适的，一时没忍住，就这么说出来了。

憋了半年的事终于说出来，景翊心里一松，这才想起那盒被他一惊之下扔在地上的案卷，刚往那边看了一眼，冷月已转身替他拾了过来。

"谢谢。"景翊也不知自己这句是谢她帮他拾回案卷，还是谢她认真而又不大惊小怪地听他把这件事讲出来，还是谢她即将要帮上的大忙，反正谢完之后，就坦然地打开案卷盒子，把那两份验尸单抽了出来，"京里出了两桩案子，王爷看了这两份验尸单之后，觉得是同一个人干的。我没看出来，王爷让我拿来给你看看。"

两份验尸单是叠放在一起的，萧允德的在上，萧昭暄的在下。冷月刚一接到手里就看到了萧允德的大名，立时凤眼一眯，叶眉轻挑，俨然一副看见老天开眼的模样，再看到以萧瑾瑜的笔迹写在另一份验尸单上的那个名字时，有点儿茫然地愣了一下，才恍然一惊，把眯起的眼睛瞪圆了起来。

景翊无声地松了口气，果然，这两人的死都是与她无关的。

"萧昭暄，"冷月瞪大着眼睛低低地念了一遍这个名字，又抬起头来更低声地问景翊，"是靖王的那个萧昭暄？"

景翊略掉这句话里太过凌乱的句型结构，只对那个不难会意到的主要意思点了点头。

一个是皇上的儿子，一个是郡王的儿子，死这么两个人，难怪要偷偷摸摸地塞给景翊来办了。

冷月拧着眉头把两份验尸单从头到尾细细看了一遍，看罢，毫不犹豫地点头："八成是一个人干的，要不是一个人干的，也是一个人模仿另一个人干的。"

景翊调整了一下站得有些松垮的姿势，人看起来精神了些，脑子里还是一团糨糊："我若看得不错，他俩不就是因为刀伤失血而死的吗？这样死的人多了去了，他俩有什么特别的？"

冷月从纸页中抽出两张标示伤口位置的图示来，并排拎到景翊眼前："你看标在两个正面图上的那道最大最长的伤口，长短位置不是几乎一样的吗？"

这两张各画着人体正反两面的示意图,景翊是看过的,两张正面示意图上都标着一条从锁骨窝延伸到脐下的直线,表示一道长长的刀伤。

景翊点点头,仍蹙眉道:"位置是一样的不假,但只要手里拿把大刀迎面砍过去,砍成这样似乎也不难?"

他虽没用过刀,但好歹是挨过刀的。他还记得那一记大刀砍在他背上的时候,那种仿佛被劈裂开来的感觉。

"用你说的那种刀是不难。"冷月耐着性子收起这两页带图的,又拎出两页全是字的,"但从这上面描述的刀口尺寸和形状可以看出来,这伤不是用你说的那种大刀砍出来的,而是用菜刀切出来的。"

景翊不知道大刀和菜刀砍出来的伤口能有什么不一样,但还是狠狠地一愣:"菜刀?"

且不说有多少人会拿菜刀杀人,单是用菜刀砍出这么一条又直又长的伤口来,也不是随便什么人都能干得了的。

冷月看着景翊这副惊得张嘴瞪眼的模样,一愣过后,突然意识到一件自己早就该反应过来的事:"你看不懂验尸单?"

先前那份检验焦尸的验尸单,他也是看过就像没看过一样,她还当他是装傻考她的。

景翊因这突如其来的直白一问窘了一下,身为大理寺少卿看不懂验尸单,到底不是一件值得说嘴的事情,但要在这件事上撒谎,末了抓狂的还得是他自己。于是景翊扯了扯嘴角,含混地答了一句:"还好。"

冷月却像得了个无比清晰的答案似的,眉梢一挑:"昨儿晚上我问你喝不喝得了烧刀子的时候,你也是这么说的。"

"……"

这个案子能下嘴去问的人实在有限,要是没有她从死者身上得出的那些神乎其神的判断,他在不到两天的时间里,很难查出个所以然来。景翊忙把案卷盒子夹到腋下,觍起一张苦瓜脸,对着冷月毕恭毕敬地拱了拱手:"王爷就给了我两天,后天午时之前要是逮不着凶手,你就真得守寡了。还请冷捕头可怜可怜你自己,不吝赐个教吧。"

冷月头一回知道求人还有这么个求法,忍不住一个白眼丢了过去,很是决绝地道:"我要吃酱肘子。"

"好好好。"这是所有与他打过交道的女人向他提出的要求里最好满足的一个,景翊应得毫不犹豫,"我一会儿亲自去买,保证是全京城最好吃的酱肘子,不好吃的话你把我炖了！"

"我要俩。"

"给你买四个！"

冷月这才收回举在他脸前的纸页，没带多少好气却又有条有理地道："这上面写得够明白的了，从刀口边缘收缩翻卷的情况看，死者被切的时候人还活着。"

活着……切？

这场面和杀猪一样，是景翃再怎么想也想象不出来的，冷月却说得气定神闲。说罢，她又抽出那张图纸，对着上面那个肚皮上画着一条直线的小人蹙眉道："这个图示其实画得不太准，你看不明白倒也情有可原。其实这道伤口不是这样一条线，而是……"

冷月顿了一下，一时想不出个合适的词来，搜肠刮肚之间无意中瞥见了那头刚刚宰杀干净的猪，顿时眼前一亮，立马扬手指道："对，就是那样的。"

景翃顺着冷月的手看过去，盯着那头肚皮开敞的猪怔了半晌，才有点儿虚飘地道："你是说他们是被开膛了？"

"是，从这两份验尸单来看，凶手把他们开膛破肚之后，还把他们肚子里的器官择了出去，然后里里外外冲洗干净了。"冷月望着那头猪，越发笃定地补道，"就跟那个一模一样。"

景翃只觉得一阵头皮发麻，脊背发凉。

他总算明白萧瑾瑜的那声"正好"是什么意思了。让冷月指着这样一头白条猪来给他解释那两个"白条人"的死状是什么样的，还真是再正好不过了。

这样的死法还能死成一个模样，那就极有可能是同一个人干的了。

景翃正琢磨着什么人会跟这两个同样养尊处优又同样没什么出息的萧姓人有这么大的仇怨，又听冷月道："他俩一样的地方不止这些，还有，他们下半身还都有几处半球形伤口，都是被利器挖下了一小撮肉来，然后用白蜡油填平，只是萧允德身上的少，萧昭暄身上的多。"

白蜡油？

景翃愣了愣，白蜡他倒是知道，是种姿容端正又很好养活的树，花叶树皮皆可入药，京中达官显贵们的宅子里都种着不少。但白蜡油是哪一部分，景翃一时没想起来。

"白蜡油……"景翃已经接受了自己在有关尸体的话里只能听懂一半的事实，但这种东西明明就该是他学问范围内的。景翃还是努力猜了一个最为可能的："是白蜡种子炼的油？"

冷月愣了一下，看他的眼神俨然像在看一只三条腿的蛤蟆："哪来的种子炼什么油，白蜡油就是白色的蜡烛烧化了滴下来的蜡啊，刚滴下来的时候是透明的，一凉就凝成白色的一块，就跟猪油一样。你酒还没醒透？"

白色的蜡烛……

景翊欲哭无泪地揉了揉发胀的太阳穴："没有。"

应该是没有吧，不然怎么就绕开了最近的道，跑到十万八千里以外去瞎寻摸了呢？

"不过，"冷月没在景翊今天这颗明显不甚灵光的脑袋上多耽误工夫，低头把手中验尸单的顺序整理好，原样递还给景翊，"这些都是别人验出来的，而且这两份的描述多少还是有点儿不一样的，没看到尸体之前，我也不敢确定，我还是去看看再说吧。"

虽没见过尸体，但她刚才那番推断，仿佛凶手杀人剖尸的时候她就站在一边看着一样。

景翊接过验尸单，顺便扫了一眼地上那具很有尸体气质的白条猪："不急这一时，你都忙活一早晨了，还是吃了午饭再去吧，反正他俩躺在安王府里，安王爷也不会亏待他们。"

冷月摇头，利落地解下围裙："不看个一清二楚我没胃口吃饭，你先去买酱肘子好了，我回来吃。"

景翊丝毫不觉得那两人的死状会有多么下饭，但酱肘子是他答应好的，景翊到底还是应了个"好"。

冷月转身要进厨房把围裙搁下，还没走进厨房门，从门口一眼看见摆在地上的那盆猪血，忽然想起一件事来，忙唤住要往外走的景翊。

"那个……"冷月使劲儿犹豫了一下，才咬了咬牙，很是抱歉地道，"你养在房里的那缸鱼死了，可能是因为我那天从里面舀了水吧，那种鱼在哪儿能买着，我赔给你。"

景翊微微一怔，摇头苦笑："跟你舀水没关系，这已经是死的第三缸了，怎么养都活不长，估计是我命里跟鱼犯冲吧，不养了。"

"不养了？"

"不养了。"

在屋里养些活物本就是觉得一个人住着太冷清，如今不是一个人住了，而且这人进门不满三日，就连杀猪都干过了，以后还不知道要怎么鸡飞狗跳。他应付这一个已经手忙脚乱了，实在没有再硬把别的活物弄来添乱的必要了。

景翊拿食盒拎着四个酱肘子回来的时候，冷月已经从安王府回来了。景翊进门的时候，她正趴在屋里的鱼缸边笑意满满地看着什么，笑得景翊有点儿发毛。

不是说那缸鱼都死了吗？

景翊没敢往前走："你……你这是在看什么？"

冷月转过头来朝他招了招手："你来看。"

上回她在这屋里对他说了这句话之后，他走过去看到了一颗烧炸了壳的焦尸脑袋，所以景翊一时没敢妄动，站在原地小心地问道："鱼不是死了吗，看什么？"

冷月笑着朝他眨了眨眼，既有点儿神秘又有点儿得意地道："我刚给你买了个命硬的，你过来看看。"

看她这么粗枝大叶，好像什么都不讲究似的，这么点儿小事居然还被她放在心上了。景翊心里一热，把食盒往桌上一搁，兴致盎然地凑了过去，刚往缸里看了一眼，景翊情不自禁的那道微笑登时僵住了。

他那住过不知多少名贵鱼种的古董鱼缸里，正浮着一只鲜活肥美的甲鱼，脖子长长地伸出水面，扬着猪鼻子瞪着绿豆眼，有些迷茫地看着他。

景翊也有点儿迷茫地看着它："这是……"

"王八。"冷月答得很痛快，答完眉梢一挑，看向这个跟缸中之物大眼瞪小眼的人，"你连这个也不认识？"

"认识，"景翊不但认识它，还没少吃过它家亲戚，但是，"你要我养它？"

哪个男人会在睡觉的屋里养只活王八？

"不是说千年王八万年龟嘛，我在集上转了一圈，没看见有卖龟的，就这个王八还是跟人抢的，我要下手晚一点儿，它现在就是人家桌上的王八汤了。"冷月说着，眉眼一弯，展开一个无比纯粹的明朗笑容，"你们读书人不是老说救人一命胜造七级浮屠吗，按一人能活一百岁算，我这也够造七十级了吧？"

"够，够了，真够了，呵呵。"景翊勉强地扯起嘴角，对着缸里的王八友好地笑了一下，扬手对冷月指了指桌上的食盒，"酱肘子买来了，四个，趁热吃，凉了就不好吃了。"

冷月看着食盒怔了怔，怔得有些惊喜："我就随口那么一说，你还真买了？"

景翊笑得温和而有风度："我不也是随口一说，你就买了吗？"

冷月明显没听出景翊这话里的欲哭无泪，朝他拱手道了个谢，走到桌边把那一大盆肘子整个从食盒里端出来，不等景翊问，就自觉道："那两人的尸体我看过了，基本就是我先前说的那样。只是有一样有点儿怪，他俩虽然是被活剖的，但身上几乎没有挣扎过的痕迹,也没有被捆绑过的瘀痕,不知道是不是被下了什么迷药之类的。"

这倒是不无可能,这两人虽都是皇亲国戚,吃喝细致讲究,但要是有人在他们讲究的吃喝里掺进点儿乱七八糟的东西,以他们的本事还是不足以讲究出什么来的。

景翊琢磨这些的时候,冷月已坐下来动了筷子,一块肉皮塞进嘴里,浓香满口,冷月刚要赞叹出声,忽然怔了一怔:"这味道我好像在哪儿尝过。"

景翊怔得比她还厉害。

这是他在京城最享艳名的那家烟花馆凤巢里买来的,在他看来,那里最绝的从来就不是那群莺莺燕燕,而是后厨的一个老师傅用家传秘方做出来的这道酱肘子。因为工序颇多,做起来麻烦得很,所以不是什么人都有面子能尝到这道菜,景翊偏巧就是这为数不多的有面子的人里脸皮最厚的那个,自打吃过一回这儿的酱肘子,再来的时候就连姑娘都不叫了。

前些日子不乏参他身为朝廷命官流连烟花之地的折子,也只有凤巢的老板娘才知道,景翊流连的当真只是这道三十文一盘的酱肘子罢了。

无论如何,那地方也是个只有男人才能进门的地方,她虽有铁汉般的气质,但到底还是如假包换的女儿身,怎么可能吃过凤巢的菜呢?

"别想了,"景翊在她旁边坐下来,拿起另一双筷子有点儿得意地帮她夹开一大块肘子肉,"这是从一个你这辈子都进不去的地方买来的,你要说上辈子吃过,那倒是没准儿。"

且不论有没有上辈子这回事,就算是有,她连十年前的事都忘得七七八八了,怎么还会对远在上辈子的事有这么清晰的熟悉感?

冷月埋头又往嘴里塞了一口,细细嚼了几下,眼睛倏然一亮,不等咽下去就恍然道:"凤巢,这是凤巢的酱肘子?"

景翊手一抖,一筷子戳到骨头上,差点儿把筷子戳折。

"你去过凤巢?"

"唔……"冷月咽下嘴里的东西,才轻描淡写道,"去过几回。"

几回,这远比她买来只王八给他养要耸人听闻得多。

景翊的声音有点儿发飘:"他们让你进门?"

冷月蹙眉盯着酱肘子,不知在想些什么,只是漫不经心地摇头道:"不知道,我都是从窗户进。"

"……"

景翊只觉得心里有什么东西在哀号。他是坚信她一个女人是不可能去过凤巢那种地方的,所以才放心大胆地买来这胜过宫中御膳的酱肘子,请她尝个新鲜,这下倒成他新婚三日就钻烟花馆还被媳妇抓个正着了。

这世上他还能再坚定地相信点儿什么呢?

景翊正抓心挠肝地想着要怎么解释才能听起来不那么像狡辩,就听冷月"砰"地一巴掌拍到了桌面上。

景翊刚想着这会儿跪下磕个头,生还的概率还有多少,冷月已惊喜万分地说道:"我就说那填着白蜡油的肉洞好像在哪儿见过呢,就是在凤巢!"

"啊……啊?"

冷月没管景翊愣成了什么傻样,兀自兴奋地道:"我第一回去凤巢的时候找错了窗户进错了屋,撞见一个姑娘正在伺候客人,那姑娘背上就有几块这样的白斑。我那会儿觉得奇怪,但没好意思问。刚才一说凤巢才想起来,好像就跟萧允德他俩身上那些是一样的。"

"等等,"无论白斑还是肉洞,景翊这会儿都提不起兴趣来,眼下他想知道的事只有一件,"你为什么会去凤巢?"

冷月连犹豫都没有犹豫一下:"我有个朋友在那儿干活,你要是常去,估计也认得。"

景翊也顾不得她这句"常去"是不是在变着法儿地套他的话,迫不及待地问道:"谁?"

"凤巢的头牌花魁,画眉。"

景翊愣了一愣,似是想通了些什么,眉目一舒,声音轻缓了几分:"她曾经是当朝五皇子慧王萧昭晔的妾室,你是那会儿认识她的?"

"不是。"冷月摇头,又往嘴里塞了块肉,大嚼了几下一股脑吞下去,才道,"比这个还早些时候,她和一些姑娘被人贩子掳到深山里,那案子是我办的。"

冷月说着就搁下了筷子,拿手背抹了抹嘴,站起身来:"晚会儿再吃吧,我去凤巢看看,你去不去?"

景翊一时有点儿语塞,他还从没被女人邀请着同去那种地方,尤其这女人还是自己刚过门的媳妇。

"你不去,我可走了?"

"我去。"

第七章 二龙戏珠

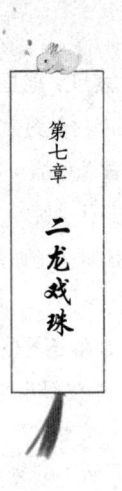

毕竟萧瑾瑜只给了他两天时间，能尽早发现线索总是好的。而且他也不大相信，单凭她一个人去，那些靠脱衣服挣口粮的姑娘，怎么会心甘情愿地脱给她看，到时候她脾气一急，在凤巢里动起手来，他要想给老爷子解释清楚就不是跪下磕个头那么简单的了。

于是景翊这辈子第一回在大中午跳窗户，进了凤巢花魁的闺房。

闺房的主人似是忙活了一整宿，还裹着被子在床上酣睡。冷月把她从床上唤醒的时候，她只慵懒地抬了抬还挂着残妆的眼皮，有气无力地嗔了一声："怎么这会儿来了？"

一声娇嗔还没落地，女子恍惚中看到立在房中的另一个身影，一惊之下睡意顿时散了大半，忙掀了被子爬起身来："这位公子是……"

冷月替景翊答道："我相公。"

不知是甫一起床身子无力，还是被冷月这句话吓的，女子脚下一软，差点儿栽到地上。

冷月搭手扶住她纤瘦的身子，景翊见她站稳了些，才对这有些发蒙的美人客气地颔首道："在下大理寺少卿景翊，是冷捕头刚过……"一个"过门"自然而然地滑到嘴边，景翊才觉得似乎有点儿不对，忙一个转弯改道，"刚拜过堂的相公。"

女子愣愣地看了景翊片刻。

这人的名字她是听说过的，据说是太子爷与安王爷的心腹之人，也是这里的熟客，不过从没让她陪过。她也从来不知道凤巢的客人里还有一位这样俊逸如仙的,更不知道一直对她说这辈子不会嫁人的冷月怎么突然就有了这样一个相公。

相公?

她这里只有女人把相公往外拎的,从不见有女人把相公往里领的。

不过在她的印象里,冷月的言行一贯不能依女人的习惯来推敲,于是女子勉强在这格外让人醒盹的场面中站稳身子,低身领首向景翊恭敬地一拜:"画眉见过景大人,怠慢之处望景大人莫怪。"

景翊温然微笑,笑得既和气又疏离:"冒昧叨扰,还请画眉姑娘见谅才是。"

"不敢。"

冷月被这两人太极推手一般的客气话听得耐心全无,不等画眉再跟他客气下去,便有话直说了:"画眉姐,你还记得我头一回到你这儿来,走错屋子撞见的那个姑娘吗?好像叫什么粉丝来着?"

这种事百年也出不了一回,冷月这么一提,画眉便道:"你说冯丝儿?"

"对对对,我想见见她,她这会儿忙着吗?"

画眉好气又好笑地丢给她一个极其妩媚的白眼:"怎么,嫁了人就想起来给人家道歉了?来晚了,人家早就嫁人啦!"

冷月一怔,忙道:"嫁给谁了?"

画眉美目轻转,在礼貌容许的范围内打量了景翊一眼,才抿嘴笑道:"虽不能与景大人的才貌相提并论,却也是个好归宿,成记茶庄的三公子成珣,你听说过吗?"

这个名字冷月是没听过,但成记茶庄她是听过的。前两天听过一回,是景翊在玲珑瓷窑的客厅里捧着那杯死贵死贵的大碗茶时说的,今儿也听过一回,是在集上买王八的时候听人提起的。

冷月看向景翊,景翊也像拿不准似的微蹙着眉头问道:"苏州的那个成记茶庄?"

画眉端端正正地答道:"正是。"

冷月一惊:"她嫁去苏州了?"

"那倒没有,"画眉对这个总是火急火燎的人耐着性子笑道,"成记茶庄在京城也是有生意的,成公子就住在京城。"

冷月皱了皱眉头:"那今儿在集上碰见的那个应该就是他家的人了。明明是我先瞧上的王八,那丫鬟非要抢,说是成府里要吃的,还觍着脸问我知不知道成记茶庄。我一时没想起来,就说了个不知道,扔下钱拎了王八就走了。她不会轻功,没追上我。"

画眉"扑哧"一声笑了出来："你是要给人家送王八去吗？"

"一只挺贵的呢，我凭什么给她送啊？"冷月不耐地嘟囔了两声，便神色一肃，沉声道，"我倒不是非要找着她这个人，我只是记得那会儿看见她背上有几个像白斑一样的东西。你知道她那是怎么弄的吗？"

冷月话音未落，画眉妩媚的笑靥就蓦然一僵，呆愣了片刻才道："她……她身上的东西，我怎么知道。"

"惊讶，惊慌，恐惧，"景翊含笑温声道，"有这样的反应，足证画眉姑娘是知道的。"

画眉一愕，慌得垂低了细长的颈子："景大人说笑了，画眉与她并不相熟，当真不知。"

这要是几天前听见这样的话，冷月也会觉得景翊是随口胡说的，但如今她比谁都相信，这人就是能看见一些她瞪着眼都看不见的东西。

冷月正要劝她，就听景翊很是和气地道："画眉姑娘不愿说也无妨，家父是成记茶庄的老主顾，想必不难让成珣公子买我个面子，让我上门拜望一下这位成夫人。若问得成夫人不悦，我就说是你说的。"

画眉一惊，花容灰白一片："景大人……"

自打她端了这个饭碗，都是她威胁男人，还从没被哪个男人威胁过，更别说被这样和颜悦色地威胁。

景翊好脾气地一笑，转身就往窗边走，刚迈出一步，后脚还没跟上，就听画眉声音一沉："景大人留步。"

景翊立马收了步子，带着一脸早知如此的微笑，气定神闲地回过身来。

画眉没有立马开口，而是咬牙退了两步，低身道了一声失礼，便转身背对着两人，抬手脱下了起身时仓促裹到身上的那件松垮垮的绸衫。

绸衫落地，露出一个几乎精赤的背面。

画眉以站姿微分开两腿，才用略带微颤的声音道："二位看看，那白斑可是像我腿上的那样？"

冷月一眼看过去，就看到画眉光洁如玉的大腿内侧，粘着那么一点儿与肤色相异的雪白，凑近去细看了一番，果然是被白蜡油填堵的一个凹洞。

当日冷月从深山破屋里把她救出来的时候，她身上也是一丝不挂的，她帮她穿了衣服，所以记得很清楚，那时她的腿上绝没有这么一个能填进蜡油的凹洞。

冷月拧紧了眉头："这到底是怎么弄的？"

画眉抿唇犹豫了一下，只穿着一个肚兜的身子微微颤了片刻才苦声道："这是梅毒疮，用刀把疮剜下来，拿白蜡油封堵上。"

梅毒……

冷月一愕，下意识地抬头看向景翊，却发现景翊不知何时已经背过身去，专心致志地看向窗外了。

冷月怔愣之间，画眉蹲身拾起绸衫裹回身上，转身对着两人就是一跪："二位都是公门中人，画眉自知此举害人害己，死不足惜，但求二位网开一面，给画眉留条活路！"

冷月被画眉这一跪吓了一跳，刚想伸手搀她起来，景翊已望着窗外屋顶上歇脚的麻雀淡声道："这法子连治标都算不上，谈何活路？"

画眉低埋着头，发颤的声音里已带了轻微的哽咽："画眉贱人贱命，不敢妄想长命百岁，只是不这样做就无法接客，不接客就要被撵出凤巢。若是落到京兆府手里，便要被押去郊野，活活烧死了。"

活活烧死？

冷月眉头一沉，冷声道："这草菅人命的大权是谁给京兆府的？"

景翊无声苦笑，这条法令冷月不知道也是正常的。这是先皇颁下的，那会儿烟花巷中梅毒病蔓延成疫，以致颇多无辜之人平白染病，朝野上下一度人心惶惶，险生政变。于是先皇在疫情受控之后，便颁下了这条酷令，凡身染此类病症者，便要被立即抓去荒野之地烧死，以绝后患。瞒而不报者，一经发现，罪同谋反。

到当今圣上登基的时候，梅毒病已几乎在京中销声匿迹，他也是在研读先皇在位时期颁行的法令时才知道有这么一条。查知近数十年无一案例，还以为这条早已成了无用的空文，却不知竟然贻害至此。

谁给京兆府的权力，画眉年不过二十有余，自然也说不上来，只摇头道："从我进来时就是如此了，要么剜疮接客，要么出去等死，求二位给画眉留条活路吧！"

"你别怕。"冷月一把拉起画眉，转头看了景翊一眼，拍着画眉的肩膀宽慰道，"谁要想烧死你，我就先烧死谁。"

景翊一愣回头，他还是头一回被一句安慰人的话弄得毛骨悚然。所幸他看得出来，冷月这话不过就是说来让画眉宽心的罢了。

"画眉姑娘，"景翊好整以暇，像看厌了窗外的麻雀似的，气定神闲地转回身来，温然问道，"这条街上每家都是如此吗？"

见景翊不提告官的事，画眉心里松了些许，颔首摇头道："我只在这一处待过,别家的事情委实不知。"

景翊轻轻点头,依旧和气地道:"凤巢里这些剜过疮的姑娘,有多少是像冯丝儿那样活着离开的?"

画眉苦叹摇头:"人心隔肚皮,何况是这样的地方。冷捕头若不说,我还不知丝儿也染上了。"

这话倒是不假,花街柳巷俨然是大内之外的后宫,活在这儿的女人们为生存而做出的争斗之举,残酷程度丝毫不逊于那些出身尊贵、拥有权势的大家闺秀。这样只要动一动嘴就能名正言顺地取人性命的机会,又岂会轻易放过呢?

景翊又点了点头,抬眼扫了一下这处布置精美的闺阁:"你这儿可有笔墨?"

画眉微微一怔,虽不知景翊这会儿要笔墨干什么,还是应道:"景大人稍候。"

画眉在一处小橱中取出一套笔墨纸砚,景翊道了声谢,便提笔在画眉铺好的纸上写了起来。不似在狱中录供词那样笔走龙蛇,每一落笔都像深思熟虑过的,甚是小心谨慎。

一页纸写罢,冷月才发现他写的是一道药方。

景翊搁下笔,垂目看着墨迹未干的纸页,像贡生在科考结束之前最后一次检查答卷一样,细细地看了一遍,才抬头对一头雾水的画眉道:"这方子是我早些年翻阅旧档时看到的,不知有没有记错记漏什么,也不知是否真的有效,你不妨试试看。要是怕人察觉,就把这几味药分成几次配齐。麻烦是麻烦了点儿,但也比你这样等死好。"

画眉怔怔地看着铺在桌子的这页方子,垂眉举目间满是难以置信:"景大人……"

"我没别的意思,"景翊眉眼轻弯,转头看向同样愣愣地看着他的冷月,"我就是怕她烧死我。"

冷月窘了一下,凤眼颇没好气地一瞪:"谁要烧死你了!"

景翊狐狸眼一眯,像小孩子讨糖一般既乖巧又黏糊地问道:"那谁要想烧死我,你也先烧谁吗?"

冷月脸上一阵飘红,不等想好该怎么把这话顶回去,景翊已对着画眉无可奈何地摊了摊手,夸张地一叹:"看见了吧,你的命可不贱,反正比我的强多了,你真就不想多活几年吗?"

冷月一愣,画眉倒是终于回过了神来,喜极而泣,"咚"一声跪了下来,使劲儿磕了个响头:"谢谢景大人,谢谢冷捕头……不不,景夫人!"

冷月正被这一声意味深长的景夫人叫得脸上发热,景翊已一笑转身,一声不吭地从窗中跃了出去。冷月也顾不得搀扶画眉,忙追了出去,却见景翊就负手站在那几只麻雀刚刚打过盹的房顶上,像在等她一样。

方才被这人逗得有点儿发蒙,这会儿吹了吹风,倒是反应了过来。他那样拿她打趣,不过是为了给画眉宽宽心罢了,她似乎不但不该埋怨他,还该谢谢他才是。

冷月这样想,就这样说了:"谢谢你。"

景翊轻轻挑了下眉,这是这几天来她第一次向他道谢时用了一个"你"字,而不是那个公事公办的"景大人"。

冷月显然没觉得这声谢与以前道过的所有的谢有什么不同,说罢便皱眉回头,看了一眼已在身后的烟花巷:"现在就回去吗,不该多去几家问问,看这剜疮填蜡的事是不是只有凤巢一家在干吗?"

她办案子时虽极少向人问话,但景翊问画眉的那些话她还是听得明白的。若这剜疮填蜡的法子只是凤巢一家在使,那这活剖白条人的凶手就必是与凤巢有牵连的,也许是个知道这个秘密的人,也许是个像冯丝儿那样,身上就带着这个秘密的人。

景翊向刚跃出的那扇窗子遥遥望了一眼。若是成亲之后被人看见他在烟花巷中流连,传到皇上那儿去倒是没什么,传到老爷子那儿去也顶多就是一顿鸡毛掸子,要是传到以暴脾气出名的冷大将军耳朵里……

景翊想想就全身都疼。

这话自然不能跟她直说,景翊便故作凝重,却又轻描淡写地道:"这些不宜明查,我托人问问就是。这里既然有身染梅毒之人,那就不宜久留了。"

冷月微怔了一下,眉头一紧:"梅毒病很容易染上?"

"嗯。"

两人一路踏着别人家的屋顶回到自己家,冷月一路上零星地问了几个有关梅毒病的问题,景翊都漫不经心地"嗯"了过去,进了家门之后才发现,好像哪里有点儿不对。

冷月一进卧房就唤人倒了盆皂角水,两手往水里一浸,又是泡又是揉,手心手背都揉得发红了还没拿出来。

景翊越看越是愣得厉害,到底忍不住问道:"你这是干什么?"

冷月深皱着眉头,一边不知第多少遍揉过手背,一边正色道:"我碰了她的身子,你不是说用皂角水可以洗干净吗?"

景翊愣了片刻才反应过来:"你怕染上病?"

冷月低着头没答话,但手上揉搓得越发起劲儿的动作足以代表一个"是"字。

景翊一时间哭笑不得,他这会儿要是告诉她,自己刚才根本就没留神她问的那些是什么,不过随口"嗯"了几下罢了,她大概会把他也宰成白条的吧。

"唔……我看看。"景翊煞有介事地走上前去,对着冷月那双水淋淋红彤彤的手端详了片刻,才万般笃定地道,"行了,干净了。"

冷月犹豫了一下:"我再洗洗吧。"

眼看着冷月又要把手往水里泡,景翊暗自苦叹了一声,一把捉住了这双又湿又红的手,二话不说就捧到嘴边,在那两个被她揉得发热的手心里各落下一个轻吻。吻罢也没把手松开,只含笑看着这个被他亲傻了的人道:"你死我就给你垫背,这下放心了吧?"

冷月傻愣了好半响才想起把手挣出来,在衣服上胡乱蹭了几下,明明挨蹭的是手,脸却跟着一块儿红了。

景翊饶有兴致地端详着这张远比那双手红得可爱的脸:"我还以为你不怕死呢。"

"我是不怕死。"冷月蹭干了手,往后退了一步,与他拉开了些许距离,不冷不热地瞪他一眼,轻抿了下娇红的嘴唇,才微扬起下颌,正色道,"但是我冷家列祖列宗都是在沙场上战死的,我要是死在这上面,有什么脸面去见祖宗?"

景翊一怔,旋即笑着摇头:"你这样想可就太多虑了。"

冷月正想说,她想她自家祖宗的事有什么多虑的,就见景翊两手往后一负,温然笑道:"你既然跟我拜了堂,那就已经是景家的人了,不管你因什么而死,见的都是景家的祖宗。景家祖宗脾气都好得很,不会因为这种事怪你的。"

冷月刚一口气噎得想捏拳头,景翊就往前凑了一步,稍稍欠身,微眯起狐狸眼,与那双轮廓精致的凤眼平平对视。

"除非,"景翊轻勾嘴角,把本就温和的声音又放轻了些许,轻得像从什么幽深的地方徐徐飘出来的,"你压根就没打算跟我一口气过到死?"

冷月狠狠一愣,登时把眼中聚起的杀气愣了个灰飞烟灭。

还没等她反应过来景翊这一问是打哪儿来的,景翊已薄唇一抿,抿去了那道意味不明的笑意,直起身来悠长地叹了一声:"我去好好看看案卷,你自便吧。"

景翊刚要往外走,转了个身还没起脚,就听冷月沉声道:"景大人,你有把握在今天天黑之前查出凶手吗?"

景翊一怔,今天天黑之前?萧瑾瑜刚一开口的时候,起码还给了他整整一日,要是到今天天黑之前,那不过才短短几个时辰。要想在几个时辰内抓着这么一个手法诡谲的凶手，景翊自问还没这个本事。

于是景翊很笃定地摇了摇头："谢谢你比王爷还抬举我。"

"我不是抬举你。"冷月蹙起眉头正色道，"从尸体腐败程度来看，萧昭暄大概是初八，就是咱俩成亲那天的晌午到晚上之间死的，萧允德大概是昨天黄昏咽的气。从尸体刀口上看，下刀的人不是屠户、厨子那一类擅长使刀的，因为切得很小心仔细，所以刀口才足够平整，而且剜疮填蜡是在死前做的。这样算算，如果那凶手今天还要杀人，恐怕离这人动手就没有几个时辰了。"

景翊微愕，他倒是没想到这个问题，但看冷月的模样，好像已是心里有数的了，不禁问道："你有什么法子吗？"

"你说……"冷月犹豫了一下，低头看了看自己那双红色刚见消退的手，才抬眸低声道，"连死了两个都是姓萧的，这案子会不会是什么人想要清理皇亲国戚里染了梅毒病的人才犯下的？"

景翊被她这简单粗暴到了极致的猜测惊了一下，稍一品咂，倒也忍不住点了点头："这个动机虽蹊跷了点儿，倒也不失为一种可能。不过就算如此，也不能挨个去查他们谁染了这病吧？"

冷月像早就想过了这个问题，景翊一问，她就一扬眉梢道：既然不能把凶手关起来，那就把他们都关起来好了。反正就一晚上，关到明儿一早就安全了。"

景翊一时间有点儿哭笑不得，她当这些皇亲国戚是牲口怎么的，连查都不便去查，她还想关他们一晚上！

景翊刚想摇头，忽然不知想到了什么，目光一动，嘴角轻扬："这倒是个法子。"

景翊这一副胸有成竹的模样，倒是把冷月看得有点儿心虚了："你真能把他们关一晚上？"

景翊微微眯眼，边琢磨边道："我肯定是不成，安王爷也不方便为这事出面，估计还得求求老爷子去。"

冷月虽不知道景翊盘算的是什么，但还是安心了些，催促道："甭管求谁，能成就行。你赶紧去吧，再不去就来不及了。"

景翊站在原地一步没动，反倒是用一道有些复杂的目光看了她一眼："老爷子这会儿应该从宫里回来了，我得回大宅那边见他，这是你我成亲之后，我第一次回去，照京里的规矩，你得跟我一块儿回去。"

"好。"冷月应得远比景翊想象中痛快，"要带什么礼吗？"

景翊愣了愣，才牵着一丝苦笑道："随便拿点儿什么意思意思就行了，吃的喝

109

的就行，拿得重了估计还要挨老爷子一通训。"

景老爷子为官圆滑归圆滑，但在收礼的事上向来谨慎，吃的喝的偶尔还肯留下，其他东西连景家大宅的门都很难进。

冷月蹙眉一忖："在那头刚宰好的猪身上挑一块儿行吗？"

"可以。"

景翊说这句可以的时候，脑子里想到的是排骨、五花、后腿一类的东西，所以一眼看到冷月拎着一只囫囵个儿的猪脑袋从门里大步走出来的时候，景翊的下巴差点儿掉在马背上。

"你……"景翊直勾勾地盯着那个白花花的脑袋，心情复杂得难以言喻，"你怎么挑了这一块儿？"

"军营里宰猪的时候，脑袋要么拿来祭祀，要么就给品级最高的将军，其他人都没资格吃。"冷月说着，颇为郑重地看了这猪头一眼，"给景太傅送去，当然得送这一块儿。"

听到"景太傅"三个字，景翊顿时毫无与这猪头计较的心思了。反正横竖就是块肉，送猪头未尝不可，但要让老爷子听见已过门几日的儿媳妇还喊他一声"景太傅"，他大概会比那俩白条人的下场还要悲惨一些。

"带这个可以，不过还有件事。"景翊把那猪头接过来，看着冷月纵身上马，才用有事好商量的语调道，"你我既然拜过堂了，这些称呼也该改一改了吧？"

冷月惦记着求景老爷子的事，实在没心思琢磨这些无关紧要的事，便毫不犹豫地道："你说吧，怎么改？"

"比如，"景翊试探着道，"当面别再称老爷子为景太傅，也别称老太太为景夫人，跟我一样喊爹娘就可以了。我那三位兄长，你也随我叫声哥吧。"

冷月点头："好。"

"还有，也不要再称我为景大人了。"

冷月眉头一皱："那要叫你什么？相公？"

这个称呼对虽对，景翊却一时没有点头，稍一犹豫，问道："你娘都是怎么唤你爹的？"

冷月不假思索地答道："死老头子。"

"算了，"景翊抽了抽嘴角，才默然一叹道，"你就跟小时候一样，直呼我的名字吧，我也和小时候一样，叫你小月，行吗？"

"行，我记住了。"

两人打马奔到景家大宅门口的时候，景老爷子的轿子正迎面而来。景翊把两匹马交给门房，便与冷月迎上了那顶轿子。

景老爷子甫一下轿，目光就被景翊拎在手里的猪头勾走了。

"你们……"

景老爷子到底是见过大风大浪的，片刻的错愕之后，抬手顺了顺胡子，在保养极佳的脸上挂起一抹可亲的微笑："你们都吃过了啊？"

景翊乖乖地喊了声"爹"，一步上前，把拎了一路的猪脑袋塞到了景老爷子手里："家里刚宰了头猪，小月特地给您留的。"

活了大半辈子，景老爷子从没想过，有朝一日自己能从哪个儿子口中听到这么一句足具人间烟火之气的话，不禁微微眯起那双与景翊一模一样的狐狸眼，和善地看了看手里的猪头，又和善地看了看冷月，百般慈祥地问道："家里宰猪了？"

"呃……"景翊刚犹豫了一下，冷月已利落地答道："是，足年的猪。我今儿上午刚宰的，您放心吃。"

景老爷子深不见底的目光在猪头与儿媳妇之间徘徊了片刻，景翊看得一颗心就快从嗓子眼里蹦出来了，才见景老爷子笑眯眯地道："倒是从没有人想起给我送这个来，你们真是有心了啊。什么事，就在这儿说吧。"

冷月一愣。

他俩确实是有事求景老爷子，但正经事还一句都没说，他怎么知道？

冷月发誓，这话她是在心里无声地问的，但景老爷子就像清清楚楚地听见她把这话说出来了似的，笑眯眯地看了景翊一眼，轻轻地晃了晃拎在手里的猪头："没事？没事的话，这猪头你们就拎回去吧。"

冷月刚一怔愣，景翊已经笑得像朵花儿一样了："爹，我是遇到件难事，不过老祖宗说，天下无难事，只怕有心人，对吧，呵呵。"

景老爷子看着景翊，也笑得像朵花儿一样："不是咱家祖宗说的，呵呵。"

"甭管谁家祖宗说的，反正是有这句话的，对吧，呵呵。"

"自家祖宗说的话还没记全，就去记别人家祖宗说的话了，你去后面祠堂跪一会儿再走吧，呵呵。"

"呵呵呵。"

看着景翊在景老爷子慈祥的注视下像哭一样地笑着走进景家大宅的大门，冷月突然觉得，赵大娘的担心在一定程度上还是对的。

在嫁给景翊这件事上，她还是决定得有点儿仓促了。

这个念头刚起，冷月就听到了景老爷子慈祥和善的声音："不要紧，他跪他的，你来，我让厨子做几个菜，天大的事，咱们边吃边说。"

冷月心里一颤。

她知道景翊是来求景老爷子办事的，但到底要求他办什么，她当真是一丁点儿都不知道。连那一肚子花花肠子的景翊都被景老爷子说到祠堂罚跪去了，她要是一问三呵呵……

冷月赶忙摆手："景……"

一句习惯的"景太傅"几乎脱口而出。眼瞅着景老爷子笑意深了一重，冷月猛然记起景翊的叮嘱，舌头忙不迭地转了个弯儿。

"景……爹，我已经吃过了，就……就不吃了。"

景老爷子也不与她计较"景爹"这个称呼，只越发慈祥可亲地道："吃过了和吃饱了是两码事，来吧。"

冷月被景老爷子看得脸上有点儿发烫。不错，她中午就吃了那么两口酱肘子，确实还没吃饱，不过还不至于饿到敢硬着头皮跟景老爷子走的程度。

冷月一边摇头，一边极尽诚恳地道："饱了，真饱了。"

景老爷子的笑容又和善了几分，俨然笑出了一种后天下之乐而乐的味道："吃饱了就好，吃饱了，我就不多让你了，呵呵。"

冷月着实松了口气："不用，我既然已经是景家的媳妇了，您就不用对我这么客气了。"

"言之有理，你已经是景家人了，那我就不客气了。呵呵。"

冷月乖顺地颔首："是。"

"咱们景家有个习惯，自家人对自家人撒谎是要跪祠堂的，你也到祠堂里跪一会儿再走吧，呵呵。"

"……"

冷月被家丁带到景家祠堂，和景翊并排跪到前三层后三层码放得密密麻麻的景家祖宗牌位前面的时候，很有一种当寡妇的冲动。

见冷月跪到他旁边的蒲团上，景翊愣了愣："你来做什么？"

冷月目不斜视地看着景翊不知哪号祖宗的牌位，上面那三个字她就只认识一个"景"字，实话实说："我对老爷子撒谎了。"

景翊愣得更厉害了点儿。据他这些日子观察，冷月极少会说违心的话，更别说撒谎了，所以来之前他就没叮嘱她这一项，怎么一见老爷子就破了戒呢？

"你撒的什么谎？"

冷月嘴唇轻抿，很有点儿挫败感地低声道："我说我吃饱了。"

景翊一愣之后，长身跪起，伸手从供桌上端下一盘红豆糕，往冷月怀里一塞，笑靥温柔："都是早晨新换的，先凑合着吃点儿吧。"

这是她头一回进景家祠堂，还是被景老爷子抓进来罚跪的。她相公居然让她当着他家祖宗的面儿——

吃供品！

冷月捧着盘子，深深地盯着景翊，妄图从他笑靥如花的脸上看出他是不是在逗她的时候，祠堂门口传来两声景老爷子沉沉缓缓的干咳。

冷月吓得差点儿把盘子扔出去。

景老爷子负手走进门来，脸上明显带着点儿不悦。冷月正百爪挠心地想着该怎么解释这盘供品为什么会在自己的手上，景老爷子已走到她身边，一手在她肩膀上温和地拍了拍，一手从供桌上端下一壶酒。

"知错便改，善莫大焉。别干吃，噎得慌。"

说着，景老爷子跟冷月和景翊并排跪了下来，顺手从冷月手中的盘子里拈起一块红豆糕，送到嘴边淡淡然地咬了一口。

"唔……又换厨子了。"

景翊也从盘子里拿了一块，咬了一口，咂摸了一下，皱了皱眉头："唔……是呢，上个月吃着还没这么甜呢。"

"嗯……还是年前告老还乡的那个厨子做供品做得最地道，那口感细的，味道正的，再没有第二人做得出了。"

"对，我也这么觉得。"

冷月捧着盘子，有点儿想哭。

景翊三下五除二地吃完手里的红豆糕，从景老爷子手中接过酒壶灌了两口，看着伸手又从供桌上端下一盘芸豆卷的亲爹，皱了皱眉头："爹，您这把年纪了，就别再三天两头地吃供品了。"

三天两头……

冷月默默抬头，深深地扫了一遍景家的列祖列宗，又拿余光看了看一左一右跪在她身边吃供品吃得满脸坦然的景家爷儿俩。

景家实在是一户深不可测的人家。

景老爷子就用一种深不可测的狠劲儿咬掉了半块芸豆卷，边嚼边道："你娘嫌我回来晚了，跟我掉脸子，不让吃饭。我就跟她说我是在街上买猪头耽搁了一会儿，结果你三哥那熊孩子……唉，不提这个了，到底有什么事，说吧。"

113

景翊忙搁下手里的酒壶："爹，您能不能进宫撺掇撺掇皇上，让皇上立马把所有在京的萧姓皇亲全召进宫，包括安王爷在内，一直待到明早再让他们出来？"

冷月心里登时一亮，把这些人全召进宫里，可比把他们全关进牢里要方便得多，也安全得多。

景老爷子把嘴里的芸豆卷咽下去，才慢悠悠地道："不年不节的，难。"

冷月捧在手里的盘子微颤了一下。这件事要是连景老爷子都觉得难，那别人就更不可能做到了。

"不过，"景老爷子又悠悠地咬了一口，细细嚼了几下，不紧不慢地道，"倒也不是不能。"

没等冷月耐不住性子开口，景翊已哭笑不得地端过一盘绿豆糕，两手捧到景老爷子面前："爹，您就行行好帮帮忙吧，人命关天呢。"

景老爷子抱着手里的芸豆卷没松手："关天的事，你跟天说去啊，呵呵。"

这样的话冷月从没听过，景翊却早就听惯了。听见这样一句，景翊默然一叹，把盘子放回了祖宗面前，认命地道："当着咱家祖宗的面儿，您想要什么，直说吧。"

景老爷子悠悠然地把盘子里最后一块芸豆卷吃完，掀开供桌上那块一直垂到地面的台布一角，把空盘子往供桌底下一顺，拍拍手上的碎屑，又满面虔敬地把台布扯平理好，才抬起长辈特有的亲切目光看了看冷月，又看了看自己的亲生儿子："你如今是有家室的人了，你一个人说了恐怕不算，呵呵。"

不等景翊看过来，冷月已痛痛快快地应道："您要什么，尽管直说。"

景老爷子微眯着眼，百般和气地微笑道："其实我也不是要你们的，只是想看看罢了，呵呵。"

景翊刚隐隐地生出点儿不祥的预感，还不及细想，冷月已毫不犹豫地应了一声："您说。"

"我孙子，呵呵。"

他孙子……

景翊额头一黑，自打他大哥和二哥家接连给老爷子生了三个孙女之后，老爷子就盯上了他和他三哥，他三哥至今还没成家，景翊拜堂那会儿就知道，盼孙子的话从老爷子嘴里说出来是早晚的事，但没料到会是在此情此景之下。

冷月怔了好半晌才把这个弯儿转过来，登时脸上一烫。被景老爷子亲切和善地看着，冷月一时间有点儿羡慕那个能躲到桌子底下的空盘子。

说出去的话，泼出去的水，何况还是在景家列祖列宗的牌位前泼出去的水。

冷月硬着头皮点了下头："行。"

景老爷子捻着胡子，心满意足地点了点头。

景翊有点儿蒙。

景老爷子开口要看孙子的时候，他还没这么蒙，倒是见到景老爷子点头，他蒙得很彻底。景老爷子点头，就意味着冷月这个"行"字是没有任何口是心非的成分在里面的。

那就意味着……

她真下定决心要跟他生孩子了？

景翊还在心里一爪子一爪子地挠着，景老爷子已笑眯眯地站起身来："我进宫去跟皇上说说看，你们自便吧。"

第八章 三平二满

直到牵马走出景家大宅的大门,景翊看向冷月的目光还是颇有些复杂的,这种时候还是一个人静一静比较好。景翊上马之后便温声道:"我去发现尸体的地方看看,你先回去吧。"

冷月像已然把答应景老爷子的话忘得一干二净似的,一听这话就忙问道:"他们是在哪儿被发现的?"

见冷月这副一如既往的正色模样,景翊心里定了定,低声答道:"萧昭暄是在京郊小村的一户人家门口,萧允德是在他自家宅子门口。"景翊答罢,不禁转头往景家大宅的门口看了一眼,淡声道,"案卷里说都是一大早开门的时候发现的,想想都够醒盹儿的。"

冷月皱了皱眉头:"为什么萧允德是被扔在自家门口的,靖王爷就给扔到村里去了?"

景翊一叹,摇头道:"我也不清楚,案卷还没来得及仔细看。反正按京兆尹报上来的说,那户人家只住着一个十来岁的姑娘,平日里靠给城里的人家浆洗衣裳过日子。那天清早开门,一见尸体就被吓疯了,一句囫囵话都说不出来,帮她报案的村民也没见过靖王爷,然后京兆尹就给定了个悬案,往箱子底一放,直到安王爷派吴江去把它扒拉出来扔给了我。"

冷月甫一听完,就毫不犹豫地道:"我跟你一块儿去。"

且不论他还想不想要静一静,单是想起那萧夫人秦合欢在安王府的那通哭闹,景翊就忍不住苦笑着连连摇头:"你去不大方便,我自己去就行了。"

冷月一怔："为什么不方便？"

景翊一时有点儿语塞。也是，她连女人最去不得的地方都去惯了，在她眼里还有什么样的地方是去不得的呢？

景翊迟疑了片刻，到底只是温然笑着摇摇头道："这案子王爷是交给我办的，检验之外的事还麻烦你，回头让王爷知道，又得怨我偷懒了。"

冷月在马背上叶眉一扬："我是捕快，又不是仵作，拿人归案才是我正儿八经的差事。"冷月说着，毫不客气地把景翊从头扫到脚，又从脚扫到头，"万一那疯了的女人就是凶手，为避免别人怀疑而装疯卖傻，再有些功夫底子，别说你拿不拿得住她了，你敢保证你就不会像萧允德一样，被宰干净了送到家门口吗？"

景翊虽使尽了所有定力，但那带笑的嘴角还是狠狠地抽搐了一下。

先前他猝然发问，看她一霎间的反应，当真就是从没考虑过要跟他一口气儿过到死这个问题的，刚才见她在老爷子面前那么真心实意地一应，他差点儿就把先前的判断全盘推翻了。不过眼下看看，他的眼神儿还是有点儿准头的。

景翊出门时乱作一团的心神莫名地就安生了下来，嘴角重新一扬："那就有劳了。"

景翊以萧昭暄之死的可疑之处更多为由，绕开近些的萧允德家，径直打马去了京郊的那处小村。冷月似乎也没觉得有什么不妥，就跟着景翊一路到了那户人家门前。

冷月抢在景翊前一步从马背上跃下来，扬手拦住了正要下马的景翊，蹲身低头，在那比张老五家还要破败的院门口前仔仔细细地看了一遍，才站起身来朝景翊点了点头。

景翊翻身下马，蹙眉扫了一眼这片平淡无奇得好像不求有功但求无过的朝臣的脸一般的院门口，禁不住低声问道："这里有什么证据吗？"

冷月点点头。

"可是，"景翊又细细地看了一遍一干二净的门口，"这儿好像什么都没有。"

冷月又点点头："就是什么都没有。"

景翊刚噎了一下，就听冷月把声音放轻了些，淡声道："什么也没有也是一种证据。这路上土厚，你看附近几户人家门口，或多或少的都有脚印，这个门口连起码的脚印都没有，像是被人仔细打扫过似的。"

景翊微怔，转头四下看了看，到底还是摇摇头道："这也正常，这儿到底停放过死人，人家打扫打扫也是应该的。"

冷月蹙眉道："不是说住在这儿的人已经疯了吗，疯子能把地扫得这么干净？"

"许是同村的人帮着做的吧。"景翊放眼看了一下这个似乎一眼就能看到头的小村，"村子越小，人情越浓，帮着打扫打扫应该不算什么。"

冷月没再吭声，上前抬手轻轻叩了叩房门。房门虚掩着，冷月已小心拿捏了力气，还是刚叩了两下就把门叩开了。

装在土墙上的木门无力地"吱呀"了一声，足以惊扰到这巴掌大的小院里的任何一个活物。冷月索性多使了些力气，把门彻底推了开来。

院门一开，冷月一眼看进去，在一片黄泥砌的矮院墙下看到翠绿的一团，不禁狠狠一愣。

那团翠绿不是什么花木，而是一个穿着一袭绿裙缩坐在院墙下瑟瑟发抖的女子。紧挨着院墙的还有一棵槐树，也不知她在这地方保持这个姿势待了多久，槐树的叶子竟已落了她满头满身。

这就是那个被吓疯了的姑娘？

冷月怔怔地看向景翊。景翊显然也发现了缩在墙下的人，目光看着那个方向，轻轻蹙着眉头，缓步走了进去。

缩成一团的人像觉察到有人进了院子，身子使劲儿往后缩了缩，一边发着抖，一边怯怯地抬起头来，露出一张轮廓清秀却惨无人色的脸。

目光落在景翊身上的一瞬，女子黯淡的眸子倏然一亮，惨白的脸上顿时泛起一抹红晕，有些干裂的嘴唇微微开启，发出了一个虚弱沙哑还带着清晰颤抖的声音。

冷月勉强听出来她说了句什么。

这女子对景翊说："你来了。"

她认得景翊？

还在等他？

冷月狠狠一愣，紧走两步与景翊并肩，才发现景翊也是一副全然摸不着头脑的模样。即便如此，景翊还是迎着这女子熠熠发亮的目光向她走近了些，在距离她三五步远的地方站定，含笑温声问道："你认得我吗？"

被景翊这样一问，女子立时挣扎着想要站起身来，奈何身子虚软无力，还没站起来就跌倒在地上。即便跌到地上，女子的一双眼睛也没有从景翊身上挪开，竟直直盯着景翊，朝他爬了过来。

冷月一惊，赶在景翊扶她之前就闪身过去，伸手把景翊往后一拦，自己低下身去，把伏在地上的人一把捞了起来。

也不知是刚才勉力爬出的几步耗尽了她所有的力气，还是冷月这猝然的一揽让她受了惊吓，冷月刚把她上半身拉离地面，女子就两眼一翻，纤细的身子登时像被剔光了骨头的肉一样，软塌塌地昏了过去。

冷月手疾眼快，忙把人打横抱了起来，抱进那间已见破败的村舍。她小心地将人放到那张一看就年数已久的床上，才抓过那细瘦的手腕摸了一下，到底蹙眉摇头："只知道她染了风寒，烧得厉害，好像还有点儿什么病，我摸不出来。"

不但病得厉害，而且还没有起码的功夫底子，这女子基本是没有当凶手的可能了。

冷月说罢这句，一时没听到景翊应声，起身转头看过去，正见景翊望着窗下那个极简单的梳妆台出神，不禁问道："你到底认不认识她？"

景翊摇摇头，依旧没把目光收回来："我不认识，不过萧昭暄应该认识。"

冷月怔怔地看向躺在床上毫无生气的人，又抬头扫了一眼这处几乎可以举头望明月的房舍，实在很难相信，一朝皇子会跟这种地方有什么联系："靖王爷认得她？"

景翊走到梳妆台前，垂手从桌面上一个敞开的木盒里拈出一条紫砂石手串来，微眯双目，迎着光线细细地打量了一番，才道："这是宫里的东西，今年上元节宫里大宴的时候，还戴在萧昭暄手上呢。"

一个皇子随身的东西，出现在一个小村孤女的家里。

冷月一愕："她跟靖王爷……"

冷月这话只说了一半，后半截实在不知道该怎么既不冒犯帝王家的威严又清楚明白地说出来。

景翊会意地点头，牵着嘴角露出一抹浅浅的苦笑，转目看向床上的人："她疯是有点儿疯，但见到生人没有一点儿害怕的意思。她不像被吓疯的，倒像是悲伤过度，失了心智。刚才应该是把我当成萧昭暄了吧。"

错愕渐消，冷月的脑子里登时闪过一个念头，不禁皱了皱眉头："你说那凶手会不会压根就不认识靖王爷，只碰巧见过靖王爷在她这儿过了夜，就以为靖王爷本来就是住在这儿的，所以杀了他之后，把他送到这儿来了？"

景翊稍一思忖，轻轻点头："不无可能。不过萧昭暄的身份既尊贵又特殊，平日里玩归玩，但从不张扬，不大可能在大白天大摇大摆地到她这儿来。而且萧昭暄和萧允德的尸首都是在清早被发现的，所以这个凶手应该是个常在夜里溜达的。"

在夜里溜达。

冷月一边咂摸着景翊这话,一边扫过这间几乎一目了然的屋子,余光掠过景翊身后那面墙下的一物,眼神倏然一定。

"你是说,像更夫这样的人?"

景翊目光一亮,若说能在三更半夜里走街串巷而不被人怀疑,更夫绝对是再合适不过的了。

"对,就是更夫!"

冷月的神情里丝毫没有揪出重要线索的喜悦,只轻蹙着眉头与他擦肩而过,径直朝他身后走去。

景翊不动声色地把一直拿在手上的那条紫砂石手串塞进自己袖中,才转过身去。这才发现身后的那面墙下摆着一张漆色斑驳的桌子,桌上立着一个简单的牌位,牌位下摆着两盘已有些干瘪的瓜果,两盘瓜果中间端端正正地放着一套式样很是老旧的打更物件。

景翊走过去,看了眼牌位上的字,见到"慈父"二字,了然道:"她爹生前就是打更的吧。"

冷月没去看那牌位,只弯腰盯着那套打更的东西,来回看了半晌,才直起腰来点点头道:"她爹是打更的,不过凶手应该不是打更的。"

景翊听得一愣,刚才提起更夫的是她,他琢磨过来了,她怎么又说不是了?

"为什么不是?"

"打更这活儿虽然熬时候,但不用出什么大力气,干着容易,工钱也少,所以衙门都是让那些老实巴交却因为身体不济而吃不上饭的人去干的。你要是拿着京里更夫的名册挨个查,别说查不查得到有当凶手的心的,就是查到有能扛着一个大男人在街上走的力气的也悬乎。"冷月说着,挑眉看了眼这个被她说得有几分恍然的人,"你只听过更声,没见过打更的人吧?"

景翊垂目看着那套打更物件,扁了扁嘴:"夜里出门走地上,不如走屋顶安全,谁让他们不在屋顶上打更呢?"

冷月没兴致跟这一肚子歪理的人在这事上计较,转身看向仍无声无息地躺在床上的人:"她怎么办?就这么耗着的话,估计撑不了几天了。"

景翊心里暗暗一叹。她能撑几天还在其次,这到底是被一朝皇子宠幸过的女人,若是这样撂着不管,一旦被有心之人发现,带走利用,朝里又免不了掀起一场波澜。

"你放心,我会找人安顿她的。"

两人出门上马走出村子，刚到村口，景翊还没说要去什么地方，冷月已一牵缰绳，把马头转向来时的方向，风轻云淡地道："萧允德家我就不去了。"

这话虽是他求之不得的，景翊还是故作不解地问了一句："为什么？"

冷月在马背上扭头朝他笑了一下，笑得有点儿浅淡，但被枣红马的毛色映衬着，别有几分明艳："你不用藏着掖着了，萧夫人去安王爷那儿闹的事，我去验尸的时候已经听人说了。你在大宅门口不就说我不方便去吗？"

景翊苦笑，他竟把她去过安王府的事给忘了。见她淡然若此，景翊一时也不知道该说点儿什么才好，末了还是只宽慰道："那些疯话你不必往心里去。"

照理她这会儿要么抱怨两声，要么苦笑着客气几句，可冷月却一脸正色地摇了摇头："她能跟王爷告状，说明她还没疯到这姑娘的地步，你没准儿能从她嘴里问出点儿什么，我要是在那儿，她估计就不肯好好答你的话了。你去了记得多留意一下她家门口。"

景翊心里莫名地有点儿难受，一时无话，只点头应了声"好"。

景翊回去的时候天色已晚，冷月正在屋里吃饭。所谓的饭就是他中午从凤巢买来的酱肘子，这会儿已经没有一丁点儿热乎气了，汤汁都凝成了冻。但她还啃得津津有味的，见他进来也没停嘴。

"放下放下，"景翊实在看不下去，招手示意她把整个抱在手上的酱肘子放回汤盆里，"让他们拿去热热再吃，大晚上吃一肚子凉肉，你就不难受吗？"

"不难受。"冷月丝毫没有把手里的酱肘子放回去的意思，抿了抿嘴唇上的油渍，朝汤盆里剩下的三个肘子扬了扬微尖的下巴，"酱肘子就是凉着吃才好吃，你尝尝。"

这人啃肉的模样虽与"斯文"二字相去甚远，但就是这很不斯文的吃相，反而显得她在吃的东西格外诱人。

景翊在宫里那些年，养成了凡荤腥必热食的习惯，出宫之后也没改，像凉切酱牛肉这样的菜就是摆到他面前他也不动筷子。但看着冷月这般吃相，景翊到底忍不住拈起筷子，戳下一小块送进了嘴里。

八月中的天，菜即便是凉了也有一点儿隐约的余温，入口并不觉得难以接受，肘子这种东西本来油腻得很，这样搁凉了吃，反而清爽了些，还当真比热着吃可口。

景翊没再拦着她大啃，搁下筷子，把季秋唤了进来，吩咐道："让厨房把晚饭送过来吧。"

这几日的饭，景翊不是没吃就是在书房吃的，除了昨晚在屋顶上喝酒，他俩一直是各吃各的。冷月一听这话，就抱着酱肘子直摇头："不用不用，这就够了。"

"我还没吃呢。"景翊往那汤盆里望了一眼，他吃饭要么不吃，要吃就正儿八经地吃，这凉了的酱肘子虽然可口，但要让他拿来当饭吃，他一时还真吃不来，"这些全是你的，我就不跟你抢了。"

冷月怔了一下才反应过来，他是要跟她一桌吃饭。既是他要吃的，冷月便不再说什么，埋头继续啃自己的。直到季秋应声退下去，景翊才在她对面的凳子上坐下来，一边托腮看她大啃，一边絮絮地道："我仔细看过了，萧允德家门口跟他邻居们门口没什么区别，他夫人也不知道什么，只说咱们去她家第二天，萧允德去了瓷窑之后就没回过家，再看见他的时候他就光溜溜地躺在家门口了。"

"那……"冷月蹙眉咽下嘴里的一口肉，舔了舔嘴唇，"萧允德是不是真染了梅毒病？"

景翊点头："我问她好半天她才承认，不过她倒是没听说过剜疮填蜡的事。还有，京郊村里的那个姑娘，我已找人安顿好了，你放心。"

听到"安顿"二字，冷月忽然想起一件比起这个更让她放心的事来，忙道："对了，老爷子派人来找过你，见你不在就跟我说了，皇上因为一个……一个名字好几个字的菩萨的什么日子，把在京的萧氏族人全宣到宫里做法事，给自己祈福去了。说是除了萧允德死了和萧昭暄不知道死哪儿去了，其他的都到齐了，你也放心吧。"

在这种朝局不甚明朗的时候，任谁也不敢在为皇上祈福这类事上偷懒应付，自然是一宣就到的。只是让一贯不太信神佛菩萨的当今圣上答应这么折腾一场，他家老爷子必是花了些心思、费了些唇舌的。

景翊无声地舒了口气："齐了就好。"

景翊一向吃得不多，晚上吃得尤其少，季秋只端来了一荤一素一汤，景翊还是动了几口就停了筷子。冷月啃完两只酱肘子之后，问了一句这些剩菜的去向，又毫不犹豫地把景翊剩下的全拽到自己面前，吃了个干净。

季秋进来收拾的时候看着空空的碗碟，活像又见了一回焦尸一样，听到冷月吩咐别把剩下的两个肘子扔了，更是愣得厉害。直到见景翊也点了头，才怀着颇为复杂的心情应了一声。

景翊只当她是习惯了这样的吃法，没多在意，就回书房翻案卷去了。两份案卷反复看了几遍夜就深了，景翊打着哈欠把它们丢回盒子里，起身开窗透了口气,才发现外面不知何时已飘起雨来了。

雨势不大,连敲打窗棂的声音都微弱得几不可闻,但风拂在脸上已有些凉了。

他隐约记得出来之前屋里的窗子是开着的,也不知那人睡前关了没有,这样吹一晚怕是会吹病吧?

这念头刚冒出来,景翊自己都觉得自己有点儿好笑。上回这样担心的结果是险些被她掰断了手腕,这才好了几日,怎么就忘了疼呢?

景翊摇摇头,想把这可笑的担心摇走,却不想越摇越是强烈,到底只得认命地一叹。索性就回房睡好了,自己怕冷,关窗睡觉总行了吧。

景翊进屋的时候窗子果然是开着的,床上的人面朝里侧卧,裹着被子缩成了一个球。景翊无声一叹,轻手轻脚地把窗关好,摸黑更衣上床。有了上回的教训,他不敢去碰她紧裹在身上的被子,就另展了一床被子在距她半臂远的地方躺了下来。

昨晚他俩应该也是在一张床上睡的,只是他上床的时候已经醉得一塌糊涂,醒来的时候冷月早就不在床上了,也就没觉得有什么别扭。可如今这么一躺下,满脑子都是她答应老爷子生孙子的事,景翊只觉得自己呼吸的声音都不对劲儿了。

景翊在床上烙饼似的翻了几次之后,才发现那不对劲儿的呼吸声好像不是他自己的,而是蜷在他身边那人的。景翊贴着枕头轻轻转头看了一眼,屋里灯火已熄,只能勉强看出那个球似乎比刚才缩得更紧了些,还有些不大自然地发抖。

窗子都关上了,怎么还是这样?

景翊微惊之下顾不得许多,坐起身来,在她收紧的肩头上拍了拍,轻声唤道:"小月。"

这蜷紧的人好像本来就是醒着的,景翊刚唤出声,便听到一声轻哼的回应,只是哼声轻软无力,一点儿也不像这人平日里的样子。

景翊忙下床点了灯,伸手扶着她的肩膀,把她侧蜷的身子小心地放平下来,这才看到一张冷汗涔涔的白脸。白脸上的眉头拧成了一个死疙瘩,微白的嘴唇被银牙紧咬着,几乎要咬出血来了。

景翊惊得声音都不甚平稳了:"这是怎么了?"

冷月只闭着眼睛摇头,紧咬着嘴唇一言不发。景翊见她躺平下来两肩也紧收着,便一把掀了被子,这才发现她的两手是紧紧环抱在肚子上的。

景翊一怔:"是不是胃疼?"

冷月勉强点点头,把嘴唇咬得更紧了些。

那样的吃法胃不疼才有鬼。景翊无暇责怪她,忙唤人去喊了大夫,回头见她还咬着嘴唇,一时心疼,伸手轻抚上去,温声哄道:"想哭想喊都不要紧,别咬嘴唇了,听话。"

不知她是没听见还是不肯听,景翊连说了几遍,她却咬得更深了,眼瞅着牙尖儿就要嵌进那层薄薄的皮肉里了。景翊急中生了个歪点子,也不及再多想,身子一沉就吻了下去。

冷月正被胃里一刻不停的抽痛折腾得要命,咬紧了嘴唇才忍住已涌到喉咙口的呻吟,几乎被咬麻木的嘴唇突然被两瓣温热柔软的东西贴上来。冷月一惊睁眼,乍见景翊那张近在眼前的脸,恍然意识到他是在干什么,心下一慌,蓦然松了牙关。

景翊这才直起身来,看着枕上这瞪圆了眼睛满脸泛红的人,缓缓舒了口气。幸好她没彻底疼糊涂,脸皮子还是和平日里一样薄得厉害。

这一惊未过,又一阵抽痛袭来,冷月刚想再咬嘴唇,景翊又是一吻落了下来,慌得她脸上又红了一重,丝毫不见忍痛的苍白了。

"你再咬一下试试,你咬它多少回,我就亲它多少回。"

景翊虽吻得轻柔,这话却是板着脸说的,不见一点儿平日里的温和,冷月胃疼得厉害,又被他这样威胁着,一时间别有几分委屈,忍不住轻哼出声:"疼。"

景翊仍板着脸:"现在知道疼了,不是说吃凉的不难受吗?"

冷月紧抿着被这人连吻了两下的嘴唇,委屈得眼睛里水光闪闪的,半晌才蚊子哼哼一样地道:"想吃。"

景翊一时间好气又好笑,差点儿没绷住脸。都这么大的人了,怎么还跟小时候一样。

景翊勉强维持着这副严肃下来甚是唬人的面孔:"以前疼过吗?"

"嗯。"

"有什么快速止疼的法子吗?"

"闷几口凉水。"

凉水?

景翊一愣,岐黄之术他懂得不多,但她这法子怎么听也不像是能治病的。景翊不禁追问道:"这会儿喝凉水,不会更疼吗?"

冷月缩着身子点点头:"疼过劲儿就不疼了。"

"……"

景翊到底没听信这江湖郎中的野法子,等府上的大夫来时,冷月还缩在被子里迷迷糊糊地疼着。

"爷，"这位从景家大宅跟来的老大夫来时还是从头紧张到脚的，看过冷月之后就满面泰然了，对景翊一拱手道，"您不必担心，夫人身子骨强健，只是常年饮食不当，脾胃本就有些小毛病，这几日又吃多了冷食，才生了疼痛。这会儿服药难立竿见影，还是喝些热水，再唤个丫鬟来给夫人揉揉的好。若是明日起来还不舒坦，我就开几服调理的药来。"

说到底还是她自己吃出来的毛病。

景翊心里微松："有劳周先生了。"

送走老大夫，景翊转身去倒了杯热水。

杯子不是太子爷送的那对白瓷杯。因为那日回来之后景翊赫然发现，被她拿去沉淀尸体口鼻中烟灰的那只白瓷杯和他喝茶的那只都已被人洗好了，并排码在茶盘里，两只一模一样，根本分不清哪个是哪个，他索性就让人收了起来，换了一对摔成碎末也不会心疼的杯子。

眼下她就是把家里所有的杯子都摔成碎末，他也发不出火来了。

景翊苦笑着坐到床边，伸手穿过她的后颈，拥着她仍缩紧的肩膀把她半抱在怀里，慢慢喂她喝了半杯热水，刚转手把杯子搁下，就听怀里的人小声道："不用揉。"

"不疼了？"

"疼……"

"……"

景翊懒得跟一个疼得脑子发糊的人打嘴仗，抱着她发颤的身子躺下来，让她枕着自己的胳膊，挨在自己怀里，探下另一只手去拨开她紧抱在肚子上的手，不轻不重地帮她揉起来。

景翊到底是副书生身子，不像习武之人那么结实挺硬，窝进去有些软软的，很是舒服。刚被这人拨开抱着肚子的手，冷月迷迷糊糊地就搂上了他的脖子，使劲儿往这舒服的怀抱里挤了一挤。

景翊好气又好笑地看着这个变成了小懒猫的大老虎，边揉边问道："你这几天都吃了些什么乱七八糟的？"

冷月的脑袋紧埋在他怀里，哼唧出来的声音别有几分惹人心疼的绵软："馒头……小菜……粥。"

这些他倒是知道，就是成亲第二天一早她吃的那顿早饭，她还给他留了个馒头来着："还有呢？"

埋在他怀里的脑袋左右摇了摇。

景翊一愣："就这些？"

那脑袋又轻轻地点了一下。

景翊眉心轻蹙："这几天也吃了好几顿饭了，都是吃的这些？"

"嗯。"

景翊怔了半响，才恍然想起些什么："这些都是凉着吃的？"

"嗯。"

"这是你自己要吃的吗？"

"他们拿来我就吃了。"

还真是这样。

怪不得她明知要胃疼还抱着那酱肘子吃个没完，大理寺狱里关的犯人好歹还有青菜豆腐吃，她竟一连吃了几天凉粥冷馒头，换个脾胃强健的也要吃出毛病来了。

景翊从没感受过这种想要一把火烧死点儿什么人的火气，他这两日也隐约觉得，家丁、丫鬟们看冷月的眼神有点儿怪，忙得乱七八糟的也没往心里去。却没想到自己明媒正娶来的女人，揣着一身武功，竟在自己眼皮子底下一声不响地被家里的一群下人欺负成这样。

景翊一不留神停了手上的动作，不消片刻，就听那窝在怀里的人浅浅地哼了一声："疼。"

景翊连忙重新揉起来，忍不住温声轻责这个似乎什么都能将就的人："你就不觉得吃着难受吗，怎么不说一声？"

"都是粮食，边疆都不够吃，扔了浪费。"

景翊微怔，他从没去过边疆，甚至京城以外的地方都去得很少，但上了半年的朝，听兵部尚书诉了半年的苦，军资调运之难他多少还是明白一些的。她在边疆军营一待数年，一向治下甚严的冷大将军必不会娇惯她，天晓得她一个姑娘家吃了多少苦头。

不管她是来办什么差事的，她至今也没伤过他一分一毫，还处处帮他护他，他却让她在这里受这样莫名的委屈。景翊也不知说什么才好，到底只轻轻道了声"对不起"。

冷月没再吭声，窝在这舒服的怀抱里，被他不轻不重地揉着，疼痛稍缓便昏昏睡了过去，一觉睡到清早。

冷月有清早练剑的习惯，从七岁起到如今，已经成了雷打不动的习惯。即便是这样折腾一宿，时辰一到也自然而然地醒了过来，刚一睁眼便是一怔。

她昨晚虽胃疼得厉害，脑子还是清楚的，昨晚的一切她都记得，只是没想到一夜睡过去，自己还窝在那人的怀里，还枕着他的一只胳膊。他还醒着，还在帮她揉着。

见她睁眼，景翊仍没停下揉在她胃上的手，温然一笑："醒了？还疼吗？"

冷月盯着他满是血丝的眼睛，怔怔地摇了摇头："你还没睡？"

景翊这才无声地舒了口气，停下揉了整整一宿已酸得发麻的手，朝冷月脑袋下面指了指，勾起嘴角带着半真半假的幽怨道："等你睡醒了把胳膊还给我呢。"

冷月脸上一热，一骨碌爬起来，慌得舌头都打结了："对不起……我起来练剑去。你……你赶紧睡吧。要不……要不我给你揉揉胳膊……还是手腕？"

她能有力气爬起来练剑，说明他这一晚上就没白忙活。

"不用，"景翊勉强动了动那只已麻得没有知觉的胳膊，调整了一个稍微舒服些的姿势，悠悠地打了个哈欠就合上了眼睛："你去练剑吧，我眯一会儿就该去大理寺了。"

当日萧瑾瑜许了他三天假，到今天确实该回大理寺忙活了。冷月唯恐扰了他最后一点儿歇息的机会，不再多言，匆匆换了衣服就拿剑出去了。

冷月前脚刚走，景翊酸麻得很不对称的膀子还没缓过劲儿来，齐叔就火急火燎地奔进屋来，不等把景翊唤起来就站在床边道："爷，京兆府来人了。"

京兆府？

今儿他确实是没打算旷工的，但京兆府有事要报也该在大理寺候着才对，怎么在这大清早就找到他家里来了？

景翊怏怏地揉揉眼，昨晚那番折腾几乎把力气全都用尽了，这会儿爬都懒得爬起来，索性只翻了翻身，窝在被子里有气无力地问道："说是什么事了吗？"

齐叔顺了顺急赶过来有些凌乱的气息，才道："说……说是安王爷不在府上，有桩人命案子，吴将军让来说给您。"

景翊一怔，转目看了眼还没亮透窗纸的天色。

这会儿各衙门还没开门办公，被皇上宣进宫的那些萧氏族人应该还没被放出来，萧瑾瑜自然不在府里。但要说连吴江都能做主扔到他这儿来的案子，许是什么大理寺衙门尚未审定的旧案吧。

景翊打了个饱满的哈欠，认命地爬起身来："知道了……我收拾一下就去。"

"哎，是。"

"还有，"景翊披衣下床，一边打着哈欠往衣橱走，一边慵懒地吩咐道，"你去跟厨房说一声，昨儿晚上夫人胃疼，今儿的早点就吃南瓜小米粥了，要熬得不

127

硬不软不甜不淡，端来的时候要不冷不热刚好入口。夫人要是皱一下眉头，你就带着家里所有的厨子厨娘一块儿去账房领工钱走人吧。"

景翊这话说得又轻又缓，像半睡半醒时说的胡话一样。齐叔只当是他被扰了清梦心里不痛快，随口撒撒气的，便赔笑道："爷，您这可难为老奴了，宫里伺候御膳也没有这样的吧？"

景翊打开橱门，拽出那套三天没沾身的官服，淡声道："宫里伺候御膳就是这样的。"

齐叔到底是在景家大宅里当了大半辈子差的，耳濡目染多了，眼力见儿自然是有的。听得景翊这样一句，立时便知自己方才是会意错了，景翊方才那话不是随意撒撒气，而是当真要他照做的吩咐。

但是……

他先前虽两日未在府中，但府中早已传遍，洞房那夜夫人是被爷赶到书房里睡的，夫人用过的脸盆，爷命人用皂角水好好去洗，夫人用过的白瓷杯，爷命人收起来再也不准拿出来用，成亲数日，爷几乎不曾与夫人同寝共食，即便那夜夫人把爷灌醉硬拽回房里，次日床上也未见有行房的痕迹。这些无论出现在哪家宅院里，都足以证明，这夫人是极不讨爷欢心的。所以府上那些惦记景翊已久的丫鬟因妒生恨，有意难为冷月，他也只睁一只眼闭一只眼，即便是心知肚明，也从未阻拦过。

但眼下看来，好像完全不是这么回事。

齐叔笑脸微僵："爷，您是在跟老奴说笑吧？"

景翊抱着官服蹙眉转身："我笑了吗？"

景翊这声依然平淡中带着晨起的慵懒，眉目温和如故，齐叔后脊梁上却莫名地蹿过一阵寒意。

朝夕相处半年，他竟未发觉，四公子早已不是儿时的四公子了。

齐叔忙不迭地应道："是，是，我这就去办！"

景翊一如既往地和气点头："有劳了。"

"不敢，不敢。"

景翊洗漱更衣之后才去前院客厅见了京兆府来的官员，回房的时候，冷月已练完了剑，正在两个丫鬟毕恭毕敬的服侍下换掉那身已汗透了的衣衫。景翊直在外间等到丫鬟们抱着脏衣服退出来才进屋去，刚一进屋便撞见冷月一副如释重负的模样。

"今儿这些人是怎么回事？"冷月拧着眉头，把被丫鬟小心为她系上的衣带解开来，使劲儿勒了勒，重新系了起来，"我就是胃疼了一宿，怎么突然被伺候得跟要收尸下葬一样，脸都不让自己洗了。"

景翊自然知道这是怎么回事。齐叔未必聪明，但好歹还是个明白人，这么一阵子足够他把家里上上下下整顿一个遍了。即便如此，冷月这番被收尸的感受还是在他意料之外的。

景翊啼笑皆非地看着这满脸别扭的人："伺候你是她们分内的事，习惯了就好。收尸的活儿还是得拜托你帮帮忙，随我去看具尸体吧。"

冷月一怔抬头："京里又出人命案子了？"

这些舞文弄墨的人总说"多事之秋"，但就算秋意正浓，也不带光逮着京城这块儿地方出事，出起来没个完吧？

景翊苦笑着摇头："没有又，还是那桩案子，昨儿晚上挨剖的人不姓萧。"

冷月怔了片刻才反应过来，一惊之下差点儿把眼珠子瞪出来："又一个被剖了？"

景翊无力地点点头："成记茶庄的三公子成珣，今早被家丁在自家门口发现的，后来就报了京兆府。"

这几日听了几遍，冷月总算记住这个成记茶庄了："就是凤巢的冯丝儿嫁的那个？"

"嗯。"景翊嘴角的笑意又苦了一分，"家丁想去告诉成夫人的时候才发现，她昨夜已然病逝了。"

冷月一愕："她也死了？"

景翊轻叹点头，苦笑之下满面的疲惫愈浓："京兆府的人还在那儿守着，等着我过去交差呢。"

"好，我随你去。"

第九章 四邻多垒

许是为了生意方便,成珣的住处离京中唯一的那间成记茶庄所在的闹市不远,好在昨夜下雨,门口打扫不便,府门就开得早了些。尸体早早移进了院里,二人到时,成府门口除了站着一个身穿京兆府官衣的捕班衙役,还是一片安静祥和的。

乍见一身四品官服的景翙从马上下来,那小捕快就地按刀行了个大礼:"卑职见过景大人!"

"免礼了。"

小捕快站起身来才发现,景翙身边还跟着一个红衣劲装的年轻女子,腰间佩着一把长剑,英气逼人。直到看见这女子从怀里摸出的那块刑部牌子,小捕快才猛然记起京里的那些传言,忙要上前行礼:"冷捕头……"

"你别动。"

冷月倏然伸手拦住小捕快要往前迈的脚,把牌子收回怀里,垂目看着成府门前的石阶问道:"昨晚的雨是什么时候停的?"

小捕快一怔,不好意思地抓了抓后脑勺:"回冷捕头,小人睡得死,不知道……"

景翙替他答道:"四更初刻刚过的时候。"

昨夜她睡着之后,除了不停地帮她按摩,他不敢做出一丁点儿多余的动作惊扰她,屋里静得只有她清浅安稳的呼吸声,连窗外极细的雨声也能听得清楚。他还一度担心那雨声会把她吵醒,直到四更初刻刚过,终于再听不见一丝一毫的雨声了,他才放下心来。

这些冷月自然是不知道的。冷月得到这个答案,便蹙眉指着台阶问向小捕快:"死者是在这儿发现的?"

"是,就……"小捕快像要挽回些面子似的,格外认真地伸出手来,在一片台阶的上方悬空比画了一下,才很确定地道,"这一片。"

冷月点点头,向景翊望了一眼:"这一片被雨打湿的程度跟台阶其他部分差不多,死者应该是在雨停之后被移来的。"

还不待景翊反应,小捕快登时两眼一亮:"卑职也这么觉得!那个死人的肚子是张开的,里面一点水也没有,我也觉得他是雨停了之后才被搬到这儿来的,他们还说我瞎扯呢。"

冷月听得嘴角一扬:"你还看出什么了?"

"没……没有了。"小捕快红着脸,不好意思地应完,立马两手一拱,"请冷捕头赐教!"

冷月被他这模样逗得眉眼一弯,绽开一个比雨后天光还要明艳的笑容:"确实没有了。"

小捕快呆愣了片刻,旋即反应过来,抓着后脑勺嘿嘿笑起来。

"行了,"景翊使劲儿干咳了一声,截断小捕快咻咻的傻笑,"辛苦你们了,回去交差吧。"

"哎,哎!不辛苦不辛苦,那卑职就招呼他们回去了。冷……冷捕头辛苦,景大人辛苦!"

眼见着这小捕快扶着刀跑进成府大院,景翊眉梢微挑,看向一双含笑的凤眼一直没从小捕快身上挪开的冷月,淡声问道:"你喜欢他?"

冷月盯着小捕快在院中招呼人的身影,毫不犹豫地点点头,满面喜色地道:"很喜欢。"

不用她说,单看她的眼神景翊就知道她喜欢,却还是被她这坦然的一声噎了一下,噎得本就不大好看的脸色又难看了几分。景翊不大客气地眯眼朝院中人的身上看了一眼:"他哪里好了?"

"胆大,心细,人老实。"冷月毫不遮掩地罗列完,很是愉悦地问道,"你不觉得他是个很好的捕快苗子吗?"

捕快?

景翊自己都感觉出自己愣得有点儿傻乎乎的。她的喜欢,是前辈看上好资质的新手的喜欢?

"当捕快……"景翊在脸上扯出一个大概是这辈子最傻的笑容,"那是挺好的。"

所幸冷月所有的目光全用来观察那召齐了人走出来的小捕快了,根本没往景翊脸上看。

直到京兆府的差役走光,冷月走进空无一人的院子,蹲下身来动手揭开盖在尸首上的白布,粗略扫了一眼,才终于转头看向了景翊:"开膛,有疮,一样的。"

景翊对成家的茶没什么偏好,此前也没见过这位成珣公子,眼下就更不想认识他了。于是只举目望着成家客厅精美的屋檐,故作漫不经心地道:"好,那他就拜托你了,我去找几个活的聊聊。"

"好。"

景翊进了客厅才发现,怪不得院里见不着活的,成府上下所有的人都集中在这个客厅里。男的一边女的一边,整整齐齐地站着,中间戳着一个管家模样五十来岁的男人,一见景翊进来,忙拜道:"小民成府管家陆通,拜见大人!"

"免礼了。"景翊蹙眉扫了一眼聚在厅中的二三十口子人,"你们都站在这儿干什么?"

陆管家垂手颔首,带着惊魂未定的微颤,小心地应道:"是京兆府的一位小官爷吩咐的,说是怕我们胡乱走动,毁了要紧的证据。"

景翊微不可察地一笑,想也知道这是哪个小官爷吩咐的。冷月看得不错,若是把那小捕快丢给萧瑾瑜,不出两三年,安王府又能多一把独当一面的好手。

"多谢陆管家配合。"

"大人言重了,"陆管家忙摆了摆手,苦声叹道,"我家爷是生意人,生前从不与人为恶,不知怎么就摊上这样的祸事了,还求大人为我家爷讨个公道啊!"

"这是自然。"景翊放眼扫了一圈个个脸色惨白的成家仆婢,闲话家常一般和颜悦色地问道,"昨夜可有人听到什么异响吗?"

景翊话音甫落,陆管家就愁眉苦脸地摇头道:"小民已挨个儿问过他们了,谁也不知道爷是什么时候在家门口的。要是早知道,小民哪会让爷就那样躺在外面啊。"

景翊轻轻点头:"成公子昨日是什么时候出去的?"

"哪是昨儿个啊,我们爷前天晚上就出去了。说是会些生意上的朋友,晚上就不回来了。"陆管家满是悔愧地叹了一声又道,"我还以为爷是忙生意去了,也没让人去茶庄看一眼。"

"他是去哪里会朋友的?"

陆管家望着景翊摇了摇头："爷没说啊。"

景翊嘴角微微扬起，和气地笑了一下："他也许没说，但陆管家肯定知道。"

陆管家一愕，一直低眉顺眼立在两旁的家丁丫鬟，也都在一惊之下抬起眼来，从各个方向把目光偷偷转到了陆管家身上。一时间陆管家只觉得全身发凉，忙道："大人，小人确实不知啊！"

"也罢。"景翊微微眯眼，掩口打了个浅浅的哈欠，"安王爷要我明日午时之前结案，我今儿个怎么也得拿个嫌犯回去意思意思。既然陆管家不想在这里说，那就随我回大理寺狱说吧，我还能顺便交个差。"

"不不不……"不等景翊音落，陆管家已忙不迭地摆手道，"大人息怒……息怒，小民不是有意欺瞒大人，只是……只是爷去的那地方……那地方……"

陆管家分明一副难以启齿的模样，景翊隐约猜到了几分。未等陆管家犹豫完，冷月已在院中检验完尸体，走进厅里来痛痛快快地替他说了出来："那地方是烟花巷子，跟你成家茶庄一样，都是真金白银做生意的地方。你家夫人不就是从那儿嫁来的吗，你吭唧个什么？"

陆管家被迎面递来的冷眼瞪得一愕，那些悄悄抬眼看热闹的丫鬟家丁也被这中气十足的声音惊得慌忙把头垂了回去。昨天在集上与冷月抢甲鱼的那个丫鬟几乎要把脑袋埋进胸口里了。

陆管家怔愣地望着这位年不足双十的红衣女子："这位是……"

景翊一句"我夫人"还没出口，冷月已不带好气儿地道："刑部官差，来帮景大人拿人的。"说罢抬手按上腰间的长剑，下颔一扬，转头看向景翊，"景大人，这人要拿吗？"

"不不不……"景翊一道浅浅的笑意刚爬上眼角，陆管家也顾不得在仆婢面前的颜面，慌忙就跪了下来，"小民知错了，知错了！大人明鉴，爷确实是喝花酒去了。小民一时糊涂，还望大人恕罪啊！"

景翊憋着笑，把几乎吓出魂儿来的陆管家搀起来，好声好气地道："成记茶庄生意红火，成公子有些应酬也无可厚非，早说清楚不就行了，何必徒添误会呢？"

"是是是……"

陆管家抬手抹了一把额头上吓出的细汗，看看眼前英气飒飒的女子，脑中蓦然蹦出一个名字来，不禁恍然道："这位莫不是冷捕头？"

朝中横竖就她一个在三法司衙门里当差的女人，这种未卜先知一般的话，冷月早已听惯了："正是。"

陆管家忙拱手施礼："冷捕头见谅，小民失敬了！"

133

还没等陆管家把低下去的头抬起来,冷月已耐不住这样的客套,一句话说明了自己为何进到这儿来。

"我想去看看成夫人。"

陆管家脑袋一滞,差点儿闪着脖子。

"冷捕头,"陆管家垂下手直起身来,蹙着眉头为难地道,"不敢欺瞒二位,我家夫人卧床已久,在昨天夜里病逝了。"

"没关系,"冷月依旧淡声道,"不用看活的。"

陆管家一噎,怔怔地看向脸色一时间同样有点儿复杂的景翊:"大人,我家夫人既已仙去,为何还要看她啊?"

景翊不过是被冷月的措辞噎了一下,她为什么要看冯丝儿的尸体,他还是可以理解的,毕竟绝大多数时候"生则同衾,死则同穴"不过是成亲时候的一句场面话,那些说一块儿死就真一块儿死的夫妻,多半还是活在说书先生的话本里的。

这些话不值得说来浪费口舌,景翊只借着这身官服之便,说了声"例行公事",陆管家二话不说就埋头为二人引路了。

两人跟着陆管家走过一处景致如画的院子,打开一道紧闭的房门,穿过一间布置简雅的小厅,伴着一股腥臭中带着熏香的气味,走过一条昏暗得让人脊背发凉的走廊。

许是陆管家自己也觉得光线晦暗得厉害,边走边略含歉意地对二人道:"夫人因生前患的病畏光畏寒,这里一直如此。京兆府的官爷不让动,我就没让人收拾。"

陆管家说着,带两人走到走廊尽头的一道房门前,房门被厚门帘遮挡着,陆管家刚要伸手掀帘子,就被冷月扬手拦了一下。

陆管家一怔:"冷捕头?"

冷月皱眉指了指门前的地面。

景翊低头看过去,只见地面上摊着一片已经干透的泥印子,有鞋印,也有赤脚的脚印,混在一起,在黯淡的光线下看起来有点儿莫名的森然之气。

"您说这个啊?"陆管家垂目一叹,"不瞒二位,昨儿晚上丫鬟来伺候夫人服药的时候,一进院子就发现夫人正在院里的泥地上趴着。夫人说是在屋里躺久了,憋得慌,想出来看看花,刚扶着墙走出来就栽倒了。丫鬟扶她回来之后还劝她好好调养身子呢,谁知道她晚上就……唉!"

冷月朝景翊看了一眼。见景翊只蹙着眉头一言未发,便扬手掀起门帘,侧身让到一旁,看着陆管家伸手推开门,跟在陆管家身后走进屋去。

屋里所有的门窗处都掩着厚帘子,晦暗,闷热,腥臭味浓重得刺鼻,像足了一口硕大的棺材。床上的人就像睡着了一样，合着再也不会张开的双目，静静地躺在一床厚重的锦被之下，肌肤彻底失了血色，却更衬得眉目静美如画。

陆管家见景翊一进门就掩着口拧紧了眉头，忙去窗边掀起布帘敞开窗子。景翊扶着窗台转面朝外连透了几口气，才压制住胃里的一通翻江倒海。

一个女人养病的屋子，竟比大理寺狱还浊臭不堪。

景翊刚顺过气来，就听陆管家在他身后像见鬼了一般惊道："大人，冷捕头她……"

想也知道背后是个什么惊心动魄的场面。景翊头也没回，循着声源伸出手去，一把把陆管家拽到身边，在窗边给他腾了块儿地方，硬按着他与自己并肩站成一副临窗赏景的模样："别看，别问，我这是为你好。站着别动，陪我聊聊。"

陆管家不敢扭头，只能直着脖子与景翊一道望着窗外，懵然道："聊……聊什么啊？"

"随便聊，你家爷和夫人什么的……快点儿，再不说话就要吐了！"

"哎……哎！"陆管家被催得心里发慌，在脑子里胡乱一搜，便赶忙道，"那个……对，爷……爷很疼夫人，掏心掏肺地对夫人好，夫人染病之后，爷还是跟她同寝同食。如今夫人和爷一起去了，也是命里的缘分吧。"

景翊点点头，目光投向窗外最近的那棵树上，缓缓吐纳着，没话找话似的道："我昨儿个听人说，在集上看见成府丫鬟跟人抢着买甲鱼，就是要买来给夫人进补的吧？"

陆管家轻叹道："是啊。"

景翊也叹道："是个鬼啊。"

陆管家听得一愣，忍不住转目看了一眼依旧满脸漫不经心的景翊："大人，何出此言啊？"

景翊的目光依然挂在那棵树上："你知道你家夫人是什么病吗？"

"这……"

不等陆管家犹豫完，景翊已如品评风景一般云淡风轻地道："这屋里的味儿是人身上皮肉溃烂出脓的味儿。几年前宫里有个女人出恶疮，她死了半年之后那院子里还飘着这个味儿呢。你家夫人好像是染梅毒病出疮了吧？"

陆管家一惊之后，还是沉声叹道："不瞒大人，正是。"

"是就不对了，"景翊眯眼盯着树上一片摇摇欲坠的叶子，"甲鱼是发物，你家夫人的毒疮都发到这个地步了，能吃甲鱼吗？"

"这个……这个小民就不懂了，因为听说京里有规矩，但凡染了梅毒病的都要被抓起来烧死。爷不敢给夫人请大夫，连夫人用的药方都是他自己从医书上翻来的，生怕被人发现，一服药还要跑几家医馆才抓齐。我们也都是摸索着伺候。"陆管家说着，又是沉沉一叹，"夫人受这病折磨已久，如今能得解脱，也是幸事了。"

"幸个屁。"

这话不是景翊说的，声音从他俩后面传来，冷硬中带着一点儿火气。惊得陆管家一个哆嗦，蓦地回头，正对上一张冰霜满布的脸。

"冷捕头。"

"她不是病死的，她是吞金死的。"

景翊嘴唇微报，还是没把目光从窗外收回来。

"这……这……"陆管家一愕，倏然朝着床的方向哭号起来，"夫人啊！您这是何苦啊，您何不带老奴一起走啊！"

"行了！"

被冷月厉声一喝，陆管家身子一抖，哭声也硬生生刹住了。

"你不用着急，"冷月手腕一转，"哗"的一声拔剑出鞘，"你家夫人不带你走，我可以带你走。"

陆管家愕然地看着冷月手中的剑，剑锋与他的鼻尖之间起码还有一臂的距离，陆管家已经能感觉到剑身传来的寒意了。

想起京城里关于这个女人的传言，陆管家心里有点儿发虚。

"冷捕头，您……您这是……"

冷月没再往前，就这么不近不远地握剑，指着陆管家的鼻尖儿，沉而快地说道："死者除了遍身生疮溃烂流脓，身上还有在十个时辰之内受的拳脚伤，有两根肋骨折断，一颗门齿断了一半。是你硬撬开她的嘴，逼她吞金的。"

"不不不……"陆管家慌得连连摆手，"冷捕头，这是从何说起啊？"

"从你在门口撒谎说起吧。"

这句是景翊说的。景翊依然负手望着窗外，无论从哪个角度看，都安然悠闲得像真的在赏景一般。

"大人，"陆管家被冷月手里的剑指着鼻尖，脑袋一动也不敢动，只得努力斜过眼去，用余光望着景翊道，"小民何曾撒谎啊！"

景翊和气地提醒道："就是你刚才进来之前说的那几句，夫人出去看花什么的，没一句是实话。"

"夫人……夫人就是出去看花……"

问话的事本该是景翊来做的，冷月也想忍到这人把话说完，到底还是没忍住，凤眼一瞪，厉声道："看你大爷的花！她要是出去看花，体力不支栽倒，趴在地上，那她身子前侧和手掌心里多多少少都该有擦伤。现在她手心里一干二净，身上的擦伤全在后背和胳膊肘子上，分明就是仰躺在地上，使劲儿挣扎过的。"

"冷捕头，"被冷月连声呵斥几句，陆管家反倒是稳住了神，眉心微舒，立直了腰背，"我家爷无故遭此毒手，恶徒逍遥法外。您身为公门之人，不去为无辜枉死者申冤，却在此含血喷人，就不怕这恶徒有朝一日也找到您家门上吗？"

景翊眉头一蹙，还没来得及转身，冷月的脸色已微微一变。陆管家刚看到对面这人的颧骨动了动，便觉得眼前银光一闪，只听耳畔"沙"一声响，右臂一凉。

景翊转过身的时候，陆管家右边袖子已被齐肩斩了下来，手臂倒是毫发无伤。

陆管家像被一盆冰水从头淋到脚，只觉得全身每一寸肌骨都寒得发僵，一时间一动也不敢动。

"含血喷你？我还舍不得血呢。"冷月剑尖微沉，指向陆管家已无衣袖遮挡的右手手腕，"打在客厅里你朝我拱手的时候，我就看见你手腕子上的牙印了。刚才你伸手推门，我又多看了两眼。有一个门齿的印子是比其他印子都浅的，你敢跟你家夫人的牙印比对比对吗？"

不等陆管家开口，冷月又冷声道："还有门口的脚印。你以为走廊里没光就能睁着眼说瞎话了？还丫鬟……你家哪个丫鬟的脚跟你的一般大，叫来让我见识见识。"

"冷捕头。"

陆管家刚开口，又见银光闪动。

这回凉的是整个上身。

银光消失之后，陆管家的身上就只剩一条亵裤了。

冷月凤眼微眯，细细扫过陆管家带着零星几道瘀痕的上身："都是拳脚伤，你可别说是你家爷还魂，跑来揍你的，我胆儿小。"

陆管家一时张口结舌，倒是景翊一叹出声："成公子要真能还魂，肯定不会光揍他一顿就完事。成公子那头儿费尽苦心给夫人保命，他这头儿就瞅准了成公子不在家的时候，悄悄给夫人喝甲鱼汤。也不知是夫人发现了他要害自己还是怎么的，冒着雨就跑出去了，他没按住脾气又揍了她一通，怕她向成公子告状，索性逼她吞金。成公子若泉下有知，化成鬼缠死他都是轻的。"

景翊叹完，冷月眉间的怒色又浓重了几分，陆管家却莫名地静定了下来，远远地盯着床上那个已被冷月拿被子盖好的人，两手缓缓攥起，胸膛起伏了一阵，才从牙缝中挤道："我是为了爷，为了成家，这贱妇算个什么东西，她死有余辜！"

说罢，一声高喝，张手朝冷月扑了过来。

冷月手中的长剑还直直地扬着，陆管家这么一扑，在碰到冷月之前，那把长剑必会把他穿出个烤韭菜的模样来。

习武这么多年，对方出手是想要人的命，还是想要自己的命，起势之时冷月就能分得一清二楚。

于是冷月手腕一转，利落地挽了个剑花，迎着陆管家扑来的方向上前一步，扬起剑柄在他颈窝狠敲了一下。陆管家身子一僵，连闷哼都没来得及发出一声，就直挺挺地栽倒在地上了。

冷月都把人五花大绑地捆好了，景翊才把提到嗓子眼儿的一口气舒出来。逮人这种活儿还真不是人人都能干的。

"我把他带去大理寺狱吧。"

景翊看看陆管家，又抬眼往床的方向看了看，最后还是把目光落回到了冷月身上。人要是真能泉下有知，景翊觉得，成珣这会儿的心情应该跟他昨晚是一样的吧。成珣若还活着，他倒真想跟这人喝一杯。

"好，这里我找人来善后。"景翊缓缓喘了口气，把声音放轻放缓了些，带着一丝不易捕捉的疲惫温然补道，"你把他撂下之后就回家歇息吧，好好吃点儿热乎的，我得去一趟大理寺，剖膛的案子明儿午时之前就得交差，还有好些东西不清楚，要是折腾不完，今儿晚上就不回去了。"

冷月犹豫了一下，她和景翊虽都是安王府门下在三法司供职的人，但大理寺和刑部到底是两码事，即便这人是她的相公，没有萧瑾瑜的文书，她也不能随便跑去掺和大理寺的公务。

冷月到底还是点了点头："好，你自己小心，我就在家里待着，需要我干什么的话就回来喊我。"

"好，你也小心。"

景翊这声"小心"冷月只当是顺口的一句客气话，没多想什么，把陆管家送到大理寺狱之后就回府去了。毕竟摸过两具尸体，冷月拿泡了皂角苍术的热水正儿八经地洗了个澡，把两具尸体的验尸单写好，才有心思提吃饭的事。

这番折腾之后，已日近中午，季秋便把景翊交代好的南瓜小米粥和厨子们小心翼翼备好的午饭一块儿端了来。冷月只愣了愣，就像前几天对着冷粥、凉馒头一样,坦然地往桌边一坐,就着碗边喝了两口软硬冷热甜淡全都刚刚好的粥,举起筷子夹过一块热腾腾的红烧肉,还没送到嘴边,手就在半空中停了一下,抬眼看向垂手立在一旁的季秋。

"你找我有事吗?"

季秋被问得一愣,恍然想起前几日冷月吃饭的时候她从没在旁边伺候过,忙道:"回夫人,季秋是来服侍夫人用饭的,夫人有何需要,尽管吩咐季秋就是。"

冷月摇摇头:"我不是问你站在这儿干什么。"冷月夹着那块红烧肉,又一字一顿地问了一遍,"我是问你,是不是有什么事要找我?"

季秋一时摸不着头脑,怔怔地摇头道:"没有。"

"没有?"冷月把那块夹了半晌的红烧肉凑到鼻底深深地嗅了几下,细细地端详着,好像琢磨着要从哪儿下嘴似的,才道,"那你过来坐吧,菜有点儿多,吃不了就浪费了,咱们一块儿吃吧。"

季秋忙道:"这可使不得,夫人折杀季秋了!"

冷月眉梢轻挑,凤眼微眯:"你刚才不是说,我要干什么就吩咐你吗,我吩咐了你又不听,敢情你刚才说那话是逗我的?"

季秋连连摇头,慌得脸蛋儿都泛红了:"不是不是……夫人息怒,我不是这个意思!"

"不是就过来。"

季秋只得走过来,走到桌边,小心地在冷月一旁的凳子上坐了下来,在身前交握着一双白生生的小手,规规矩矩地颔首道了声"谢夫人"。

冷月把夹起来的那块红烧肉放进自己面前的空碗里,连碗带筷子一块儿推到季秋面前,睫毛对剪,剪出了一抹笑意:"尝尝咸淡。"

季秋愣了愣,见冷月丝毫没有跟她开玩笑的意思,便垂目看着碗里这块色泽甚是诱人的红烧肉,攥紧了指尖,开口时原本细润的嗓音也有些微微发紧了:"要不……要不我去把厨子给您喊来吧。"

冷月眉头一沉:"叫厨子干吗,你尝一口告诉我不就行了。菜又不是你做的,咸了淡了,我又不会怪你,你怕什么?"

季秋低垂着脑袋,一张清秀的脸快埋到胸里去了:"夫人恕罪,我……我不吃……不吃荤的。"

"不对。"冷月盯着这颗垂得已看不见脸的脑袋,慢悠悠地道,"你只是不吃这盘荤的吧?"

季秋一愕抬头,正对上冷月冷厉得吓人的目光,一慌之下从凳子上弹起来,

139

转身就往门口跑。冷月连屁股都没挪一下，顺手抓起手边的茶杯，扬手斜打出去，就听季秋吃痛地叫了一声，身子一晃，结结实实地扑倒在地上。

冷月气定神闲地抓起第二个茶杯，淡淡地看着抱着脚踝倒在地上、疼得身子直发抖的季秋："再跑，这一个就招呼到你脊梁骨上，这辈子你就别想再跑一步了。"

季秋几乎是连滚带爬地把自己挪到一面墙下，背靠墙面把身子缩成一团，抬起一双疼得泪水汪汪的眼睛，全然一副受了惊吓的猫儿的模样，战战兢兢地望着冷月："夫人，您……您这是干什么啊？"

"习惯了。"冷月把玩着手里的杯子，微微俯身，又使劲儿闻了闻那盘还冒着热气的红烧肉，"犯人一跑我就管不住手，你还是别动的好。"

季秋又使劲儿往后缩了缩，缩得身子都发抖了："夫人，我……我知道错了，我前些日子怠慢了您，以后一定改，一定好好伺候您，求您饶了季秋吧！"

"我没说以前，就说现在。"冷月伸出一根手指，用指尖在红烧肉的盘子里浅浅地沾了一点儿汤汁，轻轻捻开，送到鼻底深嗅了一下，缓缓吐气，"这么好的红烧肉被你撒了砒霜，且算你个浪费粮食之罪吧。"

冷月缓缓说完，看了一眼错愕得已忘了继续保持那副可怜模样的季秋："我只管抓人，问供的事不归我管。不过你要是想跟我说点儿什么的话，我可以听你说。"

冷月说得一派云淡风轻，听到季秋耳朵里，伴着脚踝上钻心的疼痛，每个字都像一记耳光，抽得她禁不住直往后缩身子。

"你……你，"季秋在冷月不带一丝热乎气的目光中抖了好一阵子，才深深吸了几口气，咬牙瞪向冷月，"你凭什么能给爷当夫人！"

冷月一愣，蹙眉琢磨了片刻："我愿意，他也愿意。"

季秋本就没打算听她回答什么，乍听这一句，噎得正浓的恨意散了个乱七八糟。她张口结舌了好半响，才勉强扬起一丝冷笑，呓语般地道："不是愿意，成亲的时候还不愿意呢。"

许是脚踝上的疼痛丝毫没有减轻的意思，季秋的话音有些发颤，见冷月当真像听热闹一样事不关己地听着，话音不由自主地拔高了几分，轻颤就更加明显了："我不想杀你的，可是现在爷喜欢你了，就像喜欢那只蠢猫、喜欢那些蠢鱼一样，爷看你的那种眼神我认得，他就是喜欢你了！"

季秋一时愤恨难抑，喊得歇斯底里，生生把冷月喊得好是一愣。

冷月看着这个仰着一张满是凄楚的脸缩在墙根的清秀美人，怔了好半响，才蹙眉沉声道："你怎么没杀了那只王八？他不喜欢那只王八吗？"

季秋又是一噎，噎得脸上的凄楚都挂不住了："喜欢……喜欢归喜欢，但这不是迟早都要煮来吃的吗？"

冷月顿时眉目一舒，不自觉地嘴角牵出几分笑意来："他喜欢就好。"

被她打了这两下子岔，季秋憋了一肚子的恨与怨全都乱了套，一时间骂人都不知道该先骂哪一句才对了。冷月静静等了她一阵，到底耐心不足，禁不住出声催问道："还有想说的吗？"

也不知道是疼的还是急的，季秋的额头上已浮起了一层细汗，冷月这句好声好气的话落在她耳中，也像具足了挑衅之意。季秋单薄的嘴唇狠狠抿了一下，目光里的凄楚之色愈浓，恨意倍增："你也没什么好得意的，你跟爷拜堂都多少天了，爷还没跟你圆房吧，说到底你就跟那些牲口一样，不过是爷的一件玩物而已！"

季秋略显尖细的声音因为激动而颤得厉害，听来别有一番刺耳。冷月轻轻皱了下眉头，认真地点了点头："你这话我记下了，等他回来我会告诉他，让他好好想想，那几十本刑律里有没有说过谋杀他人玩物是个什么罪。"冷月说着站起身来，搁下方才一直握在手里的茶杯闪身上前，电光石火之间就信手扯下了季秋的衣带，转手拽过茶案边的一把椅子，按着季秋的后颈，三下五除二地把她和椅子腿儿结结实实地绑到了一块儿，才淡声道，"在他回来之前，你就好好想想怎么抵赖吧。"

冷月也不唤人把季秋带走，只在季秋的衣摆上扯了块料子，塞住了她骂声不断的嘴，然后就坐回桌边，气定神闲地扫光了除那盘红烧肉以外的所有饭菜，拿空盘把那盘红烧肉盖起来放到一边，才唤人来收了其余的碗碟。又让人拿了些青虾来喂缸里的那只甲鱼，看着甲鱼在缸里追着吓疯了的青虾来回跑了小半个时辰，才让人泡了壶茶来，坐在茶案旁的另一把椅子上，看起景翊留在屋里的那册话本来。

此间进进出出的丫鬟家丁，全都看见了被五花大绑捆在椅子腿儿上的季秋，但冷月安然得好像丝毫感觉不到那人的存在似的，眼神从那片地方飘过的时候，就像穿过空气一样。他们一早都得了齐管家的严训，待冷月如待祖宗一般小心恭敬，冷月只字不提这是怎么回事，他们也都当是什么都没看见了。

怕是一回事，他们或多或少还都惦记着另外一回事。主子整治个丫鬟本没什么大不了的，何况还是个受了好几天闲气之后终于熬出了头的主子。京中传言里，这位主子就不是个善茬儿，不然也抓不来那么些令男人都头疼的穷凶极恶之徒，只是这会儿她拿待犯人的法子来待家里人，要是让那位素来温和大度的爷知道了，这不知道怎么得来的娇宠一准儿要鸡飞蛋打了。

一定程度上季秋也是这么想的，所以她挣扎了一阵，磨破了手腕上的皮，就安静了下来。冷月这才得了清净，丢下这不知所云的话本往床上一躺，一觉醒来的时候天都黑了，景翊还没回来。

冷月吃过晚饭，闲来又在院子里练了会儿剑，把院子里所有的花花草草挨个儿看了一遍，到了该睡觉的时候，景翊还是没回来。

冷月也不知景翊查到这会儿是在查些什么，但这案子确实是有些说不出的古怪。一般而言，杀人不过就是为了让人死去，就像陆管家想让冯丝儿死，季秋想让她死，而把人杀死之后再处理尸体，无非是为了毁尸灭迹，降低自己被抓住判罪的风险，就像孙大成把张冲塞进窑炉里。

但这桩案子的凶手，显然是想了些与众不同的东西。

花上至少半日的工夫，宰猪一样地杀一个人，还给洗干净送到家门口，这样接连杀了三个，并且极有可能在明早出现第四个，如果景翊明天不能把这人抓住，那可能还会有第五个、第六个、第七个……

天晓得这凶手在想些什么。

冷月回到房里的时候，季秋已经耷拉着脑袋睡着了。冷月下午睡了一觉，一丁点儿睡意也没有，坐在床上对着成珣的那份验尸单来来回回看了十来遍，也没看出什么新念头来。倒是夜色越深，越惦记那个还没回来的人了。

昨晚这个时候，他正躺在这张床上，把她搂在怀里给她揉着疼得要死要活的胃。她虽疼得脑子有点儿糊涂，但还是清楚地记得，那人温柔得简直要把她揉化在他怀里了。

这是她活到现在见过的所有男人里最温柔的，以往与她打交道的男人，不是带兵打仗的就是作奸犯科的，整天脑袋别在裤腰带上过日子，谁还温柔得起来？她爹疼是疼她，但光凭他名震朝野的驴脾气也挨不上温柔的边儿，萧瑾瑜也会关心她，但萧瑾瑜毕竟亦师亦主，性子也清冷寡淡得很，发起脾气来更是比敌军屠城还可怕。唯有景翊，通身的温柔里带着一点儿并不硌人的硬度，以至这会儿想起这个人来，她心里都软成了一团。

在决定嫁来之前，她从没想过成亲的事，她也不知道这算不算是让季秋恨得牙痒痒的那种喜欢，反正她就是很想再在他怀里窝一次，就窝一次，窝进去就再也不出来了。

这样想着这个人，冷月禁不住又担心了几分，索性披衣去书房转了一圈，里面黑漆漆静悄悄的，什么人也没有。

反正这会儿回去也是在床上烙饼，冷月干脆就在府中信步闲逛起来。景翊过日子的讲究程度堪比萧瑾瑜对结案案卷的要求了，单是这宅子，就没有一处是荒着闲着的，处处透着她看不出来但感觉得到的精妙。纵是夜深如此，也不觉得阴森骇人，走走看看便不知过了多少时辰，走到后墙小门附近时，已见有几个家丁在尚浓的夜色中忙活了。

"哟，夫人！"一个年长些的老家丁远远地听见脚步声，转头看了一眼，见是冷月，忙小跑着奔了过来，"夫人，您怎么到这儿来了，这儿不干净，您快回吧！"

冷月站住脚，皱了皱眉头。确实，比起前面走过的那些花香幽幽的园子，这地方确实隐隐地有些让人不悦的异味。

冷月放眼朝小门望了望，只见两个家丁像在往外搬些什么："你们这是在干什么？"

"回夫人，"老家丁犹豫了一下，才有些不好意思地道，"收夜香的到了，我们正给人递出去呢。"

冷月一怔，蹙眉看向那扇半启的小门，自语似的嘟囔了一声："夜香……"

老家丁听得一愣，只当是冷月不知道"夜香"俩字是什么意思，纠结了半晌才硬着头皮道："回夫人，夜香就是……"

"我知道。"冷月及时截住老家丁本也不大想说出口的话，急问道，"他们每天都是这会儿来吗？"

见不用解释夜香是什么，老家丁着实松了口气，忙道："是啊，都是差不多四更的时候，早点儿晚点儿也都差不了多少。"

老家丁话音还没落定，冷月已起脚朝那小门走去，惊得老家丁一路喊着追了过去："夫人！您可别过去啊。"

冷月像什么都没听见似的，径直大步走了过去。

来收夜香的是个长得老实巴交的中年妇人，拉着放有几个大木桶的板车就停在小门外的小道上。冷月从小门里走出来的时候，她正把家丁递出来的一桶秽物往板车上的大桶里倒，被老家丁那一声"夫人别过去"吓了一跳，胳膊一抖，险些泼洒出来。

"哎哟，你小心着点儿！"

被老家丁扬声呵斥了一句，妇人急忙把桶里的秽物倒净，把桶递还了过去。冷月在侧，家丁不敢再往前递，那妇人一时间就怔怔地站在原地，有点儿手足无措地看着这个不知打哪儿冒出来的夫人。

冷月细细打量了一下这妇人还算结实的身形："整个京城的夜香都是你收吗？"

妇人愣了愣，被老家丁催促了一句，才垂着脑袋摇了摇头，绞着粗厚的两手怯怯地道："我……我就收两条街的。"

"这时辰是谁定的？"

"衙……衙门。"

"京兆府衙门？"

"是。"

"谁收哪条街也是衙门定的？"

"是。"

"这车和桶也是衙门给的？"

"是。"

冷月像全然没有察觉那股令人作呕的气味似的，问罢之后又围着板车绕了一圈，还伸出手来上上下下地比量了一番。看得老家丁都快哭出来了，她才急匆匆地转身进了院子，回房稍一收拾，就踏着屋顶跃出了家门。

她居然没想起这茬来，夜里能堂而皇之地在街上走动的人，可不只有更夫，还有这些收夜香的人。比起老迈无力手里只能拿着更梆子敲敲打打的更夫，这些人虽多是女子，但往往身强体健，还有辆板车推着，运具尸体实在是轻而易举的事。

若真是这些人中的一个犯下的这几桩案子，若今晚那人还犯，这会儿就正是抛尸的时候。

能抓个现行最好。

冷月来不及知会景翊，便匆匆沿着成府所在的那条街一路寻了过去。一条街寻遍，街上空无一人，既没见收夜香的板车，也没见哪户人家门口摆着光溜溜的尸体，只有些尚未散尽的污秽之气证明收夜香的车已然来过了。

冷月立在街头一户人家的屋顶上，迎着夜风拧紧了眉头。

刚才一急之下没有细想，这会儿想来，成府和萧允德家并不在一条街上，不仅不在一条街上，中间还隔着好几条街，成府离萧昭暄被发现的那个京郊小村更是有半个城的距离。京兆府再怎么不济，也不至于安排出这样折腾人的线路来。

难不成是多心了？

冷月这么想着，还是往临近的几条街上转了转，确实遇见了几个收夜香的妇人，却都不见哪条街上的哪户人家门口有什么尸体。

这案子本就是萧瑾瑜交给景翊悄没声地查的，如今无凭无据，冷月便没贸然上前盘问什么。

没发现尸体总归不是什么坏事。

出都出来了，冷月打道回府之前索性去了趟大理寺。本想看看那个比她对活人了解得多的人忙到这会儿可有什么收获，结果在大理寺门口，刚跟守门的衙役问了景翊，正在院里歇息醒盹儿的大理寺卿就举着啃到一半儿的苹果吹胡子瞪眼地蹿了出来。

"谁找景翊？"

大理寺卿是个心正嘴黑的胖老头儿，说话办案都不含糊，连萧瑾瑜也敬他几分。冷月在安王府见过他几回，听他颇没好气地这么一问，忙拱手上前："卑职冷月，见过严大人。"

大理寺卿一见冷月这张脸，熬得通红的眼睛登时瞪得更大了："我正想让人找你去呢！"

冷月一愣："严大人有何盼咐？"

大理寺卿狠狠啃了一口手上的苹果，胡子一抖一抖地道："京城里数着你最会逮人，你赶紧帮我把那兔崽子拎回来！"

兔崽子？

冷月愣了愣才反应过来："景翊不在这儿？"

大理寺卿"咕噜"一声咽下那口没嚼几下的苹果，有点儿咬牙切齿地道："好容易按着他在这儿干了半天活儿，我转头吃口饭的工夫，就让他给跑了，里面的一群人都忙得脚打后脑勺了。你把他给我拎回来，我请你吃烤全羊！"

冷月哭笑不得地抿了抿嘴，这会儿就是给她一圈羊，她也不知道该到哪儿找那个人。

眼瞅着要到五更天了，离萧瑾瑜给他的时限还剩一个上午，他要是不在大理寺，一准儿就是到别的什么地方盘查线索去了。至于他在哪儿查些什么，鬼才晓得。

想是这么想，冷月还是应了一声"我去找找"，到底有点儿放心不下，便沿着大理寺前的大道一路边找边往家走，又有意绕了几个弯儿，绕到京兆府的时候，天都蒙蒙亮了。衙门已开了大门，冷月想去借份京中收夜香人的名册看看，一问才知道，已被景翊拿去了。

冷月皱了皱眉头，心里生出些莫名的不安来，不禁追问道："他什么时候拿走的？"

管名册的小书吏苦着脸回道："正吃晚饭那会儿。景大人要得急，说是人命关天的事。我还是被人从后衙饭堂里喊出来的呢，回去的时候光剩馒头了。"

"晚饭的时候?"

景翊从大理寺卿眼皮子底下溜出来，是为了到这儿来借这份名册?

难不成昨晚那般清静，是因为凶手已被他发现了?

就算这凶手是个收夜香的妇人，景翊也不是块抓人的材料，他要是自己一个人找去的……

冷月心里一紧，急道："你知不知道给永通街收夜香的是什么人?"

"永通街?"书吏拧着眉头苦想了一阵，才犹犹豫豫地道，"好像是个大婶吧，家就住在永通街附近的。"

"顺和街呢?"

一听这个街名，书吏毫不犹豫地答道："顺和街是个上年纪的老大娘收的，腿脚已经不大灵便了，正琢磨着入冬之后换个人呢。"

"京郊的四家村呢?"

"村里的就不是京兆府衙门派的了。"书吏摇头说罢，眉头皱了皱，又自语似的补道，"我倒是记得，有个收夜香的是住在那个村里的……哪条街的来着……啊，对! 就是收京城里那条烟花巷子的。一般人家都不肯去收那条街上的，多给一倍的工钱都找不着人干，好不容易才找着这么一个。"

那条烟花巷子……

顺和街是萧允德家门口的那条街，永通街是成珣家门口的那条街，两条街虽离得远，但要是从四家村出发往那条烟花巷子走，这两条街都是可以顺路经过的。

冷月一惊，急问："她以前是不是在凤巢待过?"

书吏两眼一亮，立时笑道："还真让您说着了! 她来的时候没说这个，就说是要贴补家用。我也是后来纳闷儿才查了查她，敢情以前她还是个当红的姑娘，后来让醉酒的客人一泼开水烫毁了身子，才被卖到四家村的。"书吏说着，叹了一声收起笑意，才又补道，"听说她男人也不是什么正经人，三天两头不着家，也怪不得她要出来干这个活儿了。"

冷月越听心里越是发凉，不等书吏话音落定，就匆匆奔出了门去。

她一点儿也不想知道这个女人眼下的日子有多惨，只要她敢碰景翊一根指头，那这个女人这辈子最惨的时刻就一定还在后面。

第十章 五味俱全

　　四家村之所以叫四家村,是因为这村子刚建成的时候就只有四家,东西南北各占一角,就成了一个村,直到现在也还是巴掌那么大。

　　冷月赶到的时候天已大亮。正是秋收农忙的时候,村里仅有的几户人家连老人孩子也都下地干活儿去了,整个村子只有鸡犬扑腾的声响,光天化日的依然静得让人心里发毛。

　　上回来时这村子也是这么静,却不觉得静得这般骇人。

　　上回来时她觉得那浣衣女家院子门口干净得古怪。景翊说是小村里民风淳朴,帮着扫扫也是正常,如今看来,恐怕跟民风没什么关系。

　　冷月低头看向被路上那层厚土留下的各种痕迹,足印混着辙印,可以想象早些时候村民纷纷从家里牵着牲口出来,赶去地里的场面。冷月蹲下身来细细看了半响,总算在芜乱的痕迹中找到了两条虽已被碾盖得乱七八糟,但仍看得出与昨夜那辆运夜香的板车极为相似的车辙印子。

　　两道车辙印子从村口一直延伸到村中一处破败的院落门口,比那浣衣女的住处还要破败几分。若不是这两道车辙在此处戛然而止,冷月很难相信这里还是有人在住的。

　　院里没有一丝响动,连鸡鸣狗吠都没有。冷月小心地跃上黄泥混着麦秸秆砌成的院墙,一眼便看见了停放在院里的那辆板车,两个大桶已倒空涮净,半湿不干地晾在一旁。

　　冷月恍然。

她每日都要洗刷这样两件大东西，周围人家必然已对她家中的清洗声习以为常，难怪她一连剖洗三人，清洗血污的水声竟从未惹人怀疑过。

冷月轻巧地落进院中，悄然无声地闪到这间屋舍的墙根下，这才隐约听出屋中细碎的响动。

好像是铁刃之间相互绞磨的声响。

利落而有规律。

剪子？

冷月一愕。

那三人的肚皮确实都是被菜刀割开的，他们身上的毒疮也都是被单面利刃剜出来的，但那三人除了都被开膛破肚、剜疮填蜡，还有一个共同的特征是被剪子搞出来的，只不过与这些比起来实在微不足道，她也不记得自己有没有对景翊提过。

这样的特征是在死者生前还是死后弄出来的，验尸根本看不出来。

但无论如何，这屋中八成又是一位着了道的。

冷月深吸了一口气，泛着隐隐污臭的空气中没有丝毫的血腥味，心里不禁微微一松。闭目静立了片刻，大概定出剪刀声传出的位置，这才一掌击开本就破败不堪的屋门，闪身掠入，屋门被撞开的重响还没落定，便有一道身影在一声闷哼之后顺着屋中的床边倒了下去。

冷月手腕一沉，稳稳地接住了从倒地之人手中落下的剪子。

冷月这才腾出空来，转头看了一眼静静地仰躺在床上的人。一眼对上那身熟悉的官服，一愕之下又看见那张惦记了一整宿的脸，冷月呼吸一滞，忙丢下剪子，伸手探了一下他的鼻息，又抓过他的手腕，在脉上摸了一把，这才长长舒了口气，两腿一软，"咚"地在床边跪了下来。

还好，还好。

他要有个什么万一……

冷月也不知自己在床边呆愣了多久，忽听得院外有马车走近的声音，才恍然想起，自己在来之前先去了一趟安王府，没来得及跟萧瑾瑜说清原委，只问他要了一辆马车，唯恐有人伤重无法及时送医。

这会儿大概是要让犯人与苦主共用了。

冷月自嘲似的苦笑了一下，扶着床边站起身来，勉强提了提精神，在屋中翻出一条麻绳，把方才被她一掌击晕在地的女子捆绑了一番。又从怀中摸出一个小瓶，拔出塞子，伸进指尖从里面挑了一点儿药膏出来，在景翊人中上薄薄地抹了一层，须臾之后，便在他人中上使劲儿一掐，那睡得极深的人就眉头一皱睁开了眼。

"唔……唔？"

睁眼看见床边的人，景翊不禁狠狠一愣。抬头往四周看了看，一眼落到那个被绑结实之后远远地放到门口墙边的人，才确定自己脑海中的那些记忆不是做梦梦来的。

景翊顶着有点儿发晕的脑袋，从硬得硌骨头的床上慢悠悠地爬起来，皱着眉头抬手揉了揉气味有些古怪的人中，挫败感十足地叹了一声："谢谢。"

"不用。"冷月嘴唇轻抿，也不问他什么，只转头看着天色道，"现在审她来不及了，还是直接带到安王府，当着王爷的面儿问吧。"

景翊迷迷糊糊中好像在冷月转目之间看到了点儿异样的神情，微怔了一下，才点点头道："好。"

"我跟王爷借了马车来，你就和她坐车吧。"

景翊坐在床上直了直腰背，温然笑着摇摇头："不要紧，就是一点儿迷药，骑马还是不碍事的。"

冷月转回脸来看了他一眼，抿了抿嘴，好像斟酌了一番才道："你现在这样子，不大适合骑马。"

"嗯？"

景翊一愣之下，低头往自己身上看了看。

他现在的样子？

他现在的样子怎么了？

他刚才还在庆幸冷月来得及时，这女人还没把他开膛破肚，连衣服鞋子都还穿得好好的。

冷月一时也不知这话该怎么说，索性弯腰垂手，从床边的地面上捞起了一把长发，直直地递到景翊面前。

头发？

景翊狠狠一愣，忙抬手往自己头上一摸，这才发现自己如幕如瀑的长发竟生生被剪去了一大截，这会儿不过只有及肩的长度了。

景翊的两只狐狸眼登时瞪成了滚圆，瞠目结舌地对着自己被剪下的头发看了半响，才欲哭无泪地嚎了出来："她剪我头发干什么！"

"我好像跟你说过，死者的死状跟宰好的猪是一样的。"冷月看了看握在自己手里的青丝，又看了看景翊被剪得甚是诡异的脑袋，带着一丝惋惜淡声道，"宰猪有个步骤，就是燂毛。"

"……"

景翊一时间竟觉得，死其实也没什么不好的。

看起来是个什么鬼样子还在其次，主要是冷月那句"不适合骑马"说得一点儿也不错。他这会儿要是穿着这身官服顶着这个脑袋，从京城大街上走一遭，明天早朝肯定就有一堆折子是参他侮辱官仪官容的。

这些人会不会在参奏的同时笑到下巴脱臼，以及他爹会不会举着鸡毛掸子追着他满院跑，那就是另外一回事了。

景翊还在心里万马奔腾地想着，忽见冷月把从地上拾起来的头发搁到床边，扬手拔剑，银光一闪之间斩下了她自己的一绺头发。

景翊一惊，慌得从床上跳了下来："你这是干什么？"

景翊还以为她是想把自己的头发也剪成这个长短来安慰他，差点儿吓脱了魂儿。但冷月只斩下这一绺就收了剑，一手捏着自己这绺头发，一手从刚才放到床上的那把头发里抓出差不多粗细的一绺，两绺并到一块儿，搁在手心里揉搓了一下，彻底揉成了均匀的一股，才像结麻绳一样接连绾了三个结，看得景翊又是一愣。

这好像是……

"我在安王府听赵大娘说，夫妻俩拜过堂之后，要一人剪下一绺头发，打个结系在一块儿，才能算是结发夫妻。"冷月淡淡地说着，把结好的头发收进了怀里，越发浅淡地补道，"你家好像没有这个规矩，不过既然你都剪下来了，那就别浪费了。"

冷月说完，不等景翊反应，就匆匆走到门口，抱起那被五花大绑着的人走了出去。

景翊在安王府那两个侍卫如看戏班的猴儿出场一般的注视中钻进了马车，冷月刚安顿好那个还在昏迷中的人，见景翊进来便要出去，却被景翊出声唤住了。

"你先别走。"

冷月愣了愣："有事？"

景翊在座位上找了个离那女人最远的地方窝了起来，才眨巴着眼睛，望着冷月道："我害怕。"

冷月从没听过一个大男人能把"害怕"这两个字说得这么理所当然，不禁噎了一下，朝那不省人事的人看了一眼："人都绑起来了，醒了也动不了，你怕什么？"

"怕你。"

冷月又是一愣："怕我什么？"

"怕你骑马的时候哭出来，视线不清楚很危险的。"

冷月愣得更厉害了，定定地看着这个一脸关切的人，没好气的声音有点儿莫名地底气不足："我……我哭什么？"

"我也想知道，可惜这个看不出来。"

冷月嘴唇轻抿，一时无话。侍卫等半晌不见冷月出来，扬声唤了句冷捕头。冷月犹豫了一下，到底在景翊温和的注视下目光一沉，扬声回道："我跟景大人说几句话，劳烦牵马。"

外面的侍卫不知想成了些什么，笑着应了一声。马嘶车动，车厢忽然晃动起来，景翊到底是被冷月硬唤醒过来的，迷药药效还未退尽，在马车的晃动下忽然一阵头晕目眩，险些从座位上栽下去。

冷月忙扶了他一把，看向他的目光闪了闪："没事吧？"

景翊微微一怔，就着她的搀扶，极近地打量了一下她神色格外紧张的眉眼："你想哭，是因为我？"

冷月扶在他胳膊上的手僵了一僵，却仍没有松开，垂下头来抿嘴静了好半晌，才低声轻道："你的安危比我的命重要。"

景翊一怔。大多数情况下，这句话都不过是句动人肺腑的甜言蜜语，他还是头一回听到有人把这句话说得这么实在，好像不过是在陈述一件事实一样。

冷月说罢这句，又同样实在地接着道："如果你出点儿什么岔子，我冷家一门就都不用活了。"

景翊怔得更狠了。

果然，她嫁给他是奔着一个差事来的，但这项差事似乎不是他先前想过的那些刺探甚至刺杀，而更像是……

景翊轻轻蹙起眉头，试探着问出一句连他自己都觉得万分诡异的话来："你嫁给我，是为了来保护我？"

冷月微微点了下头，那一绺被她自己削断的头发轻轻荡过微颤的肩头，看得景翊心里一时间五味杂陈。

怪不得这些日子他走到哪儿，她都要跟到哪儿，还总是一副时时刻刻担心他担心得要命的样子。

他实在想不出自己认识的人里，有哪一个是会关心他关心到用人家全家人的性命相胁,逼人家来嫁给他,从而保护他的。

何况能拿一门都是武将的冷家人来威胁,必也不是寻常的人物。

还没等景翊问出这是哪个王八犊子干的,冷月已垂着目光淡声轻道:"我也不知道皇上为什么要让人保护你,他也没说要保护你到什么时候。他只跟我说,派任何一个人来都会有响动,咱俩本来就是有婚约的,不如就让我自己提出来嫁给你,光明正大地嫁给你,就算是满城皆知也没人怀疑。"

景翊那声到嘴边的"王八犊子"直直地咽了回去。

皇上……

难怪他当日一跟老爷子说成亲的事,老爷子二话不说就撸袖子准备开了。既然是皇上的馊主意,即便老爷子未必知道这儿媳妇自己送上门来的真正目的,也一定是早就知道有儿媳妇要过门的。

他到底是在皇上眼皮子底下长大的,皇上有心保护他,他倒是可以理解。但问题是,他出宫已经有半年了,这半年里他也没出过什么事,皇上怎么突然就想起要找人来保护他了,还非得是偷偷摸摸地保护他?

莫不是因为近来总跟他过不去的那些折子?

景翊正东一榔头西一棒槌地琢磨着,就听冷月又低声道:"你现在弄成这样……我也不知道皇上是会罚我,还是会罚我家里人。"

景翊一怔抬头,正撞见冷月低着头抿着嘴,眉眼间的英气也遮掩不住那点儿不知所措。看得景翊心里一动,不禁温然苦笑:"你放心,都不会。"

皇上抱病以来脾气确实差了不少,但还远不至于差到因为他掉把头发就去草菅人命的地步。

冷月蹙眉抬头,望着这信誓旦旦的人,使劲儿摇了摇头,压低着声音道:"这事皇上不准我跟任何人说,你要真想帮我,就还当什么都不知道吧。本来就是我没办好差事,皇上怎么发落我都是我活该的。"

"唔……"景翊倚着厢壁拧起眉头,像是慎重琢磨了一阵,才道,"这样吧,你说一声喜欢我,我就当刚才什么都没听见。"

冷月狠狠地呆愣了一下,脸上蓦地一热。

"谁喜欢……哎!"

冷月一窘之下忘了是在马车里,忽地站起来,脑袋"咣当"一声撞到了车顶上,生生把车厢撞得一震。

冷月刚抱着脑袋缩回来,眼前被撞出来的星星还没落下去,就听驾车的侍卫憋着笑扬声道:"景大人,冷捕头,这车驾上有安王府的牌子呢,您二位就给安王爷留点儿面子吧。"

冷月在好一阵头昏脑涨中把这话琢磨过味儿来的时候，景翊已仰靠在厢壁上无声地大笑了好半天，笑得都快抽过去了。

冷月涨红着脸，朝着景翊的小腿踹了一脚，本就是只想叫他别再笑了，连一分力气都没使足。景翊还是装模作样地抱着小腿，鬼哭狼嚎般地喊了一嗓子。

马蹄声中登时又混进了一阵哧哧的憋笑声。

眼瞧着冷月方才还在隐隐发白的脸蓦然红冒了烟，景翊心里微松，勾起一道悠悠的笑意。借着车厢摇晃，一把把那个只想找个什么缝钻一钻的人拽进了怀里，趁她在错愕中回过神来之前，凑到她耳边轻道："我是靠问供吃饭的，你这绝密的皇差不也让我问出来了吗，这点儿事你还跟我抵个什么赖啊？"

冷月习武多年，定力极佳，全身上下没什么地方是不禁碰的，唯独耳朵。从小就是如此，被人挨近些说句寻常的话，也会登时脸上发热全身发麻，更别说是这样的话。

冷月只觉得像被人一把推进了油锅似的，全身登时酥麻一片。景翊似是觉察了她的异样，又朝着她耳边火上浇油地轻轻吹了口热气，撩得她差点儿乱了喘息。

"唔？"景翊觍着一张纯良无害的脸，抱歉地看着软在怀里的人，"我以为你长大了耳朵就没事了呢，还是不能说悄悄话吗？那我以后小心好了。"

冷月一愣，这才想起来，这事他是知道的，很小的时候他就知道，她都忘了曾经告诉过他了。他居然还记得，不但记得，还故意拿这个来招惹她。

冷月没好气地翻了个大大的白眼，刚要把这缺德到家的人推开，就觉得箍在腰间的那条胳膊紧了一紧。胳膊的主人就眨巴着眼睛，一脸无辜地看着她道："你再挣我就喊了。"

他强搂着她，他还要喊？

冷月一时间气不打一处来，多使了几分力气，轻而易举地就从他怀里挣了出来，还没等坐直身子，就见这人嘴角一勾，扬起胳膊肘子就朝厢壁使劲儿撞了一下。

"咚"的一声大响之后，冷月还没回过神来，就听这人带着浓浓的笑意喊了一声："哎哟，你轻点儿啊——"

车厢外一阵憋无可憋的笑声传来，冷月脸上腾地一红，眼瞅着景翊又要张嘴号些什么，慌得下手捂了这人的嘴。声音虽止住了，但那双笑弯的眼睛还在意犹未尽地盯着她，看得她心里好一阵扑腾。

冷月认命地一叹，捂在他嘴上的手掌一松，破罐子破摔地一脑袋扎回了这人的怀里："你抱，你抱，你抱……"

景翊似乎已不满足于此，两手往后一背，一动不动，有些怏怏地道："你还没说喜欢我呢！"

冷月为数不多的耐心快被他折腾完了，扬手往他肩上一搋，一下子坐直了身子："你有完没完了！"

景翊倚在原处不动，只抬手揉着被她搋疼的肩膀，颇委屈地抿了抿嘴："你欺负我。"

"谁欺负谁啊！"

景翊睫毛对剪："我欺负你，你打我啊。"

"你……"

冷月高高的一声提起来，却不知吼他一声什么才好。这人明知道她是奉了皇命来保护他的，他被剪撮头发，她都不知道等着自己的是一通什么严惩，他居然还让她打他。

冷月这辈子还没被什么人逼到过这般任人宰割却无力还手的份儿上，一时既窝火又委屈，紧咬着牙深深吸了好几口气，还是没把涌上来的眼泪憋回去。

景翊纯粹只是想逗逗她，倏然见她扑簌簌地掉下眼泪来，好一阵手忙脚乱。

"哎哎哎……别别别……我错了，我错了，我错了……"

被他这么一哄，冷月终于想出了一句合适吼他的话来。

"你混蛋！"

"对对对，我混蛋，我混蛋。"景翊巴巴地扬着一脸讨好的笑，只恨自己没有长一根可以摇晃的大尾巴，"我要是不混蛋，她就不会把我抓去宰了嘛。"

冷月一愣，愣得眼泪都顾不得抹了，带着哭腔就皱起眉头问道："你是被她抓去的？"她一直以为他是只身来抓人却被人制住，才差点儿被害的，怎么是被人抓去的？

一见冷月转移了注意力，景翊忙卖力地点头道："是啊是啊，我都没染梅毒病，她就想剖我了，你说我是有多混蛋啊。"

看着他这样乐呵呵地一口一个混蛋地自己骂自己，冷月气也气不起来，抬手抹了两把脸上残余的泪痕，深深吐纳平顺了呼吸，才板起脸来，没好气地道："你不是已经找京兆府把收夜香人的名册要走了吗？"

"是啊，"景翊夸张地一叹，苦着脸点头道，"昨儿在大理寺看到一个书吏吃坏肚子，来来回回折腾，我就一下子想起这些收夜香的人来了。我拿来名册之后，就对着上面的人找到在成珣家门口那条街上干活的，问了半天什么都没问出来，又去找在萧允德家门口那条街上干活的，那老太太更不像是能杀人剖尸的，然后这村里倒夜香的事又不归京兆府管，我就把这个搁一边儿了。你说我笨成这样，咱俩生出来的孩子像我怎么办啊？"

冷月本还在想着，自己要是没听到京兆府书吏的那番话，而是先景翊一步拿到了这本名册的话，应该也是像景翊这样一个个查过去的。因为没有他识言辨谎的本事，没准儿还要比他多浪费很多工夫在这条弯路上。突然听到他末了这一句，一噎之下凉飕飕地斜了他一眼："掐死他。"

"……"

冷月看着他微微发黑的脸，顺了顺气，才抽了抽鼻子道："你都没怀疑她，那是怎么被她抓起来的？"

景翊转过这张微黑的脸，看着那个被冷月安置在车厢一角的人，幽幽地叹了口气："我本来是想等夜深人少的时候，去烟花巷子里探探剜毒疮的事，结果一去就碰见她在巷子里被人骂着打，我就过去帮了个腔，她自己说是经常的事。我看她好像被打得不轻，就说送送她，我还以为她跟其他收夜香的一样，住处离干活的街不远呢，谁知道她一路给我带这儿来了。"景翊说着，回过头来深深地看了冷月一眼，"你比她美太多了。"

冷月又是一噎，没好气地白了他一眼，却又忍不住偷瞄了那女人的脸，才若无其事地板着脸正色问道："然后她就给你灌了迷药？"

景翊像被问起什么不堪回首的旧事一样，格外愁苦地笑了一笑，才叹道："她没灌，我自己喝的。我走了大半个城之后渴得厉害，一进门她就给我递了碗水，我还特地拐弯抹角地问了她几句话，确定她没有害人的意思，我才喝了半碗，然后歇了没到一盏茶的工夫，就睡过去了。"

景翊说罢，伸手揪住冷月的一角衣摆，小心翼翼地拽了拽："看在我差点儿被自己蠢死的分儿上，就别跟我一般见识了。"

冷月一时没绷住，"噗"地笑了出来，好气又好笑地扬手拽回了自己的衣摆："我哪有资格跟你一般见识啊，我的命还在你手里攥着呢！"

眼见着冷月松了口，景翊这才像被刑满释放了一般舒了口气，伸手搂过冷月束得紧紧的细腰，把人整个圈进怀里，在那双刚刚掉过眼泪这会儿又含羞带笑的眼睛上轻轻落下一吻，展开一个无赖却也温热的笑容。

"我一定好好攥着，这辈子都不撒手。"

紧张了整整一宿之后，冷月多少有些疲乏，被景翊搂着，被马车晃着，不多会儿就迷迷糊糊地打起盹儿来。半睡半醒中，她听到一个陌生的女人声音唤了声"景大人"，才一个激灵睁了眼。

景翊感觉到怀中一动，低头看了过来，温然笑道："你也醒了？"

马车还在跑着，冷月从景翊怀中坐起来，才发现先前被她一掌打晕的那个女人已醒了过来，正缩在他俩对面的角落里，惶恐地望着他们。

"景大人，"女子有些怯怯地道，"这……这是怎么了？"

一想起那屋中的情景，冷月直到这会儿还心有余悸，不禁没什么好气地冷声道："这是我把你抓起来了。"

女子怔怔地看了看捆在自己身上的麻绳，又惊惧中带着愤恨地望向冷月："你……你是什么人，凭什么抓我？"

"刑部官差。"冷月叶眉微扬，依旧冷声道，"你抓了我相公，我凭什么不能抓你？"

"你是景大人的夫人？"女子好生一怔，忽然神色一松，摇头笑了起来，"误会，误会了，景夫人误会我了，我对景大人绝无非分之想，我把他留在我家，也是为了帮你的。"

景翊本在一旁静静听着，没打算出声，他如今算是苦主，身涉案中就不便再对嫌犯问供了，可忽然听到这么一番话，实在有点儿忍不住了。

倒不是因为她这番话听起来太像胡说八道，恰恰相反，景翊在这番话与她的神情中竟找不见一丝胡说八道的痕迹。

她说对他没有非分之想是实话，说把他留在她家是为了帮冷月，居然也不是信口胡诌的。

景翊禁不住蹙眉问道："你杀了我，能帮她什么？"

"杀你？"女子有些怔愣地转目看向景翊，既茫然又委屈地道，"景大人何出此言，我何时要杀你了？"

景翊又是狠狠一愣，这女人的茫然与委屈里没有一点儿作假的意思，好像她当真就是没打算杀他一样。即便是在朝堂里摸爬滚打大半辈子的老狐狸也不可能装得这么滴水不漏。

难不成抓错人了？

景翊还愣着，冷月已冷声道："你放在床边的那把菜刀，是准备夜里磨牙使的吗？"

女子又蓦然笑了起来，连连摇头："我就说景夫人是误会了，我不是要杀景大人，那刀只是用来把景大人的肚膛打开的。"

这回连冷月也一块儿愣直了眼。

她虽没审问过什么嫌犯,但她也可以想象得出,一般嫌犯为自己辩驳开脱的时候,一定不是这样说话的。

什么叫不是杀人,只是把肚膛打开?

倒是景翊先一步若有所悟地回过神来,和颜悦色地问道:"你为什么想要打开我的肚膛?"

"恕碧霄直言,"女子微一领首,谦和恭敬地道,"景大人流连烟花之地,总是有些不大干净的。"

景翊轻轻蹙眉:"你想把我剖开,是要把我弄弄干净?"

"正是。"女子嫣然一笑,笑得温婉而客气,"不瞒景大人,我也是在烟花巷里伺候过人的,知道常去那里的男人要沾染多少脏东西。但凡去过那种地方,从里到外就都不干净了。"女子笑容淡了几分,眉眼间泛起些许凄楚,接着说道,"不把这些脏东西清出来,早晚要脏到骨子里,就像我那相公一样,怎么洗也洗不净了。"

冷月一愣,她相公?

她进院时确实没见到她相公,但屋里一角确实堆了些乱糟糟的酒坛子,看得出家里是有个酒瘾很大的男人的。她还以为那男人像京兆府书吏说的那样,出去鬼混了,敢情是被她……

景翊温和的眉眼间不见什么波澜,依然像闲谈般不疾不徐地问道:"除了你相公,你是不是还这样清洗过三个男人?"

"是。"女子微一抿嘴,笑得有几分羞怯,好像景翊这一问是夸了她似的,"起初只是碰巧在烟花巷子里看见了翠娘的男人,翠娘本就过得孤苦,若这男人污了,日后成了亲,她的日子就更难过了。我就请了那男人到家里来,给他清洗了一下。还有一个是瓷窑的老板,那天很晚的时候,他在凤巢喝得醉醺醺地出来,嘴里嘟嘟囔囔全是骂自己夫人的话,我就把他带回来了。前两天是成记茶庄的那个公子,我认得他,我在凤巢的时候还给他陪过酒。听说后来还娶了凤巢的姑娘,既然遇上了,我就把他请来了。"

女子说罢,瘦削的颧骨上已泛出了一抹红晕,不待追问便补道:"我把他们清洗干净之后,都顺路把他们送回家门口了,我也不图人谢,就悄悄送去。等迷药劲过去,他们醒过来,就又是干干净净的了。"

逮了那么多犯人,这种杀了人还担心别人谢谢她的,冷月还是头一回遇上。冷月听得全身直发毛,瞠目结舌地看向景翊,景翊倒已是一副了然于心的神情。

这女人并没把自己干的这些事当成什么作奸犯科的坏事，反倒还觉得是做了件不张不扬的好事。他昨夜旁敲侧击地盘问她时，当然是问不出丝毫恶意的，便是那碗掺了迷药的水，她端给他时，也俨然就是一副为了他好的模样。

进大理寺之初，萧瑾瑜就提醒过他，察言观色识言辨谎这种事用在朝堂上许是十拿九稳的，用在衙门里就要留三分怀疑，因为犯案这档子事，远不是善恶真假这么简单的。他这会儿总算明白萧瑾瑜说的是什么意思了。

心怀善意透出来的神情，人与人之间是相差无几的，但天晓得这人心里怀的是什么善意。

景翊苦笑着无声一叹："你想把我剖洗干净，是因为我帮你解了围，你想要感谢我吗？"

"正是，景大人大恩，碧霄无以为报。"

"不用，不用，不用……"景翊有点儿无力地苦笑着摇了摇头，"举手之劳，实在当不起你如此重谢。"

景翊说着，转目看向还在努力消化这个犯案理由的冷月，哭笑不得地道："先别把她往安王府送了，你先带她去大理寺狱醒醒盹儿吧。我去给安王爷打个招呼再说，免得她把王爷搅和蒙了，回头挨训的还是我。"

冷月刚点了点头，女子便慌道："我……我没做什么坏事，为……为什么要带我去大理寺狱啊？"

冷月一时有点儿词穷，景翊倒是微微眯眼，露出一抹极尽谦和的微笑。

"你这清洁人的法子太费时费力了，大理寺狱里常年关的都是不干净的人，那里有的是更好更快的法子。你既然有度人的心，何不去好好学学呢？"

女子登时眉目一舒，含笑颔首："多谢景大人。"

"不客气，呵呵。"

景翊从窗口跃进屋里来时，冷月也已从大理寺狱回来了，正一个人在屋里不紧不慢地换着衣服。

窗下便是茶案，景翊一跃进来就往茶案旁的椅子里一躺，闭眼揉起了太阳穴："总算是按时把差给交了。"

冷月把一件略旧的素色外衫披到身上，系着腰带，头也不抬地道："人是抓来了，但你都跟她说是进去学手艺的了，这供还怎么问？"

"不管，"景翊悠悠地伸了个懒腰，"这回我是苦主，问供审案就没我什么事了。"

要不是因为这个,他才不会放心大胆地说出那番鬼话来呢。

冷月瞥了一眼这当苦主还当得美滋滋的人:"大理寺卿严大人昨儿晚上就在悬赏捉拿你呢,你不用回大理寺干活儿吗?"

景翊抬手揉了揉自己那一头半长不短的乱发:"安王爷看在我为了查这案子差点儿豁出命去的分上,答应给我派个轻松点儿的活儿。近日不用去上朝,秋审结束之前也不用去大理寺跟着折腾了。皇上一时半会儿见不着我,你也不必担心挨罚了。"

景翊气定神闲地说着,伸手把茶壶拎了过来,摸过一个杯子,刚要往里倒茶,倏然手腕一滞,把茶壶放了回去,捉起杯子凑到眼前看了一圈:"这杯子怎么裂了?"

冷月抬头往他手上看了一眼:"我拿它砸人了。"

砸人?

景翊一愣,这杯子虽不值钱,但还是足够结实的,能把杯子砸成这样,挨砸的人肯定也好不到哪儿去。

"你砸的什么人?"

冷月垂手系着腰带,朝景翊屁股下面扬了扬微尖的下巴。景翊一怔,低头才发现自己坐的这把椅子下面竟还捆着个人,一惊之下"噌"地从椅子上蹿了起来。

被捆在椅子腿儿上的人软塌塌地垂着脑袋,嘴被一块儿布头堵着,一点儿动静也没有。即便如此,这身衣服景翊还是能一眼认得出来的。

"季……季秋?"

"她就是折腾累了睡着了。"冷月收拾着衣服漫不经心地道,"我去厨房看看他们把排骨炖成什么样了,你在这儿听她慢慢跟你说吧。"

景翊还盯着被捆成粽子的季秋怔愣着,就听冷月又道:"对了,我刚去大理寺狱的时候,周大人跟我说,成珣的那个管家死在狱里了。"

景翊一愣:"死了?"

"自己撞墙死的,死前没说什么,也没写什么。"冷月穿好衣服,卷着袖管快快地嘟囔道,"他看不惯他家爷娶个风尘女子,就下毒手害人家,明明就是他理亏,临了还非来这一手,显得他多忠心多冤枉一样。"

景翊眉心微沉,一时无话。

冷月把一盆热气腾腾的排骨端回来的时候,景翊正在房里喝茶看书。先前被她捆在椅子上的人已经不知去向了。

冷月就像从来都不知道那条椅子腿儿上绑过一个人似的，走进屋来径直就把饭菜搁到了桌上，美滋滋地抱怨道："我就知道他们是打算剁成小碎块儿，拿细柴火炖的，这种法子炖足年的猪就是糟蹋好东西。你来尝尝，这是我换硬柴炖的，不如他们做得那么精细，但味儿肯定比你以前吃过的都好。"

景翊搁下手里的东西，站起身来，深深吸了口气。不用尝，光是在屋中弥漫开来的浓香就足以证明她说的是实话。

景翊凑到桌边，对着那盆堆成小山的排骨端详了一番。这一看就不是自家那些做惯了精细菜的厨子弄出来的，八角、桂皮、草果、干辣椒什么的，还在汤汁里面泡着，大块儿的葱姜也没捞出来，排骨块儿大得根本不能下筷子夹。景翊索性卷了袖子，下手抓了一块儿送到嘴边，刚吮了一下顺着淌下的汤汁，就满足地轻"唔"了一声。

排骨的滋味浓得很直接，入口之后没有任何百转千回的缓冲，除了浓香就是浓香，纯粹端正得像极了这个炖排骨的人。

"唔……聘礼给少了。"

冷月正有些忐忑地等着这个过日子极讲究的人的一句评价，没承想等来这么一句，不禁一愣："什么聘礼？"

景翊在手里这块硕大的排骨上找了个合适的地方，细细地咬了一口，一本正经地品了一番，才道："景家给你的聘礼啊，下聘礼那会儿，你也没说还有这个手艺嘛。"

冷月恍然反应过来，脸上一热，狠瞪了一眼这个总是一本正经地胡说八道的人："啃骨头都堵不上你的嘴！"

景翊往凳子上一坐，一边专心致志地啃着手里的排骨，一边漫不经心地道："你可没堵上嘴，为什么不问问，你抓来的人我是怎么判的？"

"问这个干吗？"冷月叶眉一挑，拽了张凳子坐下来，下手抓过一块排骨，狠狠啃了一口，"我抓的人海了去了，挨个儿都要打听，我一天到晚也甭干别的了。"

"按律该把季秋送去矿场做苦工。不过碧霄入狱，京兆府衙门那儿正好缺个收夜香的，我就把她送过去了。"

冷月像听着邻家大娘议论早市的白菜多少钱一斤似的，只不疼不痒地"哦"了一声，就心无旁骛地继续啃排骨了。

"你不想问，那我能不能问一句？"景翊微抿嘴唇，抿去那层淡淡的油渍，才看着这啃骨头啃得又快又狠的人道，"她是不是对你说了些乱七八糟的话？"

冷月这才停嘴，抬头看了他一眼。她虽没这人的眼力，但也能隐约感觉出这人故作漫不经心之下的惴惴不安。

这人何等聪明，季秋会对她说些什么，他大概用脚指头都能猜得出来，能让他心里没底的必不是季秋说了什么，而是她信了什么吧。

"你放心。"冷月咽下嘴里的东西，伸出舌尖沿着油乎乎的嘴唇舔了一圈，才道，"她说的我都不信。"

眼看着景翊怔了一下，冷月丢下手里那块被她三下五除二就啃了个干净的骨头，吮了吮沾在指尖的汤汁："我只信我看见的，她说的那些乱七八糟的我都没看见，但是她下毒害我，我看见了。"

冷月说罢，眼睫轻轻对剪，垂下眉眼迟疑了一下，才小声补充道："你对我好，我也看见了。"

他对她好？

他要是真对她好，早就该把她捧在手心里，让所有人都看个一清二楚，还至于让她在自己眼皮子底下生生被一群下人欺负了这么些天，又是被人下毒又是被人羞辱的吗？

景翊苦笑："我哪里对你好了？"

冷月抬眼，看向这个笑得有些发苦却依然从骨子里透着温柔的人，本来一夜没睡血色有点淡的脸颊上泛起了一层红晕，还是没把目光从他轮廓柔和的脸上挪开："我胃疼是经常的事，我自己都懒得揉，你还给我揉了一宿。小时候的事，也不知道你还记得多少，反正从小到大就只有你一个人问过我疼不疼，而且不管我说疼还是不疼，你都觉得我疼。"

"等会儿，"不等冷月越来越轻软的声音落定，景翊在她这番话中蓦地醒过来，两眼一眯，把拿在手里啃到一半的排骨丢回了汤盆中，"我说我忘了点儿什么呢，大夫不是说让你这几天好好调养调养吗，怎么又啃起排骨来了？还这么大一盆！不许吃了，我让厨房送碗粥来。"

景翊说着就端起汤盆，毫不犹豫地往外走。

"你敢端走试试！"

冷月响亮的一声砸过去，景翊既没停脚也没回头，冷月就只听到一声气定神闲的回响。

"我敢，你打我呀。"

"……"

第三案　剁椒鱼头

善恶若无报，乾坤必有私。

人心生一念，天地悉皆知。

——《西游记》明·吴承恩

第十一章 一念成佛

因为那盆排骨被换成了小米粥，冷月整个下午看景翊的眼神里都是带着杀气的。景翊索性躲进了书房，继续处理那些先前被萧瑾瑜装箱送来的案卷，晚上也就在书房内间的小床上凑合了一宿。

第二天一大清早，是齐叔来把他唤醒的。

"爷，安王爷来了。"

安王爷？

景翊怔怔地从被窝里爬起来，抬手揉揉睡眼，透过窗纱望了望早得令人发指的天色。昨天萧瑾瑜倒是说过，派给他的活儿今天会来告诉他，只是景翊没料到他会在这种忙得天昏地暗的时候亲自来了。

来了就来了吧。反正昨儿萧瑾瑜都答应好了，交给他的是件不需抛头露面而且清静悠闲，还是与活人打交道的差事。但凡有一样不合，就是景老爷子举着鸡毛掸子追着他满大街跑，他也不干。

景翊敛了敛衣襟下床来，悠悠地打了个哈欠："二进厅奉茶，记得端两盘能垫肚子的点心去。柿饼什么的就算了，安王爷不吃太甜的。"

景翊话音还没落定，齐叔欲言又止了几次之后，刚下定决心插句话，就有一个云淡风轻的声音抢先一步从外间飘了进来。

"我吃过了，你赶紧着，我还有事要进宫一趟。"

"……"

景翊顶着晨起时这副乱七八糟的模样从里屋钻出来的时候，萧瑾瑜正把轮椅停在他堆满了案卷的书案边,手里捧着一份他昨夜刚理好的案卷蹙眉看着。待齐叔退下,景翊才揉着还咚咚直跳的胸口哭笑不得地道:"王爷,你有事说事,我又跑不了,你一大清早的堵在门口吓唬我干吗?"

萧瑾瑜翻着手里的案卷,头也不抬地道:"齐管家说,你昨晚在这儿忙了一宿。我看看你忙得怎么样。"

景翊在心里默默地把齐叔这月的工钱删去了一位数,脸上却扯起一个极尽乖巧的笑容,小心地看着萧瑾瑜平静的脸:"这份就是我昨儿晚上整出来的,王爷觉得怎么样?"

但凡萧瑾瑜摇一下头,昨儿一宿他就白折腾了。

只见萧瑾瑜点了点头,淡淡地道了一声:"挺好。"

自他进大理寺以来,这是萧瑾瑜给过他的最高评价。景翊脸上刚升起一层受宠若惊的神色,还没来得及谦虚,就听萧瑾瑜又淡淡地说:"字写得挺好,不用改了,其他的重来就行了。"

"……"

景翊心里刚生出一点儿撸袖子把这人从自己家里扔出去的冲动,萧瑾瑜就不慌不忙地把手里那份只有字写得挺好的案卷搁回书案上,沉声问了他一句:"高丽使团来朝的事,你知道吧?"

景翊一怔,把那点儿冲动怔了个干净。

这种不冷不热的时候,正是番邦最爱派使节前来朝拜的时候。周边那些窝在犄角旮旯里过日子的小国君主都不傻,这时候正是中原粮谷满仓、秋果硕硕的时候,来了,带几样不值钱的稀罕玩意儿,天花乱坠地吹一场,再挤几滴眼泪,叹一声民生多艰,皇上就是为了中原大国的面子,也不好意思让他们空着手回去。

高丽使团总是这些人里来得最积极的一拨,而且从来都是挑中秋前宫里热火朝天地准备大宴的时候来。他虽没直接与高丽使团打过什么交道,但在宫里那些年,时常陪太子爷参加欢迎外使的酒宴,对高丽使团的印象格外深刻。因为这是唯一一个能在宫中的欢迎宴上真正做到皇上叮嘱的那句"吃好喝好"的使团,夺目得想记不住都难。

这种时候高丽使团来朝,连京城里的老百姓都不会当是什么稀罕事了。不过这事从萧瑾瑜口中说出来,景翊立马就想起了今年必与往年不同的一件事,不禁眉头一沉:"他们问起萧昭暄的事了?"

萧昭暄到底是高丽王的亲外孙,每年高丽使团来朝,都要特别拜见一下他和他的生母锦嫔。这回人突然没了,总要有个说法才是。即便现在案子已经告破,一切真相大白，那也不能一五一十地对高丽使团说，萧昭暄因为流连烟花之地而被一个女人抓去剖了吧。

萧瑾瑜微微点头："幸好你这案子办得及时，我昨天下午刚把萧昭暄的案子送进宫，使团晚上就到了。皇上称萧昭暄因染天花暴毙，为免疫情扩散，已尽快安葬了，还派御林军围了靖王府，任何人不得进出。"

景翊苦笑摇头，把声音放轻了些道："你觉不觉得皇上病了这一年多，身子越来越不济，脑子倒越来越灵光了？"

萧瑾瑜微惊，目光一凛："你活够了？"

景翊抬起屁股往书案上一坐，满脸无辜地道："你就真没觉得皇上虽然瘦了不少，但精神一点儿也没见弱，脾气是大了点儿，但反应快了很多，拍板儿做决定也不像以前那样瞻前顾后了吗？"

萧瑾瑜眉头一沉，冷声道："我还有事赶着进宫，你要不要跟我一道，去看看皇上的脾气又大了没有？"

"别别别……"景翊忙从书案上跳下来，挺身站好，笑得一脸乖顺，"你说，你说，我听着呢。"

萧瑾瑜不冷不热地瞪了这不知死活的人一眼，才淡声道："这回带高丽使团来的是高丽五王子王拓，年纪尚轻，也是头一回来中原，对皇上这样的说法没生什么怀疑，但这位五王子是锦嫔的亲弟弟，坚持要亲自为外甥做场法事超度，地点选在安国寺。皇上见他们未对死因起疑，就允下了。"

高丽笃信佛教，有超度逝者的想法倒也正常，不过选这么个地方……

景翊扁了扁嘴："这高丽王子倒是会挑，安国寺可是京城里香火最盛的寺院，方丈老头儿还是个认人不认钱的主儿，能在那儿办法事的可都是真正有造化的。皇上要是不下个旨什么的，萧昭暄就是把十张脸展平了铺到一块儿都不够面子吧。"

萧瑾瑜向来不信神佛菩萨这些事，但毕竟是在京城里过日子的，安国寺的名号多少也知道一些。听景翊这么说，也不禁浅叹了一声："不止十张脸，百张估计也有了。高丽使团要求，给萧昭暄做法事期间，寺里除了正在做法事还没做完的，其他俗家人都必须离寺，萧昭暄的法事结束之前，也不得再有俗家人入寺，负责保护高丽王子安全的御林军也只能守在寺外。"

景翊登时瞪圆了两只狐狸眼："皇上连这个也答应了？"

萧瑾瑜抬手揉着额角点了点头。

"不是……"景翊仅剩的睡意彻底散了个干净，"这高丽使团来京的路上，是不是遇袭了啊?"

萧瑾瑜一愣抬头:"遇袭?"

"这要不是半道上被人砸坏了脑袋,谁能想出这种把自家主子往刀口上送的馊主意来啊?"

萧瑾瑜缓缓地把被他吓得一僵的脊背挨回到轮椅靠背上,毫不客气地白了一眼这个口无禁忌的人。

"你就是把我瞪出个窟窿来,这主意也是馊的。"景翊一屁股坐回书案上,两腿一盘,"他们是真傻还是装傻啊,这都想到要清理闲杂人等了,还把御林军往外赶,这高丽王子要是在安国寺里出点儿什么事,那算谁的啊?"

萧瑾瑜微微一怔,怔没了火气,苦笑着轻叹出声:"这话是你们景家人商量好的吗?"

景翊眉梢一扬:"我家老爷子也这么说?"

萧瑾瑜摇头:"我还没见着景太傅,不过你三哥几个时辰前刚去找过我,一番话说得跟你一模一样。"

景翊一愣:"我三哥?"

景翊的三哥景矸精通多国番文,在礼部任郎中一职,主要差事就是和来朝的番邦外使扯皮,一直扯到能拿出一个既能保全皇上的面子,又能保住国库的里子,还能让这些使节乐得屁颠屁颠往家跑的法子为止。所以,这个时节心力交瘁到想要骂娘的,不光是三法司这一伙儿人。

但是再忙再乱,这两伙儿人也忙不到一块儿去。

景翊不禁皱了皱眉头:"我三哥找你说这个干什么?"

"找我帮忙。"萧瑾瑜把声音放轻了些许,才道,"眼下安国寺里御林军进不得,所有俗家人都只能出不能进。他来问我,门下可有什么相熟又可信的僧人能进去近身照应照应。"

景翊"噗"地笑出声来,连连摇头:"我三哥还真是急跳墙了,找你要和尚,那不跟找和尚要梳子一样吗?"

萧瑾瑜看着这个笑得很是欢畅的人淡声道:"不一样。"

"怎么不一样?"

萧瑾瑜的嘴角扬起一道似有若无的弧度:"和尚肯定不会给你三哥什么梳子,但我可以给他一个和尚。"

景翊一愣,萧瑾瑜收到门下的人他全见过,别说是和尚,就连个谢顶的都没有:"你上哪儿给他找这样的和尚去?"

萧瑾瑜轻咳了一声，咳掉了那道似有若无的弧度，淡声道："你昨天不是说，要我给你派个不需要抛头露面，清静悠闲，还与活人打交道的差事吗？"

"你让我去给你找和尚？"

萧瑾瑜摇头："王拓今日日落之前就要进安国寺沐浴斋戒，现找肯定来不及了，"萧瑾瑜说着，双目微眯，波澜不惊地落在景翊那头在枕上磨蹭了一晚，越发乱七八糟的齐肩短发上，"你这头发既然一时半会儿穿不了官服，不如去剃个干净，穿穿僧衣吧。"

景翊愣了愣才反应过来，两眼一瞪，一下子从书案上蹦了下来："你让我去当和尚？"

"不抛头露面，清静悠闲，还是与活人打交道。"萧瑾瑜挨个悠悠地数过去，气定神闲地一锤定音，"这差事正合你的要求。"

"不是，"景翊差点儿跪下来哭给他看看，"王爷，这可不是闹着玩的，我这有家室有官职，六根没有一根是清净的，哪能出家啊？对，吴江，吴江那回亲口跟我说的，他长这么大连姑娘的手都没碰过，他去绝对比我去合适！"

景翊话音还没落定，就听门外窗下传来一声闷咳，接着就是一个沉稳有力中还带着一丢丢毫不掩饰火气的声音。

"景大人，这话我是什么时候跟你说的？"

"……"

被一个没见着影儿的人这么冷不丁地一问，又被萧瑾瑜凉飕飕地一眼看过来，景翊本就乱成一团的魂儿差点儿没吓出窍去。

"不是不是，我就是打个比方。"

"不用比方了，"萧瑾瑜淡淡地截断景翊的挣扎，"安国寺的僧人个个通晓梵文，早晚课皆用梵文诵经，三法司里就只有你一个人是懂梵文的。"

景翊狠噎了一下，半晌没挑出个反驳的词来。

萧瑾瑜说的是不争的事实，这会儿就是要怪，也只能怪他家老爷子教了太子爷太多乱七八糟的东西。太子爷学没学会不知道，他倒是为了帮太子爷交功课，拼死拼活地全学会了。

早知道有这么一劫，刀架在他脖子上，他也不学这玩意儿了。

眼见景翊哭丧着脸蔫了下来，萧瑾瑜神色微缓，真假参半地宽慰道："这场法事横竖只有七天，等高丽使团离京之后，你再还俗就是了。小月在公务上一向明理，她必不会难为你。"

景翊摇摇头，嘴角牵起一个比哭还难看的苦笑："她是不会难为我，但这事要是让冷大将军知道……"

萧瑾瑜眉梢微挑:"你就不怕你洞房之夜让她睡书房的事被冷大将军知道吗?"

"别别别……"这话要是就这么传到冷大将军耳朵里,他景家祖坟估计都要跟着倒霉了,景翊忙不迭地应道,"我去,我去……你说什么时候去,我就什么时候去!"

"我进宫去给皇上和景太傅打声招呼,你准备一下,这就动身吧。那批御林军点卯之后就会去封寺,你自己拿捏时辰,迟了就想法子翻墙进去吧。"

"王爷放心!"

萧瑾瑜说得一点儿没错,冷月乍听他一本正经地说要去安国寺出家的时候,差点儿甩他一巴掌,等他凭着足够利索的嘴皮子及时地把前因后果一口气说清楚,冷月立马就是一副恍然的神情了。

冷月收剑入鞘,抬手抹了把舞剑舞出来的一头汗:"王爷的意思是让你混进和尚堆里,暗中保护那个高丽王子?"

"未必,"景翊苦笑着抬起手来,怜惜地抚了抚园中被冷月的剑锋惊得有些凌乱的桂花,"这得看是别人有心害他,还是他有心害别人了。"

冷月眉头一皱:"我跟你一块儿去。"

景翊早料到她会有这一句,一时间还是有点儿哭笑不得:"你跟我一块儿出家吗?"景翊这一句问出口,登时更哭笑不得了,因为他分明在冷月的眉眼间看到一丝认真考虑的神情。

"你冷静点儿啊,安国寺可不是尼姑庵,你就是把自己剃好了送上门去,人家方丈也不会收你的。"景翊眼瞅着她把脸越抹越花,忍不住从怀中摸出一块手绢,伸手把人拽到身边,嘴角牵起一抹可奈何的笑意,一边轻轻擦过她汗淋淋的额头,一边轻声叹道,"放心吧,安国寺到底是佛门净地,高丽人人信佛,不会在寺里动刀动枪。何况这些事到目前为止还都是凭空瞎猜。我三哥就是这样的脾气,干什么事都十分小心,他也是难得上门求王爷一回,王爷不好意思回绝他,就顺手把我丢出去应付应付了。我估计这回十有八九是去吃斋念佛的。"

景翊说得轻缓,手上的动作更是轻缓,拂过冷月面颊的手上还带着残存的桂花香气。冷月明知他这番话里宽慰至少占了三成,还是不由自主地安心了些许,微垂下眼睫,感觉着他像擦拭佛龛一样,温和仔细地擦过她这张花猫脸的每一处。

触感温软的手绢在脸上拂着拂着,倏然一道异样的温热落到了脸颊上。冷月一惊抬眼,正见景翊眯眼笑看着她,柔滑堪比丝绢的手指在她已被擦净的脸上轻轻抚过，一本正经地问道："我擦得太用力了吗，怎么红成这样？"

"……"

冷月心里一乱，不知何时蒙到脸上的红晕又狠狠地深了一重，眼瞅着这人眉眼间的坏笑更浓了几分，冷月一巴掌拍开这人的手，没好气地翻了个白眼："方丈要是肯收你这样的徒弟，我就吃素吃到你还俗！"

"一言为定。"

除了冷月不会因为这事难为他，萧瑾瑜还有一点也说准了。

他不过是在家多吃了口早点，赶到安国寺的时候，御林军就已经前前后后地围满了。除了翻墙，还真是别无他法。

好在深宫大内来去惯了，这些御林军就是再围上两圈，对他而言也不过是多了两排更厚实的木桩子罢了。景翊悄无声息地跃上侧院高大的院墙，正见安国寺方丈清光大师一人独立于院中的一口水井旁，若有所思地盯着被一块儿厚木板子盖得严严实实的井口，像是在全神参悟佛法。

上回见清光大师，已经是他入宫之前陪他娘来上香时候的事了。那会儿清光大师就说他有佛缘，隐约地透露过想收他为徒的意思，被景老夫人呵呵一笑婉拒了。

景翊琢磨着，待会儿这老方丈一准儿会冲他来句命里有时终须有，非等到这会儿才来，早干吗去了之类的话，不如出现得脱俗一点儿，让他再相中自己一回就是了。于是景翊对准了被方丈凝神盯着的那块盖在井口上的厚木板子，纵身轻跃，如般悠悠落下。

正落到一多半的时候，也不知老方丈顿悟到了什么，突然一拍脑门儿，忽地扬手掀了板子。

一般而言，轻身功夫和内家修为是截然不同的两码事，两样都练不会相互促进，只练一样也没什么影响，只是用起来的时候偶尔会有些无伤大雅的区别。比如有内家修为的人可以在全身腾空的时候单凭自身之力扭转方向，他就不行。

于是，方丈在掀开板子的一瞬，眼睁睁地看着一团雪白的东西"扑通"一声扎进了井里。

景翊被人从井里捞出来的时候，一众闻声赶来帮忙的小沙弥都像看佛祖显灵一样目不转睛地看着他，方丈向来祥和的脸已经抽得有点儿发僵了。

"这位施主，没事吧？"

"没事没事……"景翊裹着一个大胖和尚从身上脱下来的僧衣，硬着头皮努力笑着摇头,摇得一阵水珠乱溅,"这儿的井水还挺甜的,就是有点儿牙碜,呵呵。"

方丈的嘴角又抽动了一下。

"施主。"一直站在方丈身边的一个面容俊秀的年轻僧人向前走了两步,在景翊面前站定,立掌谦和地微笑道,"贫僧神秀,不知施主心中有何难解之事,要起此轻生之念呢?"

神秀?

景翊一怔之下恍然想起来,这人他是见过的。他那回陪他娘来寺里上香的时候偷爬寺里的一棵梨树,从树上摔下来,捂着屁股嗷嗷大哭,就是这个叫神秀的,蹲在一边笑得快抽过去了。

那会儿神秀也是个七八岁的小孩,如今,他长大了,神秀也长大了。神秀看着比当年还要凄惨得多的他,笑得满脸慈悲。

景翊客客气气地回给神秀一个水淋淋的微笑:"在下景翊。"

神秀微怔了一下。

不光是神秀,几乎所有僧人全都怔了一下。到底还是方丈先立掌宣了声佛号,蹙眉缓声道:"施主可是礼部郎中景矸景大人的弟弟?"

景矸曾为学梵文在安国寺住过一年多,入朝为官之后也常来请教,是景家与安国寺来往最多也交情最深的人。这事景翊是知道的,便只简单明了地应了声"正是"。

所有僧人落到他身上的眼神登时都客气了几分,一时间"阿弥陀佛"之声四起,连神秀也垂目合手,对着他淡淡地宣了声佛号。

方丈捻着手里的佛珠和善地打量了景翊一番,才愈显客气地问道:"贫僧听闻,景施主年初已随太子爷出宫来,入大理寺为官了,眼下正值秋审,景施主为何百忙之中突然抽空来此投井了?"

"不是,"景翊掩口打了个喷嚏,无可奈何地揉了揉鼻子,带着清浅的鼻音摇头道,"方丈大师误会了,在下没想来这儿投井。"

"阿弥陀佛,"方丈攥着佛珠幽幽地道,"来了即是缘分,这儿的井也没什么不好的。"

景翊噎得欲哭无泪,生怕再被扔回井里去,忙连连摆手,努力笑出一副和气生财的模样:"不是不是,这儿的井确实挺好,不过我是来出家的。那个,以后哪天我要真想投井,一定首选安国寺这口,您看这样行吗?"

方丈只听到一半就怔了怔,一直怔到景翊说完,才一字一顿地问道:"景施主

171

想要出家?"

"是是是……"景翊伸手撩了撩自己只剩半截的头发,笑得一脸乖顺可人,"方丈大师多年前就说过,我是有慧根有佛缘的,只怪我自己愚钝,前几天成亲之后才终于大彻大悟。为表诚心,我已经把头发剪掉一半了。"

方丈目光中闪过一丝犹豫,这丝犹豫也就这么闪了一下,闪过之后,方丈像真从景翊脸上看出什么佛缘慧根似的,立掌宣了声佛号,沉声道:"今日是安国寺暂闭寺门之日,安国寺自建寺以来从未闭过寺门,也从未逐过香客,这一开一闭之间,不知是福是祸,贫僧方才便是在院中思虑此事。景施主在贫僧顿悟瞬间从天而降,可见景施主与贫僧有缘,与我寺有缘,与佛法有缘,也与今日之事有缘。命里有时终须有,既然景施主心意已决……"方丈说着,转目向立在一旁的神秀意味深长地看了一眼,"那便准备剃度吧。"

"是,师父。"

景翊隐约觉得,方丈这番话不是说给他听的,而是说给除他以外的所有人听的。但不管是说给谁听的,这番话里胡诌的成分多得像陈年咸菜疙瘩里的盐一样,一口咬下去,几乎尝不出什么别的味儿了。

景翊正细细咂摸着个中滋味,方丈已若有所思地往他身上看了看,又看了看那口无辜的井,稍一思忖,沉声道:"景施主与井有缘,老衲便为你取一法号,神井。"

听着一众僧人齐刷刷沉甸甸的一声"阿弥陀佛",景翊嘴里登时只剩下一股苦味了。

神井……

他长这么大还从没翻过景家族谱,不过法号这种东西,应该是不会被记进族谱的吧。

景翊默然一叹,谦恭道礼:"弟子神井,谢师父。"

景翊从没想过,自己这辈子第一次往佛像面前跪,居然就是来受剃度的。早知道就不信萧瑾瑜那套人定胜天的邪了,多拜几回,诚不诚心的,好歹摆摆供品也能混个脸熟吧。

方丈自然不会知道景翊这会儿正在心里跟佛祖嘀咕什么,只管在众目睽睽之下,把这个从天上掉下来的徒弟剃了个干净,直到伸手抚着新徒弟溜光水滑的脑袋,脸上露出一个功德圆满的微笑。

"神井。"

"神井？"

"神井啊。"

方丈一连叫了几遍，景翊才恍然回过神儿来，低头立掌，认命地叫了一声"师父"。

"神井，"方丈又字正腔圆地重复了一遍这个像化缘化来的法号，才慢悠悠地道，"你虽来得突然，但也是缘分如此，如今既已入我佛门，就要守我佛门戒律。"方丈说着，深深地看了景翊一眼，"佛门戒律，知道是什么吧？"

这个他还真不知道。不过宫里那些日子他都活着过下来了，佛家是以慈悲为怀的，规矩还能比宫里的更多更严吗？就当几天的和尚而已，他也没打算干什么祸害佛门的事，别人干吗他干吗就是了，景翊索性就点了点头。

"师父放心。"景翊睫毛对剪，展开一个无比乖巧的笑容，"听说寺里正准备办一场大法事，弟子不才，不知有什么事是可以帮忙的？"

方丈蹙了蹙线条温和的眉头，转头向一直站在他身旁的神秀望了一眼："你就听神秀的安排吧。"

神秀站在方丈身边，笑得越发慈悲。

"是，师父。"

神秀把景翊带到一间僧舍，不是一般小沙弥住的那种屋里只有一张长到一眼看不到头的大通铺的僧舍，有厅有室，干净素雅，更像给身份特殊的香客或是寺里管事的僧人住的。

景翊多少有点儿受宠若惊："我住这儿不太合适吧？"

神秀温和地扫了一眼这间屋子，点头："我也觉得。"

"……"

"不过，"神秀微笑道，"这是师父的意思。你初来乍到，还正赶上寺里有事，多少会有些不适应之处。先跟我在一起住段日子，也好有个照应。"

景翊一愣："跟你住？"

"这是我的禅房，卧房在里面。"神秀说着，嘴角又往上提了几分，笑容越发亲和，"你我都不胖，那张床睡下我们二人绰绰有余。"

睡下他们二人……

二人？

景翊的下巴差点儿掉到地上，一双狐狸眼瞪得滚圆滚圆的。

神秀又亲切而客气地添了一句："我喜欢靠外睡，你呢？"

景翊的脸色和心情一样复杂。

景翊很想告诉他，自己是刚娶了媳妇的人，而且自打把媳妇娶回来，总共就跟媳妇同床了一回，媳妇还拿他当枕头使了。他如今着实没有跟别人睡的想法，但余光扫见自己刚换到身上的灰色僧衣，硬把这话憋了回去，认命地一叹："我喜欢睡在地上。"

　　神秀微微扬了一下眉梢："我的床不难睡。"

　　景翊努力地笑出一个乖巧师弟应有的模样："那你的地应该也难睡不到哪儿去，呵呵。"

　　神秀俊秀的眉头轻轻蹙了一下，带着一抹说不清道不明的浅笑轻叹了一声，自语般地低声念叨了一句："难不成景家人都是睡在地上长大的？"

　　景家人……都？

　　景翊狠愣了一下，还没愣完，就见神秀舒开眉心，温声道："师弟方才坠井，想必受了些惊吓，就在房里歇息歇息吧。寺中正在清逐借住的香客，我去看看，午饭的时候再来叫你。"

　　景翊恍然想起萧瑾瑜今早说过的一句话，他先前只顾着头疼自己要出家这件事，过了耳朵却没过脑子，这会儿被神秀一提，终于琢磨出了点儿滋味来，忙道："寺里清逐借住的香客，是不是有些法事还没做完的香客是不用离开的？"

　　外面的御林军不能进来，里面要是留着几个不明身份的闲杂人等，他这几天的和尚日子就有的热闹了。

　　神秀微怔了一下，许是想到了景家与天家的渊源，旋即轻轻点头："圣旨上确是这样说的，不过近日寺里只接了一场法事，昨日已是最后一日。只是结束的时候天色已晚，那位施主也上了年纪，便在寺里多留了一夜，今日也该离开了。"

　　景翊在心里暗舒了口气，一干二净是最好不过的了。不过，能在安国寺做法事，必也不是俗人。景翊还是问了一句："这场法事是为何人做的？"

　　神秀立掌领首，默宣了一声佛号，才轻描淡写道："一位枉死之人。"

　　神秀这话说得很含糊，含糊得好像有意要藏着什么似的。景翊不禁提了几分精神，依然如漫不经心般地问道："天底下枉死之人数不胜数，寺里为何单要超度这位枉死之人？"

　　神秀没答，也漫不经心地问道："天底下的女子也数不胜数，师弟为何独娶了那一个呢？"

　　景翊额头一黑，还没等还口，神秀已满目慈悲地笑道："有缘而已。"

　　景翊蓦然想明白一句话，出家人不打诳语，不是因为出家人不会撒谎，而是出家人可以把发生在这世上的所有事用两句话概括下来——一句是有缘，一句是无缘，至于有缘无缘到底是什么意思，那就是他们自己说了算了。

既然如此，那这个字就是怎么用都行的了。

"我觉得我与这位枉死之人也是颇有几分缘分的。"景翊像模像样地立起手掌来，缓声道，"那位来为其做法事的施主，本应在昨夜就离开了，偏巧留到今日，也许就是上天注定我与他有一面之缘吧，还望师兄成全。"

也不知是缘分之说戳中了神秀的心窝子，还是神秀已经被他腻歪烦了，景翊这么一说，神秀也没犹豫，便痛痛快快地道："师弟既有此意，就跟我去试试缘分吧。"

"多谢师兄。"

第十二章 二击钟惑

神秀这处禅房是在安国寺的东大院，景翊隐约记得，安国寺留给香客借住的客房都是在西边院里的。可神秀一出门就带着他往东大院的深处走，走了好一段路也没有往西拐的意思，景翊到底忍不住问道："师兄，那位施主没住在西院厢房吗？"

"没有。"神秀不疾不徐地走着，也不疾不徐地应道，"那位施主是带了逝者的棺椁来的，西院不便停放，师父就安排他在东院禅房住下了。"

景翊一愣，做法事要么是下葬之前，请得道高僧去家中灵堂里做，要么是下葬之后，亲属带着灵位来寺里做，哪有连人带棺材一块儿带到寺里来的？

果然不是什么寻常的枉死之人。

神秀没再多说，他也没再多问，一直跟着神秀走到一处古雅清静的院落，才见神秀像是忽然想起什么似的，脚步一收，转过头来低声叮嘱道："这位施主入寺以来不见任何寺外之人，你若当真有缘见到他，切莫说自己是刚刚剃度的。"

见景翊点了头，神秀才重新起脚走进这处独立于大院中的小院。稳步走到紧闭的屋门前，立掌颔首，温而不柔地道："施主，贫僧神秀与师弟神井打扰了。"

屋内半晌无声，神秀又客客气气地重复一遍，依然没人回应，抬手叩门，还是没有半点儿动静。

老人觉少，再累也不会睡到这个时辰，便是真睡到这个时辰，也断然不会睡得这么沉。

神秀转回身来看向景翊："阿弥陀佛，想必……"

"先别想必。"景翊蹙眉截住神秀的话，上前伸手在门上推了推，不禁眉心愈紧，"门反闩着呢，人应该还在。"

景翊话音未落，两个小沙弥就进了院子，见到神秀和景翊也在，不禁怔了一怔，才上前道："神秀师兄，我们来请张施主离寺。"

神秀微蹙眉心，深深看了景翊一眼，景翊也说不出这一眼有什么意味，但深可入骨，好像要一眼看到他肺腑里去一样。

这一眼看罢，神秀才露出几分忧色："门反闩着，张施主不应门……张施主年事已高，别是出了什么事，撞门吧。"

"是。"

"等会儿。"不等两个小沙弥应完，景翊沉声拦道，"撞不得。京城里先前有桩案子，死者本来只是晕倒在门后的，邻居见叫门不应就撞门，活活把人撞死了，还当是出了什么凶案，跑到衙门报官，把京兆府折腾得一圈圈地转。"

两个小沙弥听得一阵怔愣："那……那还能怎么办啊？"

景翊转回身去，细看了一眼两扇门的合缝："拿把刀来。"

两个小沙弥又是一愣："这是寺院，哪儿来的兵刃啊？"

景翊蹙眉回头："寺里的包子馅都是拿手撕出来的吗？"

"……"

一个小沙弥撒丫子跑出去，须臾便抱着一把菜刀回来了。寺里做饭不用斩筋剔骨，菜刀很是轻薄，景翊接过菜刀，把刀刃顺进门缝里，落在横于门后的木闩上，往一侧轻拨了数次，便听到"咣当"一声，闩落门启，屋中仍未传出人声。

景翊小心地把门推开，门扇没有扫到任何障碍，轻轻松松地就开到了极限，屋中之物全呈现在众人眼前。

厅堂正中停放着一口黑漆棺材，棺材前烧纸的火盆旁跪伏着一个身着白色布衣的人，看不见相貌，只能从那头花白的发丝上断出他是个年迈之人。

这人正无声无息地跪在棺前冰凉的青石地上，半身趴伏在棺壁上，像痛极之下哭晕了一般。

"张施主！"

神秀忙上前搀扶，两手刚扶上这老者的肩，还没使几分力气，人就像脱骨了似的软塌塌地倒了下去，被神秀一把捞在臂弯里。

神秀捞的是他的肩背，那人的头颈便顺势向后仰了下来，冲着刚想迈进门来的景翊露出一张倒置的白脸，和一片被血淌过的额头。

景翊愕然之间全身一僵，脚步一滞，手腕一时脱力，握在手上的刀"当"的一声落到了地上。

这回倒不全是因为血,还因为这张脸、这个人。

这人他认得,连带着这棺中的柱死之人他也认得,不但认得,这柱死之人还是他成亲之日唯一一个闹过他洞房的人,一闹就闹得他两天没得消停。

景翊蓦然抬眼,看向立在供桌上的牌位,目光落在意料之中的"张冲"二字上,还是禁不住心里一沉。

昨日是八月十三,正是张冲的头七之日。以张老五京城瓷王的名号,在此处为柱死的孙子做场法事,确实是不难的。

他们口中的张施主,居然就是瓷王张老五。

不等他叹气出声,神秀已摇头叹了出来:"阿弥陀佛,你二人速去禀报师父,张施主以头撞棺,已故去多时了。"

两个小沙弥一愕之后立时合掌颔首,在门口神色庄重地宣了一声佛号之后才急匆匆地离开。

眼见着神秀把张老五的尸身毕恭毕敬地放到地上,伸手要为张老五整理被血污沾染的面容,景翊恍然想起那个能在毫末之间看出一大堆名堂的人,忙扬声道:"师兄且慢。"景翊也不进门,只站在门口道,"张施主死因未明,现场之物还是不要擅动为好。"

神秀一怔抬头,伸出去的手也滞在了空中:"死因未明?"

这样打眼看着,张老五确是像极了撞棺自尽的,但景翊记得一清二楚,张老五当日说安顿好张冲之后就回老家的话时,丝毫没有随口敷衍他的意思。即便是临时改了主意不想回老家了,怎么就非要急这一时,不等相依为命的孙子入土为安就自寻短见了呢?

这话自是不能对神秀说,景翊只含混地道:"人命关天嘛,谨慎点儿总不是什么坏事。"

神秀蹙眉看了看落在地上的门闩,犹豫了片刻,到底缩回了伸出去的手,站起身来小心地走回门口:"师弟所言有理,是我唐突了,不过门是反闩着的,何人能进来害张施主的性命呢?"

景翊一时没应声,低身把门闩和菜刀拾了起来,有些出神地看着这两样八竿子打不着的东西。神秀也没再出言扰他,直到方丈匆匆赶来,景翊才回过神来。

方丈站在门口看了一眼,便神色一哀,合掌宣了声佛号。

"神井,"方丈甫一抬头,便看向一旁的景翊,"你曾在大理寺为官,必熟悉勘验之事,不知张施主是否真如他们所说,是撞棺而去的?"

几个随行而来的僧人全都齐刷刷地看向景翊，景翊就在诸多慈悲目光的注视下乖顺地颔首道："师父明鉴，弟子要是能把大理寺的差事混熟，何必还要来安国寺呢？"

方丈被噎得老脸一僵，幽幽地看了一眼景翊锃光瓦亮的脑袋，缓缓吐纳，终于还是把目光落回了神秀身上："高丽王子即将入寺，万不可出什么差池……这院子暂不要进人了，张施主的尸身也不要搬动。你去把此事告诉外面的御林军，让他们裁夺吧。"

"是。"

方丈这才面色微缓，转目看向景翊，又看了看景翊拎在手里的门闩和菜刀："你就去厨房把中午做饭的柴火劈了吧。"

"是。"

"门闩留下。"

"……"

景翊劈柴劈了不到半个时辰，负责厨房的僧人们就看不下去了。倒不是心疼他一个手无缚鸡之力的书生在那儿使足了吃奶的劲儿抢斧子，而是照他这么劈下去，中午全寺上下就只能喝凉水了。

管事的大胖和尚刚把斧子从他手里夺过来，就见一个小沙弥匆匆地跑来，气喘吁吁地摇头道："师兄，快点儿……快点儿准备午饭吧，那个高丽王子已经……已经到了！"

景翊揉着抢斧子抢得发麻的手腕怔了一怔，那管事的大胖和尚也愣了一下："已经到了？不是说天黑之前来吗？"

"改了改了！"小沙弥一边卷袖子，一边苦着脸道，"说是一听瓷王死在这儿了，立马就来了，一来就去瓷王过世的那个院子里哭去了。这柴还是我来劈吧！"

厨房登时一通忙活，虽是忙而不乱，但也没人再有多余的心思留意这个刚剃秃脑袋就被罚来劈柴的人了。景翊就在他们眼皮子底下三挪两蹭地溜了出去。

他跟方丈打马虎眼，就是觉得张老五死在这个时候委实太巧了。封寺的圣旨是昨晚下的，高丽王子要来，张老五就死了。虽是看起来八竿子打不着的两个人，但景翊隐约间就是闻出了一股怪味儿。

怎么个怪法，他一时也说不清，但眼下这高丽王子哭京城瓷王，本身就是件怪事。

景翊本是要往那处小院去的，还没走到一半，就见神秀迎面走了过来。躲已躲不及了，景翊索性硬着头皮迎了上去，还没等开口给自己找托词，神秀已道："我正要找你。"

景翊一怔，停下脚步："师兄有何吩咐？"

"高丽王子要见你。"

景翊狠愣了一下。他出家不过才几个时辰，估计连他娘都还不知道呢，这高丽王子怎么会在这寺里点出他来？

"见我？"

神秀微微点头，落在他脸上的目光里带着浓浓的悲悯之色："师父把你卖了。"

神秀说这话时，严肃里带着慈悲，慈悲里藏着幸灾乐祸，好像方丈当真是大手一挥，把他给……

"卖了？"

景翊刚愣愣地低头往自己身上看了一眼，就听神秀有些沉重地"嗯"了一声："高丽王子酷爱瓷器，自幼仰慕张施主，见张施主死于寺中，就对师父大吵大闹，非要师父给个说法。"

神秀顿了顿，才看着越听越迷糊的景翊道："师父就告诉他，人是你发现的，还告诉他你以前是衙门的人，有什么疑问就让他找你来问。"

景翊的嘴角忍无可忍地抽了一抽。

这老方丈好歹也一把年纪了，怎么心眼儿比眼睛还小。

好在他来这儿本就是要去盯着这个高丽王子的，能让这高丽王子主动找上他也算是件好事。景翊就一口应了下来。

"高丽王子在西院主厢房，我还有事要办，师弟就自己过去吧。"

"师兄放心。"

景翊先前在宫里见过的所有高丽使节，甭管多大年纪，都是瘦瘦小小的。身上再裹一件宽大到四下里都不贴身的袍服，一眼看见，就总想找点儿什么吃的喂过去。

刚入秋那会儿，还听景玕在家里咬着牙根子说，高丽不是没有长得比较富态的官员，只是派这种模样的来，总能准准地戳疼皇上柔软的心窝子，不用讨，赏自然就来了。

看着今年来朝的这位高丽王子的模样，景翊在心里默默地为高丽百姓念了声"阿弥陀佛"。

高丽今年是遭了多大的灾，才需要派一个长成这样的皇子来讨赏。

景翊还在发着慈悲,就见这矮他整整一个头还干瘦干瘦的少年人皱着眉头,仔仔细细地打量了他一番,之后用不甚清晰的汉语硬生生地问了他一句:"你是尻人?"

景翊嘴角一抽,把一脑子慈悲一块儿抽走了:"尻人?"

他承认他多少是有点儿尻,但他再怎么尻,也从没尻给这人看过。莫不是方丈在介绍他身家背景的时候,还额外说了点儿什么?

见景翊一时没回答,高丽王子王拓伸出细瘦的手指,指了指景翊光秃秃的脑袋:"就是和尚。"

"施主是说,僧人?"

"我就是这么说的。"

景翊本想理直气壮地说不是,但对上王拓那张瘦得凹陷的脸,景翊到底只说出来一声"阿弥陀佛"。

高丽王在栽培儿子这件事上真是下血本了。

王拓扁了扁嘴,有些狐疑地盯着景翊的脸,颇有些不悦地道:"你是神兽的徒弟吗?"

景翊噎得额头有点儿发黑。

"神兽?"

"就是那个,高高的,白白的,最……"王拓顿了顿,睁着那双大哭之后红肿未消的眼睛,盯着景翊的脸看了片刻,抿了下血色淡淡的嘴唇,说道,"除了你,最好看的那个尻人。"

景翊黑着额头咬牙咬了片刻,蓦然反应过来:"施主是说,神秀?"

"有区别吗?"

"没有。"

王拓有点儿狐疑地看着景翊脸上浮现的那层莫名的愉悦之色,又问了一遍:"你是他的徒弟?"

景翊摇头,微笑立掌:"我是方丈清光大师的弟子,神秀是我的师兄,贫僧法号神井。"

王拓立马双手合十,谦恭有礼地道了一声:"蛇精大师。"

"……"

景翊突然很想冷月。

她要是在这儿,应该会有办法把这人的舌头捋出来捋一捋吧。

王拓对他施完礼,才抬起头来拧着眉头道:"精光大师说,是你先发现瓷王死了的。"

景翊没去纠正他那声"精光大师"，只温然点头："正是。"

王拓嘴唇微抿，把他带到窗边的一张桌案边，让景翊坐到桌案后的椅子上，自己往桌案旁边地下的蒲团上盘腿一坐，肃然道："我有几个问题，我问，你写。"

景翊从容捉笔，在砚池中浸了浸墨："施主请讲。"

"你的法号，生辰，多高，多重，胸多大，腰多粗，屁股多大，还有孩子多大……"

景翊手腕一抖，一滴豆大的墨点坠在纸上，"啪嗒"一声，纸页与脸色齐黑。景翊转头看向说完这番话之后依然盘膝坐得庄重笔直的王拓，努力地在脸上挤出几分遗憾之色："贫僧没有孩子。"

他还没来得及跟刚过门的媳妇圆房，哪里来的孩子？

王拓眉头一皱，抬手往桌下一指："你撒谎，我看见了。"

景翊忙低头往下看，目光落到自己那双穿着僧鞋的脚上时，景翊一怔，整个人僵了一僵。

"施主的汉师是不是蜀州人？"

王拓一愣，原本细得只有两条缝的小眼睛，生生瞪成了荔枝核，还像是受了什么非人的惊吓似的，声音都有点儿发虚了："你怎么知道？"

景翊默然一叹。他当然知道，他的奶娘就是蜀州人，嫁来京城多年还是没把蜀州话丢干净。景翊刚学说话那会儿，也是跟着她一块儿把"鞋子"叫作"孩子"的，要不是景老夫人发现得及时，他这会儿没准儿就在蜀州当地方官了。不过，王拓这样的眼神让景翊有点儿不想跟他说实话。

景翊谦虚地颔首立掌，沉声宣了句佛号，才轻描淡写地道："贫僧参悟出来的。"

王拓看景翊的眼神立马变得像活见鬼了似的。

景翊就在王拓这样的目光注视下，淡然地换了一张新纸，一笔一画地把王拓刚才问的内容一一写到纸上。写完，转头看向还在满目戒备地盯着他看的王拓，温然一笑："施主，还要写些什么？"

王拓呆呆地看了景翊半响，又说出一大串跟张老五的死八竿子打不着的问题，末了还让景翊写了两篇文章，一篇关于瓷器鉴赏，一篇关于对已故京城瓷王张老五的认识与评价。

景翊耐着性子写完这两篇文章之后，天都黑了。屋里只有他书案上亮着青灯一盏，一旁的窗子半开着，微凉的夜风轻轻拂过，灯影幢幢。

景翊功德圆满地舒了口气，刚把笔搁下，窗子忽然大开，一阵风携着一股浓郁的饭香飘过，桌上赫然多了一个食盒，身边赫然多了一个人。

景翊还没回过神来，光溜溜的脑袋顶上已被两瓣温软轻啄了一下。

"你这脑袋……"

冷月笑盈盈的一句话还没说完，恍然发现这屋中不只有景翊一个，桌边地上还盘坐着一个人。

人太矮，坐得太低，又没有什么光线落在他身上，他还坐在那儿一声不吭，以至于冷月在窗外偷看景翊写字看了许久，都没发现这个人的存在。

这人没有落发，看起来也就十岁出头，瘦得一把骨头，身上裹着一件宽宽大大的素色袍子，呆坐在阴影里，扬着一张饱受惊吓的脸，怎么看怎么可怜，生生把冷月被他吓得怦怦直跳的心看软了。

冷月面色微缓，伸手打开搁在桌上的食盒，从里面拿出一个热腾腾的包子，走到王拓面前蹲下身来，把包子塞到王拓满是冷汗的手里，又对着王拓分外可亲地笑了一下，才转头问向景翊："不是要清寺吗，这是谁家孩子啊？"

景翊与王拓四目相对，对了半晌，景翊才在心里默念了一声"我佛慈悲"，听天由命地叹出一声。

"高丽王家的。"

高丽，王家？

冷月怔了片刻，反应过来的一霎，顿时生出想把王拓手里的包子拿回来的冲动。可惜在她怔愣的空当里，王拓已经忍无可忍，捧起包子就往嘴里塞去了。

这地上要是有个缝，冷月一定一脑袋扎进去，天塌了也不出来。

冷月在心里一爪子一爪子挠着的时候，王拓已三下五除二地把一个包子塞完，意犹未尽地吮吮手指，又抹了一下嘴，才从蒲团上站起身来，扬起那张棱角突兀的瘦脸，望向比他高了半个头的冷月，带着些许凌人之色，硬生生地问道："你是谁？"

冷月僵着一张脸，低头看着这个长得甚是节约的高丽王子，一时不知道该怎么跟他说话才好。

她从没跟别国来使打过交道，以她的职位，见到这等身份的人要不要行礼，行什么样的礼，冷月一点儿也不清楚。

好在景翊站起来接了王拓的话。

"阿弥陀佛，施主，不可无礼。"

冷月本以为景翊这话是提点她的，刚想跪拜，就见景翊一手立掌，一手向她一伸,满面肃然地对王拓道:"这位是下凡来的观音菩萨。"

冷月膝盖一软,差点儿给景翊跪下。

狗急跳墙也得选个高矮适中的墙跳啊!

她穿着这么一身跑江湖的红衣劲装,拎着一个食盒从窗户跳进来,一落地就在认真写字的小和尚的秃脑袋上亲了一口。谁家观音菩萨能干出这种事来啊!

王拓看向她的目光中也明显带着浓郁的狐疑。

"观音菩萨?"

"正是,"景翊把声音放轻了几分,越发认真地道,"施主可知道送子观音?"

王拓点了点头。

景翊再次满面谦恭地把手向冷月一伸:"这位是送饭观音。"

"……"

冷月的嘴角狠狠抽动了几下,到底一个字也没说出来。她对佛家的东西只知道个皮毛,天晓得是不是真有送饭观音这么个菩萨。即便真的有,这个名号听起来也不大像法力无边的样子。

王拓也愣了一下,眉目间透出些很认真的茫然:"送饭观音?"

"施主来自高丽,自然有所不知,"景翊不管冷月憋得发青的脸色,依旧谦恭且肃穆地低声道,"送饭观音乃是护佑中土的神明,我朝子民无论僧俗,只要在饥饿难耐时诚心向送饭观音祈求,她便会以真身出现,并赐以美食果腹。"

冷月黑着脸,深呼吸了好几个回合,才没把攥紧的拳头挥到景翊脸上去。

话说到这个份儿上,她再不懂佛家的东西,也能听出来这"送饭观音"是景翊胡诌的了。

朝廷要是真被一个法力如此务实的菩萨保佑着,老百姓还累死累活地养牲口种庄稼干吗?

她倒是不在乎暂时扮个景翊扯谎扯出来的菩萨,毕竟安国寺暂闭寺门的事是皇上下了圣旨的,要是让人知道,她一个俗家女子抗旨溜进寺里,还吻了一个刚出家的僧人,恐怕连安王爷都免不了要跟着倒霉。

只是,景翊这谎扯得实在太离谱了。

冷月惴惴地看了王拓一眼,脸顿时黑得更深了一重。

王拓看她的眼神,发光了!

冷月默然一叹。街巷间的传言说得还真有几分道理,高丽使节来朝之前,可能都是被使劲儿饿过的,只要一听见吃这件事,整个人就都是肚子了。

"那……"王拓两眼放光地直直看了冷月片刻,突然像想起了些什么,目光一厉，转眼看向刚刚松了一口气的景翊，看得景翊头皮一麻，"送饭观音，为什么亲你的脑袋？"

"她……"景翊在心里默宣了一声佛号，硬着头皮继续稳声道，"她不是亲贫僧的脑袋，她只是给贫僧开个光。开光，施主懂吧？"

王拓茫然地摇摇头。

"开光就是……"景翊稍一迟疑，就面不改色地胡诌道，"她这么一开，贫僧的脑子就灵光了，好用了。"

冷月黢黑着脸，抬眼看了看这颗刚被自己吻过的脑袋，灵不灵她不知道，但光是足够光了。

这话与吃的无关，王拓果然清醒了些许，微微皱起了稀疏的眉毛，满目的将信将疑。景翊见王拓还有几分清醒，又把声音放低了几分，在夤夜昏暗的青灯之下显得无比肃然："阿弥陀佛，出家人不打诳语，施主方才一直在此，可看到她是如何进来的吗？"

冷月的轻身功夫远不及景翊，所以虽然在家里担心得坐立不安，还是熬到天黑才敢潜进来。不过看在常人眼里，也足可称为来去无踪了。

王拓愣了一下，默默看了冷月半晌。

看着王拓望向自己的眼神，冷月一时怀疑自己脑袋后面是不是有片金光在闪，一口气提着，半晌没敢吐出来。

王拓和冷月就这么僵持着对视了好一阵子，王拓突然两膝一屈，对着冷月行了一个大大的跪拜礼。

"高丽王拓，拜见菩萨！"

景翊和冷月齐齐地舒出一口长气，景翊赶忙把食盒往冷月手里一塞，对着还恭恭敬敬俯身低头跪在地上的王拓指了指。

冷月知道景翊这是要她趁热打铁，但她抱着食盒想了半天，也没想起来菩萨让凡人免礼该说什么，索性什么话也没说，拉着王拓细瘦的胳膊生生把王拓从地上拽了起来，把整个食盒塞到了王拓单薄如纸的怀里。

"你……"冷月努力地展开一个极尽和善的笑容，"你看起来比他饿，你先吃吧。"

这食盒是她从府里带来的。景翊过日子讲究，府上的厨子随便拎出一个都能撑起一家酒楼，所以这一食盒的饭菜虽没有半点儿荤腥，照样香气诱人。

王拓抱着食盒连吞了两口口水，却嘴唇一抿，把食盒捧还给了冷月。

"我不要饭，"王拓把食盒还到冷月手中之后，又端端正正地跪回到地上，仰着一张怎么看怎么可怜的瘦脸，满目虔诚地望着冷月，"求菩萨也给我开光。"

冷月狠噎了一下，黑着脸瞪向那个始作俑者，才发现始作俑者的那张脸也黑得很是彻底。与他相处这些日子，还是头一次见他这副两眼直冒杀气的模样。到底是自己莽撞惹下的麻烦，冷月气也气不起来，只得板下脸来硬着头皮道："我……我是汉人的菩萨，不能给高丽人开光。"

一听冷月拒绝了，王拓着急之下，本就不大流利的汉语说得更不像那么回事了："我……我不是为高丽，我为汉人……为瓷王，汉人的瓷王！"

冷月一愣："你说京城瓷王张老五？"

王拓连连点头，眼圈不知不觉地红了一重，尚有些稚嫩的声音里带上了些许哭腔："有人杀他，我想报仇……可是，我笨……"

冷月愣得更厉害了。张老五死在寺里的事她已经听说了，说是法事结束之后，自己撞棺死的，衙门压根儿就没去插手，怎么到他嘴里就成了杀人案了？

景翊也有点儿蒙，王拓怀疑张老五的死因，他倒是可以理解一二，但王拓身为高丽的王子，此前从未踏进中原一步，就算张老五是冤死的，哪轮得到他来报仇？

冷月见景翊这副模样，好像也没比自己多明白多少，索性一本正经地蹙起眉头，缓声道："我听闻张老五是自己撞棺死的。你说他是被人杀死的，可有证据？"

王拓用力地点了下头，点得猛了些，憋了半晌的眼泪珠子一下子滚了下来，带着清浅哭腔的声音颇有几分凄楚："他答应的，我来京城，他收我为徒。"

张老五要收他为徒？

冷月一愣之下看向景翊，才发现景翊比她愣得还狠。她只是觉得这话听起来有点儿荒谬，而景翊却感觉到这句荒谬的话不是王拓信口胡说的。

景翊沉了沉眉头，禁不住问道："他在京城，你在高丽，他如何能答应收你为徒？"

王拓似是有点儿不乐意回答他的问话，依旧扬着一双泪眼，直直地望着冷月。但见冷月也像在等他回答，才扁了扁嘴低声道："我小时候，他在高丽。"

张老五在高丽待过？

这话冷月听起来像极了说书先生在瞎编乱造，景翊却听得豁然开朗了。

张老五毕竟销声匿迹了数十年，虽三年前在京中与他意外相遇，但再早些年，这人身在何处就无人知晓了。若不是他因为张冲的事自己冒出来，景翊还和京城里绝大多数人一样，以为销声匿迹已久的京城瓷王早就化为一抔黄土了。

京城说大也大不到哪儿去，张老五这数十年隐居得像隐形了一样，要是一开始就是窝在那片杂乱之地,凭着他当年的声望名气,要想不被察觉还真得要菩萨保佑他几分。

不过他要是远远地离开了京城,近些年才悄没声地回来,数十年间容貌已有大变,瓷王张老五的名号也彻底成了传说,再窝到那片地方过日子,就真可如隐形一般了。

高丽国势虽弱,制瓷技艺却颇为精妙,张老五带着这门手艺到了高丽,必然如鱼得水,能得高丽皇族青睐,得见高丽王子,绝不是什么难事。

那么,张老五偏巧死在王拓入寺之前……

景翊还在一环套一环地琢磨着,就见王拓一抹眼泪,又带着哭腔开了口:"菩萨,我有怀疑的人,很怀疑,但是没有证据,如果我能聪明一点,一定能有证据!"

一国王子有怀疑目标,却不立马嚷嚷着抓人,却在这儿绞尽脑汁想证据的事。冷月不禁对这不起眼的高丽王子高看了些许,面容也随之和善许多,眼角眉梢还聚起了浅淡的笑意:"你说你怀疑什么人,我给你找证据。"

王拓精神一振,跪在地上挺直腰杆,抬手就往景翊身上一指:"他!"

冷月和颜悦色的脸倏然一僵,僵得一点儿笑意都没有了。

景翊被指得狠愣了一下,却恍然想明白了一件事,有些欲哭无泪地垂目看向自己生生写了大半天的那些问题:"你刚才让我写这些,是在审问我?"

一见景翊看向那些纸页,王拓急忙从地上站起来,一个箭步冲到桌前,抓起景翊刚才写好的那一沓纸又冲了回来,在冷月面前端端正正跪好,才双手把纸页捧送给冷月,虔诚而笃定地道:"他是第一个发现瓷王死的,这是他回答的问题,里面一定有证据!"

冷月鬼使神差地接了过来,一眼扫到最上面的一页,僵住的脸色反而缓和了不少,连翻了两页才禁不住露出了一点儿笑意。倒不是因为景翊赏心悦目的字迹,而是因为这个整天审问别人的人,居然也有被审的一天,还被审得如此精细。

要不是王拓还噙着泪花一本正经地跪在她面前,她一定拍着大腿好好笑上一场。景翊本就被冤得欲哭无泪,看到冷月这副使劲儿憋笑的模样,更是想哭也哭不出来了。

打他上午进门,他就在王拓的眼神里看出了清晰的怀疑之色。他只当这人是不相信他一个和尚也能查案,谁知这人居然是在怀疑他是凶手。

冷月憋着笑把景翊写下的东西看了一遍,伸手递还给王拓的时候,又是一脸和颜悦色了:"中原有句话叫口说无凭,这些说辞是不能当证据的。不过,只要你能让我看见张老五的尸体,我就能告诉你,凶手到底是不是他。"

"没问题！"

"等会儿。"冷月看着高兴得又快要哭出来的王拓，使劲儿板下脸，沉沉缓缓地道，"咱们先说好了，你今夜在这儿见过我的事，不能对任何人说。咱们去看尸体也得悄悄地去，否则惊跑了凶手就怨不得我了。"

王拓一丝不苟地对着冷月磕了个头："是。"

冷月缓缓舒出一口气来，刚想说可以走了，王拓的房门就"砰"的一声被人大力推开了。

冷月惊得全身一绷。

被人看见还在其次，要命的是来人的武功居然精深到走到门口她都没觉察到丝毫脚步声。

安国寺里竟有这样的高手。

出于对佛门净地的敬重，冷月来时没有带剑，这会儿只能下意识地握紧了拳头，一错身把景翊拦在身后。

景翊觉察不出什么武功深浅，惊愕也就比冷月少了许多。注意力只集中到了突然大开的门上，便一眼看清了推门进来的人，不禁狠狠一愣。

"神秀师兄？"

神秀也像没料到屋中是这般景象一样，看着杀气凝重的冷月愣了片刻，突然屈膝跪了下来，在五步之外对着冷月就是一拜。

"弟子神秀，拜见菩萨。"

景翊的下巴差点儿掉到地上。

冷月呆愣了片刻，才默默回头看了一眼，确认自己身后只有同样呆愣的景翊，没有什么菩萨显灵之后，强压着一颗想疯的心，盯着这个内家修为甚高的和尚，淡定地道了一声："有事就奏，没事就退……退下吧。"

不等神秀反应，王拓已一手指向神秀道："他……他们一起发现瓷王的，他也可疑！"

不用王拓说，冷月已觉得这人很是可疑了。何况景翊又顺着王拓的话连声应道："对对对，师兄跟我一块儿发现了瓷王，而且还是师兄先一步进门的，瓷王撞棺自尽的话也是他说的，我就只管开了个门，连屋都没进。按你那么算，师兄比我可疑多了呢！"

不等神秀辩驳，冷月已一锤定音："那就一块儿去看看吧。"

神秀只怔了片刻，就淡然应了声"是"，站起身来移步让开门口，立掌颔首："菩萨请。"

第十三章 三生有幸

许是夜里僧人们都已歇下,四人一路小心地过去,连个人影都没见着。冷月盯在神秀身上的目光就更深了几分,神秀却像浑然不觉似的,一路虔敬得如待下凡的菩萨一般,一直把他们带进那处夜间更显幽静的小院。

景翊看着清寂无人的院子,皱了皱眉头:"师父不是说不让人进来吗,怎么不见有人守门?"

"原是安排了两位师弟的,"神秀说着,温然无争地望向王拓,"只是施主有些不悦,师父就把他们撤了。"

神秀这话里没有一点儿指责的意思,王拓却急道:"还没有证据,他们都可疑!"

神秀不置可否,只微笑着领首宣了声佛号。

景翊暗自苦笑了一声。这高丽王子看着愣头愣脑的,想不到居然还有这般谨慎的心思。

冷月没在意他们说的什么,只埋头细细看着地上的每一处痕迹,一直看到屋门口,又细看了一番门扇,才伸手把门推开。

这屋子暂时做了灵堂,供桌上灯烛不熄,冷月甫一开门便见到已被临时安置到棺边草席上的张老五。尸身上没有遮盖什么,冷月一眼就看到那张没有血色却有血污的脸。她恍然记起些什么,忙转回头来伸手一拦:"你们在院里等着,别进来。"

冷月这话是对三个人说的,目光却只盯着景翊一个。景翊微怔了一下才反应过来,她是怕他见血,心里不禁一热,眉眼轻弯:"听凭菩萨吩咐。"

王拓连连点头,神秀淡淡地看了景翊一眼,也颔首道了声"是"。冷月转身进门,从门口一路细看到棺旁,看过地面上的每一处细痕,又看过棺壁上那处受了撞击沾了血污的地方,才在安置张老五尸身的草席边半跪下来。

冷月对着张老五的尸身细查了足有半炷香的工夫,才起身走了出来,向那两颗被屋中流泻出的光线照得闪闪发亮的脑袋看了一眼:"你俩还记得尸体刚被发现时是个什么姿势吗?"

景翊还没出声,神秀已合掌颔首,带着几分愧色摇了摇头:"弟子惭愧,一时惊慌失措,不曾多加留意,也不知该如何描述。"神秀说着,转头看向景翊,"师弟曾在大理寺为官,必是熟悉此类场面的吧?"

神秀说这话的时候,满脸诚恳,但丝毫不妨碍景翊在那双温和的眉眼里看出一股抄手看乐子的滋味。景翊愣了一下才恍然反应过来,神秀不是没留意,而是姿势这种事,哪是用嘴就能说明白的,除非……

景翊额头一黑,神秀眉眼间的那股神情越发地明显了。

冷月也没觉得神秀这话有什么不妥,便把目光尽数转到了景翊身上。景翊只得认命地一叹,转身走到院里那棵一抱粗的银杏树下,跪下身来,以树干当棺材,摆出了一个与张老五死时如出一辙的姿势。

神秀这才含着一道夜色里难以觉察的笑意恍然道:"师弟果然厉害,正是如此。"

冷月看着景翊摆出来的这个姿势,紧了紧眉头。王拓早已耐不住性子,却还是极尽恭敬地道:"菩萨,有证据了吗?"

"有。"冷月把目光从景翊身上抽了回来,垂目看向打刚才就巴巴望着她的王拓,一字一顿地道:"证据确凿,他是自己撞棺死的。"

王拓那双细小的眼睛登时睁到了极致:"不可能!"

景翊也想说这句话,但冷月验不准这件事也不大可能,犹豫之下从地上爬起来,走回冷月身前,一言未发。

冷月也只淡淡地道:"没什么不可能的。"

她不细说,倒不是因为仍有疑惑,而是她打心眼里觉得,一个菩萨应该是不会有条有理地去分析什么死因,即便王拓不会觉得奇怪,还有一个莫测高深的神秀要提防。

所以眼见着王拓那副难以置信的神情,冷月仍不细言,只沉下脸来蹙眉冷声道:"你是觉得我一个当菩萨的在这儿瞎诌胡扯,骗你一个凡人吗?"

"不不不……"王拓被斥得一慌,舌头一时不听使唤,索性"咚"地跪了下来,连连磕头,"不敢,不敢。"

下跪磕头的毕竟是一国王子,冷月被他磕得心里发毛,忙一把把人从地上拽了起来:"行了行了,你要是真心敬重瓷王,还是让人把他和他孙子早点儿送出去好好安葬。你现在真该操心的是你那个外甥,年纪轻轻的染天花恶疾暴毙,就是因为生前作孽太多,你要是不给他好好超度超度,他下辈子可就要当牛做马了。"

一见冷月神色缓和了下来,王拓忙连连点头:"我听菩萨的!"

"你回去歇着吧。"冷月对王拓说罢,眉头一沉,转目看了看并排而立的两颗秃脑袋,"你俩,我有话跟你俩说,跟我来吧。"

"是。"

两人一应,冷月就先一步施轻功跃走了,景翊与神秀紧追上去。看在王拓眼里,简直就像从夜色里凭空消失的一样。

一离开王拓的视线,神秀便越过冷月领路在前,一路带着二人进了自己的禅房,扬手点灯,对着冷月立掌颔首,温然一笑:"景夫人,贫僧多有冒犯,还望见谅。"

冷月一愕:"你认识我?"

神秀笑得很泰然,顺便泰然地看了一眼并肩站在冷月身旁、蹙紧了眉头的景翊:"不认识,但见师弟看施主的眼神就知道,施主必是师弟挚爱之人。"

挚爱之人。

冷月脸上一烫,窝了半晌的火气"噌"地蹿了上来:"你……你别在这儿胡诌八扯的,你一个和尚,知道什么挚爱啊!"

被冷月骂这一声,神秀一张清俊温润的脸上不见丝毫愠色,仍安然笑着,浅叹道:"贫僧自幼皈依佛门,自是心如止水,但阻不住有人会用这样的眼神来看贫僧,被看得多了,自然就略知一二了。"

冷月噎得脸上一阵黑一阵红,景翊生怕两人再说下去要就地动起手来,忙一步向前,不动声色地把冷月半护到身后,颇有点儿不好意思地看向神秀:"那个……我第一天出家,媳妇不放心也是人之常情,对吧。师兄放心,我一会儿就劝她回去,保证不会有第二回了。"

神秀越过景翊的肩头,看着两眼直冒火的冷月,微笑着宣了一声佛号:"景夫人来一趟不易,理应好好招待才是。只是眼下寺中有些不便,急慢之处还望景夫人包涵,这屋子我收拾好了,出家人不打诳语,我的床真的不难睡。"

景翊狠愣了一下。

神秀这话说得很是客气，客气得很是真诚，好像他真的欢迎冷月留在这儿住一住似的。

景翊一愣之间，神秀已转身往门口走去了。

"你等会儿。"

冷月毫不客气地叫住神秀，神秀也不恼，坦然停住脚转回身来，对着冷月又低声宣了一声佛号。

"你到底是什么人？"

神秀浅笑，哄孩子一般温声道："贫僧是出家人。"

"……"

冷月一手拨开半挡在自己身前的景翊，伸手抄起一张凳子，扬到一个不管神秀往哪儿闪都能顺手砸过去的位置，凤眼微眯："我知道我打不过你，但我们在王拓房里说的话你全听见了，我不能让你就这么走出去。"

神秀有些为难地蹙了一下眉头："阿弥陀佛，贫僧留在这里倒是无妨，只是怕景夫人不能尽兴，岂不白来一趟。"

"……"

要不是景翊一个箭步冲到中间，冷月真就把凳子抡出去了。

景翊面朝冷月，苦着一张脸，呈大字形拦在她和神秀之间："别别别……你这一凳子要是扔出去，整个庙的和尚可全都要出来了啊！"

神秀越过景翊的肩头，看着脸色一阵红一阵白的冷月，气定神闲地宣了声佛号："师弟所言甚是。"

冷月一时间有点儿想一凳子把这俩俊生生的人儿全拍到西天极乐世界去。

"景夫人，"神秀笑意微浓，对着脸色格外复杂的冷月微微颔首，满面慈悲地道，"请放心，贫僧在高丽王子房外什么都没听见。贫僧只是见师弟被高丽王子叫去，迟迟不归，有些担心，才去高丽王子的住处看看。刚进院子便听闻屋内有异动，走近时感觉到有一武功深厚者在内，恐怕有人对师弟与高丽王子不利，这才贸然闯入。至于诸位谈话的内容，贫僧确实不知。"

景翊听得出来神秀所言句句属实，但是……

景翊收起张开的手脚，转过身来皱眉看向神秀："你不知道我们之前说了什么，怎么会突然冲她喊菩萨？"

"高丽王子再愚钝，他也是高丽王子，在本朝的地界里，当得起他一跪的除了当今圣上，便只有神佛菩萨了。"神秀用看傻孩子的眼神看了景翊一眼，含笑一叹出声，"我总不能对景夫人喊皇上万岁吧？"

景翊一怔，旋即哭笑不得地叹了一声，他不得不承认神秀这话有理。冷月承不承认他不知道，不过，他倒是在一片死寂中听到了木凳子被好好搁回地上的轻响，不由得暗暗舒了口气。

"那个……"景翊掩口轻咳了一声，抬起头来的时候脸上已挂起了一抹乖巧的笑意，"师兄，我俩要是睡在这儿，你睡在哪儿啊？"

神秀没答，倒是意味深长地看着景翊，眉目和善地反问了一句："我睡何处，师弟有兴趣知道吗？"

在冷月再次抄起凳子之前，景翊毫不犹豫地说了个"没有"。

"阿弥陀佛，"神秀颇满意地微笑，对着冷月立掌颔首施了个礼，临出门前又对景翊叮嘱了一句，"夜里轻些，隔壁是师父的禅房，切莫吵了师父安睡。"

"……"

直到神秀的脚步声在门外消失得一干二净了，冷月的脸还黑得透透的。

"刚才那和尚叫什么来着？"

"神秀。"

冷月微微蹙眉，细细看着这间属于那个神秀的屋子。

这屋子正如神秀说的，已被他仔细收拾了一番，四处都透着一种难以言喻的整洁。整洁得好像住在这里的不是人，而是菩萨，还得是那种不能动的泥菩萨。

"你跟这个神秀熟吗？"

"我跟他不是一伙儿的。"

"……"

冷月斜了景翊一眼，正见景翊垂手乖乖站在她身边，一袭宽大的僧衣裹在他挺拔匀称的身子上，被青灯衬着，异乎寻常地超凡脱俗，美好得让冷月气都气不起来。

"我是问你，你对这个神秀有什么了解吗，这个人的屋子太干净，连该有的痕迹都没有，好像故意藏着掖着什么，不大对劲儿。"

景翊微微怔了一下，轻皱眉头，皱得冷月心里一颤。

这人被剃头之后，原本被他那头如瀑的黑发分去的目光全部转投到了他的脸上，冷月才真正意识到这人的五官到底长得有多讲究。

先前他的一颦一笑，冷月只是觉得赏心悦目，如今只要多分一点神在他的脸上，就无法再转移视线了。

于是，景翊在皱眉之后轻声说了句什么，冷月完全没注意。

"嗯？"

看着这微红着脸颊有点儿发愣的人，景翊嘴角牵起一抹笑意，耐心且温柔地重复了一遍："我刚才说，你一定觉得我好看得像天仙下凡一样吧？"

"……"

冷月的脸"腾"地红了个通透，一眼狠瞪过来，生生把景翊瞪得心里一抖，忙一本正经地摇头道："神秀这个人应该不坏。"

冷月有气无力地翻了个白眼。现在就是让她看十恶不赦的死刑犯，她也不觉得能坏到哪儿去，因为天底下肚子里坏水最足的人就戳在她面前，还生生笑出一副普度众生的好人模样。

景翊就带着这副和善的笑脸一本正经地道："至少到目前为止，他对你对我都没撒过什么谎，他僧人的身份也没什么可疑，我小时候跟我娘来上香的时候，就在寺里见过他。不过，我倒是怀疑他跟我那三个哥哥有点儿什么关系。"

与景翊的三个哥哥有关，那便是与朝臣有关。冷月不禁精神一紧，把被这人撩起的羞恼忘了个干净，只正色问道："什么关系？"

景翊摇摇头，微眯起眼睛若有所思地道："我也不大清楚，反正肯定是跟睡觉有关的关系。"

"……"

冷月瞟了一眼神秀刚刚保证过不难睡的那张床，好生犹豫了一下，才像下定了什么决心一样坚定地道："这地方比你之前说的要危险得多，我不能走了。"

不走了？

她保护他的好心他是明白的，但毕竟不是所有的寺僧都像神秀这么想得开，也不是所有的寺僧都像王拓这么好糊弄，一旦被人觉察，难免要生事端。

即使他巴不得时时都能见到她，到底还是无可奈何地一笑，温声宽慰道："神秀武功再高，轻身功夫比我还是差着那么一口气儿的，要真有什么危险，我跑就是了。"

冷月应得毫不犹豫："不行。"

就知道她是这样的反应，景翊只得叹道："你要是不出去接应一下，回头他们真把张老五葬了怎么办？"

"不真葬还能怎么葬？"

被一头雾水的冷月望着，景翊不禁一怔："他真是自己撞棺死的？"

冷月这才反应过来，心想他这脑袋里到底琢磨的是什么，挑起眉梢似笑非笑地道："你不是能分出来真话假话吗，还问我干吗？"

"我知道你没骗王拓，"景翊哭笑不得地看着这个一脸挑衅的人，"但是，就不会是别人从后面狠推他一把，把他撞到棺上去的吗？"

冷月毫不犹豫地摇头："不会。"

"为什么不会？"

"先给我倒杯水。"

景翊一愣，打拜堂那天起到现在，他好像从没听过这人主动使唤别人为她干些什么，更别说是使唤他了。

他倒是不介意被她使唤，只是如今除了自己的上级和那几个身份尊贵之人，极少有人会这样毫不犹豫地使唤他。乍听这么一句，景翊呆愣了片刻才反应过来，转身走到桌边。

景翊还没来得及在桌边站住脚，背后突然被人使劲儿一推，猝不及防之下登时失了重心，俯身向前栽去。所幸本已离桌子不远，景翊两手往桌面上一撑，勉强稳住了身子，才没有合身趴到桌上。

景翊一惊回身，只见冷月抱手站在他身后，气定神闲地问了他一句："知道为什么不会了吗？"

景翊欲哭无泪地看着这个宁肯身教也不言传的人，这怎么就不会了？刚才要不是他及时撑住桌面，还真就要一脑袋撞到桌上去了。

这个念头刚从脑中闪过，景翊倏然一怔，垂目看向被刚才那猝然一按戳得生疼的手腕。

冷月见他眼神虽然迷茫，但好歹看对了地方，才道："人被他人从背后冷不丁地一推，都是你刚才那样的反应。人到张老五这把年纪，骨头已经很脆了，要真是被人从后面推了一把撞到棺上撞死的，那从他头上的撞伤上看，那个冲劲儿得大到让他手腕脱臼，甚至骨裂。"

景翊怔怔地盯着自己的手腕看了片刻，仍蹙起眉头道："那他会不会因为是年纪大了，反应不及时，手压根就没来得及撑到棺材上，脑袋就已经撞上去了呢？"

冷月还是毫不犹豫地摇头，拿一道孺子不可教也的目光，看了一眼这问得一本正经的人："你刚才不是把他死时的姿势摆出来了吗，就没注意他的两只手都是顺贴在棺壁最底端的吗？那个姿势说明，他是跪在地上先把两手撑在棺壁上，然后才把脑袋撞上去的，这样死后脱力，两手顺势下滑，才成了你摆出来的那个样子，除非你刚才只是随便乱摆的。"

"那么些乱七八糟的律条我都能一字不差地记清楚，就这么一个姿势我还记不准吗？"景翊啼笑皆非地揉了揉酸疼的手腕，又蹙起眉头道，"照这样说，不是别人突然一把推上来的，那也可能是有人掐着他的脖子，或者抓着他的肩，把他硬往上撞吧，这样他的两只手也会按住棺壁，又不至于伤及手腕。"

冷月摇头摇得更坚定了："要是这样的话，他肯定会挣扎，那就会在地上留下挣扎的痕迹了。而且从他头上撞伤的程度看，凶手不管是掐着他的脖子还是抓着他的肩，那个力道都会在他身上留下瘀伤，他身上现在什么瘀伤都没有。"冷月一口气说完，总算回过了些味儿来，不禁眉头一皱，看向这个问起来没完没了的人，"你为什么这么怀疑张老五的死因？"

景翊微抿嘴唇，犹豫了须臾，才颇为郑重地沉声道："你先回答我一个问题。"

连那死活都说不得的差事都告诉他了，她也没什么不能跟他说的了，于是冷月很是痛快地点了点头。刚点完头，就见景翊深深地看着她，依旧郑重地问道："你为什么喜欢我？"

这句话配着这副神情，冷月一时没反应过来，呆愣了一下。景翊只当是自己问得不够清楚，又耐心十足地补问道："你是喜欢我的身份，喜欢我的脾气，喜欢我的学识，喜欢我的什么习惯……还是喜欢我这副皮囊？"

冷月被这一连串一本正经的"喜欢"问得脸上一阵发烧，既羞且恼地剜了这人一眼："让你说张老五，你……你问这个干吗？"

景翊眉眼间丝毫不见与她调笑的意思，越发认真地看着她道："这个很重要。你告诉我这个，我才能告诉你，我为什么怀疑张老五的死因。"

冷月一时实在想不出这两者之间有什么关系，但景翊把话说到这个份上，那就多半不是说来逗她的了。冷月稍一迟疑，便微垂下眼睫避开景翊深不见底的目光，低声答道："我……我都喜欢，反正就是喜欢你，你有什么我喜欢什么。"

冷月从没想过这番话有朝一日会当着这个人的面如此直白地说出来，越说声音越弱，脑袋越低，脸上的红晕却越来越深。短短几句说罢，脸上已红得要冒烟了。

听着冷月这样说完，景翊一时间没有出声，只缓步转了个身，背对着冷月不疾不徐地宽去了那件宽大的僧衣。

冷月用余光扫见景翊的举动，不禁一怔抬头："你……你干什么？"

景翊仍没应声，又宽下了贴身的中衣。冷月还没想好要不要把眼挪开，目光慌乱中倏然扫见一处，不禁狠狠一愣。

这人虽是个如假包换的书生，却也并不赢弱，常年养尊处优，但生活节制有度，平日里只见他腰背挺拔，眉目如画，如今衣衫一除，才发现他肌骨均匀得像是被天底下手艺最好的匠人用上好的白玉精心雕琢出来的一般。

只是这片如玉的肌骨上，不知怎么横了一道既深且长的伤疤，一眼看上去格外触目惊心。

冷月的目光就凝在这道伤疤上呆愣了半晌，开口时声音里仍带着错愕之下的微颤："你这是……这是两三年的旧伤口，你在宫里跟人打架了？"

"没有……"景翊也不转回身来，就这样背身站着，淡声道，"这是宫外的事。你还记得张老五上回见我的时候说，他以前在永宁街见过我吧？"

"记得。"

"就是那回。"景翊把声音放轻了些许，传到冷月耳中已轻得当真像从很多年前飘来的一样了，"三年前，我陪太子爷微服出宫，在街上被几个江湖打扮的人把我随身的银镯子顺走了，我怕落到什么居心不良的人手里，会对太子爷不利，就追过去找，正撞见那些人在永宁街附近的一条巷子里追杀张老五，阴差阳错地就把他救下了。这伤就是一时不慎被他们砍的。"

景翊话音落定了好一阵子，冷月才从这番让人心惊肉跳的话里捕捉到最关键的一件事："太子爷出宫干什么？"

景翊背着身，温然苦笑道："那年太子爷年满十三，正到了选妃的年纪，皇上给他提了几个，他不愿就这么蒙着头娶个不知根不知底的，也不愿看这些人装模作样地进宫来给他演戏看，就想溜出来挨个看看实情。"景翊说着，声音里的笑意蓦然明朗了几分，"这事到现在也只有我和太子爷两个人知道，安王爷知道我在宫外受伤的事，但也不知道我和太子爷是为什么出去的，这个秘密换你的那个秘密，这下不用担心我泄密……"

景翊的话还没说完，忽然觉得后背被一只手摸了上来，正摸在那道伤处上，惊得他腰背一僵。不等他胡思乱想，就听身后传来一个沉稳静定的声音。

"不对。凶器是单锋的厚刃，上手应该很重，江湖人一般不用这种，这更像是侍卫用的官刀。"

景翊刚因为她招呼都不打一声，就拿自己当尸体验而脸色一黑，忽然听到这最后一句，不禁一愣："官刀？"

身后传来的声音冷静如常："你成天皇宫王府地跑，就没注意过侍卫们的刀吗？侍卫用的刀都是又长又厚又沉的，很能吓唬人。我先前给王爷当侍卫的时候，也该用那种刀的，但是实在不称手，容易误事，王爷就准我用剑了。你在宫里应该也见过带刀的侍卫，他们用的肯定也是这种，这种刀开始确实用不惯，但要是用顺手了，那些轻飘飘的刀剑就都用不惯了。"

景翊不是习武之人，这些事还真没留意过。萧瑾瑜对这些舞刀弄枪的事更是陌生，三年前他也还在宫里窝着，验死验伤的经验也不像如今这样丰富，虽是他亲手处理的伤口，也未必能看出是官刀所为。

不过，几个或皇宫或王府的侍卫，在街上追杀一个隐居数十年的民间匠人，实在有点儿匪夷所思。

"衙门官差用的也是这种吗？"

"差不多，但不一样。"背后传来的声音仍一派静定，条理分明，"长短分量差不多，但刀刃要比这个钝不少，毕竟侍卫拿刀是为了护主，主子安全为上，该杀的时候必须得杀。官差拿刀要么是吓唬老百姓，要么就是抓人时候做防身用的，抓人归案肯定是要抓活的，剿匪什么的都是军队去办，也轮不着他们，所以官差轻易不敢动刀，刀也使不了这么利索。"

冷月说罢，蹙眉盯着这道深长的疤痕，笃定地道："这伙人不是哪个王府的侍卫就是宫里的侍卫，乔装出来行凶，换了装扮却不敢换最称手的兵器，十有八九是打定了主意想要什么人的命，又不能暴露主子的身份。"冷月话没说完，恍然反应过来，"你怀疑张老五是被这些人杀的？"

景翊背着身轻轻点头："他在声名最盛的时候突然隐居，还千里迢迢地跑到高丽躲着，兴许就是要躲这些人。"

"他躲都躲出去了，在高丽也混得挺好，连高丽王子都一心一意地要拜他为师，他还冒死回来干吗？"

景翊微微摇头，苦笑着猜道："许是有什么未了之事吧。"

"说到底他就是个烧瓷器的老师傅，他能有什么事是比命还重要？"冷月看着眼前这道刺眼的伤疤，心有余悸地叹了一声，"这些杀他的人也是不长脑子的，出来办暗差，居然还敢干偷鸡摸狗的事。你也是，不就是个小孩儿戴着玩儿的银镯子吗，又不是我家的家传宝贝，满大街都能买着。你买一个回去，让你娘再编个坠子，回头真要有人把真的拿出来说事，你就一口咬定他们拿的那个是假的不就行了，犯得着因为这个挨这么一刀吗？"

景翊狠愣了一下。

冷月说得一点儿没错，那个银镯子不是什么值钱的东西，样式普通，花纹极简，就算是一时买不着一模一样的，也能画个样子让人现打一个出来，再让他娘重新编成坠子，铁定连他自己也分不出真假来。

他一直以来都是怎么想的，怎么就认定了这是世上独一无二、绝无仅有、只要一拿出来就足以证明自己身份的东西呢？

景翊只觉得自己可笑得很，想笑话一下自己，脸上却苦涩得看不出什么笑模样。

冷月话音落定许久，才听见这始终不曾转回身来的人缓缓问道："我这样，还喜欢吗？"

景翊说话一向温和而从容，问问题的时候也是一样，好像问出来之前就已经知道会收到什么回应似的。冷月从没听过他问什么问题的时候是这样的语气，紧张忐忑得像跪在公堂上的犯人在等待判决一样。

冷月怔愣片刻后蓦然明白了这人为什么非要听她说了喜欢他什么，才肯把这道伤疤露给她看，他能看出她的喜欢，却担心她喜欢的只是他的貌，怕这一道扎眼的伤疤会让她变了心意。

片刻没听到身后之人的回答，景翊的一颗心像落进了一口无底的深井，不停地往下沉去。他只要回头看上一眼，便能从那人藏不住事的眉眼中看出最真实的答案，却好像被什么无形的东西箍紧了身子，一时间僵在那里一动未动。

好像熬了千年万年的样子，也没听到一丝回应的声音，倒是忽然感觉到一片温软抚上那道伤疤。不是手指那样连贯的触碰，而是一下，接着一下⋯⋯

景翊恍然反应过来身后之人正在做些什么，惊得全身一颤。

"小月。"

冷月细细地吻过整条伤疤，才伸手环住他发僵的腰背，侧脸贴在他微凉的脊背上，听着他乱了节律的心跳声，淡声道："这事就是犯傻也赖不得你，要怪就怪皇上。"

景翊一愣，愣得身子放松了些许："怪⋯⋯怪皇上？"

"怪他没早给我这份差事。"冷月把人抱紧了些，声音虽轻，却坚定得不容置疑，"只要我在你身边，谁也别想碰你一根头发。"

冷月只觉得被她从后抱住的这人呆愣了须臾，才听到一声轻叹。

"你倒也不傻，专挑我没头发的时候说这话。"

冷月被他这幽怨的一声逗得"噗"地笑出声来，松开环在他腰背上的手，直起身来，在他后背上拍了一巴掌："就这点儿疤，这要是在军营里，都不好意思拿出来显摆，给你瞧瞧我的。"

冷月说着就转过身去，利落地宽下外衣和上衫，展给景翊疤痕斑驳的脊背。冷月是习武之人，肌骨比寻常闺中女子结实饱满得多，每一道纹理都如刻如画，那些横横竖竖深深浅浅的疤痕就像锦上之花，给这副身子平添了一抹张扬的浓艳，青灯之下，美得让人血脉偾张。

听到背后那人转身的脚步声，冷月才道："你要敢因为这个休了我，我一定给你一刀痛快的，把你送进宫去，让你一辈子陪王伴驾。"

"不敢不敢。"景翊笑声虽苦,却已不见丝毫苦意,目光掠过这副美得惊心动魄的身子,却被紧箍在她上背部的一道约一掌半宽的白布吸引了过去。这道白布以环状紧箍在她腋下这一圈,箍了好几重,好像要裹紧什么似的。景翊不禁轻抚了上去,带着几分疼惜,温声问道:"这是怎么回事,身上还有没好利索的伤口吗?"

"不是,"感觉到被景翊触碰的地方,冷月干脆地应着,也干脆地转了个身,正面朝向景翊挺了挺胸脯,"这是裹胸的。"

景翊狠愣了一下,他一直觉得她身子多少有些单薄,只当是她年纪还小,却不想竟是被她生生裹起来了。

景翊啼笑皆非地看着这个自己折腾自己的人:"裹胸就裹胸,怎么勒得这么紧,不难受吗?"

"习惯了。"冷月摇头说着,低头往自己胸口上看了一眼,满眼都是嫌怨,"鬼知道这玩意儿怎么会长这么大,不裹紧了上蹿下跳的,碍事。"

搂着她的人差点儿笑喷出来,好不容易才勉强忍着绷住脸,沉声正色道:"以后不许再裹了,你这种裹法早晚要裹出病来。"

冷月没点头也没摇头,只静了半响,往这人的胸膛里钻了钻,低声唤了他一句:"景翊。"

"嗯?"

"你是天底下最好的。"

"最好的什么?"

"小秃驴。"

"……"

第十四章　四方辐辏

这里毕竟是安国寺,这间屋子毕竟是禅房,这院子隔壁毕竟还睡着一寺的方丈。两人没敢任性妄为,只窝在神秀那张确实不难睡的床上相拥而眠。

冷月也没有一觉睡到天亮,只待景翊睡熟之后,就悄没声地披衣下了床。既然景翊怀疑张老五的死因,她就得跟萧瑾瑜去打声招呼,等张老五的尸体送出寺之后就立马扣下,免得因为她验错验漏了什么耽误大事。

她走之前特别留意了一下。

住在景翊隔壁院子里的老方丈已经睡得四仰八叉鼾声震天了。

王拓盘坐在自己房里的蒲团上,早已把她留下的那只食盒里的饭菜一扫而空,这会儿正一本正经地对着菩萨像念经呢。

神秀替下了值殿的小沙弥,谦恭且端正地盘坐在佛前,低沉的诵经声在大殿里悠悠回荡,比唱出来的还要好听。

满目尽是祥和安宁。

所以冷月走得很放心,天微亮时才回来,并且完全没有预料到,等她回来的时候,这房中已是另一番光景了。

景翊还在床上睡着不假,却不是他一个人睡着⋯⋯

神秀也在那张床上,侧卧在景翊身边,支颐看着这个侧蜷朝里拿后背对着他的人,满眼都是说不清道不明的柔光。

冷月觉得自己整个人都绿了。

不等冷月开口出声,神秀已觉察到了冷月的存在,从容地转过头来看了她一眼，才不紧不慢地从床上坐起来，气定神闲地整好衣襟，穿上鞋子下床站定，对着一脑门儿官司的冷月谦和一笑，低声轻道："阿弥陀佛，景夫人终于回来了……贫僧昨晚在殿里值夜，觉察景夫人夜半离去，有些担心师弟，就过来看看，发现师弟有些发烧。不知为何，师弟不肯喝我倒的茶，也不肯服我煎来的药，眼下还烧得厉害，就烦请景夫人照顾了。"

冷月听得一惊，也顾不得计较这俩人睡一块儿的事了，忙到床边看了看那人。那侧面朝里的脸果然已烧得泛起了红晕，微干的嘴唇紧抿着，眉头拧成了一团，睡得一点儿也不安稳。冷月伸手探了一下那片滚烫的额头，便惹得这人不安地缩了缩身子，却也没睁开眼来。

冷月皱起眉头，狐疑地打量了神秀一眼："他昨儿晚上睡前还好好的，怎么突然就烧成这样了？"

"许是他昨日不慎坠井，染了风寒。"神秀抬手指了指搁在桌上的药碗和茶壶，"药虽有些凉了，景夫人还是尽快让师弟服了为好，拖得寒邪入肺就麻烦了。茶若是凉了，外间小炉上有现成的热水，茶叶就在茶案旁边的柜子里，景夫人随意取用就好。"

冷月被他这一番温声细语说得一点儿脾气也没有了，末了还实心实意地给他道了声谢。待神秀出了门，冷月忙到床边把那睡得昏昏沉沉的人唤醒了过来。

景翊迷迷糊糊地睁开眼，定定地看了冷月片刻，才睡意蒙眬地笑了一下："我做了个梦。"

"嗯？"

"梦见你变成神秀了。"

冷月哭笑不得地瞪了一眼这烧迷糊的人："你没做梦，我也没变成神秀，我就是到安王爷那儿去了一趟，跟他说了说张老五的事。刚才在这儿的确实是神秀。都烧成这样了，他给你煎药，你怎么不喝呢？"

"怕给你惹麻烦嘛。"景翊撑着烧得有些发软的身子苦笑着坐起身来，"谁知道他是不是像碧霄一样，特别好心地想要我服点儿迷药什么的。"

冷月微怔了一下，心里一疼，鼻尖莫名地有点儿发酸，忙转身走到桌边，捧起药碗细嗅了一下，又送到嘴边浅抿了一口，细细咂过，才送到床边来："放心，里面没有什么乱七八糟的东西。"

看着景翊二话不说就把药碗接过去喝了起来，冷月有点儿哭笑不得地道："你怕别人害你，就不怕我害你吗？"

景翊把药喝了个干净，抿了抿嘴，才笃定地摇了摇头，笑得一脸赖皮："不怕，牡丹花下死，做鬼也风流嘛。"

冷月没好气地白了一眼这个烧晕了脑子还不忘拿她寻开心的人，接过药碗搁回桌上，摸着茶壶有些凉了，便倒掉微凉的茶汤，从外面拿了热水来，一边续水一边道："我昨儿晚上在安王府见着慧王爷了。"

景翊本在揉着烧得发晕发胀的额头，乍听这么一句，倏然怔得清醒了几分："慧王爷？萧昭晔？"

"嗯。"

这个萧昭晔就是画眉曾经委身为妾的那个萧昭晔，当今圣上的第五子，比太子爷晚半年出生。生母慧妃享尽荣宠之后于三年前病逝，萧昭晔悲痛难当，几度卧病不起。

据传言说，萧昭晔之所以执意要纳比他大了十几岁的画眉为妾，就是因为画眉从容貌到身形，都与慧妃有几分相像。萧昭晔因为这事成了朝里有名的孝子，但这位孝子却从未登门拜访过他的亲七叔萧瑾瑜。

按理说，皇亲之间亲情本就淡薄，无事不登三宝殿也是常情。不过，但凡是突然来到安王府的，甭管是天潢贵胄还是平头百姓，都不会是为了什么好事。

景翊不禁皱起了眉头："他去安王府干什么？"

冷月摇摇头，漫不经心地道："我一去他就走了，王爷说是因为中秋到了，来看看他。我看他还给王爷送了个挺旧的瓷瓶子，王爷说那是他带来的话引子。我也不知道是什么意思。"

景翊微微一愣："话引子？"

"对，就是话引子，王爷是这么说的。话引子是什么意思？"

话引子有很多讲法，萧瑾瑜口中的这个话引子应该只有一个意思。

"话引子，就是说萧昭晔带着那个瓷瓶子去找王爷聊天，不光是为了把那个瓶子送给王爷当礼物，主要是他找王爷聊的话就是从那个瓶子身上延伸出来的。"景翊眉头一沉，"他应该是到王爷那儿打听张老五的事去了。"

冷月一愣："他打听张老五干吗？"

景翊摇摇头，一时无话。冷月也没多问，只端给他一杯续好的热茶，景翊接过茶杯浅呷了一口，本想冲淡些嘴里苦涩的药味，结果茶刚入口就差点儿喷出来。

景翊拧紧了眉头，才勉强把这口茶咽了下去，眉宇间的错愕之色比刚才听到"慧王爷"三个字时还要深重几分："这茶是哪儿来的？"

冷月还以为是他喝得太急烫到了，还没来得及说让他慢点儿，就听到这么一问，不禁一愣："神秀泡的啊，有点儿凉了，我就续了点儿热水。你放心喝，这茶水没问题。"

景翊皱眉看着杯中色泽浅淡的茶汤,摇头道:"这是成记茶庄的茶。"

冷月茫然了片刻才恍然反应过来,不禁也惊了一下:"这庙里的和尚怎么喝得起这么贵的茶叶?"

庙里的和尚不沾金银,这样的茶叶就只有一个来路。

得人馈赠。

但是什么人会给一个年轻僧人送这样贵重的礼?

景翊一时没回答,蹙眉静了须臾,才抬头对等在床边的冷月道:"能不能到寺外帮我问件事?"

景翊这副模样,一看就是有要紧的正经事,冷月便毫不犹豫地点头道:"什么事,你说。"

"你到凤巢帮我打听打听,成珣是怎么把冯丝儿娶回去的。"

冷月听得嘴角一抽,眯眼盯着这人一本正经的脸:"你这才当了一天的和尚,念经还没学会,这就要去取经了?"

景翊愣了一下才反应过来她想到哪儿去了,冤得直想哭给她看看:"不是。"

"不是?"冷月眉梢一挑,"那你问这个干吗?"

"我现在也说不好,就是觉得成记茶庄有点儿问题。"

冷月迟疑了一下,到底还是没好气地瞪了他一眼:"问就问,不过你要敢耍什么花样,我照样送你陪王伴驾去。"

"不敢不敢。"

冷月一路上都在琢磨,成记茶庄除了茶叶平平却价钱死贵之外还能有什么问题,于是在这清早极静之时,进画眉屋子的时候也有点儿心不在焉,已然从窗户跃进去了,才发现画眉正被一个男人卡着脖子按在墙上。

男人的身形算不得健硕,但已足以把病中越发娇弱的画眉卡得喘不过气来。画眉已憋得满脸通红,细瘦的手脚无力地挣扎摆动,却始终没有呼救的意思,更没有丝毫要推开那男人的举动。

一端起这饭碗,就再没有说"不"的资格了。

这话是画眉刚入凤巢总被人欺负那会儿对冷月说过的。

时至如今,冷月已可以理解,但仍无法冷眼旁观。

于是扬手为刀,一掌劈在男人肩颈处。那紧卡在画眉颈子上的手忽然一松,画眉的身子软软地向下栽去,被冷月一把捞住,搀扶起来。

扶住画眉，冷月下意识地瞥了一眼那已倒在地上不省人事的男人，目光落在男人那张脸上，错愕之下身子一僵，险些把浑身瘫软的画眉摔到地上。

这男人她见过，昨晚刚刚见过。几个时辰前，他还端坐在安王府的客厅中，眉目雍容清贵，举止温雅有礼。

"慧王爷？"

画眉软软地挨着冷月喘息了一阵，方才垂目望着倒在地上的人，苦笑着摇了摇头："你倒是会挑时候。"

冷月搀她到桌边坐下，看着她被掐红的颈子，既疼惜又没好气地道："我这会儿不来，等你转世投胎了再来啊？"

这话说完，冷月蓦然想起画眉身上那多半只能等死的病症，心里不禁一紧，英气的眉目间晕开几分愧色。画眉却只淡然一笑："承蒙景大人赐方，那病已见好了，你就趁我还没转世投胎，有话快讲吧。"

冷月心里微松，低头看了一眼歪倒在地上的萧昭晔，蹙着眉低声问道："慧王爷来这儿干什么？"

画眉嗤笑出声，笑得急了，呛咳起来，咳得脸颊泛起病态的红晕，单薄的身子不住地发抖，好像再这般咳下去随时都可能把全身骨头震碎似的。

冷月转手给她倒茶，茶汤从壶嘴里倾泻而出，异香幽幽。冷月不禁皱了眉头，停了斟茶的手。

"你怎么又在茶里掺这些乱七八糟的东西！"

画眉见冷月一副冷肃的神情，摆了摆手，待把气喘顺了，半边身子倚在桌上，看着冷月倒的半杯茶，弯着眼睛笑道："瞧你这话问的，怎么刚嫁了人脑子就糊涂了，男人来这儿还能干什么？"

画眉这句话说出来，恍然像想起些什么似的，撑着桌子站起身来，笑得虚弱却亲昵："你那景大人倒是不一样，景大人来过之后我才知道，他也是凤巢的常客，只是不待见凤巢的姑娘，只待见凤巢的酱肘子，就是你尝了一口就直喊好吃的那种。还想吃吗，想吃我就去跟那老师傅说说。"

画眉说着，缓步绕过横在地上的萧昭晔，刚要往门口走，就被冷月抬手拦了下来。

"不想。"

冷月虽没冷脸，眉目间却不见丝毫和气，看得画眉不禁一怔。

"你老实说，他来这儿到底是干什么的？"不待画眉出声，冷月又补上一句，"他刚才那样不是来找乐子的，他是想活活掐死你。"

画眉怔了片刻，又无力地咳了几声，嘴角牵出似真似幻的笑意，往后退了半步，冷月也往后跟了半步。

画眉无可奈何地站定，看着冷月挡在她胸前的手，梦呓般地道："我脏，莫污了你。"

画眉的声音悲戚至极，冷月却叶眉一挑，凤眼微微眯起，冷意骤升："画眉姐，你要再兜圈子，咱们就去京兆府衙门那儿，说道说道这个脏的事。"

"小月。"

冷月脸上丝毫不见动容。

她昨夜在安王府见过萧昭晔，看萧昭晔衣装素雅，言谈举止温和恭谨，像极了景翊一本正经时的那般谦谦君子的模样。那时她还猜测，画眉与萧昭晔的这段离合是冯丝儿那样人情凉薄的结果，萧昭晔因丧母之痛而恋上画眉，却终因画眉太过低微的出身，不得不将画眉逐出堂皇的王府，沦落到这风月之所容身。

可刚才萧昭晔那一掐，分明是要把人往死里掐的。这里面的事恐怕就比她想象的复杂得多了。

这人要是萧昭别的什么，画眉实在不想说的话，她也就不再追问了。可这个人偏偏叫萧昭晔，昨晚才去安王府打听过张老五的萧昭晔。

自打进了刑部当差，冷月就悟出一个道理，但凡进了衙门的事，"巧合"二字就像鱼香肉丝里的那个鱼字，就算是有，也不过是股似是而非的味儿罢了。至于这盘菜到底是个什么，还得是那些看得见摸得着的东西说了算。

画眉一言不发地立了许久，凝望着冷月的一双美目中秋水涟涟，足以让任何与之萍水相逢之人看了心痛如割。冷月就这么冷然看着，一动不动。

画眉到底眉眼一弯，勾起一抹苦笑，凄然道："我随你去京兆府。"

冷月狠愣了一下，垂下横拦在画眉胸前的手，一把抓起了画眉细弱的手腕："那就走吧。"

冷月把画眉悄没声地带进安国寺的时候，景翊不知是在屋里折腾过什么，整间屋子就跟遭了洗劫一样。那个她走时还病恹恹窝在床上的人，这会儿正满头大汗地站在桌边大口喝水，好像刚里里外外忙过一场似的。

忽见冷月带着一个被衣物蒙了整个脑袋的人进来，虽看不见面容，但还是能从艳色的衣裙与过于妩媚的身姿中看出这是一个风尘女子。

她带一个风尘女子到寺里来见他？

景翊突然想到冷月出去之前吃的那口飞醋，一惊之下被嘴里还没来得及吞下的水狠呛了一下，着实咳了好一阵子。等他好不容易顺过气来，冷月也满目愕然地把这间屋子打量了一个遍："你这是要拆房子吗？"

"不是，就找点儿东西。"景翊小心地打量了一下这个似曾相识的身形，"这是……"

不等景翊回想起来，冷月已伸手解下了蒙在这人头上的衣服。乍看到那张五官精致却面无人色的脸，景翊不禁一怔。

"画眉？"

让她去问句话，她怎么把人抓到这儿来了？

冷月把被她一路搂着飞檐走壁过来、已经头晕眼花的画眉搡到桌边凳子上坐下，才有点儿恨铁不成钢地看着这愈显柔弱的人道："我一进去就看见有人要掐死她，从后面打晕了那人，才发现是萧昭晔。她死活不说萧昭晔为什么要杀她，一句句地跟我兜圈子，你要问的事我还问，你连着这事一块儿问她吧。"

景翊一愕之间，画眉也在头晕眼花中清醒了些许，抬起头来看向景翊，目光刚落到景翊身上便是一怔，看到景翊的头顶，怔得差点儿把眼珠子瞪出来。

"景……"

画眉愣愣地看着俨然一副和尚模样的景翊，一个"景"字说完，两瓣嘴唇开开合合半晌，到底也没想好后面该接个什么才对，转目四顾了一番这间屋舍，才猛然醒过神来。

"这里……这里是寺院？"

"正是。"景翊看着像受了莫大惊吓的画眉，抬手拭去唇边残存的水渍，满面慈悲地立掌微笑道，"这里是安国寺，贫僧神井。"

神井……

冷月是第一次听见景翊的法号，还是这么个法号，不由得嘴角一抽。画眉的反应显然比她大得多，睁圆了眼睛，惶然地望着她，怕得声音都发颤了："你带我来……来安国寺干什么？"

萧昭晔掐着她的脖子要杀她，她不怕，把她救到这连蝼蚁都不杀的地方，倒像要害她似的。冷月一时窝火，没好气地道："到庙里还能干什么？让得道高僧超度超度你这进了水的脑子！"

画眉被斥得一噎，一时抿着微白的嘴唇没吭声。景翊像要打圆场似的，伸手把冷月搂到身边，附在冷月耳上细细地说了几句什么。

画眉只见冷月在景翊怀中轻挣了几下，那一张满是冰霜的脸赫然红了个通透，俨然一副闹脾气的小媳妇被相公哄劝着的模样。

207

待景翊把嘴唇从冷月耳边挪开的时候,冷月的喘息都有些不稳了,微仰头看着把她轻拥在怀里的人,低低的声音里带着几分难掩的羞恼:"你问……你问这个干吗?"

景翊也不多言,只在她腰背上安抚似的拍了拍,带着淡淡的宠溺,轻道了一声:"听话。"

冷月到底红着脸点点头,一声不吭地出门去了。

目送冷月出去,景翊才带着满含歉意的苦笑转回身来,对画眉和声道:"她人好心好,就是脾气不大好。如有冒犯之处,我替她赔个不是。"

两人方才的一幕已把画眉通身的紧张看得浅淡了些许,又听景翊这么一说,忙略带惭愧地颔首道:"画眉不敢,方才一时惊慌失了礼数,还望景……神井师父莫怪。"

景翊见画眉惊慌之色渐消,温然一笑,抬手斟了杯温茶,送到画眉面前:"不知道施主要来,屋里乱七八糟的,也没备什么好茶,就凑合着喝两口,权当润润嗓子吧。"

"多谢神井师父。"

景翊与画眉对面坐下,收敛起些许笑意,依旧温和的声音便显得郑重了些许:"小月去凤巢找施主,实则是为了替我向施主打听一件事,正巧撞见慧王爷之事,怕施主有什么危险,才把施主带到这儿来。"

画眉微垂下妩媚的眉眼,衬着苍白如雪的肌肤,哀婉如歌:"冷捕头与神井师父都对画眉有救命之恩,有什么事您但说无妨,画眉一定知无不言。"

景翊温然点头,配着这身行头,别有几分和善:"我记得上次见施主时,施主说过,凤巢里有位名叫冯丝儿的姑娘嫁了成记茶庄的成珣公子,得了个不错的归宿。"

"是。"画眉细眉微紧,叹道,"可惜丝儿命薄,听说已病去了。"

"非也,她是被成府的管家杀死的。"

画眉一愕抬头,惊得单薄的身子隐约颤了一下。

景翊深深看着画眉那双波光乍起的眸子,依旧满面慈悲地温声道:"这位管家被捕入狱之后,未经审问就在牢中自尽了,临终遗言便是说他下毒手杀冯丝儿是为了成珣好,为了成家好,此事我百思不得其解。想到施主知晓冯丝儿与成珣的亲事,便想问问施主,是否明白管家这话是什么意思?"

景翊话音落定许久,画眉才在悲戚中微抿了一下血色浅淡的嘴唇,淡声苦笑道:"神井师父既已遁入空门,没了公职,再问这些还有什么用吗?"

景翊浅浅一笑，笑出了几分尘外之人的淡然从容："这与公职无关，让真相大白于世，是对枉死者最起码的超度。"

画眉微怔了一下，睫毛对剪，又把目光垂了下来，摇头一叹，伴着发间步摇细碎的声响，叹得凄苦非常："画眉只知丝儿与成公子是两情相悦，至于这话……恕画眉愚钝，也不甚明白。许是那管家不满丝儿这等出身做了成公子的正室，怕丝儿的身份折损成家的名声，才对丝儿下了这般毒手吧。"

"你撒谎。"

景翊这声说得依旧清淡，却掷地有声。画眉轻轻摇动的头颈倏然一僵，步摇坠子无力地晃动几下，也不再出声，描画精致的面容隐隐发白，唇边常年挂着的浅笑也僵得没了踪影，只抬眼匆匆扫了一下景翊依旧温和的眉眼，含混地应了一声："画眉岂敢。"

"不管敢不敢，你都是撒谎了。"景翊一如既往地和颜悦色道，"我本是有三分相信管家杀冯丝儿的动机是你说的这样，但既然你一分也不相信自己说的这话，那我也不必留着这三分相信了。"

眼见着画眉的脸色又白了几分，景翊也不迫她，只伸手指了指刚才斟给她的那杯茶，百般和气道："不急，喝口茶好好想想。施主既然住过王府，又是凤巢的花魁，应该品过不少佳茗，不知能不能尝出这是什么茶？"

画眉心里慌乱得很，一时琢磨不透景翊的心思，却也没有别的法子，只得捧起杯子来浅呷了一口。

茶汤入口，就见画眉眉头一沉，细细品咂了片刻，才神色微松，在唇边挂起了那抹习以为常的妩媚淡笑："神井师父是要考考画眉吗……画眉如今的日子虽然风光，却也是从落魄日子里熬过来的，这几文一碗的大碗茶，以前可也没少喝过，难不倒画眉的。"

景翊嘴角微扬："你这句倒是实话。"

画眉眉眼间的淡笑一凝，默然把捏在手中的茶杯放了下来，杯中余下的茶汤动荡了须臾才平静下来。

"不想说也不妨，我倒是有种猜测。我说，你听听看。"不容画眉应声，景翊已道，"成记茶庄的生意里有些玄机，有好事之人起了怀疑，就买通或是利用梅毒病一事威胁冯丝儿，让她接近成珣以便查探。不料成亲之后，却被成府的管家觉察，无奈成珣对冯丝儿用情已深，为了保护成家的生意，管家才出此下策杀了冯丝儿。被捕之后他又怕受审招供时不慎供出有关成家生意的事，就在狱里自尽了。"

景翊徐徐说完，看着画眉已无人色的脸，像是猜拳赢了一样，愉悦而不凌人地一笑："还真是这样。"

画眉一慌，冲口而出："不……不是！"

景翊笑意微浓："怎么不是？你脸上现在还写着呢。"景翊说着，伸手隔空往画眉脸上指了指，"见鬼了。"

画眉一时间张口结舌，紧抿薄唇，纤长的双手紧紧交握在桌下，握得指节都发白了。景翊微眯双眼静静地看着她，又徐徐道："你既然知道这件事，那肯定也知道这个好事之人，"景翊顿了一顿，才盯着画眉低垂的眉眼轻轻吐出一个名字，"萧昭晔。"

话音甫落，景翊就是一笑："唔，又猜对了。今儿要是能出去跟人摇色子就好了。"

景翊还没叹完，画眉忽然就像睡得正甜的猫被突然踩了尾巴一般，"噌"地站起身来，屈膝就地一跪："景……不，神井师父……神井师父明鉴，丝儿得以潜在成公子身边，都是画眉从中周旋，一力促成的，画眉害得丝儿如此，自知罪孽深重，可是画眉亲弟弟的性命被慧王爷捏着，画眉一介女流也没别的法子，画眉活一日，弟弟才能活一日。求您发发慈悲，让画眉回凤巢去吧！"

景翊微不可察地皱了下眉头，没急着去搀扶她，却依旧温声道："他今日想要杀你，就是因为冯丝儿身份败露之事？"

"是。"画眉单薄如纸的身子微微战栗着，声音也禁不住随着轻颤，"丝儿还没探出什么，就遭了毒手。他来责骂我办事不力，我驳了两句，不知怎么就惹得他这般大怒。"

景翊眉心微沉。

堂堂慧王府少说也有上百号家丁，藏一个男人比找一个男人要容易得多，画眉曾在慧王府为妾，弟弟落入慧王府当人质倒也不是不可能的事。只是萧昭晔把纳进家门的画眉弄到凤巢里当头牌，已是一两年前的事了，他利用画眉得以轻易接触各种男人之便来办的事，恐怕远不止成珣这一桩。

他印象里的萧昭晔，从小就是个性子温暾的主儿。太子爷小时候熊得很，总爱欺负这个老实得无可挑剔的五弟，还总拉着他一块儿，他也没少因为这个陪太子爷一块儿罚跪挨板子。

慧妃过世之后，萧昭晔越发少言寡语，对各类政务都兴致淡薄，极少与人往来。除了隔三岔五进宫给皇上尽尽孝，平日里多半都是关着家门过日子的。

一个刚年满十六还是如此心性的少年皇子，怎么能布得下这么错综复杂的一盘棋？

　　景翊正凝神思量着，忽听得外屋响起一阵匆匆的脚步声。画眉如惊弓之鸟一样慌乱地抬起头，正见冷月快步走进屋来。

　　一眼看到跪在地上泪光闪闪的画眉，冷月脚步滞了一滞，才皱眉走到端坐在桌边的景翊身边，低声问道："这是怎么回事？"

　　景翊满目和善地向画眉深深望了一眼，温然一笑，轻描淡写道："就聊了几句，只是画眉施主的情绪有点儿激动。"说罢，不等冷月再问，就抢先一步问道，"你问得怎么样？"

　　画眉听得心里一紧，方才她只当景翊是耳语哄冷月离开，可眼下他这样认真地一问，好像刚才贴在冷月耳边说的不是什么温言软语，而是当真交托给冷月一件极要紧的事情似的。

　　画眉有些紧张地看着冷月，冷月更有些紧张地看了画眉一眼，收紧了眉头，犹豫地问向那个似乎真在等着听她立马回答的人："在这儿说？"

　　景翊笃定地点点头："这些事，没准儿画眉施主也知道呢，在这儿说出来，正好让她一起听听，断断真伪。"

　　冷月有点儿狐疑地看了看画眉，她虽不知道这一会儿的工夫，景翊从这人身上问出了些什么，但在问话这件事上，景翊自有么一套看起来令人费解实际往往能收到奇效的法子。他这样说，冷月也就微一清嗓，照实说道："我刚问了王拓，他说张老五是崇佑三年到高丽的，我算了算，应该是三十八年前。张老五在高丽一直是一个人过的，没成过家。离开高丽是八年前的事，说是家里有人病了，放心不下，要回来看看，然后就再没回高丽。"

　　景翊微不可察地皱了下眉头。

　　三十八年前，正是瓷器行里传言的张老五不声不响淡出京城的那年。

　　张老五在销声匿迹之前不曾成家，老家也不在京城，就是回来探亲，也不必在对他而言杀机四伏的京城里落脚。

　　八年前……

　　景翊盯着画眉眉目间一闪而过的错愕之色，沉声问道："你知道张老五这个人？"

　　"不……"画眉一个"不"字刚出口，蓦然间像想起什么似的，滞了一滞，才望着这个似乎可以用肉眼看穿人心的人，勉强挤出一个略显僵硬的微笑，"不曾见过，只是有些耳闻。画眉学识浅薄，但凤巢的客人里不乏饱学之士，京城瓷王的大名画眉还是听过的。"

景翊微微点头："你除了听过他的大名，还听过些他的什么？"

画眉迟疑了片刻，才含混地道："只是一些传闻逸事。"

景翊双目微眯，有些玩味地看着这个额头上已渐见细汗的人："瓷王隐匿已近四十年了，怎么凤巢的客人还会对你说起他的传闻逸事呢？"

画眉细颈微垂，露给景翊一片细汗涔涔的额头："因为对瓷器颇有兴趣，总与客人聊起这些。"

"巧了，我也对瓷器很感兴趣。"景翊说着，含着一抹意味不明的淡笑站起身来，从一旁柜子上拿下一只雪白的瓷瓶，小心地搁到画眉膝前的地上，和颜悦色地问道，"请教施主，这白瓷瓶子是甜白釉还是青白釉？"

冷月垂眼看了看那只白乎乎的瓶子，一点儿也没觉得它哪里甜，更不觉得它哪里青。画眉也盯着这瓶子迟疑了须臾，才颇没底气地道："甜……甜白釉。"

景翊如春蕾绽放一般蓦地笑了一下，摇摇头道："这不是甜白釉，也不是青白釉，这是纯白釉，也叫象牙瓷。张老五成名就成在烧象牙瓷的手艺上，你既对瓷器有兴趣，还听过他那么些传闻逸事，怎么连这个也不知道？"

画眉愕然地望着眼前这个始终满面和善的人，一时间瞠目结舌，半晌才道："画眉才疏学浅。"

"不不不，"不等画眉说完，景翊便谦和地摆手道，"话不能这么说，术业有专攻嘛，你虽然不知道象牙瓷，但方才冷捕头问来的那些你全都知道，而且你所知道的有关张老五的事比这些还要多、还要细。至于你为什么了解张老五的生平，却不了解张老五的手艺，"景翊顿了顿，拿着那只白瓷瓶缓缓站起身来，才看着已惊得屏住了呼吸的画眉淡声道，"因为你被萧昭晔送去凤巢，就是为了打探张老五的踪迹。"

画眉像被他这云淡风轻的一句惊掉了魂儿似的，跪在地上的身子倏地一软，两手撑着地面才没栽倒下去。

冷月却是被这一句搅了个稀里糊涂，刚想问画眉找张老五干什么，又关萧昭晔什么事，还没来得及开口，忽觉外间的房门动了一动。还没断定是风还是人，就觉察到一阵极轻微的脚步声，反应过来的时候，人已到里屋门口了。

冷月只来得及极快地说了一声："他来了。"

谁来了？

景翊一怔，转身看向门口。内室房门开着，正见神秀从外走来。景翊心里一紧，还没来得及想好是要冲出去把神秀拦在外面，还是待他进来之后瞎编乱侃一通，神秀的目光已落在了还失神跪在地上的画眉身上，当即一怔，在门口收住了脚步。

本就丢了魂儿的画眉又被这蓦然出现的人影狠惊了一下，险些惊叫出声，一时间慌得像要找个地缝钻进去似的。

冷月的一颗心提到了嗓子眼，一个闪身移步到了景翊身边。手上虽无兵刃，却已然做好了君子动口她动手的准备。

神秀只是一怔，便把目光从画眉身上挪了开来，略带抱歉地一笑道："不知师弟请了客人来，贸然闯入，失礼了。"

冷月暗暗舒了口气，神秀这种把正常的和不正常的事都当成正常的来对付的习惯，有时候还真不是那么讨厌。

神秀说罢就要转身出去，却被景翊一声叫住。

"师兄，今天是八月十五。"

神秀微怔，回过刚转去一半的身来，向仍护在景翊身边丝毫不见松懈的冷月看了一眼，若有所悟地微笑道："师弟尽管安心与夫人团圆，如有人问起，我便说你染了风寒，需卧床休息，明日早课之前不会再有人来打扰。"

冷月刚对这个通情达理得有些可爱的和尚生出那么一丢丢的好感，景翊已笑盈盈地道："师兄就不进来一块儿团圆团圆吗？"

冷月听得嘴角一抽。

这人莫不是还没退烧，怎么连客气话都开始胡说了？

团圆，神秀跟他们有什么好团圆的？

神秀似乎也被这句不知从哪儿掉下来的客气话噎了一下，向来从容和煦的面容僵了一僵，才宣了一声佛号，含笑缓声道："中秋是俗家的节庆，八月十五在佛门里乃是月光菩萨圣诞之日，循例要抄经祭拜，师弟可要一起？"

这通客气话听起来远不如景翊的那声客气，冷月斜了景翊一眼，本以为会看到一张自作自受的苦脸，却不料这张脸上的笑意更热络了几分，看得冷月不禁一怔。

景翊就这样笑看着神秀，耐心十足地劝道："师兄自幼遁入空门，以前年年祭拜月光菩萨，以后也年年祭拜月光菩萨，单少今年这一回，想必月光菩萨慈悲仁厚，宽宏大量，不会与师兄计较的。"

冷月正纳闷着，这人是不是真烧糊涂了，才这么想在审问一个风尘女子与当朝皇子的一重不可告人的关系时，把一个本身也疑点重重的和尚留下来。就见景翊在微微一顿之后朝画眉转过身去，浅笑温声道："毕竟师兄难得在此团圆之日与俗家亲人见上一面嘛。"

冷月呆愣了片刻，拂过神秀脸上的那道错愕之色已消退殆尽了，冷月才恍然反应过来，愕然地看向不知什么时候已紧捂着口无声地哭成泪人的画眉。

"你俩是亲戚？"

画眉泣不成声，只紧捂着嘴，连连摇头，晃得发上的步摇一阵凄声碎响。

"不是吗？"景翊微沉眉心，依旧和颜悦色地看着摇头不止的画眉，"我虽是猜的，但多少还有些把握。施主与我提及令弟的性命正被慧王爷捏在手里时，我还以为令弟是被囚于慧王府的，可看方才师兄一眼见到施主的反应……"景翊说着，转头看向难得不见了笑意的神秀，"师兄怀着一身精深武功，昨儿晚上又才说过，自己出家多年，心如止水，怎么见到凤巢的花魁，却会生出那么些惧色来？"

神秀眉心微紧，未置可否，只垂目立掌宣了声佛号，宣得像一叹。

景翊缓步走到仍在簌簌落泪的画眉身前，低身搀住画眉哭软的身子，小心地扶她从地上站起来，带着几分清浅的怜意轻叹道："施主自得知此处是安国寺起，便如坐针毡，就是担心与师兄遇上吧？"

他早就该反应过来，那般虽惊惧却又有期待的神情，不时地会出现在宫中些许女子的脸上，正是担心见到想见而又不能相见的人时的模样。

这是种多么折磨人的滋味，昨夜冷月突然破窗而入落到他身边的一刻，他已狠狠地品尝了一把。他只尝了片刻就不想再尝第二回了，画眉竟吞咽了这么许久。

景翊刚把这几近崩溃的人搀起来，还没来得及扶她站稳，忽听身后冷月站着的方向传来一道如深秋般清冷中透着火气的声音。

"你们和尚家的事我知道得不多，但我知道你们和尚是不能杀人的。"

这句话是冷月说的，说得格外杀气腾腾。

和尚不能杀人？

那就意味着冷月可以下杀手，而神秀不能。

他记得冷月来时是没有带剑的，但冷月若想杀人，有没有剑都一样。

景翊一惊回头，目光刚落到身后的两人身上，又是狠狠一惊，惊得身子一僵，差点儿把虚软的画眉摔到地上。

杀气腾腾的那个是冷月不假，真正动手的那个却不是她。她倒是很想动手，可她的一双手已被站在身后的神秀单手反扣在了背后，而神秀的另一只手正不松不紧地锁在她的喉咙上，困得她一动也动不得。

冷月先前只说过神秀的武功比她的高，却没想到竟能高到可以在转眼间就无声无息地把她这样制住。

"神秀。"

景翊错愕之下声音提得很高，冷月从未想象过，这样一个看起来永远气定神闲的人居然也会慌成这样。可这一声刚开了个头，就被神秀淡声截住了："放开她。"

景翊狠噎了一下，这句话不是该他说的吗？怔愣之下景翊才发现神秀的一双眼睛没再看着他，而是看着被他扶着的画眉，恍然反应过来，忙道："你误会了，我只是扶她起来，没有要挟持她的意思。"

神秀的眉眼间没见丝毫动容，扣在冷月喉咙上的手指反倒更紧了几分，捏得冷月不得不向后仰了仰头颈，才又淡声说了一遍："放开她。"

"好好好。"

画眉人本就在病中，又被这通惊吓一折腾，身子已虚软一团，没法自己站住。景翊便小心地搀她在桌边坐了下来，一待画眉安坐，景翊忙退了几步，站得离画眉远远的。

"这样可以了吧？"

神秀手上未松，只深深地看向画眉，依然淡淡地道："还好吗？"

画眉仍只是望着神秀，涟涟落着眼泪，刚使劲摇了摇头，恍然反应过来神秀问了句什么，微怔了一下，轻轻点了点头。待开口说什么，神秀已把目光从她身上挪了开来，依旧看向拧紧了眉头的景翊道："让她走。"

"走？"景翊还没应，冷月已冷声道，"张老五死了，她的活儿已经干完了，还知道这么多事，萧昭晔正在凤巢里等着杀她灭口呢。我要是没把她带到这儿来，你现在就可以准备给她做法事了，你想让她走到哪儿去？"

景翊在神秀平静的眉眼间捕到一丝转瞬而过的波澜，忙沉声道："你把她放开，我跟你保证，我一定会给画眉安排一个绝对安全的容身之处。"

景翊这话说得虽急，却全然不像一急之下随口说出来的。单以景家在京城的权势，藏一个女人就是易如反掌的事。

神秀却像压根就没掂量景翊这话的诚心程度，只越过冷月的肩头，平静地望着这个已急得脸色有些发白的人，温声道："不必如此麻烦，你死了，她自然就安全了。"神秀说着，眉目微垂，又看了看被自己制在手中却丝毫不见惧色的冷月，越发轻缓地道，"她安全了，景夫人才会安全。"

习武之人既有制人的时候，就必有被人所制的时候。冷月以女子之身在男人的行当里厮混，对敌之时难免成为标靶。她也不是第一回这样失手受制于人了，这类威胁的话几乎每一个制住她的人都曾对与她同道的人说过，只是从没有人像景翊这样，好像当真认认真真地考虑起来了。

她相信自己在这人心中是有分量的，但是这分量到底重到什么程度，她实在没有底。即便神秀这话字字是实，她也不能眼睁睁地看着景翊因为这个死在她面前，这不能说与那份皇差没有半点儿关系。

　　刚被神秀制住的时候她还没急，这会儿却急得声音都尖厉了："景翊！你别听他胡扯！"

第十五章 五蕴皆空

神秀也不介意她这样肆无忌惮地大喊，反而把扣在她喉咙上的手指放松了些许，好像巴不得她再多喊几声似的。

不等冷月再喊什么，景翊已舒开了思虑间蹙起的眉头，带着几分难言的悲悯，叹道："张老五就是这样被你劝死的吧。"

冷月一愣，画眉也是一愣，这两个对峙的男人却像各自心知肚明一样。景翊就这么看着同样不动声色的神秀，缓声道："张老五死了，萧昭晔才会安全，是不是？"

景翊从内到外都没有一丝凌人之气，再衬着这副不沾俗尘的打扮，本是质问的词句被他这样说出来也就没了质问的意思，倒真像佳节团圆之时，兄弟间一句无关痛痒的闲谈。

神秀未置可否，只轻蹙眉头向画眉看了看，淡声道："张老五死了，她就能从那个鬼地方彻底解脱出来了。"

这话说得合情合理，景翊却像听出了什么话外音，怔了一怔，有些意外地道："你劝死了张老五，却不知道他和萧昭晔的渊源？"

神秀把目光从画眉身上收了回来，如诵经般毫无波澜地道："我只对他说，慧王爷萧昭晔在寻他。他问我慧王爷的生母是何人，之后便一头撞死在棺上了。"神秀顿了顿，才低声补道，"我本只想劝他离寺之后去萧昭晔那里自投罗网，无意劝他自尽。"

冷月是屋中离神秀最近的人，神秀这话是真是假她听不出来，但她总算是听出来，萧昭晔与张老五有恩怨这件事已经是板上钉钉的了。

只是张老五这么一个上了年纪的手艺人，怎么会把一个刚出宫没几年的小皇子惹成这样？

见景翊确实没有犯傻的意思，冷月紧绷的精神放松下来，就有余力琢磨起了这些。不过不待她琢磨出个子丑寅卯，景翊已像想出了什么似的，眉目轻舒，望着神秀缓声道："你人在寺里，萧昭晔却还能用你的性命威胁画眉，是因为他捏着你什么致命的把柄吧？"

景翊说话间把拂过神秀脸上的一丝错愕收入眼底，心里微松，看着仍被神秀毫不松懈地制在手中的冷月，沉声道："我告诉你他为什么要花这么大的工夫找张老五，你放开她。"

神秀稍一思虑，便轻巧地点了点头："你说来听听，若当真可用，我可以考虑。"

景翊一向很有耐心，也很能忍，入朝为臣之后越发地能忍，可他这回真的是使足了所有的定力，才勉强把静定维持到这会儿。乍听神秀这般无赖的一句，实在忍无可忍，不禁眉头一沉，声音一厉："你先把她放开！"

冷月刚被这个温柔惯了的人突生的怒意惊了一下，惊诧还没过去，扣在她喉咙上的手与扣住她双手手腕的手倏然同时一紧，剧痛蓦地从两方传遍全身。猝不及防之间，一声喑哑的呻吟冲口而出。几乎是在听到自己呻吟声的同时，冷月也听到了那人似乎同样因为痛彻心腑而急应下的一声妥协。

"好，好，我说！"

冷月这才觉得喉咙与手腕上的束缚一松，痛感微缓，忙望向那个失了从容的人，才发现这人不只失了从容，还失了脸上本就有些浅淡的血色，心里不禁泛起一股难言的滋味。

景翊目不转睛地看着神色渐缓的冷月，看了好一阵子，才平复下乱成一团的心绪，轻轻吐纳，沉声缓道："我本也只是猜测，但你既然说张老五是听到萧昭晔生母是谁之后撞棺的，那就八九不离十了。"

景翊好整以暇，才既轻且快地道："张老五在三十八年前名声鼎盛的时候，突然不声不响地离开京城去了高丽，在高丽一待就是三十年。八年前又突然因为亲人抱恙，离开高丽回来探望，自此隐居于京城。直到前几日与他相依为命的孙子张冲身涉一案，遇害身亡，京中才知道瓷王尚在人世，且尚在京城。其实，三年前我就在京中见过他一面，只是那时不知道他就是京城瓷王。"

冷月微不可察地蹙了蹙眉头。

景翊昨夜不是说过，这事至今还是秘密，连安王爷他都没敢说过，怎么就这样当着萧昭晔的两个手下说出来了？

景翊似乎毫不在意什么秘密不秘密的，沉了沉声，把声音放缓了些，越发详明地道："那时他被几个江湖打扮的人追杀，我阴差阳错地救了他，也阴差阳错地被那些人砍了一刀，刀疤到现在还留在背上。我试过很多方子，想把这道疤除掉，但是不管怎么折腾都不见消，就跟老天爷故意跟我过不去一样。不过昨儿晚上我才知道，老天爷不是跟我过不去，而是要跟伤我的那伙人过不去。"景翊说着，深深地看向面露隐忧的冷月，"昨儿晚上，我夫人从这道刀疤上看出来，当日在我身上留下这道伤的刀不是江湖人用的刀，而是一把宫中或王府中侍卫用的官刀。"

景翊这深邃静定的一眼，像足了一句无声的安抚，把冷月的担心化了个干净。只要他仍心思清明，她就敢相信从他嘴里说出的每一句话都是经过他深思熟虑的。

冷月不管仍扣在喉咙上的手指，清晰地点了点头。

"三年前，当今圣上的子嗣都还没有离宫，在宫外建府的就只有与当今圣上同辈的几个王爷，在世且在京的就只有皇上的六弟瑞王爷。以瑞王爷爱财如命的性子，他就是恨张老五恨得入骨，也不会去杀这个随便做一个物件就能顶一处大宅子价钱的人。"景翊越发镇定地说罢，顿了顿，才又轻叹道，"我刚才仔细琢磨了一下，宫里倒还真有个巴不得张老五快点儿死的人。"

"三十八年前，八年前，三年前，"景翊细细数过这三个对张老五而言极为重要的年份，接着道，"这三个年份，宫里都有大事发生。三十八年前，当今圣上还是太子爷，正年满十三，娶妃的同时也纳了一批女子进宫，这批女子里有几个就在皇上登基之后封了妃嫔，其中一个就是慧王爷的生母慧妃娘娘。"

冷月皱了皱眉头，这事大归大，但似乎跟张老五沾不着任何关系。冷月还没疑惑完，景翊又连说了两件跟张老五更是八竿子打不着的事。

"八年前的腊月，慧妃娘娘坠湖，据说是皇长子熙王爷的生母姚贵妃指使熙王爷推的。慧妃娘娘因此染了肺痨，勉强捡回一条命，之后每逢换季就缠绵病榻，身子再没好过。姚贵妃被皇上夺了妃位，在搬去冷宫的前一天晚上就把自己吊死在房梁上。朝中一度因为这事乱得一塌糊涂，想必关内关外全都传遍了。三年前，在我偶然救下张老五不久，这位慧妃娘娘就因病辞世了，慧妃娘娘一下葬，慧王爷就以为母丁忧三年之名，向皇上请求提前离宫建府，皇上就准他离宫了。"

冷月还迷糊得厉害，画眉却像恍然悟出了什么，两手掩口，只露出一双惊愕之下睁得滚圆的泪眼。

景翊背身对着画眉，一门心思全在冷月的每一个神情上，全然没注意到画眉的反应，只兀自道："我若记得没错，有关瓷王的诸多传言里有这么一条，说瓷王虽未婚嫁，却与一位佳人情投意合，隐退前那段日子做的很多物件都与那位佳人有关。"

景翊毕竟尚在病中，话说得久了，到底气力不济，禁不住低咳了几声，再开口时声音微哑，好似平添了几分悲悯："我曾听宫里人说过，慧妃娘娘最讨厌瓷器，平日饮食皆用银器，寝宫里的花盆也都是用的陶盆瓦盆。这个猜测虽冒昧了些，但这位佳人极有可能就是入宫前的慧妃娘娘。张老五或是因为心灰意冷，抑或是怕被宫里知道自己与慧妃娘娘有这么一段，就在慧妃入宫当年悄悄远赴了制瓷技艺颇佳的高丽，直到听说慧妃坠湖的事，才放心不下想要回来看看。可慧妃娘娘由太子侍女一路爬至妃位，必是披荆斩棘，生怕张老五的事被宫里人知道，用来大做文章，动摇她在宫里苦心经营的地位，就派自己宫里的侍卫去追查甚至追杀张老五，所幸这些年都被张老五逃过去了。"

除了同样知道张老五这段有关佳人的逸事并先一步反应过来的画眉，冷月和神秀这一个被制之人和一个制人之人的眉宇间闪过的惊愕竟是如出一辙的。

景翊又咳了几声，才越发轻缓地道："想必是她临死前把这件事告诉了萧昭晔，要求萧昭晔务必斩草除根，还教了萧昭晔许多法子，比如在人多口杂的烟花巷里安排个探子。但这种事只有人在宫外才能办得到，所以萧昭晔就借为母丁忧这个名号，提前出宫建府了。"

"张老五在高丽也没有成家，八年前离开高丽，居然有个十几岁的孙子，足证这孙子与他并无血缘关系，应该是他离开高丽之后才收养的。"话说到这儿，景翊蓦然想起刚得知张冲被害时，张老五那般痛不欲生的绝望，不禁浅浅一叹，"张老五这么多年不成家，想必是还念着慧妃的旧情，你一对他说是慧妃的儿子在寻他，他就该明白是怎么回事了。既然相依为命的孙子已去，他便索性自我了断，了却慧妃之子的一块心病。"

景翊说罢，定定地望着神秀，也用余光看着那个已被神秀困了许久的人，沉声道："现在可以把她放开了吧？"

神秀轻轻摇头，摇出了几分惋惜之意："慧妃已作古多年，如今张老五也已辞世，即便事实当真如此，萧昭晔也不会再怕了，你还是死吧。"

景翊目光一凛，声音也随之一寒："神秀，你别得寸进尺。"

神秀依旧一派温和清淡："你别逼我动手。"

景翊双目微眯，静了片刻，像是终于决定了什么不得已而为之的事情一样，笃定却又无可奈何地道："你要是能动手杀人，萧昭晔还会活到现在吗？"

冷月听得一愣，这个她一时还真没想到。以神秀的武功，慧王府的侍卫简直就像一堆排布有序的木头桩子，他要是想救画眉，完全可以悄无声息地潜进去，杀了萧昭晔，再不声不响地离开，怎么还要在这儿受萧昭晔的威胁？

难不成还真是因为他要守杀生戒？

既然神秀不能下杀手，那倒不如赌一把试试，挣脱了当然好，就算挣不脱，反正也没有性命之虞。冷月刚默默在相对自由的腿脚上蓄力，就听景翊冷声道：“你挟持她无非是要逼我自尽，她有皇差在身，我死，她满门都要死，你就能两手不沾血腥地杀人灭口了。”

冷月一愣，腿脚间蓄好的力道登时化了个干净。她有皇差的事只告诉过景翊一个人，神秀怎么可能知道？

景翊用一道冷月从未在他眼中见过的冷峻目光深深看了神秀一眼，一手探进宽大的僧衣袖子，掏出一块玲珑的鸡血石印来。

景翊把印拿出来之后，就把印底展给了神秀。冷月也一眼看了个清楚，印底用篆字刻着四个意味不明的小字：探事十三。

冷月背身对着神秀，不知道神秀看到这块印时的神情，但她分明感觉到神秀扣在她身上的手僵了一下，俨然是受到了莫大的震撼。景翊似乎甚是满意神秀这样的反应，终于敛起了那份与他形容极不相称的寒意，淡声道：“我夫人昨晚刚进这间禅房的时候，就觉得这屋里干净得不大对劲儿。我只是隐约有点儿怀疑，今早闲来无事，就在屋里随手翻了翻，萧昭晔不用把你因在慧王府就能捏住你的命，就是因为他知道了你是皇城探事司的探子吧。”

皇城探事司？

冷月茫然地愣了片刻，才恍然记起些什么，不禁倒吸了一口凉气。

皇城探事司，这是朝廷的众多衙门之一，但朝中知道这个衙门的人不多，冷月曾在安王爷那里听说过，但也仅仅是听说过而已。

这是个只受当朝在位天子差遣的衙门，顾名思义，主要职责就是探事，但凡是发生在朝廷地盘上的事，只要天子一句话，这个衙门就会替天子探个一清二楚。至于这衙门在哪儿，衙门归谁管，衙门里的活儿谁来干，除了当朝天子没人知道，也没人有胆子知道。

因为差事极尽隐秘，皇城探事司的官差不像寻常的官差一样穿官衣坐衙门，上至王侯公卿，下至黎民百姓，凡是活人都有可能是这个衙门的人。也因为如此，探事司的人一旦被人识破身份，就会悄无声息地在人间蒸发。

当初安王爷在她进刑部当差之前，对她讲明这个衙门的事，就是怕她打破砂锅问到底，一个不留神弄明白了些不该明白的东西，惹出些不必要的祸患。

景翊在宫里伴着一国储君一住就是十年，对皇城探事司的了解自然比寻常人要多上许多。比如这块作为皇城探事司密探印信之用的鸡血石印章，恐怕连萧昭晔都未必知道这东西的存在。

"皇城探事司的密探只能奉皇差探事，不能插手生事，也不能触犯朝中任何一项律条。一旦触犯，即便只是小偷小摸，也会被司里的人抓走，以谋逆之罪处以诛灭九族之刑，以免被捕受审之时泄露司中消息。"

这样的事从景翊口中徐徐道出，竟也不觉得阴寒冷酷，只觉得悲从中来，禁不住要替这些命不由己的人默叹一声。冷月清晰地感觉到，神秀紧扣着她的手上已有了些许微颤，也看到呆坐在茶案旁的画眉惊愕得连眼泪都忘了落，屋中唯景翊一人是静定的，好像洞悉凡尘万象的佛陀，超脱却不失悲悯地看着苦苦挣扎的众生。

"萧昭晔虽知道你是探事司的人，但也知道探事司的密探同时也在受人监视探查，所以只捏着你的身份来威胁画眉，不曾让你来做什么。只是你一厢情愿地认为只要张老五死了，你和画眉就不用再受制于他了，但杀人灭口这种心思，不只你一个人会有。"

景翊缓声说罢，声音沉了一沉，才道："我知道你这差事不易，我本也不想拿这个出来说事，但你得寸进尺，我也没必要跟你客气了。"景翊把那块小巧的鸡血石印搁在掌心轻轻掂了一掂，缓步走到窗边，再开口时已没了佛陀的悲悯，只见朝臣的果决，"我再给你一次机会，你放开她，这印我还给你，你的身份我也不会张扬，我还会给画眉安排一个绝对安全的去处。否则，你家遭殃的就绝不只是你们两个人了。"

事已至此，神秀满可以破罐子破摔，眨眼工夫杀掉冷月与景翊，再一死了之。但眼下景翊正站在窗边，只要扬手把这印往外一扔，别说他在世的九族内的亲人都会消失殆尽，连已入土的那些，坟头也会被平得一干二净，好像这些人从来就不曾在世上存在过一样。

这种恐怖已超越了生死，探事司之外的人恐怕连万分之一都很难体会。

神秀终于微抿了一下隐隐泛白的嘴唇，淡声问道："什么去处？"

"安王府。"景翊也不与他拐弯抹角，坦然答道，"世上没什么藏身之处能瞒得过安王爷，他要是想藏一个人，十个皇城探事司也别想找到。"

冷月觉得背后之人气息凝了一下，静待了须臾，扣在她喉咙与手腕上的手倏然松了开来。冷月刚觉得脱离了束缚，忽见眼前人影一动，还没来得及活动的身子便落进了一个不甚结实却足够温热的怀里,眨眼间就被带离了神秀身前,落在了距神秀五步开外的茶案旁。

被景翊紧拥在怀里,冷月才发现,这个看似最为静定的人竟全身都在发抖。昨夜发烧的热度不但没有退下去,反而越发滚烫了,隔着宽大的僧衣都能感觉到他高得吓人的体温。这人却还满目紧张地看着毫发无损的她,心疼得声音都有些发颤了:"伤到哪儿了吗?"

她一向是保护别人的,从保护一方百姓到保护萧瑾瑜,再到保护他,保护别人已然成了她存活于世的意义。她也从没想过,有朝一日会有一个手无寸铁的书生为了保护她,也仅仅是为了保护她,而在高烧中强打着精神,与一个一根手指就能弄死他的武功高手苦心周旋。

救过她性命的人不计其数,冷月却第一次感觉到劫后仍有余生是件多么值得高兴的事情。

冷月很想与他紧紧地拥抱一会儿,可劲敌仍在,冷月只对他认真地笑了一下,更加认真地道了一声:"放心,我很好。"

景翊对着怀里的人细细打量了好一阵子,确定她当真无碍,才勉强安下心来,也松了松紧搂着她肩膀的手,在她肩头上轻轻抚了抚,再开口时已不见了那般紧张焦灼,温柔得一如那晚彻夜不眠为她揉去腹间的痛楚时一样:"没事就好。"

景翊转目向僵坐在桌边深深望着神秀的画眉看了看,见他们两人默然对望了半晌都没有开口说话的意思,才轻叹了一声,温声道:"小月,你带画眉去安王府吧。"

押送本来就是她的差事,但冷月从景翊话中听出了些别的意思,不禁眉头一皱,有几分担忧地问道:"你呢?"

"王拓还在寺里,我的差事还没办完。"萧瑾瑜派他来这儿,是为了那个高丽王子,这一点景翊从没忘过。景翊挂着淡淡的苦笑,有点儿无可奈何地把这件几乎被冷月忘干净的事说完,又把声音扬高了几分,补充道:"放心,只要你把画眉平安送到安王府,他就不会伤我。"

冷月听得出来,景翊这话有八分是说给神秀听的。画眉进了安王府,安全确实安全,但也不免从一方人质沦为另一方人质,神秀如若妄动,画眉自然逃不了干系。冷月安心了些许,轻轻点头,刚要过去扶起画眉,一眼落到画眉掐痕尚未褪尽的脖子上,恍然想起另一件几乎被她忘干净的事来:"那萧昭晔怎么办?"

景翊仍不慌不忙地温声道:"身为皇子栽在烟花馆里,借他十张脸他也不敢声张。不必管他,一切让安王爷裁夺吧。"

"好。"冷月这才重新点了点头,向仍站在方才制住她的地方一动未动的神秀看了一眼,转回眼来也如景翊方才那般扬声道:"你自己小心,我很快回来。"

"好。"

冷月心里挂着景翊,去来都很快,路上毫无耽搁。即便如此,再返回寺里的时候,日头也已经有些偏西了。

衬着秋日里一偏西就红得极艳的天光,冷月大老远就看到一股浓烟从素来祥和肃穆的安国寺里滚滚而出,凌空下看,依稀可辨出是神秀的那处禅房。

有画眉在手里,神秀不敢妄动,这只是依常理做出的推断,谁也不知道画眉的死活于神秀而言到底有没有那么重要。

冷月一愕之下心里一沉,急忙朝着那道浓烟赶去。围在寺外的御林军已抽拨了几人进宫去请旨,余下的多少有些慌乱。冷月即便心慌之下失了几分谨慎,还是顺顺当当地进了寺中。

着火的果然是神秀的禅房,秋日干燥,禅房又都是木架子盖的,火势极猛,连隔壁方丈禅房所在的院子也受了些牵连。一众和尚仍在来回折腾着泼水,火势却一点儿也不见减弱。

在空气中浓重的焦木气味里,冷月清晰地嗅到一股油脂被灼烧之后的刺鼻的焦臭,整个人登时从肺腑凉到了发梢。

以神秀的武功,他要是有心同归于尽,若在平时景翊还有几分逃离的胜算,可他那样发着高烧,轻功已打了好些折扣,又没有一点儿内家修为,无论如何也是逃不掉的。

不管怎样,她也不能把他一个人留在这里。

冷月银牙一咬,刚要从临近的一处屋顶上跃进院中,忽感背后有人掠近,未及转身,已被一个熟悉的力道拦腰搂住了。

"别过去,这火没救了。"

这一声轻柔如梦,带着一丝难言的惋惜,冷月却如已走到阎王殿门口的人突然被告知黑白无常认错人了一般,狠狠一呆,急忙转身,转得急了,一时忘了自己是立在屋脊上的,脚下一乱,险些跌下去。

"小心!"

景翊手疾眼快,一把把人抱住,索性打横抱了起来,接连跃过几个屋顶,落进东院深处幽寂无人的小院里,才把人小心地放了下来。

景翊甫一松手,刚刚落地的人又一头扎回了他的怀里,张手搂紧了他的腰背,好像要生生把他与自己揉为一体似的。

"怎……怎么了?"景翊被这一抱吓了一跳,愣了一愣,才抬手在冷月肩背上轻轻拍抚,温声笑道,"挨王爷骂啦?"

冷月不管他的调笑,仍紧紧黏在这人发烫的怀里,静静地听着他微乱的心跳声。景翊等了半晌,才听到怀中人用极轻的声音道:"我还以为你……"

话只说了半句便被哽咽截住了。景翊怔了一下才恍然明白过来,心里一暖,也随之一疼。

这世上对着他这张脸胡思乱想的女子大有人在,而为了他的安危胡思乱想的女子,除了他娘,这倒是头一个。

景翊颔首在她头顶落下一个安抚的轻吻,抬手轻轻抚着她如丝如锦的长发,含笑道:"放心,咱们不是早就说好了吗,等你什么时候想当寡妇了,我才会死呢。"

怀里的人蓦地把他抱得更紧了些:"我一辈子都不要当寡妇!"

"那我就不死了,一直一直活着,等到你兄长家的儿子们带着他们的孩子来拜望我的时候,我就告诉那些小孩子,这个没牙的老太太就是你们的姑奶奶。"

冷月一时没绷住,"噗"地笑了出来,松开紧箍在他腰背上的手,在他胸口上不轻不重地擂了一拳:"你才是没牙的姑奶奶呢!"

景翊立马装模作样地捂住了胸口,皱起眉头幽怨地道:"还说不要当寡妇呢,这就要谋杀亲夫了。"

冷月好气又好笑地白了他一眼,见他从上到下整洁如初,丝毫不像是仓促之下逃出来的,不禁问道:"那火是怎么回事?"

景翊这才放下了那般西子捧心的架势,一叹道:"神秀说要把翻乱的禅房整理好,我就想出去看看王拓,还没到西院呢,这禅房就着了,已经着了好一会儿了,怎么也扑不灭,估计是浇过不少油。已有人闯进去看了,没找到神秀,但床上有僧衣的灰烬和神秀的那串玛瑙佛珠,还有几块硬邦邦的东西,方丈说是化成舍利子了。"

"胡扯!"景翊话音还没落定,冷月已瞪圆了两眼,忍不住道,"这才多大一会儿,烤全羊都还烤不熟呢,还舍利子!"

景翊用一根手指在她红若云霞的嘴唇上轻按了一下,阻住余下更多的大实话,苦笑摇头:"这事牵系到皇城探事司,没准儿就是皇上的意思呢,不是咱们说查就能查的,我得去跟安王爷谈谈再说。这火烧成这样,我估摸着皇上一会儿就要派礼部的人来劝王拓离寺了。王拓估计不会愿意,你能不能再到王拓那里扮一回菩萨，随便编点儿什么，劝他快回高丽就好。我看朝廷里过不了多久就要有场大乱了，他在这儿实在太碍事。"

冷月轻抿了一下被他发烫的手指触碰过的嘴唇，没像以往似的立马应下，只有些犹豫地问道："王拓回高丽，你就能回家了吗？"

景翊一时没反应过来："嗯？"

"今天不是八月十五吗？"

她常年在外奔忙，本也没有过节的习惯，可经过今天这番折腾，她格外地想与这个人好好过一次这个象征团聚圆满的节日。

八月十五……

对景翊而言，八月十五这样的节庆从来都是宫里的一通大折腾，从宫女太监、妃嫔媵嫱到皇子公主、文武百官，借着节庆的名号巴结讨好谋划算计。一通折腾下来，主子们是什么心情他不知道，他反正总是要累掉一层皮的。能窝在自己的家里，伴着想伴的人过个诗文里描述的那种八月十五，实在是他以前想也不敢想的奢望。

景翊一向都是个懂得珍惜好东西的人。

景翊微垂眉眼，对上她满是期待的目光，安然一笑："不管王拓回不回高丽，我见过王爷后就回家过节。"

景翊从窗口跃进安王府三思阁的那间屋子时，萧瑾瑜不出意外地仍在伏案翻阅案卷。感觉到一丝凉风送来一阵佛香的气味，萧瑾瑜抬头看了一眼来人，便又埋头看回面前的案卷，不带多少好气地道："你是在寺里吃胖了吗，怎么落脚的动静重了这么多？"

萧瑾瑜窝着不小的火气，景翊来时就预料到了，被他这么凉飕飕地问了一句，景翊也不觉奇怪，只苦着脸道："胖？我从昨天进寺到现在，一口饭都没落着吃，发烧烧得整个人都要煳了，不瘦一圈就不容易了，还胖呢！"

"你一口饭都没吃，专门腾出肚子来吃熊心豹子胆了，是吧？"萧瑾瑜忍不住把案卷"啪"地撂到桌上，冷眼看向书案对面这个还敢跑来跟他叫苦的人，"这些年跟你说了多少回，皇城探事司的事一根指头也沾不得，你居然敢去翻他们的印信，还拿这个作为要挟，末了还好意思把人往我这里送。"

萧瑾瑜话音未落就掩口咳了起来，深深浅浅地咳了许久，几乎要把肺都咳出来了，才稍见缓和。景翊本想给他端杯水，目光刚寻到他杯子的所在，就在一堆成山的案卷中看到一碗还冒着热气的药汤，不禁一愣："你病了？"

萧瑾瑜虚靠在轮椅后背上歇了须臾，待喘息平复下来，才余火未消地朝那个刚被他训过一通的人翻了个饱满的白眼："你病得比我厉害。"

景翊哭笑不得地端起药碗递到他面前："得亏我病得厉害，脑子一热把那印翻出来了，不然我今儿就要躺在棺材里了。我真是宁愿自己抹脖子，也不愿见小月被他那样制着。你是不知道他使了多大力气，小月的手腕都给他攥红了。"

萧瑾瑜瞪他一眼，目光中的冷意明显浅淡了许多，却没伸手接下他递来的药碗，又轻咳了几声，才不带多少好气地道："这是清热的药，你喝了吧，正好治治你那容易发热的脑子。"

景翊一时以为萧瑾瑜还是火气未消，正琢磨着要怎么谢罪才好，就听萧瑾瑜又淡声道："不是发烧了吗，你喝就是了。他们知道我总要放凉几回才想得起来喝，每回煎药都多煎些预备着，待会儿让他们再拿一碗来就好。"

见萧瑾瑜彻底没了脾气，景翊长长舒了口气，觍起一张乖顺的笑脸道了声"谢王爷赏"，就把那碗苦得要命的药汤一饮而尽了。

萧瑾瑜看着他把药喝完，才缓缓吐纳，有些无力地问道："说吧，寺里又出什么事了？"

若不是出了什么非来见他不可的事，这个猴精的人绝不会在这种时候自己跑来找骂。虽已有了足够的心理准备，待景翊搁下药碗，把寺里方才的事简单明了地说了一遍，萧瑾瑜还是禁不住揉起了胀得发疼的额头，有气无力地叹了一声："我知道了。"

萧瑾瑜这一句"知道"就等同于说这件事由他来处理，无须景翊再挂心了。景翊也乐得如此，便舒了口气，转头给这个比菩萨还好使的人倒了杯茶。看着杯中渐满的茶汤，景翊恍然记起些差点儿忘干净的事，把茶杯端到萧瑾瑜手边之后，禁不住苦笑着问道："成记茶庄的事是你们搞出来的吧？"

萧瑾瑜刚伸出去准备端茶杯的手在半空蓦地一僵，虽未答话，看在景翊眼中，已是一句斩钉截铁的"没错"了。

景翊转回茶案边，给自己也倒了一杯，送到嘴边浅呷了一口，摇头笑道："什么入口微苦余味微甜，小月一口下去就说是大碗茶，我还不信。今儿连京城第一花魁都说那是大碗茶，我才回过味儿来，这就是路边凉棚里卖几文钱一碗的大碗茶吧？"

萧瑾瑜没应声，只端起茶杯缓缓喝起来，神色安然得好像喝入口中的当真是当世最值钱的茶一样。

景翊又喝了一口，到底忍不住放下了茶杯，咂着这难喝程度与药汤不相上下的余味,哭笑不得地叹道:"我家老爷子嘴那么刁,居然喝得来口感这么差的茶,他要只是自己喝喝也就算了,那些毕竟都是皇上赏下来的,不喝就是不敬嘛。可是我家老爷子不但喝起来没完,还逮着机会就跟人夸,闹得京中那些有钱没处花的人全都跟风去买成家的茶了。"景翊说着看向那个还在安然地喝茶的人,"要光是我家老爷子四处跟人夸,估计还能有几个真懂茶叶的会站出来说句实话,结果你和瑞王爷也跟着夸。瑞王爷是朝里最讲究吃穿的,你是朝里最不讲究这些的,你俩都夸到一块儿去了,谁还有底气说这是大碗茶啊?你们就合伙糊弄那些没在街上喝过大碗茶的冤大头吧。"

　　景翊就像在街头杂耍摊前看出了把戏玄机的小孩儿一样,没什么恶意却也兴致盎然地道:"我就说呢,江南这两年水患频发,只见皇上下旨拨赈灾款,也不见说派什么人去押送呢,大批官银运送,免不了要被各路人盯上,就算没遇到江湖上截道的,每转运一站也免不了被各级官员吞掉一层,等运到灾区,还不一定能剩下多大一口呢。这笔银子要是从京中成记茶庄分号运往苏州总号的货款上走,那就能直接放进银号调用了,既不惹眼,又不会有各级官员侵吞盘剥。小部分钱款是你们和皇上借卖茶叶之名分次投进去的国库的银子,剩下的大半还是那些有钱没处花的冤大头捐的,这么缺德的法子,一准儿是我家老爷子出的吧?"

　　萧瑾瑜仍是没应,只把茶杯不轻不重地搁到桌上,凉飕飕地扫了一眼这个说得意犹未尽的人:"你这是要审我吗?"

　　一见萧瑾瑜又要动火气,景翊忙赔笑道:"不敢不敢。"

　　"不敢就出去。"萧瑾瑜把仍半满的茶杯往旁边推了推,又埋头翻起案卷来,顺便略带着几分不情不愿地道,"今儿晚上宫里要大宴,不知道要折腾到什么时候,我得把明天的事提前办完。"

　　景翊自然知道,萧瑾瑜不情愿的,不是办这些似乎永远也办不到头的公务,而是今晚宫里那场不知道要折腾得怎样波澜四起的大宴。只是萧瑾瑜一时半会儿还没他如今这样的福气。

　　想到那个等他回家过节的人,景翊本因发烧而隐隐有些发冷的身子由内到外都暖了一暖。

　　"还有一件事,说完我立马走。"

　　萧瑾瑜蹙眉对付着手里的案卷,头也不抬地应道:"说。"

　　景翊凑到萧瑾瑜桌案前,带着一抹很是乖顺的笑容试探着问道:"那个……小月在高丽王子面前扮菩萨的事,你已经知道了吧?"

　　萧瑾瑜没答,只是漫不经心中带着一点儿凉意地反问道:"你说呢?"

这事萧瑾瑜懒得多说什么，因为也就只有天才晓得他刚听到"送饭观音"这个名号时是何等复杂的心情，连他自己都很难用言语形容出来。

景翊像浑然看不出萧瑾瑜那颗很想上手挠他一爪子的心似的，依旧满脸乖顺地笑道："我是觉得吧，她扮菩萨扮得动静这么大，那个高丽王子一回高丽，肯定会到处说，要是让在京的高丽人发现他们的王子说的菩萨是小月，不如派她离京一段日子吧？"

萧瑾瑜抬起眼皮白了一下这个自作自受的人，到底还是淡声道："也好，南疆军营正好有些麻烦，一时也没有合适的人可派，她对军营熟悉，就让她去一趟吧。"

"南疆军营？"景翊愣了一愣，"吴郡王萧玦那里？"

"嗯。"

吴郡王萧玦是萧瑾瑜的三哥睿王爷家的长子，睿王爷猝然病故之时，萧玦方年满七岁。刚好先前一直照顾萧瑾瑜的十公主奉旨出嫁离宫，性子本就沉静的萧瑾瑜越发沉郁寡欢，当今圣上见他二人年纪相仿，索性把萧玦召进宫来给萧瑾瑜做伴。萧玦在宫里给萧瑾瑜当了许多年的侍卫，两人一直形影不离，直到前些年萧瑾瑜离宫建府，萧玦才继承父志，自请赴了疆场。

萧玦唤萧瑾瑜一声七叔，萧瑾瑜也真如叔叔一般始终记挂着这个侄子。

眼见着萧瑾瑜面露担忧之色，景翊苦笑着叹了一声："前些日子下朝回来，我跟你说什么来着……也不知道朝廷里的这些人琢磨的什么，吴郡王这才十六七岁，就让他统领一个军营，还是一下子把人从北疆直接调到南疆，人生地不熟的，不出麻烦才怪。"

萧瑾瑜眉头微紧了一下，到底还是头也不抬地淡声道："天将降大任于是人也，必先苦其心志，劳其筋骨。没什么好怪的。"

景翊挑了挑眉梢，没再与他就这件早已煮成熟饭的事争辩下去，一叹之间就把话岔了出去："你派小月去南疆，估计皇上会拦一拦你，你就多费点儿口舌吧。"

萧瑾瑜漫不经心地问道："皇上为什么会拦我？"

景翊不答，只挂着一道浅浅的苦笑顾左右而言他："回头送你几斤上好的太平猴魁，让你尝尝真正值钱的茶叶是什么味儿的。"

萧瑾瑜一怔抬头，真正值钱的茶叶是什么味儿，他估计品不出个所以然来，但景翊这话里的味儿他已品咂出来了，不禁微微一愣，蹙眉沉声道："她是皇上派到你身边的？"

景翊苦笑不语。虽一言未发，萧瑾瑜还是会意地点了点头，在重新埋头于案卷中前云淡风轻地道:"十斤太平猴魁,天黑之前送来。当是你送的中秋礼了。"

"十斤?"景翊啼笑皆非地看着嘴里远不如心里有数的人,"你一天才能喝几杯茶,十斤得喝到什么时候啊,好茶放陈了就浪费了啊。"

"我煮茶叶蛋,不行吗?"

"行……"

第四案 麻辣香锅

> 知我者，谓我心忧；
> 不知我者，谓我何求。
> ——《诗经·王风·黍离》

第十六章 一线生机

冷月得皇上批准离京赴南疆办案的时候,王拓也同以景翊的三哥景轩为首出使高丽的使团回高丽去了,景翊也从安国寺解脱了出来。

这赶赴南疆军营的差事是怎么来的,景翊已在那个花好月圆之夜与她讲明了。冷月起初只当是奉命出去避避风头而已,没想到一去竟去了三个月,走的时候满京的树叶还没黄透,回来的时候已然大雪纷飞了。

离京的这三个月,冷月没想到的事还有不少。

第一件就是抱病已久的皇上,竟在她就快了结南疆之事时突然驾崩了。

皇上驾崩的消息传到南疆不久之后,她就收到一封从安王府发来的密函。密函的封皮上是萧瑾瑜的字迹,里面装的却是一道已驾崩数日的皇上急召她回京的密旨。

于是冷月只得丢下南疆军营里那个差一点儿没有办完的事,急匆匆地动身返京了。

按理说,从皇上驾崩一直到新皇登基这段日子,身处外地的官员是不能随随便便往京城跑的。但这道密旨在手,哪怕下旨的时间与方式都诡异得让人毛骨悚然,冷月还是眼瞅着被重兵把守的京城门口,理直气壮地奔过去了。

守门的是一队冷月从没见过的兵,远远地就拦了冷月的马,一张张脸板得比城墙还要冷硬。

"什么人?"

冷月翻身下马,从怀里掏出那块刑部的牌子:"刑部的人,奉旨回京。"

前来盘问的兵头剑眉一蹙，把冷月从头到脚扫了一遍。

正值国丧，赶路再急冷月也没忘换上了难得穿一回的官衣，裹着暗色斗篷。因奔波多时，冷月紧束的长发已有几丝垂落下来，荡在白里透红的脸颊边，此时一手握剑，一手扬着牌子，在簌簌的大雪中别有几分英挺。

朝廷里穿这身衣服的女人就只有一个。

"你是……冷月，冷捕头？"

"是。"

兵头没说让她进，也没说不让她进，兀自皱着眉头转身走进了城门。不多会儿，打城门里走出一个披挂整齐的女人。

这个女人比冷月还要高挑些，更为丰满的身子紧束在一袭金甲戎装里。红缨长剑在手，在大雪中挺胸抬头地大步走来，夺人的英气顿时把一队守城兵全比成了石礅子。

隔着茫茫大雪，冷月眼睁睁看着这女人冷着一张脸走到她面前，才愣愣地开口。

"二姐？"

冷嫣原是太子府的侍卫长，如今太子爷眼瞅着就要变成万岁爷了，冷嫣的职权自然无形中大了许多。

冷嫣皱着沾了些许细雪的眉，扫了一眼冷月这身比她单薄许多的行头，丝毫没有请自家亲妹妹赶紧进城暖和暖和的意思，只不冷不热地问道："你不是去南疆军营办差了吗？"

"南疆军营"这几个字从冷嫣口中说出来，与其他字眼相比，别有几分紧张。冷嫣心里惦记的什么，冷月刚到南疆军营见到吴郡王萧玦的时候就明白了。以前兴许还看不出，但自打嫁了那个人，自打心里惦记起了那个人，她就格外清楚人惦记起人来是种什么模样了。

冷月嘴角一勾，看着这个平日里对什么男人都是冷眼以待的二姐，狡黠地笑道："是啊，就是吴郡王统领的那个南疆军营。我瞧着那个吴郡王虽然比你小上几岁，但要文有文，要武有武，要模样有模样，要德行有德行，难怪连爹都把他夸得跟朵花似的。你要是跟了他，我可就放心了。"

冷嫣冰霜般的冷脸僵了一僵，僵得反而见了些许暖意，翻着眼皮白了冷月一眼："你胡说八道个什么？"

冷月像偷喝到灯油的小耗子一样，美滋滋地笑着，斜着肩膀碰了碰冷嫣的肩头："我是不是胡说八道，你自己心里明白。"

冷嫣没接她的话茬，只板紧了面孔问道："是安王爷召你回京的吗？"

见冷嫣没有招供的意思，冷月怏怏地扁了扁嘴，摇摇头，向城门口的守卫看了一眼，放轻声音道："不是，是皇上密旨召我回来的。"

冷嫣一怔："皇上？"

冷月恍然反应过来，忙改口道："先皇。"

"先皇召你回京做什么？"

冷月摇头，低声道："不知道，只说让我马上回京，不过这密旨下得有点儿怪，落款的日子就是先皇驾崩的那天，而且还是通过安王爷发给我的。"

与天家有关的事不是可以随口胡说的，何况冷月自小也没有胡说的习惯。冷嫣不禁一愕，脸色微变。

冷月虽没有景翊那般一眼看进人心里去的本事，但自家姐姐的一颦一笑是个什么意思，她还是能明白几分的。见冷嫣这副模样，冷月心里一紧，声音又压低了几分："二姐，京城出事了？"

冷嫣没答，只没什么好气地斜了她一眼："废话，京城没出事，你穿成这样干吗。先皇驾崩之后，朝中大局暂由几位老臣主持，你这事我也不能做主，你先在邻近的镇子里找个地方歇歇脚，待我回禀了太子爷再说吧。"

冷嫣说着，转身就要往城门里走去，却被冷月一把拽住了胳膊，硬生生地拽停了步子："二姐，京城里到底怎么了？"

冷嫣颇有些不耐地敷衍道："什么怎么了？"

冷月也不知道怎么了，但在公门里混了这些日子，起码的直觉还是有的。冷嫣这样硬生生地阻止她进城，最可能的原因就是这堵城墙里一定有事，还极有可能是与她脱不了干系的事。

冷嫣不是不能，而是不愿让她进去。

京城里与她有关的人和事本就不多，仅有的几个都是比她自己的性命还重要的。冷月紧抓在冷嫣胳膊上的手有点儿发抖，与冷嫣对视的目光却坚如三九寒冰："你让我进城，给我一盏茶的工夫，我就能告诉你。"

被那双与自己如出一辙的凤眼一眨不眨地盯着，冷嫣在走出城门前就准备好的一肚子硬话，愣是一句也说不出来了。

她的内家修为远胜于冷月，若是真刀真枪地打，冷月肯定不是她的对手。但要说查疑搜证，就眼下京城城门里的那点儿事，莫说一盏茶，就是吃个包子的工夫，也足够她这个心细如发的妹妹摸得一清二楚了。

冷嫣默然一叹："你跟我来。"

冷嬷没把冷月带进城门，倒是带着冷月往反方向走了一小段路，驻足在道边的一个小酒肆前，朝正在温酒的摊主招了招手。

这些日子冷嬷总在城门附近打转儿，冷了就在这里喝碗酒暖暖身子。摊主已记牢了这个披甲执剑的女人，张口便热络地喊了声"军爷"，转眼看见跟在冷嬷身边的冷月，愣了一下，恍然道："哟，这不是……"

摊主一句话没说完就被冷嬷狠瞪了一眼，摊主立马缩了头，赔笑道："那个……还是十文一碗的，两碗？"

冷月在摊主那张笑得僵硬的脸上盯了片刻，才捡了个稍微囫囵一点儿的破凳子坐下，裹紧了披风，又缩了缩身子："一碗，我喝热水。"

"哎，哎，就来！"

一直到摊主把热酒和热水都端了上来，冷月把那碗热水捧进了怀里，冷嬷一口接一口地把整碗酒都闷了下去，才从身上摸出一个信封来，一巴掌拍在冷月面前的桌上，拍得桌子不堪重负地"吱扭"了一声。

信封用糨糊封了口，里面不知装了什么。拍在桌上的时候与桌面击出"当"的一声闷响。

信封上端端正正地写了两个楷体大字：

休书。

冷月肚子里的墨水不多，能辨识出来的字迹也不多，但眼前这种字迹，只要没化成灰，她一眼就能认得出是出自何人之手。

冷月裹在披风里的身子蓦地一僵，捧在手里的碗颤了一下，水波一荡，差点儿泼洒出来。

冷月抱着水碗，盯着信封上这两个在大雪天里越发刺眼的大字呆了片刻，才木然地把碗搁下，伸手拿起信封，一把撕开。撕得急了些，信封里仅有的一样东西一下子滚落出来，在桌面上一弹，正落到冷月腿上。

一只只有小孩才戴得下去的小银镯子。

这个样式粗简的小银镯子被质地精良的丝线编成了一个男子的挂饰，从丝线磨损程度上看，这小银镯子已作为挂饰在那男子腰间佩戴很多年了。

冷月不知道天底下有多少男人会拿小孩家的银镯子当配饰，但这个休了她的男人会，而且一戴就是十几年，还差点儿为了它豁出命去。

眼下，这冰冷的银镯子就在她的腿上静静躺着，凉意透过那层单薄的官衣渗入肌骨，像是把冷月的脑子一并冻了起来，连起码的难过都感觉不到了。

在嫁给景翊之前，她从没想过嫁人。嫁给景翊之后，她也从没想过这辈子还会再嫁给别的什么人。

眼瞅着冷月眼圈泛红地呆看着落在腿上的银镯子,冷嫣心里一酸,声音禁不住轻软了几分:"京城里这会儿已经乱成一锅粥了,你先去别处待待。等过些日子京城消停了,我陪你一块儿找这混蛋算账去。"

冷月又盯着这银镯子看了片刻,薄唇一抿,抓起银镯子,连同信封一起收进了怀里。抬起头来时没哭没闹没掀桌子,只像平日里向人证询问线索一般,不带丝毫情绪地问道:"这事王爷知道吗?"

冷嫣皱了下眉头,用余光扫了扫埋头温酒的摊主,低声叹道:"你又不是不知道男人们那点儿臭毛病,他把休书往太子爷那儿一送,就钻到烟花巷子里快活去了。闹到这会儿,全京城里没人不知道。"

冷月静静地听完,非但没有一拍桌子蹦起来,反倒嘴角微微一勾,牵出几分笑意来:"咱们姓冷的女人被人传的闲话还少吗,皇上召我回来必有安排,总不能因为这个就耽误皇差吧,你忙你的,我去找他算账就行了。"

冷嫣狠狠一愣,见鬼似的看着平静得有点儿吓人的冷月,看了好一阵子也没看出冷月哪里不妥,只得把碗往桌上一墩,重新拉下脸来。

"你是不是想在这儿跟我打一架?"

"不想。"冷月淡淡地应了一声,握剑起身,毫不躲闪地迎上冷嫣凌厉如刀的目光,"但是如果非得跟你打一架你才让我进城的话,打就打吧。"

冷月不知道摊主把她俩的谈话听去多少,但她这一声"打就打吧",摊主铁定是听清楚了,否则也不会吓得两手一抖,把烫酒的水一股脑儿全泼进了炉子里,生生把炉膛浇得一丁点儿火星都没剩下。

趁着摊主手忙脚乱地收拾炉子的空当,冷嫣轻而快地叹道:"你给我滚到一个没人的地方待着去,天黑了我接你进城。"

待到摊主收拾完那一片狼藉,抬起头来的时候,刚才说好了要打一架的两人已经无影无踪了。

酒钱就搁在桌上,摊主数了一下,三份。

入夜之后风急雪大,冷嫣拿着一块牌子把冷月接进城的时候,冷月细白的两腮已被风刮得隐隐发红,嘴唇却泛着青白之色。看得冷嫣着实有点儿不落忍,禁不住问道:"你这一天去哪儿了?"

冷月一心一意地骑着马,漫不经心地扫视着远处的万家灯火和周围一片死寂的街巷,更漫不经心地道:"就是照你说的,滚去了一个没人的地方,怎么,城里开始宵禁了？"

冷嫣见她语调平顺安稳，与平时没什么区别，只是眉目间有点儿遮掩不住的疲惫之色，便无声地松了口气，也漫不经心地应道："嗯，这些日子不大安生，天一黑街上就不许走人了，我跟太子爷讨了牌子才把你带进来，你先回家睡一宿，明儿天亮了再去找那混蛋吧。"

冷月一怔转头："哪个家？"

"哪个家？"冷嫣转头正对上冷月这副怔怔的模样，禁不住拿一道恨铁不成钢的目光往冷月的襟口瞪了一眼。她要是没记错，那个写着"休书"二字的信封和信封里的东西就塞在这层衣服下面，靠冷月心口最近的位置："还有哪个家，自己姓什么都不知道了？"

她已接了景翊这封无字的休书，也就意味着那处离大理寺不远挂着"景府"二字门匾的小宅院，与她再没有一文钱的关系了。这京城里对她而言唯一能称得上家的地方，就只有景家大宅对面的冷府了。

她奉密旨自己找上门去嫁给景翊的时候，冷夫人正在凉州探亲，这会儿景翊给她下了休书，冷夫人还在凉州没有回来。这要是回来了，见到家里这盆自己把自己泼出去的水又被人家一个招呼都不打地泼了回来，还不知要怎么收拾她。

不过有一样可以肯定，京中那些原就认定冷家女人伤风败俗的人，这会儿说起话来一准儿更硬气了。

冷月有点儿发僵地扯了扯嘴角。嫁给景翊的日子也不长，怎么就那么顺理成章地觉得他和家总是在一处的呢？

冷月微微摇头："我还有要紧的东西搁在他那里，他也有要紧的东西在我这儿，我要是不去一趟，今儿晚上回哪儿也睡不着。"

"什么东西？"

"反正是你代劳不了的东西。"

冷月说着便要拍马快行，一鞭子挥到半截就被冷嫣一把攥住了。

"那也不能去！"

冷月看着突然之间紧张得莫名其妙的冷嫣，一时也想不出她有什么好紧张的，便扁了扁嘴："打一架吗？"

冷嫣被她噎了一下，原本就清冷一片的脸顿时又蒙上了一层冰霜，在漫天飘雪的夜里一眼看过去，冷得有点儿吓人。

"二姐。"

冷嫣被这声穿过风雪送到耳边，还带着些热乎气儿的"二姐"扎得心里一疼，那张比冷月美得更浓烈几分的脸，不由自主地露出几分温和的怜惜之色。

实话实说，刚替冷月接到这封由太子爷转交来的休书的时候，冷嫣铆起这辈子所有的定力才没冲到景家去拆房子。

毕竟规矩是一回事，道义是一回事，自家亲妹妹就是另外一回事了。

"小月，"冷嫣到底无可奈何地一叹，扬手把鞭子丢还给了冷月，沉声道，"那混蛋小子最近惹了点儿事，这会儿正被软禁着呢。你就是去了也见不着他，还是别去给自己找不痛快了。"

冷月狠愣了一下，牵着缰绳的手一紧，差点儿把身下的马勒翻过去。

"软禁？"

冷嫣看着她这一脸的怔愣，没好气地翻了个白眼："咱俩谁是衙门的人啊，还要我给你解释什么叫软禁吗？"

照理说，软禁也是刑罚的一种，确实该是身在刑部衙门的冷月了解得多些，但事实上，经三法司正儿八经判下来的案子，以软禁为结果的几乎没有。

历朝历代，一般挨软禁的都是触了当朝天子的霉头，而当朝天子又没有实打实的理由弄死他或把他塞到牢狱里的人，又或是弄死这个人会招来更多的糟心事，于是就只好将人软禁起来消消气了。

凭景翊的眼力见儿和那张能把死说活的巧嘴，他怎么会把一朝天子惹到这个份上？

除非……

冷月眼前倏地掠过那颗刻着"探事十三"的鸡血石印的影子，心里"咯噔"一下，差点从马背上蹿起来，急道："他们是不是搜了景翊的住处，没找到……没找到要找的东西，然后就把他软禁起来了？"

冷嫣一愕，就算冷月这一天来什么也没干，光绕着城墙找人打听京城里的事，最多也就只能打听到景翊被软禁的事，这样的细节就是城墙里面的人也没有几个知道的。

"你怎么知道？"

她就知道，那一纸休书绝不会像冷嫣说的这么简单。

冷月的心紧揪了起来，却也无端地温热了许多，没答冷嫣的问话，只问道："多久了？"

从决定带她进城起，冷嫣就已做好了她迟早要知道这事的准备，只是没想到她知道得这么早。冷嫣犹豫了一下，才含混地答道："小半个月了。"

小半个月前，那就是先皇驾崩前后。

要真是因为这个而遭软禁,那甭管是刑部的牌子还是安王府的牌子,都不会起一丁点儿的作用,就算是萧瑾瑜亲临,也未必能拿到一寸面子。

冷嫣说得对,她就是去了也见不着人。

冷月抿着嘴唇若有所思地静了片刻,倒是冷嫣先忍不住开了口:"你别琢磨那些歪门邪道的法子了,我正好拿着太子爷的牌子,可以让他们放你进去看看。"

冷月一喜:"谢谢二姐!"

冷嫣颇没好气地瞪她一眼:"别谢我,最多一炷香,你自己掂量,别害死我就行了。"

冷嫣说着,扬起自己手里的鞭子狠抽了一下马屁股。马是从边疆战场上退下来的战马,这一鞭子挨在屁股上,没嚎没叫,蹄子一掀就奔了出去。

冷月这匹枣红马已陪她连跑了几天,自然跑不出冷嫣那样的速度。反正不是不认得路,冷月索性不紧不慢地走,一路走到那处熟悉的宅院门口时,冷嫣似是已和守门的军士打好了招呼,抱手站在门前等着她了。

这处她与景翊一起生活过的宅子,如今正被一队御林军装扮的人围得水泄不通,从门口各般踩踏痕迹来看,这伙人当真已经在这儿围了小半个月了。

冷月翻身下马,熟门熟路地把马拴在门口的马桩上,走上前去,刚想抱拳行个礼,就被冷嫣一巴掌推进了门去。

"赶紧着,别磨蹭。"

她性子急,冷嫣的性子比她还急,她那个远嫁苗疆的大姐比她俩的性子加在一块儿都急,所以冷月一点儿也不觉得冷嫣这副耐心就快用尽的模样有什么不妥。就连这些军士也像习惯了冷嫣这样的脾气,眼睁睁看着冷嫣把亲妹妹像推犯人一样一把推进门去,愣是没有半点儿动容。

冷月都走进前院了,才隐约听到门口传来军士的一声低语。

"冷侍卫,这个可真像……"

"像屁!"

"……"

冷月一路琢磨着冷嫣说的这个屁到底是不是她,一边闷头往里走。也不知太子爷的那块牌子起了多大的作用,一路经过的站岗军士愣是没有一个跳出来阻拦她的,还有人见她像要往书房的方向走,好心地抬手一指,及时把她指去了卧房。

冷月迈进卧房所在的院子前,蓦地想起一个人来,转向守在卧房门口的军士拱手道:"请问,齐管家可在?"

不管齐叔对她是个什么态度,对景翊还是极恭顺的。景翊出了这样的事,他若挺身出来护主,恐怕也要吃些苦头。

守门的两个军士齐刷刷地斜了她一眼。

"该干吗干吗,哪来这么些废话!"

冷月被噎得一愣。

倒不是因为军士这无礼的口气,而是军士这话说的,好像他一打眼就知道她来干什么似的,而且干的还是很要紧的正经事。

冷月隐约觉得,冷嫣放她这样堂而皇之地进来,兴许还使了些牌子以外的法子,至于是什么,冷月一时猜不出来。但看军士落在她脸上的眼神,冷月总觉得哪里有点儿不对。

站都站在门口了,再不对她也得进去看看。

冷月把原本的疑问往肚子里一咽,低头进院。

院子还是那座院子,只是院中走时还绿油油的丝瓜藤这会儿已干枯一片,硬邦邦地贴在院墙上。枯藤上还挂着几个没来得及摘就干在藤上的老丝瓜,在风雪里摇摇晃晃,像随时都会把干瘪细弱的枯藤坠断似的。

屋里有光亮,从映在窗纸上的光影来看,屋中外间和内室各燃着一盏灯,不亮,站在院子里看不见屋中有任何人影闪动,也听不见屋中有任何响动。冷月丝毫不觉得诡异,反倒觉得这屋中昏暗得有些说不清的暧昧。

冷月轻轻吐纳,走到门前,无声地把门打开,还没来得及迈进去就僵在了门口。

外屋空无一人,空燃着一盏光焰柔弱的灯。一股酒气从内室传出来,夹杂着缕缕异香,经过清冷的外屋传到冷月鼻子里的时候,已只剩下幽幽的一抹,但依旧清晰可辨。

这异香她曾闻过,在凤巢画眉闺阁的茶水里闻过。

这倒真像冷嫣说的,他把休书一送,就自由自在地风流快活了。

这个念头只在冷月脑中晃了一下就烟消云散了,毕竟在她习以为常的日子里,耳朵是她最不值得信任的器官,人言是她最不信任的证据。

冷月蹙眉迈进屋里,反手关门,一步一声地走到内室门前,听着里面属于景翊的让人脸红心跳的喘息声,静立一阵。见喘息声一时半会儿没有消停的意思,冷嫣的叮嘱她还记得,只得礼数周全地在门上轻叩了两下,平心静气地道:"景大人,方便进来吗?"

冷月这一问,当真是想跟他客气客气,但门里传来的回应却丝毫没有跟她客气的意思。

240

声音带着些力竭的疲惫，有点儿嘶哑，又有点儿气喘，但仍可以听出是景翊的声音。只是这声音说出来的话却是景翊从未对她说过的。

"滚！"

冷月叩在门上的手指僵了一僵。

让她滚她就滚，那她就不是冷月，而是球了。

这门冷月本是打算规规矩矩地用手推开的，被他这一个"滚"字一激，索性抬起一脚，"咣当"一声把门踹开了。

踹门的那只脚还没落地，冷月整个人又僵了一下。

屋内的景象果然与听到的截然不同，没有丝毫温香软玉的画面，只有一股浓得刺鼻的酒气，一盏被开门带起的风吹得明明灭灭的灯，和一个她打眼望过去差点儿没留意到的人。

数九寒天，屋里没生炭火，似乎比外面还要阴冷几分。屋里仅有的那个人就缩卧在冰凉的青砖地面上，身上只松散地裹着一层单薄的中衣。兴许是冷得厉害，整个人紧紧地缩成一团，不住地发抖，喘息急而略显粗重。

人是背身对着门口的，所以冷月第一眼落在他身上时，就一清二楚地看见了那双被反绑在背后的手，绳子似乎捆得很紧，已把那双形状极美的手捆得泛出断肢一般的青白之色了。

刚才踹出的那一脚，像被什么无形的东西反弹到她心口上一样，震得她心口倏然一疼，险些仰倒下去。

明明说是软禁，怎么……

冷月一时顾不得许多，慌得奔过去，抽剑斩断绳结，俯身拥住他的肩背，想要把他从冰冷的地面上抱扶起来。触手才发现，景翊身上的衣物虽少，身子却滚烫得像烧红的炭块一样，中衣前襟潮湿一片，他躺的那片地也是湿乎乎的，泛着一股股浓重的酒气与那撩人心魂的异香。

他这是……

冷月手上微微一滞，那刚被她搀住的人像中了邪似的，身子倏然一挺，也不知哪里来的力气，猛地一扬肘，正撞在冷月肩头上，愣是把冷月撞了一个趔趄。

冷月一退，手上一松，搀在手上的人也就重新摔回到了地上，脊骨与后脑同时撞在青砖地面上的一瞬，连冷月都听见了那声让人心惊肉跳的闷响，挨摔的那人却紧抿着嘴唇，一声没吭。

他这一摔，倒是把自己从缩卧摔成了仰躺，冷月便清楚地看到了那张三个月来没有一天不在惦念的脸。

这张原本柔和俊美的脸如今消瘦得棱角分明，惨白中泛着异样的潮红，胡楂像荒野中失控的杂草一样芜乱地长着，那双清可见底的狐狸眼像许久没有得到过休息，眼白中满是血丝，眼底青黑一片，似是疲惫已极。

冷月对着这张脸呆了片刻，才在那些依稀可辨的精致线条中找到与脑海中那张惊为谪仙的脸相对应的证据。

不过三个月而已，怎么就成了这样？

冷月怔愣的空当，倒在地上的人似是已在那一摔的疼痛中缓过了劲儿来，勉强压制住急促的喘息之后，微微偏头找到冷月的所在，立时就把两道冷厉如刀的目光投到了冷月的脸上。

"别碰我！"

景翊一向是个温柔的人，从儿时认识他直到现在，这是景翊第一次用这样尖锐的目光看她，她也从未见他用这样的目光看过别的什么人。即便是那日与神秀对峙，也不见他尖锐至此。

冷月一怔之间禁不住轻唤出声："景翊？"

"滚！"

冷月深深吐纳，勉强稳下心神。

她就是滚，也得先把他从地上弄起来再滚。这么一副文弱公子的身子，夏末秋初在凉井水里泡一泡都要大病一场，这大冬天里要是任他在地上躺久了，还不知要躺出什么毛病来。

冷月索性不与他废话，低下身来，一手穿过景翊的腋窝，另一只手正要从景翊的膝窝下穿过去，忽觉景翊手臂一抬，还没来得及反应，一侧脸颊已狠狠地挨了一记响亮的巴掌。

这副身子明明是虚软发抖的，冷月也不知他哪来的这股邪力，这一巴掌竟打得她一个练家子身子一晃，跌坐在了地上，好一阵子眼花耳鸣。

冷月错愕地坐在地上捂脸皱眉的空当，景翊已使尽了力气，把那副似乎不大听使唤的身子挪得离她远了些许。

"你……"冷月呆了半响，到底还是没琢磨明白这一记耳光的动机何在，"你打我干吗？"

无论如何，以景翊多年来在宫中和景家熏陶出的修养，他就是在醉得六亲不认的状态下，遇到深恶痛绝的人，也绝做不出伸手抽人耳光的举动。

冷月一时半会儿还顾不上伤心难过，因为眼前这人简直像中邪了似的，怎么看怎么不对。

窝在地上的人紧紧缩着身子，似是在使尽一切办法努力压制被过量的酒与药物激出的原始冲动，整个身子都因为这种抵抗而不住地颤抖着，唯有投向冷月的目光是静定的，静定中带着让人不寒而栗的杀意。

"你敢扮她，我杀了你都不为过。"

扮她？

冷月着实愣了一下，一头雾水地往自己身上看了一眼。

他先前那些话她还能勉强当他是醉酒之后神智昏聩乱说出来的，但这几句说得有条有理，前因搭着后果，声音虽因强压着喘息而不甚平稳，但字句足够清晰。她要再当他是酒后说胡话，她这个刑部捕班衙役总领就白当了。

她这样的打扮，像谁了？

"什么扮成她？"冷月一时被他东一榔头西一棒槌的话搅和得摸不着头脑，不由自主地蹿上点儿火气来，"你把话说明白，这衣裳就是我的，我冷月就是冷月，我扮成谁了啊？"

这几句说出来，那道投在她身上的目光又莫名地森冷了几分，惨白的嘴唇却轻轻一抿，在嘴角勉强勾起了一个弧度，扬出一丝冷笑。

"你也配叫这个名字？"

冷月有点儿想发疯，声音禁不住提高了一度："我打一生下来就叫这个名字，你也不是第一天知道我叫这个了，我怎么就不配了！"

"不配就是不配，"景翃冷笑出声，狠剜了一眼面前这个已有些气急败坏的女人，喘息了须臾，才缓慢却清晰地道，"她是这世上最漂亮、最温柔、最聪明的，你长得再像她，什么都像她，也不及她万一。"

说罢，他调整了一下又显急促的喘息，才又冷然丢出一句。

"别瞎折腾了，滚！"

冷月不知自己呆愣了多久才恍然回过神来。

她刚从大门进来那会儿的疑虑并不是胡思乱想的，冷嫣在大门口说的那句"像屁"的"屁"，当真说的就是她。

景翃之所以以这样怪异到了极点的态度对她，也是当真如景翃所说，此刻在他的眼中，她压根就不是他熟识的那个叫冷月的女人。

包括放她进城、放她进门、放她进院的所有军士，都没当她是那个被景家四公子热热闹闹娶进门，又干干脆脆休回家的女捕头。

就像守在大门口的军士口中那句没来得及说完就被冷嫣厉声截断的话，如若补全，应该是这样的：这个可真像……真像冷月。

她在衙门里混了这么久，本该在外间闻到这股混着异香的酒气时就该想到的，那会儿没想到，看到景翙被反捆着的双手时也该想到了，因为这番场景对一个老资历的公门人来说，实在是熟悉得很。

　　这分明就是前些年在各地衙门中流传甚广的逼供场面。

　　萧瑾瑜典掌三法司后不久，就颁下了禁止刑讯逼供的严令。地方衙门的官员遇上抓来的嫌犯不肯招供的情况，不能再棍棒相加，就想了个比棍棒更见成效的辙。对嘴硬的嫌犯灌以烈酒，把人灌得晕乎乎的时候再问，总能问出些不一样的东西来。若还是嘴硬，那便在酒中掺进脏药再灌，并把双手捆缚起来，以防嫌犯靠自渎来消磨药性。这样折腾下来，往往想听的都能听到了，上面查下来，嫌犯身上还是完好无损的。

　　这法子也实实在在地蒙了三法司一段日子，后来还是被萧瑾瑜看出了端倪，亲自跑了几个州县，着实把那几个带头的黑水衙门狠收拾了一通。三法司各级官员也为这事吃了不少苦头，刑讯逼供的风气这才算是在各级衙门里散了个七七八八。

　　这事闹起来的时候，冷月还是萧瑾瑜的侍卫，跟在萧瑾瑜身边亲眼见过那些被酒与药折磨得人不人鬼不鬼的嫌犯，只是景翙经受的折磨恐怕更难熬一些。

　　折磨景翙的除了这两样，恐怕还有一些与她长相穿着乃至声音都很相像的女子，轮番来引诱他、哄骗他，甚至折磨他。

　　景翙不准她碰他，让她滚，还用那样杀气腾腾的目光盯着她，八成是把她也当成了这些女子中的一个。若真是这样，此刻在他眼中，她的一举一动、一言一行，无论做得与他记忆中的冷月如何相似，也全都是以蒙骗他为目的的装模作样而已。

　　这些人想从他嘴里问出些什么，她大概能想象得到，但她实在想象不到，这个平日里连几两烧刀子都受不住的书生，是怎么挨过这些日子的折磨还能保持如此清醒的。

　　"你……"

　　冷月愣愣地望着这个紧蜷着身子、依旧像看妖魔鬼怪一样看着她的人，一时语塞。

　　她还从没思考过，该如何向别人证明自己就是自己这个问题。

　　话不知道该怎么说，冷月倒是突然想起自己身上还真有一样证物。

　　冷月定了定心神，长身从地上跪坐起来，伸手从怀中摸出那只已被她的体温暖得温热的银镯子。

"你看这个。"

见景翊微微一愕,冷月赶忙牵起编在银镯子上的丝线,把这纤细小巧的银镯子荡到他的眼前,底气十足地道:"这是你周岁生辰的时候,我娘从我手上拿下来凑你抓周的物件的,一大桌子的东西,你什么都不抓,就抓了这个。那会儿我还没过百天呢,咱俩就定亲了,没错吧?"

景翊目不转睛地盯着荡在眼前的银镯子,一声也没应。

"还有这个,"冷月犹豫了一下,又从怀中摸出那个险些被她撕扯成两半的信封,把写着"休书"的那面伸到他面前,"你自己写的信封,你总能认得吧。"

景翊的目光又在信封上那两个刺眼的大字上流连了须臾,才带着更深的错愕转投到冷月脸上,嘴唇轻启,微微发颤:"你是……"

冷月一个"对"字已经提到嘴边了,却听景翊一个喘息之后,沉声接了一句:"你是太子爷找来的?"

冷月手腕一僵,差点儿把银镯子悠出去。

也对,这东西他是托太子爷转交给冷嬷,再由冷嬷待她回京之时转交给她的。从日子上算,景翊被软禁就是皇帝驾崩前后的事,也正是城门开始戒严的时候,若他被软禁之前知道她尚未回京,这会儿她突然拿着东西跑到他面前,还真有奉太子之命来装模作样的可能。

只是这事已闹成了什么样,怎么他连太子爷也不信了?

"你等会儿,我再想想……"

"……"

从景翊蓦然变得有几分凌乱的目光中,冷月隐约可以觉察出,先前来景翊面前假扮过她的那些女人里,应该哪个都比她自己表现得好一大截子。

既然这最有力的证物也无能为力,那能向景翊证明她就是她的,恐怕就只有那些天知地知他俩知的事情了。

照理说,这样的事应该一抓一大把才是,可真到下手抓的时候,才发现能抓的东西多了,想从其中抓起一个来的时候,也不是那么容易的。

记忆里儿时的那些事情,好像每一桩每一件都是只有他俩才干得出来的,但稍微仔细一想,好像又都从哪里听过看过似的,并不算特别。

特别……

冷月灵光一闪,目光也跟着亮了一下。

要说特别,应该没有比这件事更特别的了。

"咱俩成亲那天,婚床底下有具焦尸!"

景翱的脸色倏然由白泛绿，越发冷峻地道了一声："滚！"

这样都不行，冷月实在有点儿想掐着他的脖子晃一晃，可这会儿若是贸然靠近景翱，还不知又会激得他做出什么伤人也伤己的危险举动来。冷月只得耐着性子道："当时就咱俩在场，这件事除了咱俩还有谁能知道啊？"

"安王爷。"

冷月一句粗口刚到嘴边，费了好大劲儿才咬住了，没吐出来。

京城里到底闹腾成了什么样，怎么闹得他连安王爷都怀疑上了！

眼瞅着景翱这样受罪，近在咫尺却不能搭手帮他一把，冷月一急，急得连皇城探事司的事都想说出来试试了，但话到嘴边还是咽了回去。

别的可说，这件绝不可说，一旦隔墙有耳，恐怕会适得其反。

许是这一阵毫无友好可言的对话消磨了景翱本就不足的体力，冷月盘腿坐在一旁默默挠墙的工夫，景翱已有些压抑不住身体本能的变化，喘息渐深，颤抖愈烈，一看便知他正在苦忍着极大的煎熬。

这种逼供之法虽轻易不会在人的身上留下什么伤痕，但折磨得久了，被活活折磨致死的也不是没有。

死。

这个实在不怎么吉利的字眼在冷月脑海中一闪，登时激得冷月脊背一挺。对，她还有一样东西，一样绝对只有她才会有的东西，什么太子爷，什么安王爷，就是老天爷也未必知道。

冷月咬咬牙，单手撑地，缓缓从地上站起来，拍了拍粘在衣摆上的薄尘，从怀中摸出一块包起的手绢，托在手心展开来，只见里面躺着一束连绾了三个结的青丝。

青丝虽是一束，仍可在些微差别中看出是两种发丝混成的。

冷月拈起这束青丝丢到景翱面前的地上，以凉意毫不逊于景翱那个"滚"字的语调淡淡地道："你认不认我不要紧，这是你我结为结发夫妻的证据，我在四家村救下你之后，当着你的面结下的，本来打一个结就行了，我打了三个结。你也没问为什么，我现在告诉你，打一个结是结一辈子的夫妻，打三个结，那就是结三辈子的夫妻，除非你把这三个结解开，再把我的头发一丝不少地挑出来还给我，否则什么休书都不算数。你就是这辈子不认我，下辈子，下下辈子，你我都还是夫妻，有种你就三辈子都不认我。"

冷月说罢，转身就要往外走，刚走出一步，另一只脚还没跟上来，就听身后传来了难得且久违的熟悉的称呼。

"小月！"

冷月长长地舒完一口气，才板着脸转回身来，挑着眉梢看向地上那已使尽力气半撑起身子的人。

刚才还像瞪着洪水猛兽一样杀气腾腾地瞪着她的人，这会儿已像无家可归的猫儿一样，目光温顺无害不说，还掺杂着喜悦、疑惑、恐惧、担忧，打眼看过去，着实让人心疼得很。

冷月绝不是那种好了伤疤就忘了疼的主儿，有了前车之鉴，冷月没立马奔过去，而是站在原地多问了一句："还认我吗？"

景翊一连点了好几下头，看得冷月眼花。

冷月又问了一句："还打我吗？"

景翊又慌忙地摇头，摇得像只拨浪鼓一样。

冷月这才放松下绷成铁板的脸，走过去，刚低下身子伸出手，还没来得及触到他的身子，人已合身扑了上来，像抱一件失而复得的宝贝一样，把她抱得紧紧的。

冷月本以为他是倏地放松下来被药性冲昏了头，谁知他就只是这样紧紧地抱着，抱了好一阵子，还是一点儿旁的动作都没有，只喃喃地说了一句话。

"我……我想你。"

冷月心里狠狠地揪痛了一下，比他撞她那一肘子和抽她那一巴掌加在一块儿都疼。

"我也想你。"冷月在他发烫的耳郭上轻轻吻了一下，像是生怕惊了这个刚从一连数日的折磨与自我折磨中放松下来的人似的，声音格外轻柔："地上凉，去床上躺着吧。"

也不知是不是她声音太轻了景翊没听见，她话音落后半响，景翊仍紧紧抱着她，丝毫没有松手的意思。

"怎么，"冷月也不推开他，就任他这样抱着，在他耳畔半认真半玩笑地问道，"后悔给我下休书了吧？"

声音依然轻柔，景翊的身子却僵了僵，一下子松开了紧搂在她腰间的手，松得有些突然，重心一失便要往地上倒去。冷月手疾眼快，一把捞住他，打横把他滚烫却瑟瑟发抖的身子抱了起来。

他后不后悔根本用不着他开口来说，因为可见的证据实在太多，他认不认供已对现有的判断造不成任何一点儿影响了。所以这个问题冷月也没再问，径直把他抱到床上，拉开被子仔细地给他盖好。抬起身来之后，扫了一眼他仍带潮红的

247

脸色，轻描淡写地道："已经给你松绑了，你就自己收拾一下吧。"

景翊也不知在想些什么，没应声，只目不转睛地看着她的脸。冷月见他嘴唇干得厉害，想给他倒杯水来，转身之际却被景翊一把抓住了胳膊。

那双刚被松开不久的手还没彻底恢复原有的灵活，抓在她胳膊上也没有多少力气。冷月还是停下脚步，转过身来："怎么了？"

"我……"景翊仍没有与她对视，目光还是落在她的脸上，就落在她被他一巴掌打红的那半边，目光复杂得很，也说不清是怜惜、懊悔、害怕，还是别的什么，到底只自言自语似的念叨了一句："我打你了。"

冷月抬起那只没被他抓住的胳膊，伸手在他头发还没长长的头顶揉了揉："没关系，反正你想打的不是我。"

"对不起。"

"没关系。"

冷月说罢，便想把自己的胳膊从他手中解救出来，刚挣了一下，又挣出景翊的一句话来。

"你……你来做什么？"

她来做什么？

冷月拿余光往窗户那边扫了扫，犹豫了一下，才用了些力气挣开被景翊抓着的胳膊，淡然而郑重地道："我来，因为有件事，我得亲口告诉你。"

景翊微微怔了一下，勉强撑身从床上坐了起来。冷月没拦他也没帮他，只静静等他倚靠着床头找好舒服的姿势，把目光重新落回她脸上时，才缓声道："我有身孕了，三个月，已经找大夫拿了药，还没来得及吃。"

冷月说着，不由自主地抚上了仍平坦一片的小腹。

她看不出景翊乍听到这个消息是什么心情，反正她刚从南疆军营的军医口中得知这个消息的时候，当真是又哭又笑，像是疯了似的，把吴郡王吓得一愣一愣的。

这些日子以来，她已习惯了自己身上揣着另一条生命这件事，但时不时地想起来，脑子一热，还是会干出点儿傻事来。比如白天在酒肆里，她付酒钱的时候还替肚子里的这个小东西多付了一份。

景翊没哭，也没笑，就只微启着嘴唇，呆愣愣地盯着冷月的小腹看了好一阵子，一只手刚抬离床面一寸，忽然像想起了些什么，手指一蜷，往回缩了一缩，又静静看了半响，终于忍不住，用抑制不住发抖的声音毫无底气地问道："我能摸摸他吗？"

冷月只轻"嗯"了一声，算作应允。

景翊这才重新抬起手来，带着细微的颤抖，小心翼翼地把手心贴上冷月的小腹。这片地方他不是第一次触碰，只是这一次抚摸得格外轻柔，格外眷恋，与其说是初见，倒更像道别。

冷月不动，任他细细地抚着，也不出言扰他，到底还是景翊先开了口。

"吃过药，记得吃些好的，好好调养。"

冷月怔了一下，看着出神地抚着她的小腹的景翊，好一阵子才想起来应声："嗯。"

景翊又自语般喃喃地道："只许这一次。"

冷月嘴角一勾，随口应道："这谁说得准啊，还不都是你们男人干的，我说了也不算啊。"

这话也不知是戳中了景翊的哪根弦，激得他手指一僵，倏然抬头，以一种前所未有的严肃目光直直地看向她："不行！只能一次，很危险。"

冷月被他这踩到尾巴一样的反应吓了一跳，着实愣了一下，才好气又好笑地道："行了行了，说得好像你怀过多少孩子似的。"

景翊非但没被她这话逗乐，反倒是被她这副无所谓的模样撩得更急了几分，一把牵住冷月垂在身侧的手，深情而急切地望着面前一脸风轻云淡的人，声音里竟带进了几分乞求的味道："我知道我混蛋，但是你听话，就听我这一回。"

"什么话，你说，我考虑考虑。"

景翊半松不紧地攥着冷月的手，攥了半晌，突然意识到什么，忙把手缩了回来，才用勉强保持平稳的声音道："找个比我有出息的，比我待你好的，再也不要打胎了。"

打胎？

冷月惊得差点儿下巴掉到地上，呆了须臾才道："谁说我要打胎了？"

这回轮到景翊狠愣了一下，愣得那张狼狈不堪的脸看起来有点儿傻乎乎的，那根被烈酒浸过了头的舌头顿时从打战变成了打结："你……你不是……不是找大夫拿药？"

冷月僵着嘴角看着他这副傻样，面不改色地淡声道："我京城、南疆地来回折腾这么些日子，马都要被我跑废了，不吃几服安胎药能行吗？"

冷月看得出来，景翊有点儿凌乱，由内而外的凌乱，凌乱中又带着难言的惊喜。

"你……你要留他？"

249

"你那封休书我没当回事，你也别当回事了。"冷月施然一笑，抬手在小腹上轻拍了两下，"反正孩子是长在我肚子里的，去留什么的我说了算，你也甭操心了。"

"你……"

"这本来就是我的东西。"冷月带着云淡风轻的笑意截住景翊的话，伸手摸进衣襟里，把刚才顺手塞回怀中的银镯子又掏了出来，搁到景翊的枕边，"不过它既然已经跟你十几年了，我也不打算要回来了，你就留着玩吧。"

"小月……"

"你歇着吧，我还有事，先走了。"

冷月说罢，干脆利落地一转身，大步走出了门。

冷月迈出外间的门槛时，庭院里还只有茫茫的一片积雪，待她转身把门关好，再转回身来时，雪地里已多了一个人。

这人没有功夫底子，也没有轻功傍身，早在这人凑在内室窗外偷听的时候，冷月就已觉察到了他的存在。这会儿看他站在雪地里，冷月一点儿也不觉得意外。

要不是觉察到他的存在，她想对景翊说的话还远远不止这些。

这人的存在冷月不觉得意外，可当她一眼看清这人的面容时，还是惊得美目一睁，不由自主地倒吸了一口冷气。

来人正是她方才担心过的那个，管家齐叔。

时隔仨月，齐叔容颜不改，惯常的衣着打扮也没变。于一处站定之时，还是规规矩矩地把两手交握在身前，肩背微弓，眉目中自然而然地带着谦而不卑的微笑，依旧是那副大户人家管家的模样，丝毫不像为了护主吃过什么苦头的样子，倒像有几分当家做主的硬气了。

冷月心里一凉，小心地攥着剑向雪地里的人走近了几步。快走到他身前了，才佯装出一副刚辨出他是谁的恍然模样，周身一松，凤眼轻弯，在纷纷大雪中展开一个红梅般浓艳的笑容，客气地招呼了一声。

"是管家老爷吧？"

齐叔客客气气地打量着她，开口说话的语气已与三月前截然不同了："我是这里的管家，姑娘是哪位大人请来的？"

冷月含着那抹浓艳的笑容，像对着自家上官一般温驯地应道："太子府侍卫长，冷嫣冷将军。"

齐叔若有所悟地点点头，微微眯眼，细细地把冷月从头到脚扫了一遍，连剑鞘也没放过，一边自语般地低声叹道："怪不得，亲姐姐找来的，怪不得能成呢。"

冷月听着齐叔这般感叹，一时觉得有点儿好笑。

三个月之前她就在这人眼皮子底下过日子,不过是换了个季节的工夫,这会儿面对面站着,就愣是辨不出她是真是假了。

这可笑之事让冷月觉得鼻尖有点儿发酸。

齐叔是看着景翊长大的,她不知道他会不会因为一些功名利禄之类的原因对景翊下毒手,但是他的背弃对自幼与他相处的景翊来说,已然是件残忍的事了。

景翊真的就是一个人在折磨里熬了这么久吗?

冷月正笑得有些发僵,就听齐叔低低地清了清嗓,问道:"你现在是要到哪儿去?"

"冷将军在外面等我,"冷月随口诌了一句,"等我跟她结工钱。"

齐叔微怔了一下,转而和善地笑了笑:"不必找冷将军了,你回屋去继续办事,工钱我结给你,保证分文不少。"

私心里说,她确实很想留下来陪陪他,但她这会儿留在这里,能做的事就只有陪他这一样,她若从这里出去,就有把他从这人不人鬼不鬼的日子里解救出来的可能。

于是冷月对着齐叔夸张地皱了一下眉头,这地方没镜子,冷月看不见自己皱眉皱成了什么样,但她还是尽力向着一个傻妞的目标努力着:"继续办差?办什么差啊?冷将军只说让景大人承认我是冷捕头,就给我三百两工钱,我只管把她交代给我的事讲给景大人听,她没说还有别的什么差啊。"

齐叔眉眼间的笑容有点儿发僵,隔着纷纷飞雪将信将疑地看着面前这满脸傻气的女人,默然一叹。

兴许景翊真是被那掺了药的酒灌到一定地步了,才终于在这一位手里松了口吧。

"冷将军当真是这样交代你的?"

冷月叶眉轻挑,在眉梢挑起几分雪片般细微而清冷的不悦:"她就在大门口等着呢,管家老爷要是信不过我,过去问问就是了。"

"不必,不必了。"不知是不是冷嫣如今在京中的威信起了作用,齐叔客气地侧了侧身,让过冷月面前的路,"夜里风雪大,姑娘慢走。"

"谢谢管家老爷。"

第十七章 二仙传道

冷月一路堂而皇之地走到宅院大门口，沿途遇到的军士都用一种好像演练过不知多少遍似的同情目光看着她从面前走过。好像她不是在往大门口走，而是往鬼门关走似的。

冷嫣一直等在门口，冷月出来的时候，冷嫣那身金甲的肩头上已蒙了白茫茫的一层积雪，打眼看过去毛茸茸的，身上平添了几分难得一见的温柔。

冷月快步朝冷嫣走过去，还没走到冷嫣面前，就冲冷嫣伸出手来："景大人已经相信了，三百两银子可以给我了吧？"

冷嫣狠狠一愣。

三百两银子，哪儿来的三百两银子？

所幸冷嫣到底是在太子府里当差的，每日绕弯弯的话听得比冷月多得多，一怔之间顿时反应过来，泰然自若地接道："好，你先跟我走，等我证实了，自然不会少你的。"

于是守门的军士眼睁睁地看着冷嫣带着这小半个月来唯一一个敢说自己糊弄住景大人的女人，翻身上马，在大雪中扬长而去。

冷嫣一路把她带到太子府。进府时天色已晚，太子爷正穿着一袭丧服，与同样一袭素衣的太子妃面对面盘坐在卧房窗边，一边看雪，一边翻绳。见冷嫣带着冷月从庭院中经过，太子妃还热情地冲这姐儿俩挥手打了个招呼，把冷月看得一愣一愣的。

冷月发誓，这是她第一次见到太子爷和太子妃翻绳的场面，可不知怎么的，方才一眼看过去，只觉得那幅画面有种说不出的熟悉。

冷嫣没带她去见太子爷，也没在庭院里停留，而是径直带着她穿过偌大的院子，走进这院中的一间偏房。火折子一擦，灯烛一点，冷月借着火光看清屋中陈设，顿时反应过来，这是冷嫣在太子府里的住处。

冷嫣反手把门一关，抖掉金甲上的积雪，一口气还没舒到一半，就被冷月一脑袋扎进了怀里。

"二姐。"

冷嫣只听见这么两个字，剩下的就都是起起伏伏的哭声了。冷嫣看得出来，这一把眼泪冷月已足足憋了一路，实在是已把看家的本事都拿出来了，才生生憋到了这会儿。

冷嫣心里也有这么一号人，如果有朝一日景翙受的这份罪落到那人身上，甭管在律法与道义上谁对谁错，她都不敢保证自己能比这会儿的冷月多冷静一分一毫。

所以冷嫣任她哭足了二十个数的工夫，才抬手在她后脑勺上轻柔地拍了拍，嘴上颇没好气地道："再哭就别管我叫姐了。"

冷月埋在冷嫣怀里没抬头，趁着抽噎的空当，用哭腔满满的声音回道："不叫姐，光叫二吗？"

冷嫣拍抚在她后脑勺上的手顿时僵硬了一下，还没想好要不要因为她正伤心难过而原谅她一回，就听伏在怀里的人又抽噎着补了一句。

"也行。"

"行你大爷！"

冷嫣毫不留情地一把把冷月从怀里揪了出来。冷月不情不愿地抓过披风一角抹了一把鼻涕眼泪，顺便抽抽搭搭地回了冷嫣一句。

"说得好像我大爷不是你大爷一样。"

"……"

要不是冷月这副哭相实在有点儿可怜，冷嫣估计已经把剑拔出来了。

冷嫣着实顺了几口气，才白了她一眼，没好气地道："你跟那混蛋小子混得学会贫嘴了，怎么就没学会扯谎呢，还三百两，我长得像能拿得出三百两的人吗？"

"怎么不像？"冷月抽了抽鼻子，抬起水汪汪的泪眼瞄了瞄冷嫣冰霜满布的脸，抿着嘴默默地往后退了几步，才道，"你这模样在凤巢里待一晚，三千两都有了。"

"你过来，看我不打死你！"

253

挤对完自家二姐，又被自家二姐举剑追着在屋里跑了几圈，泪也流了，汗也出了，冷月觉得整个人都好多了。

冷嫣自然不会真拿剑砍她，到底也就是掐着她的脖子晃了两下了事，转头又给她倒了一杯热茶，一脸担忧地看着忽闪忽闪的灯焰后面那个跑了几圈之后，已静定得像没事人一样的亲妹妹。

"怎么，景翊已经把京城里的事都告诉你了？"

冷月捧着微烫的茶杯摇摇头，望着眉心微蹙的冷嫣嗤笑了一声，淡淡地道："他连从地上爬起来的力气都没有，还指望着他能跟我说什么啊？"

冷月这话里带了几分清浅的怨怼，清浅归清浅，但依然清晰可辨。冷嫣听在耳中，只是把眉头蹙得更紧了一分，却丝毫没有为自己辩驳的意思，思虑片刻，才沉声道："他现在很麻烦。"

"嗯，"冷月点点头，把茶杯凑到嘴边，细细地抿了一口，像姐儿俩茶余饭后讨论哪个话本里的男人一般，不疼不痒地叹道，"太子爷不管他了，安王爷不管他了，连他家老爷子都不管他了，这麻烦能小得了吗？"

冷嫣不觉之间已经把眉头拧成了一个死疙瘩，不知为什么，她总觉得这样心平气和的冷月比刚才那个扎在她怀里哭得一把鼻涕一把泪的冷月还让人觉得心慌。

"小月。"

冷月缓缓吐纳，往上扬了扬嘴角，截住冷嫣的话，徐徐补道："他给我下休书，估计是想让我也不要管他了，那我何必浪费他的一番心意呢？"

冷嫣着实愣了一下，还没缓过来，冷月已继续用那闲话家常的语调接着说道："所以我就不当我了，还是当另外一个人来管他吧。"

冷嫣一时没反应过来："当谁？"

冷月低头啜了口热茶，皱着眉头琢磨了一会儿，到底摇了摇头，有点儿怏怏地道："我书念得少，还是你给起个名儿吧。"

冷嫣这才明白冷月的脑袋瓜儿里琢磨的是什么，立时凤眼一瞪，差点儿拍桌子跳起来："你活腻了！"

"没有。"冷月气定神闲地应完，又深深地看着冷嫣，依然清清淡淡地补道，"景翊也没有。"

冷嫣一愣，愣得眉眼间的愠色骤然一淡。没待她想好该如何回她，冷月已接着道："他是大理寺少卿，他要是活腻了，找死的法子多得很，犯不着挑这种小火慢炖的。"

冷月平静地说着，轻轻放下茶杯，不由自主地用被茶杯暖得热乎乎的手心抚上小腹。这几日在数九寒天里赶路，这个动作已然成了下意识的一种习惯。

手心落在小腹上，轻轻摩挲，隔着几层衣服仍能感觉到一股微微的暖流蔓延开来。

方才景翊的手抚上来的时候，不是这样的感觉。景翊的手有些凉，有点儿僵硬，还有点儿发抖，抚在上面并不觉得舒服，却让她心里觉得格外踏实。

至少打那一刻起，孩子和他爹都感受到对方的存在了吧。

自打她知道自己有了身孕，就无数次想象过景翊得知这个消息之后的反应。冲她傻笑，贫嘴逗她，抱着她转圈，像哈巴狗似的蹲在她旁边，摇着尾巴献殷勤。她哪一种都想过，却死活也没想到最后竟是这样。

一种说不清是酸楚还是愤懑的心绪涌了上来，冷月使劲儿咬了咬牙，才把差点儿又决堤而出的眼泪憋回去。

眼泪憋得回去，漫开的情绪已收不回来了，冷月看向冷嬷的目光中不由自主地掺进了几分冷厉，声音也陡然硬气了些。

"他不就是知道了些别人不知道的事吗，归根到底还是为了给朝廷办事，那些事我也知道，我肚子里的孩子也知道，皇上要真那么不痛快，怎么不把我们全关起来，一块儿折磨折磨？"

冷嬷本已被冷月那声"肚子里的孩子"吓了一跳，还愕然地盯着冷月的肚皮没有缓过劲儿来，就又听到冷月后面这句大逆不道的话，惊诧之下慌忙大喝出声："放肆！"

冷嬷内家修为不浅，再加上这一声是在一惊之下猝然喝出的，未加丝毫克制，连正愤懑难平的冷月也被她喝得呆住了。一时间屋里灯影幢幢，静得只能听见两人都不甚匀称的喘息声，和屋外簌簌的落雪声。

到底还是冷嬷先无可奈何地叹出一口气，低声斥道："说胡话也不知道挑个地方。"

冷月这才猛然意识到，自己脑子一热竟忘了这是在太子府里。不但是在太子府里，还就在太子爷和太子妃的眼皮子底下，刚才那番牢骚要是传出这间屋去……

冷月顿时冒出一身冷汗，紧捂着小腹抿了抿嘴，不敢作声了。

冷嬷见冷月老实下来，才勉强松下一口气，没好气地翻了个白眼，轻声叹道："你说的这都是什么乱七八糟的，你到底知不知道他是为什么被软禁起来的？"

冷月一怔抬头："不是因为皇城探事司的事吗？"

乍听到"皇城探事司"这几个字，冷嬷的脸色倏地一沉："你胡说八道什么！"

冷月被斥得更愣了,皱了皱眉头,才摇摇头,小声道:"我就是猜的,不是因为这个?"

"跟这个有什么关系?"冷嫣定了定差点儿被她一句话吓出窍的魂儿,没好气地瞪她一眼,抬手抖落了金甲上的几滴雪水,"你就不奇怪,先皇驾崩到现在这么长时间了,太子爷为什么还在这儿吗?"

冷月被问得一愣。

不错,照理来说国不可一日无君,既然有现成的太子,先皇一驾崩,太子爷应该立马补上去才是,但这会儿太子爷竟还在太子府的卧房里猫着。

按一路上听来的说法,太子爷一时没有登基,是因为丧父之痛对他的打击实在太大,打击得他卧病在床,以至一时半会儿还不能登基,只得由朝中几名重臣暂时代理朝政。

眼下看来,这个说法也只不过是种说法罢了。

于是冷月还是摇了摇头。

冷嫣叹了一声,上身微倾,胸前的甲片碰到桌子边沿,碰出一声沉重的声响。冷嫣就在这声响之后沉沉地道:"因为有太医验出来,先皇不是病逝,是中毒死的。"

冷月的愕然之色还没来得及在脸上铺匀,冷嫣又轻而快地道:"先皇驾崩当日,除慧王爷在冀州办差,包括太子爷在内的所有皇子全在宫里。"

冷嫣这话说得足够轻描淡写,但对身在衙门当差的冷月来说已足够了。

要是把冷嫣这句话补足,说清楚,那就是先皇被人毒死那天,太子爷等一众皇子都在宫里,因为种种一时半会儿懒得跟冷月说的原因,宫女、太监、妃嫔一流的嫌疑都已排除,疑凶就在这些皇子里面。当然,正好不在京城的慧王爷萧昭晔除外。

冷月保持着错愕的神情,沉默了半晌,才轻轻吐出一句:"景翊也在?"

冷嫣点头,轻叹:"那天他正好陪太子爷一块儿去了。"

正好?

正好皇子们那天心血来潮,齐刷刷地进了宫。

正好先皇就中毒死了。

又正好其他宫里人都是一清二白的。

还正好事发时皇子里面以孝顺名扬四海的慧王爷萧昭晔不在京城。

而正好跟先皇无亲无故的景翊,偏偏那天就陪太子爷一块儿去了。

哪来这么多正好的事?

冷月相信，就算所有人都肯睁一只眼闭一只眼地相信这一连串的正好，有一个人也绝不会信。

"安王爷呢？"

"安王爷不在京城。"

冷月一愣："不在？"

冷嫣苦笑着点了点头。

"不对，"冷月拧着眉头摇摇头，从怀里摸出那封传她回京的密函，"我收到的这封密函里，先皇落款的日子正是他驾崩那天，安王爷怎么也得在先皇写完之后才能发出去。你看看，就是从京城发的，字是王爷的字，还有王爷的押印，假不了啊。"

冷嫣接过来看了看，也拧着眉头摇了摇头："这我就不知道了，你们安王府的人不是最擅长办这种邪乎事吗？"

这事确实邪乎得很。

冷嫣不说这句还好，说了这句，冷月心里不由自主地发起慌来："那……王爷现在在哪儿？"

冷嫣的回答让冷月心里更毛了几分。

"不知道。目前只知道他是在先皇驾崩的前几日跟御史大夫薛汝成薛大人一块儿出京的，他身边的人也就带了吴江一个。他们出京前只跟先皇打了招呼，这会儿京城里没有一个人知道他们去了哪儿，各州县也没有他们落过脚的消息。"冷嫣喘了口气，转了话锋，"不过太子爷说，就算安王爷在京城里，这事他也管不了。"

"为什么？"

冷嫣犹豫了一下，垂下目光盯着冷月的小腹看了片刻，才低声道："现在先皇驾崩的内情还是秘密，那几个知情的太医已都被封了口，安王爷要是插手进来，就是明着告诉天下人这里面有鬼。到时候会出什么乱子，还用我跟你挑明了说吗？"

冷月虽一向对朝堂里的事兴致索然，但毕竟身在公门，起码的道道还是知道的。

冷嫣口中的乱子，指的就是慧王爷萧昭晔。因为自打借着慧妃病逝的事孝名远播之后，姿容清贵、举止温雅的萧昭晔就成了朝野中最得人心的皇子，前些日子他还兵不血刃地除掉了张老五这块心病，这回的事偏巧他又是撇得最干净的那个。若太子失德，那把椅子八成就要轮到他去坐了。

想明白了这个，冷月也顺带着想明白景翊如今的处境究竟为何了："所以太子爷就让景翊背这个黑锅？"

毕竟纸包不住火，太子爷这会儿如果若无其事地登基，必然就会有人伸手把先皇驾崩的内情捅出去，有事装没事的太子爷，立马就会成为这桩案子的头号疑凶，即便是太子爷干耗着不登基，一直耗到真相大白，那么无论最后揪出来的凶手是哪个皇子，朝廷里都要大乱一场。

唯有这个凶手是景翊，这件事才能干净利索地一了百了。

眼见着冷月红起了眼圈，冷嫣忙道："这是他俩商量好的。"

冷月一巴掌拍在桌板上，"腾"地站了起来，两眼发红地瞪向冷嫣："这种事能商量吗！"

冷嫣毫不客气地反瞪回去，强压着声音斥道："你当太子爷愿意啊，弑君是诛九族的大罪，景翊要是背上，死的就是景家一大家子。太子爷这些年韬光养晦，朝里这几派势力除了景家，还有哪个是真心实意拥戴他的？你别跟我说你一个成天办案子的人还没琢磨明白，景翊为什么会搅和进这档子事里来！"

冷嫣最后这句话像结结实实的一记耳光，抽得冷月一个激灵。

不错……

那毒害先皇的人许是早就把这一步算计好了，所以那日出现在宫里的一堆皇子中，才会莫名地多出一个景翊来。

太子爷若不肯丢出景翊，近在咫尺的皇位就是一个烫手山芋，扔不得也吃不得。可若真把景翊一把丢出去，也就意味着把整个景家丢了出去，景家一灭，他便像被斩了双腿，就算勉强坐上那把椅子，也必定坐不稳当、坐不长久。

那设局的人给太子爷指了两条路，却是殊途同归。

而她视为珍宝的那个人，不过是设局人丢给太子爷的一块铺路石罢了。

冷月脊背上一阵发凉，景翊休她的原因已不像她先前想象的那样，是不愿意让她跟着他受些什么苦，而是他虽然仍在苦撑，但已然做好了随时赴死的准备。他休了她，她就安全了，整个冷家也安全了。

冷月不由自主地捏起拳头，咬牙道："那太子爷到底想怎么办？"

冷嫣轻轻皱着眉头，盯着似乎已比方才冷静些许的冷月，沉声道："这事外人碰不得，负责暗查此事的是慧王爷。听太子爷说，景翊使了点儿法子，让自己看起来嫌疑最大，然后慧王爷手下的人抄他的住处，也没抄出什么证据来，景翊就作为头号嫌犯暂时顶着了。太子爷这些日子一直在想法子。"

"想法子？"冷月胸口上一道猛火蹿上来，再次没把住嘴上那道门，"你没看见他窝在屋里干什么吗！那是想法子吗！"

冷嫣还没来得及堵她的嘴，就听房门外倏然传来一个清脆的女音，接了冷月的话。

"是呀。"

这声音一起，冷嫣顿时像一屁股坐到了刺猬上似的，"腾"地从椅子上蹿了起来。冷月还没想起这半生不熟的声音是属于什么人的，门已被门外之人轻轻打开了。

一名素衣女子敛着裙裾迈进门来，蠑首蛾眉，杏目樱口，虽身形娇小，却通身一派大家闺秀的气度。

声音虽不熟，但模样冷月还是能一眼认出来的，何况她刚才从院子里穿过的时候，这人还远远地朝她挥手打招呼呢。

冷月心里一凉，不等冷嫣拽她就识时务地屈膝一拜。

"卑职口不择言，娘娘恕罪！"

不管太子妃是什么时候站到门口的，反正最后这句最不敬的话，她一准儿是听清楚了。

此前除了给太子爷当先生的景老爷子，还从没有人在太子爷面前这样数落过太子爷。没有过死在滩上的前浪，冷嫣也不知道太子妃在这般情景下会掀起什么样的波澜，一时间一颗心也提到了嗓子眼，刚想替冷月开脱几句，谁知太子妃嘴角一弯，眼睛一眯，对着冷月连连摆手。

"别跪别跪，不是说肚子里还有个孩子嘛，快起来吧，怪沉的。"

姐儿俩谁也没听明白太子妃的这个"沉"字是打哪儿来的，但两人都听明白了，太子妃没生气。

不但没生气，心情似乎还挺好。

冷月目不转睛地看着太子妃的笑脸，愣愣地站起身来，愣得一不留神踩了自己的披风，有点儿夸张地踉跄了一下。活像在街上看美人看傻了眼的毛头小子，看得冷嫣忍不住狠狠斜了她一眼。

冷嫣还没来得及把斜出去的目光正回来，太子妃已收敛了些许笑意，正儿八经地唤了她一声，然后一本正经地吩咐道："我要跟冷捕头说几句话，你就装作那种好像很忙的样子吧。"

冷月听得一头雾水，冷嫣却会意地一颔首，更加一本正经地道："是……那卑职先出去忙一忙了。"

"去吧去吧。"

冷嫣退出去把门关好之后，冷月还顶着一张神色复杂的脸站在原地凌乱着。当差这么久，她还是头一回见到能把最常用的支开手下人的这句话说得如此坦白真诚的主子。

太子妃再开口时也是一样，没示威也没客套，雍容大方地微微一笑，就开门见了山顶。

"太子爷对我说过，翻绳是景翊景大人教他的。"

冷月一愣，差点儿抬手拍了一下自己的额头。

难怪从院中经过时，打眼看到太子爷和太子妃当窗翻绳，会生出那种似曾相识的感觉，就是因为同样的事她与景翊也曾做过。

也是在一个冷飕飕的大雪天，也是面对面坐在窗边，只不过那会儿他俩还只是一丁点儿大的小娃娃，小到她只会乱翻一气，而景翊只是笑得露出一排小白牙，随她乱翻，不阻，不纠正，也不恼。

她记忆里的景翊似乎总是在笑的，或深或浅，或浓或淡，或热烈或温柔。今晚见到他的时候，他却始终没对她露出一丝一毫的笑容，不是他不想，而是他笑不出来，好像他此生所有的笑容都已被这不人不鬼的日子折磨殆尽，余下的只有一段可以一眼望到头的再无喜乐的残生。

冷月心里漫开一片酸涩，漫到眼周，化作两圈微红："娘娘。"

太子妃像完全听不出来冷月这声"娘娘"之后的欲言又止似的，兀自微笑着，清脆地道："景大人说，人在琢磨心事的时候，手上总要摆弄点儿什么才不容易被人发现，就像女人……"

太子妃顿了一顿，眼神往冷月这身官衣上落了一下，纠正道："就像一般的女人，如果坐在窗前一边纳鞋底子一边琢磨怎么跟情郎私奔，就比干站在墙根抓耳挠腮地琢磨更不容易被发现，女人家的事冷捕头可能感触不深，但还是能领会到景大人这个比喻之中的智慧吧？"

太子妃说着，对着冷月展开一个像刚出锅的肉包子一样温暖又实在的笑容，看得冷月想哭也哭不出来了，只得硬着头皮颔首应道："卑职……能。"

景翊这个比喻的意思其实很简单，如果想琢磨些不想被人知道的大事，那最好在手上做件不起眼的小事来掩饰。对于太子爷这样身份的人，琴棋书画那些被历代文人雅士们琢磨事的时候用烂的招数已经不好使了，要想瞒过他身边的那群人精，就要做些实实在在的小事，比如翻绳。

太子妃不过是想告诉她，太子爷确实是在想法子，而且是在用她男人曾经教他的法子来想法子，她要是嫌这法子不好，那只管找她自家男人算账就好了。

冷月在心里默默叹了一声,如果说向来不务正业的太子爷迄今为止只干过一件正经事,那就是他正儿八经地给自己挑了个很堪大用的媳妇。

见冷月当真是一副听懂且理解了的样子,太子妃放心地点了点头:"冷捕头果然不是一般的女人。"

这会儿听着,冷月总觉得这话不怎么像夸人的。

不等冷月想好要不要回一句"其实娘娘也不是一般的女人",太子妃已转身走了,走得一身轻松。

冷月还没想明白太子妃特地来这一趟的意义何在,门就又一次被人打开了。这回迈进门来的,是个比景翊年纪稍小些的年轻男子。唇红齿白,身姿英挺,一袭肃穆的丧服和一脸纯良无害的笑容也遮掩不住他与生俱来的王族贵气。

冷月一愕,赶忙屈膝跪拜:"卑职见过太子爷!"

"见过见过,"太子爷笑得一脸实在,"刚才在窗外见过嘛。"

太子爷笑眯眯地把端在手里的糕点放到桌上,对冷月做了个东家味儿十足的请的手势:"最近家里不待客,这个时辰了没有什么现成的吃的,我找了一圈也就只有这些还算入得了口。冷捕头凑合着吃点儿,别客气。"

冷月不得不承认,之前有那么一瞬间,她确实是想过把剑架在这个人的脖子上的,可现在这人似乎在无形中往她脖子上架了些什么,不锋利,却足以让她平静地与之面对面。

冷月怔怔地站起身来,一眼看到桌上的糕点,怔得更厉害了。

刚才一慌之下没有注意,太子爷进门时端在手里的那个白花花的东西竟是个白瓷笔洗,笔洗里堆满了糕点,什么红豆糕、芸豆卷的,杂七杂八地摞着。这要不是在太子府,他要不是太子爷,冷月一准儿要怀疑这些糕点是他偷偷摸摸进厨房里,仓皇之间偷出来的。

冷月看着这一笔洗的糕点犹豫了一下,但毕竟太子爷亲口让了,不拿不合规矩。冷月就硬着头皮从里面拈起一块红豆糕,像捏着一条命似的小心地捏在手上,几乎没话找话地道:"太子爷,娘娘刚才来过。"

"唔……"太子爷优雅地伸出手来,在笔洗里抓出一块牡丹饼,送到嘴边细细地咬了一口,边品边道,"我让她来的。"

冷月微怔,规规矩矩地回道:"娘娘没说太子爷有何吩咐。"

太子爷边吃边摇头,轻描淡写道:"没什么吩咐,我就让她先来劝劝你,让你冷静冷静,见着我之后别喊打喊杀的,免得让有心人听见。再就是让她把冷侍卫支走,免得你想揍我的时候有人在旁边拦着。"

"太子爷。"

"反正我欠景翊的，你早晚都会如数讨回来嘛，"太子爷轻轻舐去黏在唇边的碎渣，冲呆立着的冷月抿嘴一笑，那副淡定到有些无赖的神情里竟跃出几分景翊的影子，"吃嘛，别客气。有身孕的人饿着不好，要打要骂吃饱了再说，我不跑。"

朝臣中总有人在背地里说，太子爷是活生生被景翊带歪的，冷月以前也是这么觉得的。而今看来，就算是景翊把他带歪的，也是带他歪离了帝王家原本的冷酷无情，歪向了一个更有人情味儿的方向。

冷月心里一时间五味杂陈，不知为臣者在这会儿该回一句什么才好，只得抬手把那块红豆糕送到了嘴边，刚想咬上去，却隐约觉得这形色似是在哪儿见过，不但见过，这似曾相识的味道还给她带来了些莫名的紧张感。冷月一时想不起来，就颔首咬了一口，慢慢嚼起来。

太子爷见她咬得很是认真，品得特别专注，不禁有点儿得意地道："怎么样，好吃吧？"

冷月点点头。

太子爷更得意了几分，微微眯眼端详着手里那块被他咬缺了一个小角的牡丹饼，叹道："能不好吃吗，我可是费了好大的劲儿才从景太傅府上把这个供品厨子挖来的。"

供品……

对！就是供品！

她想起来了，她就是在景家祠堂里见过，就在她第一次作为媳妇进景家大宅的门时候，景翊亲手从供桌上端下来塞给她的，就是这种红豆糕。

不过，太子爷家的供品……

光看太子爷这身丧服，就知道这些供品是供给谁的了。

冷月一口嚼好的红豆糕僵在喉咙口，吐也不是，咽也不是，憋得有点儿想哭。太子爷却又兴致勃勃地捡出一块儿芸豆卷递到了她面前。

"你再尝尝这个，景太傅最爱吃这个。听说之前这厨子做得有些偏甜，配方被景太傅改过之后才好吃成这样的。"

"喀喀喀……"

冷月呛咳了好一阵子，咳得脸都红了。太子爷把茶杯捧给她之后，一直颇为担心地看着她的肚子，好像生怕她把孩子咳出来似的。

这一通咳嗽带来的唯一好处就是太子爷不急着让她尝遍笔洗里装着的各种供品。太子爷待她喘息平稳了，把手里所有物件都搁了下来，两手一展，摆出一副悉听尊便的模样："不想吃的话就先打吧。不过有言在先，只能打不能骂，让人听见就麻烦了。"

冷月忙挺身站好，颔首道："卑职不敢。"

"过了这个村可就没有这个店了。"

冷月规规矩矩地站着，轻抿嘴唇，垂头不语。她先前确实有过暴揍太子爷一通的冲动，但事实证明太子爷也是被坑的那一个，怨他一点儿用也没有。

太子爷等了半晌，见冷月当真没有冲上来削他的想法，也没多客气，收回张开的两臂，微微沉下清冽的嗓音："你要是不气我了，我就跟你商量件事。"

冷月愣了一下，眼看着太子爷收敛起了些许笑容，还在眉宇间蹙起几分似是不知当讲不当讲的犹豫，冷月刚暖和过来的五脏六腑陡然又凉了个通透。

今儿晚上之前，冷月没与太子爷单独打过交道，虽然对太子爷熊孩子一般的心性有些耳闻，但耳闻终归是耳闻。眼前这人的骨子里到底流的是帝王血，难保就不会有些帝王病，比如打心眼儿里喜欢那把椅子，比如变脸如变天，比如打一巴掌给个甜枣，或是反过来，先给个甜枣，再扇一巴掌。

因为冷月实在想不出，一个距一国之君只有抬腿一迈的距离的人，有什么事是需要专门跑来跟她商量的。

太子爷也没等冷月回答乐不乐意听他商量，便直视着冷月那双目光略显复杂的眼睛，依旧不藏不掖地道："我本来确实没想出什么像样的法子来，不过刚才看你从窗外走过去，我就有了一个法子，只是不知道是不是跟你想到的那个被冷侍卫称为活腻了的法子一样，所以想来跟你商量看看，看怎么办更周全一些。"

太子爷比冷月还要小一岁，这个年纪不懂武功的男子，极少有敢如此坦然地与冷月直直对视的，更鲜有在冷月这副装扮的时候，还在对视之间把冷月看得心里发慌的。

只需这一眼，冷月便明白，那些言说太子爷打小就多么多么不拿当皇帝这事当回事的人，错得有多么离谱了。

这双与她对视的眼睛里，满满的全是智慧的光芒，满得像是老字号小笼汤包里的汤汁，要不是有那层薄薄的皮子兜着，一定会淌得惊世骇俗。

这人分明就修炼过，而且已不知潜心修炼了多少年，只是始终裹着厚厚的一层皮毛，谁也没发现，他其实早已成精了。

冷月虽被这一眼看得发慌，却慌得整个人都热乎了起来，腰板挺得笔直，微微颔首，恭敬地答道："请太子爷吩咐。"

太子爷又在眉心处蹙起了那种不知当讲不当讲的犹豫，听见冷月补了一句万死不辞什么的,才摇摇头道:"死倒是不用死,不过肯定比死要难受一些。"

"只要能把景翊从那个鬼……"下意识间从嘴里蹦出来的话没说完,冷月突然意识到,主子当前,这句表决心的话似乎不该是这么说的,于是赶忙脑袋一低,硬生生地改道,"卑职职责所在,一定竭尽全力查找真凶,缉拿反贼归案。"

太子爷皱着眉头直摆手:"是不是反贼,现在说还早了点儿。"

冷月听得一愣,这人已毒死了皇帝,又眼睁睁地逼太子让位,已经连着反了两重天了,怎么还能不是反贼?

京里的事她毕竟是刚刚才从冷嫣口中听来的,有些偏误也属常识。于是冷月试探着问道:"太子爷以为,此事还有内情?"

太子爷愣了一下,紧接着眉目一舒,清朗地笑了两声,摇摇头,轻快地道:"没什么内情。我的意思是说,最后谁当皇帝还没准儿呢,要是我当皇帝,那他肯定是反贼;要是他当皇帝呢,哪有皇帝是反贼的啊,对吧?"

冷月觉得,自己的舌头想必也被太子爷这几句话吓疯了,张口就抖出一句让她恨不得钻到桌子底下去的话来。

"胡扯!"

"没有啊。"太子爷俨然一副听人骂听惯了的模样,不等冷月跪下说那番卑职要死要活的话,就已坦然笑道,"我说的这是掏心窝子的话。从小景太傅就跟我说,干我这行的人,得嘴上说着最好的,心里想着最坏的,才能保证大家伙儿都有安生日子过。你要是想听那些面皮子上的话,我重说一遍也行,反正不管怎么说,我心里都是这么想的。"

冷月原本涨红着脸把脑袋垂得低低的,听着太子爷这么一番话,禁不住怔怔地抬起头来。

如果一定要在先皇为太子爷做的所有事中选出一件最能代表他对太子爷的疼爱的来,那应该就是挑景老爷子给太子爷当先生这一件了。

那些素来冰冷残酷的为君之道,被景老爷子这样教起来,俨然成了百姓家在田间垄上口口相传的生存之法。既教了太子爷在风口浪尖上过活的本事,又为太子爷保住了人之初的良善。

这番话景老爷子似乎不只教了太子爷一个人,至少还教了景翊。

冷月以前没有在意过,现在想来,景翊一向都是照着景老爷子这番话过日子的。嘴里说着没事的时候,心里早已把有事时的对策琢磨好了,真到了出事的时候,他就能一边哼着小曲儿,一边有条不紊地应付过去了。

所以,景翊整日看起来都是优哉游哉的,好像什么事也没往心上放过一样。

但天晓得那个洞悉人心的细腻之人终日在心里装着多少事，谁也看不见，也就谁也没有关心过。

冷月心里刚生出一抹歉疚，就听太子爷又轻快地道："所以，我的事我自有打算，你只要想好愿不愿意为景翊受这个罪就行了。"

冷月忙道："卑职愿意。"

太子爷点点头，清冽的声音放轻了些许："你既然已见过景翊，应该已经知道，他们在用一些与你形貌相似的女子迷惑景翊，想诱他认供吧？"

太子爷这话说得有些小心，冷月听得微微一怔，旋即展颜一笑，把太子爷笑得一愣。打他进门起，这是冷月露给他的第一个笑模样，而他愣是想不通，这几句他一直担心会惹得她或伤心或愤怒的话有什么好笑的。

"太子爷可是想让我以真充假，借机查疑取证？"

"你想的法子也是这个？"

从太子爷突然睁圆发亮的眼睛里，冷月总觉得自己看出了点儿类似一丘之貉的感觉。

这事若能得太子爷暗助，哪怕只是默许，她做起来也会有底气得多。

"是。"冷月小心地压低着声音回道，"卑职今儿晚上已经充了一回了，连府上的管家也被卑职糊弄过去了。卑职与慧王爷没打过多少交道，再加上卑职常年在外地办差，京里真正跟卑职熟悉的人也不多。卑职以为，这法子一定行得通。"

太子爷一通点头之后，又颇为担心地皱起了眉头："行得通是行得通，但冷侍卫说得没错，这么干确实危险得很。你现在还有身孕，方便吗？"

"卑职的事，卑职也有自己的打算。"

太子爷心领神会地眯眼一笑，不再追问，转而问道："冷侍卫已把该说的都告诉你了吧？"

"说了有七八成。"

许是这个回答有些出乎意料，太子爷微怔了一下，剑眉轻蹙："你觉得她还有什么没告诉你？"

冷月轻轻抿了一下微干的嘴唇，像是斟酌了一下词句，才道："事发那日宫里的详情。"

太子爷神色一松，浅笑摇头："那日的事她不知道。我知道归知道，但我看得肯定没有景翊那么清楚，还是让他告诉你吧，免得你拿我说的话太当回事，万一我说错了什么，误导了你，那就白忙活了。"太子爷说罢，又苦笑着轻叹了一声，"不管到头来谁当皇帝，我都不能对不起父皇啊。"

冷月垂目之间,觉得太子爷守着一笔洗吃剩下的供品,还能说出这句话来,真可称得上是至纯至孝之人了。

冷月生怕这至纯至孝之人商量完了正事又要请她吃供品,紧接着在他慨叹之后就恭恭敬敬地问道:"不知卑职应该何时动身?"

太子爷一怔之间眉梢轻挑:"你晚上留在这儿能睡得着吗?"

冷月噎了一下,噎得两腮微微泛红,到底还是硬着头皮实话实说:"睡不着。"

"那你留在这儿干吗?"

"卑职告退。"

这一趟回去,还是冷嫣送她的。

冷嫣再怎么不情愿让亲妹妹怀着身孕干这样危险的事,也不能不听太子爷的吩咐。只得又是一路快马加鞭,一夜之间第二回把冷月送到软禁景翙的那处宅院门口。

只是这一回冷月换下了那身官衣加披风的装扮,穿上了冷嫣的一套象牙白的长裙。冷嫣的身形比她稍高一些,本来就拖地几分的裙子穿在冷月身上又长出些许。于是从大门口到院门口的军士,看着刚走出去没多久的女子又长裙拖地面无表情地从雪地里走了回来,一个个眼神都像活见了鬼似的。

到底还是守在小院门口的军士鼓着勇气跟她说了第一句话。

"站……站住。"

冷月施然站定,在灯笼昏黄的光晕下冲着军士明媚地一笑,险些看晃了军士的眼。

"你……你等会儿,"军士线条刚硬的脸上一阵泛红,粗着嗓子道,"慧王爷在办事,你等会儿再进。"

冷月未动声色,心里却"咯噔"了一下。

萧昭晔这个时候来……

冷月玉颈微垂,睫毛对剪,眨出了两分浅淡的惶恐,轻声道:"敢问军爷,是不是我刚才干了什么蠢事,惹得王爷迁怒景大人了?"

眼见着这骨子里透着英气的美人露出一丝惹人垂怜的不知所措,军士心里一动,嘴上也软了些许:"不是,就是循例……循例问话,每天这时候都有一回,没你的事。"

循例问话,每天一回。

军士用的是极寻常的字句,却听得冷月一阵心惊肉跳。

想也知道此时萧昭晔正以什么方式进行这番问话。安国寺一事,安王府就与萧昭晔结了梁子,萧昭晔不敢声张,也不敢拿自己的七叔出气,难免要把积怨撒到景翊身上。一想到景翊又被捆着双手按在地上,灌服掺了药的烈酒,冷月强咬着牙才忍住闯进去的冲动,身子却因强忍愤怒而不由自主地发起抖来。

"你……你要是冷得很,就到里面屋檐底下躲躲,别进屋就行。等慧王爷出来,你再进去办你的差事。"

冷月愣了一下才反应过来,犹豫了一下,感激地回以一笑,欠身行了个福礼:"谢谢军爷关照。"

"行了行了,赶紧进去,小声点啊。"

"是。"

冷月敛着裙摆轻轻走进院里,站到外间门口的屋檐下,可以清楚地听见从里屋传来的声响。虽已在意料之中,却依旧觉得刺耳、锥心。

没有寻常监牢里那样有问有答有喝骂的说话声,只有被迫吞饮酒水的挣扎声,与神思昏聩之人无意识中发出的低吟声。

冷月几乎使尽了这辈子所有的定力,才站在屋檐下一动不动地听完这场无字的问话。虽只有小半个时辰,冷月却觉得足有几辈子那么长。

萧昭晔从屋里出来的时候,身边跟了三个人。两个是他府上的便装侍卫,还有满身酒渍的齐叔。

一眼看到垂手领首站在屋檐下的冷月,萧昭晔脚步一滞。

"这是……"

萧昭晔依然是那么一副雍容清贵的模样,一袭雪白的丧服把他线条柔和的脸衬出了几分浑然天成的哀伤与憔悴。

冷月觉得,这人兴许天生就带着这么一种穿丧服的气质,穿什么衣服都不如这身丧服看着顺眼。

冷月能看在这身丧服的分上,忍住不上去揍他一拳,但那清浅却揪心的低吟声仍萦萦在耳。冷月实在拜不下去,便权当自己从来没见过这张脸,不冷不热地道:"我是来办差的,都在外面干站了半个时辰了,现在能进去了吧?"

萧昭晔狠愣了一下,齐叔却恍然道:"你是刚才来过的那个……冷将军吩咐的那个,是吧?"

"是啊,"冷月抬手拽了拽宽大的衣袖,"冷将军给我涨了三倍工钱,让我穿成这样,来陪景大人过个夜。"

齐叔见萧昭晔俨然一副见鬼了的模样,忙道:"王爷,这不是冷月,这是太子府的冷嫣将军找来的,刚才已来过一回,成了。"

这"成了"二字像是一颗丢进池塘里的小石子，在萧昭晔平滑的眉头上击出了几道浅浅的褶子。

一见萧昭晔皱眉，齐叔立马会意道："王爷放心，冷月的脾气在下清楚得很，她性子急，举止粗鲁，从来都没有什么耐心，能翻墙就不走门，不可能像这位姑娘温言温语的，还在外面一声不响地干等半个时辰。何况，她要真是冷月，听到刚才里面的那些动静，就是不冲进去救人，也得哭成泪人了。您看这姑娘，哪有要掉眼泪的意思啊。"

齐叔又接连指出了眼前这个冷月的眼睛、鼻子、嘴、脑袋、胳膊、腿等各处与他从小观察到大的那个冷月的细微不同，说得冷月都要相信自己其实并不是自己了。萧昭晔才轻轻地"嗯"了一声，展开眉心那几道褶子，一边微笑着在冷月身上细细打量，一边自语似的轻声道："太子爷是要舍孩子套狼了啊。"

冷月在心里冲他呵呵一笑。

女人怀胎难免会引起一些形貌上细微的变化，再加上她近日一路顶风冒雪从南疆赶回来，脸上免不了要带点儿风霜。齐叔这样细究下来，必然与先前是不一样的。

这么看来，这似乎来得不是时候的孩子，却又像老天爷冥冥之中对她与景翊二人的特别关照了。

萧昭晔像听到了冷月内心深处的笑声似的，倏然把目光投回冷月几乎没有一丝表情的脸上，微微眯起双眼，温声道："你是做什么营生的？"

冷月叶眉轻挑，晃了晃袖子："唱戏的。"

找唱戏的来扮假，简直是再顺理成章不过的事了。于是萧昭晔轻轻点头，又温声问道："你说，你是来陪景大人过夜的？"

"是，"冷月直直地看着萧昭晔，坦荡荡地答道，"一晚上九百两银子，够我吃到开春的了。"

九百两吃到开春……

萧昭晔僵硬地笑了一下："姑娘好饭量。"

"没办法，这种粗活累活吃不饱没法干。"

萧昭晔的嘴角肉眼可见地抽了一下，险些把那精心维持的温和弧度都抽没了。

冷月又在心里冲他呵呵地笑了一下，脸上仍是那副事不关己不悲不喜的模样："我能去干活了吗，再不干天都要亮了。"

"去吧，"萧昭晔用一个发自内心的微笑把温和的弧度又拉回嘴角，"好好干，我在这儿瞧瞧，瞧瞧太子爷这九百两银子是怎么花的。"

这回轮到冷月狠愣了一下。

瞧瞧？他要在这儿瞧她陪景翊过夜？

萧昭晔仍是那么一副温润可亲的模样，冷月却偏偏在他满脸的祥和之中感觉到一种让人毛骨悚然的阴鸷。

这人到底还是有所怀疑的。这要是平时，为了消除他的疑窦，他非要看的话，给他看看也不是什么要命的事。可如今她怀胎已有三月，正是不能乱来的时候，他要看的就真是要命的事了。

冷月夸张地皱了一下眉头，转目看向齐叔："管家老爷，之前你也听见了，我已经跟景大人说过，我怀了他的孩子，今儿个过夜可就只是睡一觉罢了，这有什么好看的？"

齐叔刚露出一丝为难之色，萧昭晔已道："你当真有身孕了吗？"

冷月微微一怔，抿嘴摇头。这事还不能跟萧昭晔说实话，否则天晓得这人又会搞出什么要命的花样来。

见冷月摇头，萧昭晔温然一笑："那就一定能有好看的。"

萧昭晔这话说得像一句宽慰、一句鼓励，但冷月听得明白，这分明就是一句命令，不照办兴许就有性命之虞。

冷月迟疑之间，齐叔已催促了起来："里面酒劲儿药性都正浓着呢，姑娘快请吧。等他醒过神来，你的差事就难办了。"

一想到景家好吃好喝喂出来的看门狗竟在听外人的命令，可劲儿地撕咬自家主子，冷月忍不住狠瞪了齐叔一眼。

冷月本就是练家子，练的还不是单单为了强身健体的那种花拳绣腿，她眼神发起狠来，不像寻常女子那样怒中带着怨，怨里带着娇嗔，而活脱脱就像盯准了猎物蓄势待发的野狼一样。

这含足了真情实感的一眼，生生把齐叔瞪得哆嗦了一下。还没等他哆嗦完，就听冷月颇没好气地道："催什么催，你急你上，九百两给你啊！"

齐叔被她噎得老脸直发绿，萧昭晔却露出了一点儿由内而外的笑意，温声道："姑娘别动气，你只管怎么高兴怎么来，把差事办成了才好，不着急。"

冷月见萧昭晔这么一副耐心十足的模样，便知这一关恐怕不是随便糊弄糊弄就过得去的了。她此前从来没想过，有朝一日，她一个女人家居然要面临保孩子还是保相公的问题。

所幸，这个问题对她而言并不难答。

冷月走进屋去的时候，景翊与先前一样，被反绑着双手，蜷成一圈，缩卧在地上。只是这一回他是蜷在满地的酒渍与醉酒呕出的秽物中的,单薄的白色中衣被泼洒而出的酒液浸得透湿,像半透明的蝉翼一般黏在他光洁的皮肤上,透出那皮肤因药性发作而泛出的病态的潮红。

几个未及收拾的空酒坛就散乱地堆在景翊身旁。冷月粗略估了一下,这些酒加起来将近有小半口水缸的量,便是不往里掺药,也足以把人喝出毛病来了。

怪不得景翊像许久没有睡过觉的样子,每天在这大半夜里被灌进这么多掺药的酒,肚子里都能养鱼了,还要受着酒劲儿和药性的双重折磨,一直折磨到第二天的这个时候。前一夜的折磨刚见消停,新一轮又补了上来,就是边疆军营里那些整日在刀尖上舔血的将军也未必能在这种折磨下睡得着觉,更别说景翊这么一副娇生惯养的少爷身子了。

许是听见有人靠近,蜷在地上的人下意识地缩得更紧些,朝向门口的脊背立时抖如筛糠,口中无意识地逸出的低吟声微弱如丝,却满是痛苦,像从地狱深处传来的一样,听得人五脏六腑都跟着隐隐发凉。

冷月轻手轻脚地走过去,在景翊背后蹲下身来,伸手去解那条捆缚他双手的绳子,手刚触到他滚烫的皮肤,就激得那饱受折磨的身子一阵战栗。

"我……"冷月俯身在他耳边低语,"我回来了,别怕。"

在生不如死的折磨中,隐约听到一个温柔如梦的声音,景翊发抖的身子倏然僵了一下,有些急切地想要拧过头来求证是真是幻,却被冷月伸手按住了肩膀,轻缓静定地道:"别动,绳子要解开,绑久了手就要废了。"

"小月。"

"嗯,是我。"

景翊像被这日思夜想的声音唤回了几分心智,使劲拧了下身子,生生把负在身后的手从冷月手里挣了出来,勉强在粗重急促的喘息间挤出一个可辨原意的字来。

"脏。"

景翊说着,把身子蜷得更紧了些,额头几乎埋到了膝间,向来挺直的腰背深深地拱着,瑟瑟发抖。好像再多使一丝力气,这副清瘦的身子就会立马拦腰折断似的。

景翊的目光与意识都已糊成了一团,周身滚烫得麻木,耳中一片嗡嗡作响,这般情况下嗅觉就越发灵敏了起来,以至他能清晰地闻到自己身上刺鼻的酒味、药味,和令人作呕的酸臭味。前半夜见到她时着实有些意外,意外得他根本没来得及多想,更没想到她还会去而复返,并且还是在一日之中自己最为不堪的时候。

景翊已咬牙撑过了这近半个月生不如死的折磨，却在这会儿突然格外地想要一死了之。

"不脏。"冷月轻声应完，跪下身去，合身从后拥抱住景翊拱得僵硬的脊背，借着在他耳郭上轻吻的姿势，用轻得几不可闻的声音道，"帮帮我，有人看着。"

冷月在他耳郭上一连落下好几个安抚的轻吻，也把这句低语重复了好几遍，直到怀中之人似是听懂了她的意思，像放松下来的西瓜虫一样，缓慢地舒开了团成一团的身子，冷月才无声地舒了一口气，动手解下了那根麻绳，小心地扶他正过身来。

景翊迷离涣散的目光落在冷月脸上的一瞬，顿时亮了一亮，却又不知想到了什么，蓦然一黯，吃力地把头别向了另一边。

"景翊。"

冷月轻轻唤了他一声，伸手扶着他消瘦得已显出棱角的脸颊，小心地把他的脸转了过来，像全然没有看到他脸上的污秽，也没有闻到他身上刺鼻的气味似的，深深地在他滚烫的嘴唇上落下一个悠长的吻。

嘴唇被她碰触到的一霎，景翊像被迫亵渎了什么圣物一般，绝望而不安地拼命躲闪，却终究敌不过随着这熟悉的触感而来的久违的温暖，从放任自流地接受，到贪婪地索取。

冷月轻抚着他散乱的头发，结束这一个吻时，才发现景翊的眼周又多了许多滚烫而新鲜的水渍。

冷月愣了愣，她已不记得上次见这人哭是多少年前了，而她一时也没反应过来他这是哭的什么。

冷月愣着，景翊就像小孩子闯了滔天大祸一般，无助又无措地望着她，微启的嘴唇颤抖了许久，冷月才听出他是在连声对她说"对不起"。

冷月恍然反应过来，心里狠狠一揪，疼得眼眶也红了起来，低头轻轻为他吻掉那些咸得发苦的水渍，温声问道："又想我了吗？"

景翊像没听到她的话似的，仍目不转睛地望着她，一声比一声绝望地重复着那声"对不起"，被冷月又一个吻堵过去，才勉强阻住。

冷月噙着眼泪揉了揉他的头顶，笑得艳若桃李："混蛋，你不想我，我可是想死你了。"

也许是冷月的那声"混蛋"，也许是冷月的这个笑容，总之是冷月的什么狠狠刺激了一下本就敏感到了极致的景翊，那双黯淡如死灰一般的目光倏然炙热起来，也不知他哪来的力气，一把把跪坐在他身旁的冷月拽进了怀里，翻身覆了上去。

　　数九寒天，青砖地面冷得透骨，景翊的身子却滚烫如火。冷月倏然被置于这般冰火两重天的境地，本能地挣扎了一下。这一挣越发刺激了那失控的人，景翊疯了一般撕扯开冷月的衣物，像饿狼撕剥刚捕到手的兔子一样，比起中秋那夜，毫无温柔可言。

　　冷月的视线被景翊的身躯占据得满满的，耳边全是景翊粗重的喘息声，却仍能清晰地感觉到窗外四人的存在。

　　进门来的时候她已想过，只要能让景翊好过一些，便是赔上这孩子她也认了。可事到临头，看着这失了心性的人，冷月心里蓦然生出一股冷彻全身的酸楚。

　　先前他误以为她要打胎，请求摸摸她肚子的时候，她已能感觉出来，他有多么珍惜多么想要这个孩子，若这个孩子因他而未生先死，待他意识恢复，对他而言必定会是另一番更为深重的折磨。

　　她不能在萧昭晔的注视下贸然阻止他，只能赌一赌这件事在他心中的地位。

　　"景翊，"冷月迎合着环上景翊的脖子，借着一声娇柔喘息的掩饰，在景翊耳畔轻道，"孩子，我们的孩子。"

　　孩子……

　　在一团炙热的模糊中倏然听到这个字眼，景翊像被陡然扇了一巴掌似的，身子猛然一僵，硬生生地停住了一切动作，像断了根的树一样，把自己直直地摔到一旁，摊平了四肢仰躺在冰冷的地面上，借着这透骨的寒意疏散那股险些害他悔恨一生的邪火。

　　自己这是在干什么？

　　景翊从没如此痛恨过自己这副男子之躯，在被酒与药过度放大的情绪之下，景翊脑海中冒出这个念头的同时，一只手已无意识地攥上了那险些闯了大祸的东西，竟似要生生把这物从自己身上拔离出去一般。

　　景翊的反应太过显眼，冷月几乎可以感觉到窗外的萧昭晔已眯起了那双满是怀疑的眼睛，又见景翊做出这般危险的事来，慌得扑身上去，在景翊手腕上用力一握，握得他吃痛之间手指一松，总算把那无辜的东西解救了出来。

　　"别急，别急，"冷月按着景翊的手腕，把他仍在无意识挣扎的两只手牢牢按在地上，接连在他铺满了深深自责的眉眼上落下一个个安抚的吻，吻到他渐渐平静，才深深地看着这个似乎已恢复些许神志的人，微微扬声，对景翊更是对窗外之人道，"没力气不要紧，你别动，我来。"

　　景翊与她对视了片刻，终于全身一松，缓缓地闭起那双目光涣散却仍歉疚满满的眼睛，算作对她这句话的回应。

幸好，不晚。

冷月深深吐纳，定了定心神，伸手下去不紧不慢地宽去景翊身上那身被酒液与秽物浸得冰凉透湿的中衣。

冷月的动作已极尽小心，尽量不撩拨到这敏感至极的人，但衣衫从景翊滚烫的皮肤上揭下来的时候，还是激得他浑身打战，隐忍的低鸣声从紧咬的牙关里逸出来，听得冷月心里一阵阵揪痛。

不知怎么，这种理应全神贯注的时候，冷月脑中却冒出一个不怎么相关的念头——日后谁再说景翊一个字的不是，她一定豁出命去跟他打。

待把景翊身上的衣衫除尽，冷月只觉得像打完了一场大仗似的，满头满脸都是亮闪闪的汗珠子，内衫也湿了个通透。

冷月缓了口气，刚想剥解自己的衣服，那一直紧闭双眼咬牙苦忍的人却不知是中了什么邪，倏然睁开了眼，看得冷月心里一颤。

"景翊。"

景翊伸手环上她的腰，不似刚才那样粗暴。冷月能清清楚楚地感觉到他在挣扎着克制那本能的冲动，用不住发抖的手臂尽力温柔地把她拥进怀里，有些勉强地翻过身来，把她轻缓地置于地面上，颔首看着她满是紧张的脸，温柔浅笑，用微哑的声音撒娇般地道："不许他看。"

冷月一愣，下意识地往窗户的方向望了一眼，这才恍然回过神来。

景翊将他自己置于这个位置，窗外之人看过来，便看不见她的身子，只能看到景翊的一个背影。

看着景翊今晚对她展开的第一个笑容，冷月差点儿落下泪来。

萧昭晔到底出身尊贵，洁身自好的意识总是有的，到底还是拉不下脸来在手下人陪同之下看这般场面。一见景翊赤身将冷月覆于身下，并伸手去宽解于他身下喘息频频的冷月的衣衫，也就不动声色地把视线移开了。

冷月凭着还算说得过去的内家修为，在自己略显夸张的喘息声中隐约听到萧昭晔走前轻叹了一句。

"不愧是戏子。"

第十八章 三推六问

觉察到窗外之人散尽,冷月心里一松,赶忙握住景翊缓慢宽解她衣衫的手:"好了,走了,没事了。"

景翊几乎被这通苦忍耗尽了力气,听得冷月这话,还没来得及露出一个解脱的微笑,就已脱力地向一旁栽倒了下去。

冷月手疾眼快,一把抱扶住他虚软而炙热的身子。景翊却摇摇头,脖颈向后仰去,示意冷月把他放下来,勉强压制着已凌乱不堪的喘息,尽力温声道:"你睡,我自己……"

冷月自然知道他说的什么,眼眶一热,泪珠子忍不住簌簌地掉了下来。她再怎么不落忍,眼下这也是没法子的事。

"好,你自己来。地上太冷,到床上去吧。"

冷月说着就要把他从地上抱起来,景翊却摇着头在她怀中小心地挣了挣:"脏。"

"脏什么脏?"冷月多使了些力气搂紧他因不安而瑟瑟发抖的身子,"这是你自己家,你睡你自己的床,还嫌自己什么啊?"

景翊仍是摇头,像脱水的鱼一样起伏伏地喘息着,却满目关切地望向冷月:"南疆路远,太累,你睡……"

冷月一怔,心里蓦然一暖。他被折磨到这个份上,整个人都迷糊了,竟还惦记着心疼她一路奔波辛苦。

"那这样,"冷月让步道,"我帮你穿身干净衣服,再上床去,行吗?"

景翊依然执拗地摇头,俊逸的眉头拧成了一团,扭过头去,满目嫌恶地看着一地污秽："会吐……会……"

冷月实在看不得他这副模样，叶眉一挑，扬声截住了他沙哑发颤的声音："你的意思是，我那晚要是胃病犯得吐了，你就准备把我撂在地上，自己上床睡觉去是吗？"

景翊一愣，慌忙使劲摇头："不是。"

"那你废什么话？"

冷月没再给景翊争辩的机会，板起脸来打横将景翊一抱。景翊刚觉得一阵头晕目眩，人就已陷在松软的被窝里了。

"你折腾你的吧，"冷月站在床边整了整衣衫，拢了拢头发，轻描淡写地道，"我出去透透气，一会儿回来。"

冷月说着，好像刚才什么都没发生过似的，淡然地走了出去。

冷月没有走远，就只关了内间的房门，坐到外屋的茶案边，听着景翊从屋中传出的不再压抑的喘息声与低吟声，无声的眼泪流成了汪洋。一直到屋中声音渐弱至无，冷月才抹净脸上花猫似的泪痕，走回屋去，轻手轻脚地爬上床，躺到已昏昏睡去的景翊身旁。

上一次挨着他躺在这张床上，好像已经是上辈子的事了，那时花好月圆，天下太平。

景翊并没睡熟，一夜之间呕吐不断，吐得肠胃痉挛，几度昏厥。

这小半个月来，景翊几乎夜夜都是这样生不如死地熬过来的，他知道他向来没吃过什么苦头的肠胃一定被这日复一日的折腾弄出了点儿什么毛病，别说痉挛，再这么下去，离呕血也不远了。

但今晚他却有点儿希望齐叔给他灌更多的酒，让他吐得更惨一些，胃疼得更久一些。这样他就能在那个思念已久的温软怀抱里多赖一会儿，那只温柔抚去他腹间剧痛的手就会在他身上多停留一会儿。

一直到天亮的时候，景翊才被折磨得彻底脱了力，在依然清晰的疼痛中沉沉地睡了过去。再醒来时，屋外已雪霁天晴，冬日温柔的阳光透过窗纸洒进来，映亮了空荡冷清的屋子。

屋里不知何时已被人收拾得一干二净，床上被褥也换了干净的，连他身上也被换上了干净的中衣。若不是空气中残余的淡淡的酒气，和他疼得几乎快要裂开的脑袋，他几乎认为昨晚发生的一切都只是做梦罢了。

一场既是噩梦也是美梦的梦。

景翊无力去想昨晚的种种细节，更无力把自己瘫软得像一摊烂泥的身子从被窝里弄起来，只得重新合起眼睛，在一呼一吸里搜寻那人可能留下的任何气息。

就在景翙又快要昏睡过去的时候，一股热腾腾的米香味儿突然蹿了进来，猝不及防之间勾得景翙精神一振。

自打被软禁在此，齐叔就好像把他惯常的饮食习惯忘了个一干二净，这几日甚至连他有吃饭的习惯也忘了。景翙至少已有三天没往肚子里吞咽过除掺药的烈酒以外的东西了，突然捕捉到这样的香味，不争气的肚子响亮地"咕噜"了一下。

"唔？"冷月端着碗走进屋来，见景翙怔怔地望着门口，明艳地笑了一下，把景翙看得更怔了几分，"醒啦？正好，趁热把粥吃了。南瓜小米粥，我胃疼那会儿你顿顿逼着我吃这个，这回可算轮到你了。"

景翙愣愣地看着做梦一般出现的冷月，舌头一阵打结："你……你怎么……怎么还……还在这儿？"

自昨晚安睡下来，景翙脸上的潮红便已渐渐褪去，褪到今早，本已不剩一点儿血色了，这会儿乍见冷月端着粥碗进来，两颊不由自主地又泛起了些许红晕。冷月见他这副模样傻得可爱，禁不住眉梢一扬，笑道："我不是送饭观音吗，总得送完了饭再走吧。"

景翙直勾勾地盯着冷月的脸看了半晌，喃喃地说出一句让冷月手抖得差点儿把粥泼他一脸的话来。

"还真有送饭观音。"

冷月好气又好笑地在他脑门儿上敲了个毛栗子，疼得景翙一个哆嗦，醒了大半的盹儿。

"唔……"

"唔什么唔，"冷月搁下手里的碗，搀他起来坐好，又在他毛茸茸的脑袋上揉了两把，"睡傻了是吧，还记得你家祖坟在哪儿吗？"

"出东城门往东二里半，穿过一片麦子地再穿过一片棉花地，然后过了河往小树林里走半炷香的路程就是。"

景翙答得既认真又利索，利索得冷月有点儿不想跟他说话了。

可景翙偏偏仰着那么一张无辜又无害的脸，越发认真地道："真的，不信你去看，种满黄花菜的那个坟头就是我太爷爷的。"

景翙眨着那双还带着血丝的眼睛，意犹未尽地望着嘴角有点儿发抖的冷月："你想知道我太爷爷的坟头上为什么要种黄花菜吗？"

"不想。"

冷月觉得，一户能拿供品当饭吃的人家，在祖宗坟头上种黄花菜是不需要什么理由的。一直以来，堵一个人的嘴最传统但也最好使的法子就是往这人嘴里塞点儿什么。于是冷月一屁股坐到床边，端起了那只盛满了热乎乎的南瓜小米粥的碗，刚拿勺子搅和了两下，就听那还没来得及被她堵上嘴的人又说了一句话。

"这粥，哪里来的？"

"反正不是从你家祖坟里刨出来的。"

"……"

冷月心情舒畅了些许，有点儿愉快地舀起半勺粥，送到景翊嘴边，那人却抿起白惨惨的嘴唇，把脑袋偏到了一边。

景翊这么一偏头，微敞的衣襟下两条锁骨越发显得突兀起来，这些日子的折磨已把他弄出了一丝弱不胜衣的样子。

冷月到底没忍心在这会儿欺负他，无可奈何地道："你放心吃就是了，不是我煮的，吃不死人。"

起码的自知之明冷月还是有的，她拾掇起荤腥来是一把好手，但荤腥以外的东西，煮给身强体健的人吃吃也就罢了，景翊已经要死要活地吐了一宿了，要是再来一碗她煮的粥，估计明年这会儿他坟头上也能长满黄花菜了。

景翊似乎对这个回答还是不甚满意："那是谁煮的？"

"你家厨子煮的，我看着他煮的。"冷月耐着性子道，"我跟管家说，我折腾了一宿折腾饿了，我可是太子爷花钱请来给他帮忙的人，他不至于连口早点也不让我吃吧。"说着，冷月又把勺子送到了景翊嘴边，"现在能赏脸吃一口了吗？"

景翊当真就吃了一口，冷月第二回把勺子送到他嘴边的时候，景翊又把头一偏，不肯张嘴了。冷月眉头一皱，略带狐疑地把碗口凑到鼻底闻了闻，自语般地道："又不是我煮的，至于难吃成这样吗？"

景翊摇头："不难吃。"

冷月没好气地翻了个白眼："不难吃你怎么不吃？"

"你还没吃早饭吧？"

冷月愣了一下，蓦然在景翊满目的关切里反应过来，这人一准儿是把她那句"饿了"当真了，生怕抢了她的饭吃。饿着她，也饿着她肚子里的那个小家伙。

冷月心里一暖，在嘴角化开一抹甜丝丝的笑意："你吃就行了，我待会儿出去有的是吃的，不跟你抢。"

景翊仍偏着头，不肯张嘴。

这要是平时，她就是硬塞也非要他乖乖吃下去不可，可眼下景翊虚软地倚在床头，苍白得像纸糊的一样，嘴角还带着被强行灌酒时留下的青紫瘀痕，冷月无

277

论如何也下不了手，只得往自己嘴里塞了一口。

"唔……这样行了吧？"

景翊还是摇头，目光微垂，温柔地看向冷月的小腹："还有他的。"

冷月知道，再争辩下去到头来妥协的肯定还是自己，再磨蹭下去粥也要凉了，于是冷月无可奈何地又吃了一口，景翊才终于乖乖地张了嘴。如此她吃两口他才肯吃一口地吃下来，一碗粥景翊到底只吃到了三分之一。

冷月有点儿担心地抚上景翊依然扁扁的肚子："吃这么点儿能够吗？"

即便是景翊饭量再小，冷月也不相信这么一点儿东西能喂饱一个许久没有好好吃过饭的大男人，景翊却心满意足地点了点头。

吃得再多，过不了几个时辰还是要被折腾得吐个干净，与其自己吃了白白浪费粮食，还不如让她在这隆冬清早多吃一点儿暖暖身子的。

今年冬天委实太冷了。

冷月不知道他那颗脑袋里琢磨的是什么，搁下碗叹了一声，细细听了片刻屋外的动静，确定没人在外偷听，才压低着声音道："我一会儿就得走了，走前还有件事要问你。"

景翊微怔了一下，嘴唇轻轻一抿，心领神会地答道："我太爷爷让人在坟头上种满黄花菜，是因为他第一次遇见我太奶奶的时候，我太奶奶正在那片树林子里找黄花菜。"

"我不是问这个。"

比起他太奶奶为什么要跑到树林子里找黄花菜，冷月这会儿更想知道另外一件事："你还记不记得，先皇驾崩那天宫里都发生了些什么事？"

景翊愣了一下，眼睛倏然睁大了一圈，原本松松地靠在床头软垫上的头颈也一下子僵了起来，声音压得低过了头，带着细微的颤抖："你……你是来查这件事的？"

"不然呢？"冷月丢给这似乎把粥都喝进了脑子里的人一个大大的白眼，顺便瞥了一下那只无辜的空碗，"你还真当我是送饭观音，来送个饭就走人啊？"

景翊丝毫没因冷月这句话而感到丁点儿轻松，反倒是觉得脑仁儿疼得更厉害了，禁不住把眉头紧紧地皱了起来："是安王爷让你来的？"

冷月听得一愣："是我跟太子爷商量的，你不知道王爷离京了吗？"

景翊愣得比她还要厉害："知道，不过这都半个多月了，还没回来？"

冷月摇头。毕竟萧瑾瑜掌管朝中刑狱之事之后，秘密出行办案已不是一回两回了，虽然此前从没有过离京这久还杳无音信的情况，但这趟他是跟着小时候教他读书写字、长大后又教他查疑断狱的先生薛汝成一起出去的，还有安王府的侍卫长跟着，怎么想都是眼下京城里的这摊烂事更让人担心。

冷月又把声音压低了几分，才道："王爷人虽没在京城，却替先皇从京城给我发了那道召我回来的密旨。"

乍听到"先皇"二字，景翊的脸色就倏地一变："是先皇召你回来的？"

冷月轻轻点头："先皇那道密旨的落款日子就是他驾崩那日，只说让我速回，也没说要我回来干什么。"

皇帝下旨，多是由宫里的差人负责传旨的，若是要从萧瑾瑜那里转一转手，恐怕不是信不过宫里人，就是这道旨意是与宫里人有关的了。

先皇驾崩那日，萧瑾瑜早已离京，怎能替先皇从京中发出这样一道信函？

"我二姐说得有理，"冷月看着担忧得有些莫名的景翊，轻而快地道，"这案子在真相大白之前是不能见光的，王爷就是在京城里，这事他也管不得。连太子爷都承认，如今这是最好的法子。有了昨儿晚上那一出，萧昭晔他们暂时被糊弄过去了，只要在他们醒过神来之前，把这案子里的名堂弄明白，给你洗脱罪名，这事就能安安稳稳地揭过去了。兴许先皇急召我回来，就是洞悉了此事，让我赶回来保护你的。"

冷月说这番话时坚定而从容，声音虽轻却字字有力，描画精致的眉宇间满是与寻常女子迥然相异的英气。

自打京城里的女人们知道他放在心尖上的那个人是个舞刀弄剑的将门之后，京城就悄然多出许多练剑的女子。但不管她们怎么练，看在景翊眼中都是有形而无骨。

景翊练过轻功，但也只练过轻功，没碰过任何可伤人性命的兵刃，但景翊一向觉得，剑这种东西拿到别人手里，要么是观赏的，要么是杀人的，拿在冷月手中却是救命的。救命的剑自然带着一股理直而气壮的豪气，单是学几个姿势是远远学不来的。

不过，景翊从没想过，有朝一日他竟会希望她从来就没有过这种豪气。

景翊苦笑着把神经跳得发疼的脑袋靠回软垫上，微微摇头："这不是案子。"

冷月眉头一皱："杀人放火的事，不是案子是什么？"

"这是朝政。"

许是景翊身子虚弱，说话有气无力，这四个字徐徐吐出，冷月竟隐约地听出一丝无可奈何。

冷月怔了片刻，点头道："你这么说也没错，这件事的根确实是生在朝廷里的，就是搞清楚了也肯定不能像平时那些案子一样，该关的关该杀的杀，有罪的恨你，没罪的防你，费力讨不着好，末了再把自己的命搭进去，的确有点儿不值当的。"

以冷月对朝政的认识，能有这样的觉悟景翊已经知足了。

景翊刚轻轻地点了点头，就听冷月接着道："不过我本来也没打算把这里面的事全搞鼓清楚，弄清事情原委是你们这些当官的该管的，我不拿那份俸禄，也不操那份闲心。我就想把那个弑君的犯人逮住，让我肚子里这孩子的亲爹清清白白地活着，让他亲爹的一家人都清清白白地活着。"

冷月垂下修长的颈子看向自己平坦的小腹，原本坚定到有些冷硬的目光瞬间化成一片温柔："景家那些臭毛病我可教不出来，可要是没有那些臭毛病，他就白瞎了这个姓了。"

景翊目光一动，冷月却没给他开口的机会，下颌一扬，沉声接道："还有，你们这些当官的毛病我也知道，有时候比我们练武的还狠。太子爷这会儿就是自己主动把那把椅子让出来，该死的不该死的还是会死，现在就这么一个法子是能试试的，我就是……"

冷月话说到这儿，像突然忘了些什么似的，停下来犹豫了一下，才有点儿底气不足地接着说道："就是……就是砸锅卖铁也非试不可。"

景翊一动不动地望着冷月，静默了半响，嘴唇无声地微启了两回，才下定了决心，轻轻吐出一句。

"你是想说破釜沉舟吧？"

冷月坚定中带着温柔的眉眼陡然一僵，线条柔美的额头顿时乌黑一片。

"反正就这个意思，你明白了不就行了吗！"

一句话还没朝他吼完，景翊已展开一个苍白无力却温柔如春的笑容，半撑起一直歪靠在床头的身子，伸手把脸黑如铁的冷月拽进了怀里，抚着冷月有点儿僵硬的脊背，温声轻道："我都明白，对不起，辛苦你了。"

景翊到底还使不出什么力气，冷月若想挣开他是轻而易举的事，可那一声"明白"好像被下了什么药似的，刚钻进耳中就把她心中对这人仅有的一丝埋怨化了个一干二净。

冷月静静伏在他怀中，任他安慰中略带歉疚地抚着她的肩背，把她每一寸紧绷僵硬的肌骨抚得放松下来，半响才道："那你帮帮我，行吗？"

"好。"

冷月从景翊微凉的怀中直起身来，拎着被角把滑落的被子往上提了提，小心地盖过他药性退后清冷一片的身子，才在他身旁坐下来，皱眉道："听我二姐说，那天所有在京的皇子一股脑全进宫去了，为什么？"

景翙果然简单明了地答道："先皇传召的，说是进宫议事。"

冷月的眉头皱得更紧了几分："不是还有几个皇子没到参理朝政的年纪吗？进宫议事还召他们来干吗？"

景翙微微摇头，淡淡苦笑："凑数的吧。"

冷月大概明白他这个"凑数"是什么意思。这事的目标明摆着就是太子爷，再就是太子爷背后的景家，其余的皇子不是凑数是什么？

但景翙这句"凑数"里分明还有另一重意思。

"你是说，召是假召，是毒害先皇的人有意安排的？"

若不是有意安排，又怎么称得上是"凑"呢？

景翙仍是摇头："不知道，至少我看不出有假。"

冷月狠狠愣了一下，睁圆了一双满是愕然的凤眼："你……你别告诉我，这一堆的事都是先皇故意搞出来的。"

当皇帝的人表面上再怎么迷糊，但毕竟坐得高看得远，心里始终都跟明镜似的。如果先皇早知道萧昭晔的心性，趁这个最不安分的儿子在外面，把一群安分儿子召来身边，用自己这条苟延残喘已久的老命狠狠地陷害这些儿子一把，那不安分的儿子自然会喜出望外，蠢蠢欲动，免不了就越动越蠢，越蠢越动，最后蠢到被他们这伙儿人有理有据地收拾干净。

虎毒不食子，自己下不了嘴，索性就狠下心来让别人上。凭先皇对安王爷的信任，冷月相信先皇是干得出这种事的。

听着冷月一脸严肃地说完这些合情合理的猜想，景翙沉默了半晌，才缓缓点头："能火……"

景翙这声说得很轻，冷月一时以为自己听错了，愣愣地反问了一句："能火？"

景翙像又思虑了一番，才深深地点了点头，笃定地道："这段编成话本，肯定能火。"

"……"

冷月觉得，一定程度上景翙应该对萧昭晔与齐叔心怀感激才是。因为正是有了他们先前的折磨在他身上留下的深重伤害，她才能在这会儿忍住不伸出手去活活掐死他。

景翙就窝在松软的被子里，仰着一张满是憔悴的脸，用那双闪着无辜光芒的狐狸眼望着她，又无比真诚地补了一句："真的，比我编的还像真的。"

冷月吐纳了几个回合，才凉飕飕地瞪着这个人道："你是怎么编的？"

景翊往被子里缩了一缩，缩得露在冷月视线内的部分又少了些许，才道："闹鬼。"

"……"

冷月隐隐地有些为自己的将来担忧，如今窝在她肚子里的这个小家伙出来之后，但凡有他亲爹的一丝影子，她的日子也必将是鸡飞狗跳的。

"真的，真的跟闹鬼似的。"景翊把清俊的眉头皱出一种很像深思熟虑之后慎重开口的模样，"其实安王爷离京没两天，先皇就卧床不起了，我还进宫看过一回，真是病得连句囫囵话都说不出来。那会儿他身边的公公还偷偷地跟我抹眼泪，说连口像样的饭都喂不进去了。结果那天他老人家居然穿得整整齐齐地坐在御书房看折子，起坐行走都不用人照顾，端杯子喝茶也不手抖，脸色也挺好，除了瘦得厉害，其他方面看着就跟没事人一样。给你写的那道密旨上字迹应该也平顺得和先前一样吧？"

冷月怔了一下，禁不住皱起眉头点了点头。

许多濒死之人确是会回光返照，但先皇那把年纪，又抱病已久，如果说从瘫卧在床上说不出话来，一下子回光返照到言语清晰举动利落，那即便不是闹鬼，其中也必然有鬼。

"然后呢？"

"然后他就驾崩了。"

"……"

景翊似乎丝毫不觉得自己这般描述有何不妥，还坦然地追补了一句："对，就是好着好着，一下子吐了口血，什么事都没来得及议，就驾崩了。"

冷月知道自己不能在这儿停留太久，过不了一会儿，冷嫣就会如约出现在大门口接她回太子府。冷月勉强先把这一笔记在心里，耐着性子问道："然后就传太医了？"

景翊点头："来了好几个。有一个说是中毒身亡，但剩下的几个全说他是瞎扯淡，明明是回光返照，照完了自然就宾天了。然后他们就统一了说法，说是病亡了。"景翊轻描淡写地说着，浅浅苦笑，"不过改口也没用，指甲嘴唇都是发乌的，连那俩四书五经都没背完的小皇子都知道这是中毒了，还能瞒得了谁啊。"

睁着眼说瞎话是天家人与生俱来的求生本能，冷月倒是不奇怪这么一件明摆着的事能被这伙人瞒这么久，但有一样冷月是想不明白的。

"毒是不是就在先皇喝的那杯茶里？"

这个推测是最顺理成章的，冷月能一下子想到这里，景翊丝毫没觉得诧异，但还是用一种"你真棒"的眼神看着冷月，赞许地点了点头。

"那为什么光怀疑你们，不怀疑那个奉茶的人？"

景翊扬起嘴角，抬手戳了戳自己的鼻尖，有点儿无可奈何地道："我就是那个奉茶的人啊。"

冷月狠狠一愣："你奉茶？"

"不然呢？"景翊苦着一张脸，用一种认命的语调轻描淡写地道，"我们这些人来齐了之后，先皇就把其他人都轰出去了。一间书房里除了他，就只有我和几个皇子，然后坐在小炉上的水烧开了，茶盘里的东西都是备好的，一看就是要等水泡茶。这里就我一个为臣的，我还能干站着等主子们去泡吗？"

景翊给先皇泡的茶，难怪……

"就因为这个，所以你的嫌疑最大？"

景翊似是犹豫了一下，才若有所思地点头道："算是吧，因为查验发现壶里剩下的开水没有毒，杯子在泡茶之前我拿壶里的开水烫洗过，有毒也冲干净了，所以当验出来只有茶汤里有毒的时候，我的嫌疑不就是最大的了吗？"

冷月刚想点头，在脑海中粗略地梳理了一下景翊泡茶的全过程，却忽然发现景翊这番看似挺对的话里似乎还漏了一环："茶叶呢？"

景翊再次对冷月投去了那种"你真棒"的目光。

"有毒的就是茶叶。"不等冷月问这毒茶是哪个挨千刀的放到御书房的，景翊就已答道，"茶是成记茶庄的茶。"

冷月又是狠愣了一下，转念想想，却又觉得没什么奇怪。盛传先皇喜欢成记茶庄的茶也不是一天两天了，景翊私下里也对她说了成记茶庄与朝廷的关系，御书房里备有成记茶庄的茶，好像也是理所当然的事。

只是这种事好巧不巧地与先皇中毒身亡搅和在了一起，冷月总觉得哪里似乎有点儿不妥。

景翊显然是看透了冷月那张一下子写满问号的脸，嘴角微微一提，笑得一脸善解人意："你也觉得这事好像很合理，又好像有古怪吧？"

冷月点头。

景翊像从战场上回来的人回忆当年的腥风血雨一般，缓缓一叹："那是因为这事本来可以闹得更大的，成记茶庄的主意是老爷子出的，帮手的是瑞王爷和安王爷，要是借着成记茶庄的这撮茶叶，把朝中门生最多的老爷子扳下去，把管钱粮的瑞王爷扳下去，把管刑狱的安王爷扳下去，你说朝廷里还剩下什么了？"

冷月对朝廷里错综复杂的官员分工不甚明了，但常年奔波在外，对地方衙门的运转她还是有些了解的。一个衙门里最要紧的就是两件事，一个刑名，一个钱谷，搁到朝廷里应该也是一样。如果在朝中最坚实的一股力量被拔除的同时，掌管这两件事的人还可以听任摆布，那就算是坐上那把椅子的人名不正言不顺，也没多少人敢挺胸抬头地说个不字了。

到那个时候，朝里就当真剩不下什么了。

冷月只觉得脊梁骨上一阵发凉。

她不得不承认，想出这个法子的人实在太会过日子了。一撮茶叶，不仅毒死了先皇，还要断送半个朝廷的前程。

"那……那些有毒的茶叶还没被人发现？"

景翊轻轻点头："旁边正好有一罐江南进贡的茶叶，跟这个品种一样。我趁没人注意的时候把两罐调换了，他们以为我泡的是那罐贡茶。那两罐茶叶光看不喝还是挺难分辨出来的，好在没人敢冒死尝毒茶的味儿，所以他们就认定茶叶里也没毒，只能是我在泡茶的时候下的毒了。"

这番调换，想必就是太子爷说的，景翊往自己身上招揽嫌疑的法子。

这事景翊如今说来轻巧，当时那般情景，突然病愈的先皇又突然驾崩于面前，慌乱可想而知。景翊竟能在那么短的时间里权衡完这么多利害关系，做出牺牲自己的决定，又在那么多人的眼皮子底下，有条不紊地把自己变成这场弑君大案的头号嫌犯……

冷月不知道这世上还有谁能在话本之外办得了这样的事。

一丝浓郁的敬慕之意刚从心里升上来，冷月发誓，绝对还没有升到脸上，就已见景翊绽开了一个无比乖巧的笑容，邀赏一般地道："我厉害吧？"

冷月手里要是有糖，一定会往他嘴里塞上一颗。

这才是闹鬼了。

冷月有点儿心虚地板起差点儿涨红的脸，端出公事公办的语调道："他们是不是因为在你身上搜不到证物，就把你软禁起来了？"

景翊快快地扁了扁嘴，还是点点头道："还有家里，把家里里里外外翻了个遍，顺了点儿值钱的东西，然后就这样了。"

"顺东西？"

冷月狠愣了一下。她原以为那些人是奔着那块皇城探事司的印来的，可如今是为了定他弑君之罪，还要翻找什么？

景翊眯起眼来浅浅地打了个哈欠，有些漫不经心地点了点头。

"我这条命可以把太子爷溜得团团转，他们才不舍得这么快就给我定罪呢，就是可惜了那些好东西了。"

冷月一时断不出景翊这话是实话实说还是随口一说，微不可察地皱了下眉头，没在这件事上深究，只随意地点了点头，继续问道："那你想没想过，先皇突然召你们这些人进宫见他，到底是想跟你们说什么？"

景翊似是头疼得厉害，脑袋在枕头上蹭了几下还不见舒缓，到底忍不住抬手揉起了太阳穴，一边揉，一边有点儿遗憾地摇了摇头，轻叹："猜猜太子爷的心思我还成，先皇的心思就得问老爷子了。"

景翊对医术这种东西的理解，似乎只停留在文字的程度上，真落到实战上就白瞎了。冷月见他对着自己的脑袋乱揉一气，越揉眉头皱得越紧，不禁心里一疼，抬手拍开了景翊的手。

"别戳了，再戳脑袋上就有坑了。"

冷月起身坐到床头，把景翊的脑袋从枕头上挪到她的腿上，从发际开始，由前向后沿着几个穴位不轻不重地揉按起来。

景翊如今的头发还不算长，都是在她离京之后的这段日子里长出来的，比先前的头发更为乌亮，触手柔韧如丝。再过个一年半载，他肯定又是那个让少女大娘都为之神魂颠倒的京城第一公子了。

只是对她而言，京城第一公子什么的，都是过去的事了。

如今在她心里，他就是个英雄，跟那些随她爹在边疆战场上出生入死的男人一样，是敢于豁出性命去保家卫国的天字第一号大英雄。

只是奋战在疆场上的英雄人人皆知，人人称颂，他却是一个人在这里为了一场永远不可能公之于众的战役而默默苦熬，熬不过就是生生世世的乱臣贼子的骂名，熬过了也不过就是无罪开释。见惯了冤假错案的老百姓又怎么会为一次看似合情合理的软禁而夸他些什么。

兴许那些在景翊冒死调换茶罐之间被保下性命的人里，有的这会儿正窝在高床软枕间，对怀里的美人不痛不痒地说着景家四公子的风凉话。

什么景四公子就是个绣花枕头之类的话，她原先在心里也是有那么些认同的，毕竟在她认识他的那个年纪，同龄的男孩都是枕头，好歹他还是绣了花的。

如今，同龄的男孩们多半还是枕头，而他不知从什么时候起，已经不声不响地变成金镶玉了，只是始终没有扔掉那层绣花枕头皮罢了。

冷月心里想着，嘴上不由自主地嘟囔了出声："我以前怎么就没发现……"

冷月意识到脑子里想的事竟嘟囔出声的时候已经晚了。景翊已抬起了眼皮，那束可以洞穿人心的目光落在冷月薄薄的脸皮上，登时激起一片诱人的红晕，把景翊看得一阵莫名其妙，禁不住追问："你没发现什么？"

"你的脑袋好像不是特别圆。"

"……"

赶在景翊发现她这话是临时抓词之前，冷月手上稍稍多使了些力气，景翊吃痛之下轻哼了一下，哼声刚开了个头儿，就被冷月一把捂了回去。

有人进院来了。

冷月镇定地对景翊使了个噤声的眼色，把景翊的脑袋从自己的腿上挪回到枕头上，利落地给他掖好被子，给自己整好衣衫，抄起搁在床头的空碗，头也不回地走了出去。

冷月拿着空碗走出去的时候，齐叔正走到庭院正中。见冷月从屋里出来，齐叔就地站定，一团和气地微笑着，待冷月走近，才压低着声音客客气气地道："姑娘，吃好了？"

"谢谢管家老爷，多少还是有点儿难吃，剩了小半碗拿给景大人当人情了。"冷月气定神闲地说着，把碗往齐叔手上一递，像模像样地拍打了一下一干二净的手心，带着几分不耐道，"折腾这么一宿，都没落着闭闭眼，我得找冷将军抬抬价了。"

齐叔带着满目的理解点了点头："冷将军承诺给姑娘九百两，对吧？"

冷月点头："对。"

齐叔伸手摸进怀里，摸出两张五百两的银票，笑眯眯地递给冷月："姑娘辛苦了，一千两，姑娘收好。"

冷月猜，这想必是齐叔昨晚见她是个要钱不要脸的主儿，想使银子把她留下来。于是冷月玉手一伸，毫不客气地接了过来，揣进怀里："谢谢管家老爷。"

谢罢，冷月起脚就往外走，看得齐叔狠狠一愣，待冷月擦肩从他身边绕过去了，齐叔才反应过来，赶忙追上两步，在院门口把冷月拦了下来。

"姑娘，"齐叔脸上的笑容有点僵硬，"你的工钱在下已付过了，姑娘还要去哪儿？"

"工钱？"冷月夸张地皱起眉头，"雇我来办差的是冷将军，工钱当然是她给我，你给我什么工钱？"

齐叔的印堂隐隐有些发黑："你刚刚收了银票，可不要赖账。"

"我怎么就赖账了？"冷月一下子把嗓门提高了一度，还一声比一声高，"你给我的时候说是工钱了吗？你不是说我辛苦了吗。你给我钱我不拿，我傻吗？"

齐叔生怕被房中之人听见，一急之下慌得连连摆手，愣是让守门的军士能多快就多快地把冷月请出去了。

等在门口的冷嫣见冷月是被军士押出来的，心里狠狠颤了一下，但第二眼落在冷月那张明显在憋笑的脸上，颤抖就一下子升到了嘴角上。

打马走出老远，冷嫣才冷着脸道："你钻到狼窝里还有闲心瞎折腾？"

自打昨夜进了京城城门以来，冷月的心情还没有哪一刻能赶得上现在这么轻松。冷月带着一道由内而外的笑容，轻描淡写地道："我没惹狼，就踹了几脚看门狗。"冷月说着，把马步勒慢了些许，带着些许歉意看向冷嫣，"二姐，回去之前，我得先去见个人。"

冷嫣微微怔了一下，眉梢轻挑："景太傅？"

见冷月突然一脸"你怎么知道"的神情，冷嫣轻声叹道："昨儿晚上你刚走，太子爷就跟我说，你从景翊那儿出来之后，可能会想去见见景太傅，让我提前做好准备。"

景翊摊上这么一个主子，冷月实在不知道是该替他哭还是该替他笑。

冷嫣沉声道："那条街上我安排过了，不过咱俩一起去还是太惹眼，到前面那个路口你就把马撂下，自己过去吧。多留点儿神，速去速回。"

"谢谢二姐。"

冷月把马交给冷嫣之后，就一路贴着墙根低着头，拣着那些平日里就没什么人烟的小巷子不疾不徐地走过去。

隆冬早晨的街上本就冷清，再加上近来京里各种各样的限令，冷月一路走到离景家大宅只差一个胡同口的小巷子里时，才在巷角的屋檐底下遇见一个人。

说是人，但若不是冷月感觉到此人的气息，也只当是谁家顺手丢在门口的一团破衣服了。

听到脚步声靠近，那团衣服不安地动了一动，抖落了破棉袄上的几点积雪，一颗须发斑白的脑袋从膝间缓缓地抬起来，露出一张脏得难辨原貌的脸。

这是个男人，中年已过老年未至的男人。目光暗而不浊，身形瘦而不枯，像是有些日子没吃过正经饭了，却又不像是从来没吃过正经饭的。

冷月隐约觉得似是在哪儿见过他，但一时又在脑海中搜寻不到。便是以前真见过也不奇怪，这附近是京城里最繁华的地方，乞丐本来就不少，日子也过得颇为丰润，怕是近来城里戒严闹的，走到这儿了才见着这么一个快要饿断气儿的。

"姑娘……"老乞丐的目光在冷月的脸上停驻了片刻，冻得发紫干裂的嘴唇颤抖着，用一种沙哑得令人揪心的声音哆哆嗦嗦地说了一句让冷月无比闹心的话,"我有药。"

冷月一噎:"我没病。"

老乞丐黯淡的目光里满是诚意:"吃了就有了。"

"……"

冷月只当这老乞丐是饥寒交迫之下昏了脑袋,虽然明知眼下自己这张脸不该在人前多做停留,但还是忍不住驻足在他身前,想掏几个铜钱给他。

也不知这会儿积德还来不来得及。

冷月把手摸进腰间才想起来,她昨晚换上冷嫣的衣服之后没往身上装钱,如今她身上只有那一千两银票。冷月索性就从那两张五百两的银票中摸出了一张来。

这条街上素来不乏手脚大方的纨绔子弟,想必之前也有过给乞丐丢银票的先例,这老乞丐接着五百两的银票,就像接块馒头一样坦然,接完塞进怀里之后,还真从破棉袄里摸出了一个脏兮兮的小纸包,一脸感激地捧到冷月面前。

"药。"

冷月把这包包得像耗子药一样的东西揣在袖里,一直走到景家大宅宅门紧闭的大门口,心里都在琢磨一件事。

自己这回积下的德,应该足以拯救全天下了吧。

而事实证明,这点儿德还不够拯救她一个人的。

这一丢丢的德只把她保佑到了门口。

景家的门房没拿她当假扮的,也没拿她当被景家公子扫地出门的媳妇,顺顺当当地让她进了门,并热络地告诉她,景老爷子因为惹毛了媳妇正在祠堂里罚跪呢,让她自己进去见就好。

之后,这德就算是用完了。

冷月刚走进第二进院子,就遇上了手托瓦罐、撅着屁股跪在冬青丛里扒拉积雪的景家二公子景昍。

景昍是朝中太医,兴许是因为从小就怀着一颗悬壶济世的心,景昍周身总是散发着一种亲切祥和的气质,就算是裹着这么一袭蚯蚓一般颜色的长衫,摆成这么一副好似蓄势待发的蛤蟆的姿势,看起来还是温和而稳重的。

景昍保持着这般温和稳重的气质,抬起头来盯着冷月的脸看了须臾,用他惯常的方式跟她打了声招呼。

"十三太保。"

"……"

十三太保是安胎的药,南疆军营的军医开给她的也是这个。猝然被人这样说出来，冷月脸上虽有点儿发窘，但还是硬着头皮客客气气地回了一声："谢谢景太医。"

景翊对她下休书的事已满城皆知，不管她自己承不承认，规矩上她都不便称景peì为二哥了。本来这会儿称他一声"景太医"是再合适不过的，可话音未落，冷月就被自己挑的这个称呼怔住了。

景太医……太医？

自先皇染恙以来，太医院的官员们每天都是把脑袋别在裤腰带上过活的，生怕出一丢丢的差错，整个太医院都要跟着遭殃。所以每次去给先皇诊脉的都是太医院里那三个资历最老、出错记录最少的太医，而景peì就是这三个太医中唯一一个还没长白头发的。

最后一次给先皇诊脉的太医不是都被封口了吗？

"你怎么……"冷月见鬼似的睁大着眼睛，一句话刚开了头，蓦然想起在人家家里面对面地问一句"你怎么还没死"似乎有些不妥，于是硬生生地一顿，换了个含蓄些的问法，"你怎么在这儿？"

这个问法似乎含蓄得过了头，景peì听在耳中，俨然当成了同僚间的一句寻常问候，连屁股都没抬一下，便和气地回道："内子回娘家了，我回来小住几日。"

冷月总算明白语塞是个什么滋味了。

这种明明有一肚子的话，却就是堵在一处不能说出来的感觉，真是非一个"塞"字不能表达。

冷月被塞得连句囫囵话都不知道怎么说了："那……那宫里……"

好在这是景家，好在景peì是景老爷子亲生的，哪怕他是景家最不善言辞的，冷月以这副模样把话说到这个份上，也足够他猜明白她到底为什么看他像看鬼一样了。

"先皇龙驭宾天那日，我不在宫里。"

他如今能活蹦乱跳地在自家院里刨雪，当日必然是不在的。这一点冷月可以想得通，但想不通的是，他怎么早不在晚不在，偏偏就那日不在？

"那你在哪儿？"

"在家。"

"在家干什么？"

"包饺子。"

"……"

冷月觉得自己整个人都晃了一下。

289

冷月本想问他为什么要在家里包饺子,但看着景蹈那张写满了理所当然的脸,冷月觉得这个问题不问也罢,只要弄清另一个问题就足够了。

"你在家包饺子,先皇知道吗?"

景蹈似乎看出冷月一时半会儿没有想走的意思,便低下头,一边把冬青叶上小撮的积雪温柔地拨进手中的瓦罐里,一边唠家常一般气定神闲地道:"知道。先皇嫌我烹的药粥难吃,命我回家学厨半年,到那日还不足两个月,我在家包饺子也是应该的。"

冷月有点儿蒙。

太子爷虽然是先皇如假包换的亲儿子,这爷儿俩想一出是一出的心性也很有几分相似,但要说先皇在病得爬不起来的时候,还有心思赶自己最信任的太医之一回家学做饭,就怎么想都有点儿匪夷所思了。

"那景太医知不知道,当日在先皇身边的太医是哪几位?"

景蹈头也不抬地应道:"徐太医与金太医应该还在,接替我的是叶千秋叶太医吧。"

叶千秋?

这三个字像一道焰火般在她脑子里闪了一下,照亮了记忆里一点儿零星的碎片,一张似曾相识的面孔飘过眼前,冷月蓦然一愣。

她见过这个叶千秋,拢共见过两回。

一回是很多年前,她爹在北疆负伤回京休养的时候,先皇就是派了这个名为叶千秋的太医来看。她还记得这个太医的名字,是因为他是她所见过的脾气最臭说话最硬的大夫,至今还没有之一,连她那个出了名的犟驴脾气的亲爹都怕了他几分,治伤治到最后,当真就是他说什么就听什么了。

还有一回是刚才,在离景家大宅只有一个胡同口的小巷子里,他裹着破棉袄,蓬头垢面地缩在人家屋檐底下。她一时没想起那张似曾相识的脸在哪儿见过,还花了五百两从他手里买了一包吃了就能有病的药。

如果叶千秋把自己弄成如今这副模样是为了躲避灭口……

如果叶千秋刚才那一眼已经认出了她是谁……

如果叶千秋真的只是想告诉她,他有药……

冷月急忙从袖中翻出那个脏兮兮的药包,闪身跃进冬青丛,仓促之间触得冬青丛枝叶一阵大摆,顿时糊了景蹈一身一脸的雪。

"对不起,对不起。"

冷月赶忙驻足连声道歉。景蹈却也不恼,随意拍打了一下就不紧不慢地站起身来，看了一眼被冷月这一晃之间瞬间填满的瓦罐，还在温和的眉宇间露出了些许赞叹之色。

采雪这种事，果然还是女人做来合适一些。

见景竘没有丝毫愠色，冷月才既急切又恭敬地把那纸包捧上前去："劳烦景太医看看，这包是什么药？"

景竘没伸手去接，只微微欠身，低下头来凑近去轻轻嗅了一下。

只嗅了这么一下，景竘就直起了腰来，把温和的眉心拧成了一个死结。

这是冷月头一回见景竘皱眉头，方才猝然糊了他满身满脸的雪都不见他眉心动一下，这一嗅之间却皱得如此之深。冷月不由自主地屏住了呼吸。

景竘皱眉皱了须臾，才轻轻吐出一个药名来。

"凝神散。"

十三太保是什么冷月还是知道的，凝神散是什么，冷月听都没听过。

"敢问景太医，这药是治什么病的？"

景竘丝毫没有放松眉心，微微摇头，依旧心平气和地道："不治病。"

冷月愣了愣，想起叶千秋跟她说的那句像胡话一样的话，忙道："那会把人吃出病来吗？"

景竘像斟酌了一下冷月这句话，才点了点头，缓声道："可以这么说，这药是一道提神药，不过是借耗损本元来凝聚一时精神，药效发时精力异常充沛，药效一过就疲乏不振，身强体健之人偶尔服来应急尚可，若久服或气虚体弱之人服用，可致油尽灯枯而亡。"

冷月怔怔地看着眼前这个脏兮兮的纸包，只觉得手掌心里一阵发烫。

精力异常充沛？

难不成……

冷月那一口凉气还没来得及吸进嘴里，就见景竘向她移近了半步，低声问了一句："你是在何处遇见叶太医的？"

冷月觉得自己一定是瞬间在脸上写满了"你怎么知道"，以至景竘不等她问，便答道："这是叶太医独创的药，到现在还没人能破他这个方子，他现在可还好？"

冷月合起微张的嘴唇，轻抿了一下，没吭声，只点了点头。

比起那两位太医，叶千秋那副样子应该也算得还好吧。

景竘像是平日里走在大街上，偶然听到一位故人成家立业过得不错似的，舒开眉心对着冷月温和一笑，没再多言，而后垂下目光，一边专注地研究着集入瓦罐中的雪，一边迈出冬青丛，信步走远了。

第十九章 四角俱全

直到景陌的身影消失在视线里,冷月才猛然意识到,那种从一进门起就如影随形的奇怪感是从哪儿来的了。

外面已然是满城风雨、草木皆兵,无论是太子府还是软禁景翊的那处宅子,如今都是冷森森的一片,与之八竿子打不着的老百姓都人人揪着一颗心,捏着一把汗。而这最该人心惶惶的地方,却像与京城隔着十万八千里的异域番邦似的,一切安然如旧。

每个人都在按部就班地干着自己的活儿,从容不迫地过着自己的日子。

连景老爷子也是一样。

冷月见到他的时候,他正盘腿坐在景家列祖列宗牌位前面,专心致志地打瞌睡,呼噜声响得快把房顶震塌了。

冷月一连清了三回嗓,清得嗓子都疼了,景老爷子才栽了一下脑袋,揉着差点儿晃断的脖子悠悠地醒过来,抬起那双和景翊一模一样的狐狸眼,睡意蒙眬地看向这个扰了他清梦的人。

冷月忙抱拳颔首行了个官礼,规规矩矩地唤了声"景太傅"。

景老爷子微微眯着眼,上上下下地打量了她半晌,才露出一个慈祥和善的微笑,客客气气地回了一声:"你是谁啊?"

冷月一口气噎在胸口,差点儿哭出来。

见景老爷子这般睡眼惺忪却依然和蔼可亲的模样,冷月只当他是一时眼花,没认出自己这身广袖长裙的装扮,便又走近了些,拱手沉声道:"卑职刑部捕班衙役总领冷月，见过景太傅。"

　　景老爷子像眼睁睁地看着菜贩给自己短了秤似的，带着一丝不悦轻轻挑了一下眉梢，略显语重心长地道："别在我家祖宗面前撒谎，否则晚上睡觉的时候会看见一些奇怪的东西，呵呵。"

　　冷月听得后脊梁有点儿发凉，脑子有点儿发蒙。

　　萧昭昑再怎么急功近利，也不至于把那些连醉得乱七八糟的景翊都能看出有假的姑娘带来糊弄神志清明的景老爷子。她都把家门报到这个份儿上了，景老爷子怎么会是这般反应？

　　冷月小心地看着似乎与往日没什么不同的景老爷子，依旧毕恭毕敬地道："景太傅，卑职怎么撒谎了？"

　　景老爷子满目慈祥地看着她，微微含笑，毫不犹豫地道："你说的这人是我家儿媳妇，早几个月前就改口喊爹了，呵呵。"

　　冷月狠狠愣了一下。

　　难不成景翊还没来得及告诉景老爷子休她的事？

　　这事早晚是要说的，虽然由她来说多少有些不妥，但眼下要是不说个明白，天晓得一向心思莫测的景老爷子会怎么处理一个胆敢自己送上门来的假儿媳妇。

　　"景太傅，"冷月红唇微抿，带着浓重的不情不愿定定地道，"景翊已把我休了。"

　　景老爷子当真像头一回听说这事似的，细长的狐狸眼倏然瞪得滚圆，满目的难以置信。一阵莫名的委屈涌上冷月的心头，她竟觉得鼻尖有点儿发酸。

　　景老爷子就用这道震惊里带着半信半疑的目光看了她片刻，温和中混着些严肃地问道："有休书吗？"

　　"有。"

　　冷月稳稳地应了一声，刚把手伸进怀里，触到质地陌生的衣料，才想起来为避免在齐叔那些人前露出什么破绽，任何能证明她真实身份的牌子信件统统都没放在身上，也包括那张被扯得乱七八糟的休书信封。

　　"我……"冷月有些发窘地把手收回来，实话实说，"我没带。"

　　景老爷子定定地看了她须臾，微微眯起眼睛，和颜悦色地问了她一个八竿子打不着的问题："教你念书的那位先生已过世多年了吧？"

　　冷月不知道这句话是打哪儿冒出来的，但景老爷子问了，她便如实答道："是。"

　　"怪不得，"景老爷子笑意微浓，"功课没做就说没带，这样的心眼儿是太子

293

爷在念书第二年的时候使的，呵呵。"

冷月差点儿给景老爷子跪下。

景老爷子像看出了冷月欲哭无泪的心情，颇为体贴地让了一步："你既然自称刑部捕班衙役总领，刑部的牌子总该有吧？"

冷月一时间觉得有双爪子在自己的心里一下一下地挠了起来，但被景老爷子这样和善地看着，冷月不得不硬着头皮答道："有，没带。"

景老爷子满目宽容地望着她，又让了一步："刑部的牌子没带，安王府的牌子带了吗？"

冷月咬牙回道："没有。"

"你的马进出刑部衙门的牌子，也没带吧？"

"没。"

景老爷子看着她已硬如磐石的头皮，终于放弃了提点，会心一笑："呵呵。"

冷月心里一阵发毛，抓狂之下目光不知怎么就落到了牌位前的供桌上，登时眼睛一亮，精神一振，两步上前，端起一盘绿豆糕，二话不说就往嘴里塞了一块。

她也不知道自己如今还有没有资格再吃一口景家的供品，但如今也只有这件事才能有力地证明，她是当过景家媳妇的人了。

果然，景老爷子看着被仓促中塞进嘴里的绿豆糕噎得直瞪眼的冷月，毫不遮掩地露出一副恍然大悟的模样，亲切地拍了拍身边的蒲团："来来来，坐下，坐下慢慢吃，呵呵。"

冷月总觉得景老爷子这恍然中似乎还带着点儿别的意思，可嘴里塞着景家祖宗的口粮，一时间百感交集，她也分辨不出那浅浅的一丝意思是什么了。

这里到底是景家祠堂，供奉的到底是景家祖宗，想到这是第一次带着肚子里这小家伙来到他家祖宗面前，冷月没有盘膝而坐，而是搁下那盘绿豆糕，抹去嘴边的渣子，在蒲团上端端正正地跪了下来，冲着众多牌位规规矩矩地磕了个头。

多半时候她是不信鬼神的，三法司里绝大多数的人都不信。因为在人的范围内抓奸除恶已经很忙了，要是把鬼神也考虑进去，三法司官员们的日子就没法过了。

她拜景家列祖列宗，倒不是求他们什么，而是谢谢他们。谢谢他们无论贫富贵贱安稳动荡都努力地活了下来，并将自己的后代抚养长大，以至后代再有后代，代代努力下来，才轮到景翊出现在她的生命里，如今又轮到了这个还没有丝毫动静的小家伙。

景老爷子似是把冷月这一拜当成了不得不吃下供品之后的致歉之举，冷月刚刚跪直身子，景老爷子就笑呵呵地问了她一句："你知道供品这东西是用来干什么的吗？"

冷月一个"吃"字刚到嘴边，到底觉得从没出生起就这样熏陶孩子委实有些不妥，便改了个口，中规中矩地答道："祭拜先人。"

"先人已逝，还祭拜他们干什么？"

祭拜先人的目的多了去了，随便数数，十个手指头都不够用。冷月到底还是选了个最中规中矩的回答："求他们保佑。"

"你信死人能保佑活人吗？"

冷月噎了一下，一时想到景家撒谎必罚的规矩，还是如实地摇了摇头。

"我也不信。"景老爷子坦然地说着，笑眯眯地抬手指了指供桌后的一堆牌位，"不过现在守着这些牌位呢，咱们先假装信一信，呵呵。"

"是。"

景老爷子带着循循善诱的微笑，意味深长地道："假如有一天，不，一定有一天，你也会被人摆到祠堂里面，时不时地有些孙子、重孙子什么的对着你拜拜，你能想象到这种感觉吧？"

这种感觉一听就不怎么美好，冷月索性不去细想，只管点了点头。

景老爷子满面鼓励地微笑着，继续循循善诱地道："如果你这些孙子、重孙子什么的在你面前跪饿了，吃你一口供品，你飘在天上，看在眼里，会是什么心情？"

实话实说，冷月的心情有点儿复杂。且不说她死了以后能不能飘在天上，就算能，她也从没想过她飘在天上的时候看到的会是这幅画面。

不过，要真有那么一天，不远，就几十年之后，她的在天之灵当真看到她那皮得像猴一样的小孙子因为一点儿鸡毛蒜皮的小错，被他爹拎到她牌位前饿着肚子罚跪，就算那孩子不去碰桌上的供品，她怕是也会忍不住显灵来拿给他吃吧。

死都死了，谁还会跟自家子孙计较那一口根本就吃不到自己嘴里的瓜果点心呢？

冷月轻轻抚上小腹，嘴角眉梢漫开一抹为人母者独有的温柔，淡淡地答道："吃就吃吧，别饿坏了身子就好。"

"你是这么想，我也是这么想。"景老爷子眯眼笑着，朝那堆牌位扬了扬长髯飘飘的下巴，缓声道，"他们也会这么想，包括先皇在内，但凡是有子嗣的人都会这么想。"

前几句把冷月听得明白了几分，可最后这句又把她听糊涂了。

景老爷子的这句"先皇"好像并不是随口一提，而是话里带着话的。

冷月禁不住脊背一绷，小心地反问了一句："先皇？"

景老爷子欲言又止，挪挪屁股向冷月靠近了些许，又招招手示意冷月附耳过来。冷月赶紧猫着腰凑过去，才听到景老爷子小心翼翼地道："先皇，就是那个已经飘在天上的皇帝。"

冷月差点儿一脑袋栽到地上。

"景太傅。"

冷月这一句话刚开了个头，就被景老爷子颇为不悦的声音截住了："叫爹。"

冷月被这声"爹"噎了一下，不禁目光一黯，又郑重颔首，重复了一遍这句很不情愿说出来的话："景太傅，景翊已把我休了。"

景老爷子紧了紧眉头，仍有些不悦地道："他休你这事，是你愿意的？"

冷月抿嘴摇头，小声道："我不愿意。"

景老爷子登时眉头一舒，悠然摇头笑道："那就不算。"

冷月一愣抬头，正对上景老爷子那张和善的笑脸。像看出了冷月难以置信的心情，景老爷子又笑眯眯地补道："他娘本不愿意你成亲之后继续给衙门办差，是他跟他娘说的，你们家的事全都是你说了算，你愿意的事谁也不许拦你，你不愿意的事谁也不许逼你。既然如此，你不愿意他休你，他休你的事就不能算数了。"

这事景翊从没对她说过，冷月怔愣了须臾，才发现自己眼前已蒙了一层薄薄的水汽，忙深深吐纳，好整以暇，才郑重地改口叫了声"爹"。

待景老爷子心满意足地点了头，冷月才正色道："我昨晚见了景翊，他对我说，先皇生前召他和所有在京皇子进宫，是想要与他们议事，可惜还没来得及说正事就遭人毒手了。据景翊说，当时先皇神思清明，不像受人摆布的，但几位皇子分理政务的内容差别甚大，还有几位皇子尚没达到参理朝政的年纪，根本没有哪件事是需要叫他们和景翊一起去商量的。我担心先皇召他们进宫是另有用意的，但如今先皇已去，只有请您揣摩一下先皇用意了。"

景老爷子轻眯着眼睛，微笑着听冷月说完，轻轻点头："我就知道你是为这个来的。"

景老爷子这句成竹在胸的话听得冷月心里一热，热乎劲儿还没来得及扩满全身，就听景老爷子又悠悠地补了一句让她整个人都凉了下来的话。

"所以刚才你还没问，我就已经告诉你了，呵呵。"

冷月把景老爷子刚才说过的每一句话都回想了一遍，景老爷子都从供桌上捧下一盘杏仁酥吃起来了，冷月还没想出个所以然来。

从她进祠堂开始，景老爷子除了质疑她的身份之外，就是在跟她讲解祖宗的供品为什么能吃的道理，哪里有说到半句与先皇召集议事有关的话？

冷月只得硬着头皮问道："您什么时候说了？"

"罢了罢了，听不懂就罢了，不是什么大不了的事。"景老爷子漫不经心地说着，兀自品着手里这块似乎不怎么如意的杏仁酥，微微蹙起眉头，"你就不想问问齐管家的事吗？"

景老爷子既然能料到她要问先皇的事，那么能料到她会问齐叔的事也没什么好惊讶的了。冷月生怕他在这件事上也打起哑谜来，赶忙能多清楚就多清楚地道："是，我想知道他到底是什么人，为什么会跟慧王爷一个鼻孔出气儿？"

景老爷子细细嚼着那块杏仁酥，像认真思虑了片刻，然后问了一句似乎八竿子打不着的话："我听说，景翊为了你，把家里的一个丫鬟轰出去了？"

冷月微微怔了一下，才意识到景老爷子说的是季秋。

那个因为迷恋景翊迷恋出了毛病，弄死了景翊养的猫和鱼，还想一剂砒霜毒死她的季秋。

寻常大户人家的长辈若是问出这么一句，多半是带着责备之意的。虽然当家夫人往外撵一个不甚安分的丫鬟没什么大不了的，但落在长辈眼里，毕竟家和万事兴才是正经事。可景老爷子这话里分明没有一丝怪她的意思，反倒是和之前一样，带着那么一股循循善诱的味道。

于是冷月坦然答道："是。"

见冷月承认，景老爷子立马像待在闺中闲得长毛的贵妇终于见着同样闲得长毛的密友似的，躬身向冷月凑近了些许，压低着声音神秘兮兮地道："是就对了。我告诉你，你们撵出去的那个丫鬟，是齐管家的亲侄女，别告诉别人啊！"

冷月一惊。若是真有这样一层关系在，她对季秋又打又捆，景翊又那样不留丝毫情面地把季秋扫地出门，齐叔恨上他们俩继而倒戈相向倒也不是说不过去的。但景老爷子那一句小心翼翼的"别告诉别人"，让冷月隐约觉得这里面似乎还有些别的什么。

冷月追问道："为什么不能告诉别人？"

这回轮到景老爷子愣了愣："怎么，景家的规矩景翊还没跟你讲过？"

冷月脸上禁不住微微一烫，景翊哪里给她讲过什么规矩，不但没给她讲过规矩，还交代府里上上下下全听她的吩咐。冷月不知道当皇后是不是就是这种感觉，但她敢肯定，在那座宅院里，皇后说的话也未必赶得上她的好使。

见冷月有点儿不好意思地摇头，景老爷子眯眼一笑，用轻柔得几不可闻的声

297

音骂了一声"小兔崽子",又和颜悦色地道:"也算不得什么规矩,只是为免生些像这样乱七八糟的事端,府上干活的人里一向不许出现五服之内的亲戚。齐管家这事,是我睁一只眼闭一只眼的,家里没人知道,我也从没跟他戳破过。景翊是家里最不待见规矩的,我就把他俩弄到他儿去了,谁知道这俩人……"

景老爷子的话戛然而止,他重新咬了一口杏仁酥,细细嚼着,另起了一句,云淡风轻地叹了出来:"祖宗琢磨出来的规矩还是要守一守的。"

不知怎么,景老爷子这几句牢骚似的话竟把冷月听得心里一疼。

景翊起码得了景老爷子七成的缜密,一对亲叔侄终日生活在他眼皮子底下,他怎么可能没有丝毫觉察,只是性情如此,不到万不得已就情愿与人方便。日子久了,别人,甚至连她都只当他是散漫成了习惯,谁也没意识到这是他掏心掏肺的温柔。

想起那个正在受着身心双重煎熬的人,冷月禁不住看向那个正盘坐在祖宗牌位面前安然吃着供品的爹。

冷月忍不住试探着道:"您知道景翊出事了吗?"

景老爷子一边专注地嚼着,一边抽空道:"你说的是他在先皇驾崩后自己跳出来顶包,现在又被软禁逼供的事?"

显然,景老爷子知道得一点儿也不比她少。

冷月点点头,嘴唇微抿,低声问道:"您不担心吗?"

"担心,"景老爷子说着,终于放弃了这盘怎么吃都不甚如意的杏仁酥,把盘里剩下的几块摆整齐,摆得好像从没被动过一样,重新放回供桌上,接着又端下一盘云片糕,才漫不经心地道,"怎么不担心,全家都担心啊,来,尝尝这个。"

冷月看着伸到面前的盘子,好生壮了壮胆,才伸出手去从盘子里拈起一片。正琢磨着该如何跟景老爷子说,才能准确无误而又不失礼貌地表达出她心里的那一点儿不平,就听景老爷子笑眯眯地道:"教你读书写字的先生过世得那么早,想必没有教过你'担心'二字是什么意思吧?"

冷月看着满目怜惜地望着她的景老爷子,当真觉得那位教她读写的先生似乎过世得早了一些,否则她这会儿怎么竟会无言以对呢。

担心就是担心,还有什么意思好教的?

景老爷子似是看出了冷月的心思,目光中的怜惜之意越发浓郁了几分,缓声道:"所谓担心,就是心被什么东西挑起来了,悬在半空里晃晃悠悠,没着没落的。见过担水的吧,就跟那水桶是一样的。"

冷月鬼使神差地摸了一下自己水桶般的心口,看得景老爷子笑意愈浓:"所以啊，担心，就只有心晃悠晃悠就行了，该吃的东西得照常吃，该办的事得照常办，否则那就不是担心，是耽误事了。别光拿着啊，尝尝。"

冷月不得不承认，这听来无比浅显的道理好像确实没人教过她。

景老爷子的这几句话是连在一块儿说的，冷月想通了前面几句，自然而然地就接受了最后一句，不由自主地就把捏在手里的云片糕送进了嘴里。

"怎么样，还行吗？"

"还行。"

听到这句不怎么强烈的回应，景老爷子毫不犹豫地把盘子放回了供桌上，那一副还好自己没吃的庆幸模样看得冷月嘴角一阵抽搐。

这真是景翊如假包换的亲爹。

景老爷子快快地放好盘子，抖抖跪得发麻的两腿，拍拍屁股从蒲团上站了起来："时辰差不多了，朝廷里还有点儿事要办，你愿意跪会儿就再跪会儿，想吃什么就自己拿，走的时候摆整齐就行了。"

景老爷子边说边往外走，一只脚刚迈过门槛，突然像想起了些什么，顿了一顿，脚步放缓了些，依然边走边道："对了，你跟景翊说，他托我照管的东西，我已经给他找着合适地方安置好了，让他别老惦记着，免得我一睡着就梦见他在我耳根子念叨这些乱七八糟的。"

话音尚未落定，景老爷子就已走出祠堂所在的院子了。

冷月觉得，她有必要在景翊再次被萧昭晔与齐叔灌迷糊之前再去跟他好好谈谈。

显然太子爷也是这么觉得的。

冷月刚在七拐八拐之后悄没声地回到太子府，还没从门房前面走过去，就被不知从哪儿冒出来的冷嫣截住了。

"慧王爷来了，想让太子爷把你借给他协助办案，太子爷应了。"

冷嫣说得很利落，利落得显得有几分轻巧，就好像萧昭晔当真是诚心诚意地想要请她去协助办案一样。

冷月也应得很轻巧："好。"

横竖她都是要去见景翊的，比起自己再费脑子编理由，由萧昭晔把她带去倒是省心多了。

"好什么好？"冷嫣皱眉瞪了她一眼，火气不多，担忧不少，"我告诉你，城门那边刚送来消息，薛大人回京了。"

冷月心里一喜："安王爷也回来了？"

就算安王爷不便插手这件事，能得他些许点拨，她心里也会踏实不少。却不料冷嫣摇了摇头，还摇得有些凝重。

冷嫣把声音压得低低的，听起来越发地凝重："据说他们是一起出京的，但差事是分两头办的。薛大人办完自己那边的事之后，一直等不到安王爷的消息，因为跟先皇定好的复命日子已近，就先回京了。"

冷月皱了皱眉头，心里立时生出些不安，却被景老爷子刚教的"担心"二字的含义敲了一下脑袋，话到嘴边就沉稳了许多："二姐，你能不能帮我到安王府问问，安王爷给我发的那封密函，到底是什么时候从哪儿发出来的？"

冷嫣微怔了一下，旋即苦笑道："我刚刚才查过，那是安王爷离京前就交代好的，说是十一月初八你若还没进京，就立马把那封密函发给你，要是你那日已在京里，就不用发了。"

冷月惊得睁圆了两眼："十一月初八不是……"

冷嫣微微点头，淡声补完她的话："先皇驾崩那日。"

冷月只觉得脊梁骨上一阵发凉："那先皇那道密旨……"

冷嫣未置可否，只轻蹙细眉道："太子爷说，你若信得过他，就把那密旨借他瞧瞧。天底下没有比儿子更熟悉亲爹笔墨的了。"

冷月心里一沉，声音也随着沉了沉："太子爷怀疑这密旨有假？"

"说不好，安王爷交代下去的时候，没说密函里是什么，也没说为什么要这么干，他们也只是奉命办事。"冷嫣只含混地说了这么几句，便道，"你自己小心。"

不及冷月再开口，一个小侍卫已一路跑到了两人身前，深深地看了她一眼，才定了定微乱的喘息，对冷嫣拱手道："冷将军，太子爷让卑职来看看，您是否已把人找到了。"

冷嫣看了眼身边面色略见凝重的人，默然一叹，抬手把冷月往前一推。

"刚找着，你带去吧。"

"是。"

小侍卫好像从来就没见过冷月这张脸似的，只说了个"姑娘请"，就客客气气地走在前面引路了。

一路上，这小侍卫都像在躲些什么一样，愣是带着冷月绕了小半个太子府，才从一个颇隐蔽的垂花门进了太子爷卧房的后院，从后院进了后门，才见到独自坐在茶案边的太子爷。

平心而论，太子爷这样端端正正地坐在一处，捧着茶杯凝神注视着杯中之水，眉头似蹙非蹙，嘴角似扬非扬，便是没有穿龙袍，也很有几分心怀苍生肩挑社稷的沉稳帝王之气。

冷月满腔的血刚一热乎，正想屈膝拜见这位明日帝王，就见这明日帝王抬起头来，两眼放光地朝她招了招手。

冷月赶忙走上前去，还没站定，太子爷就把手里的杯子捧到了她眼皮底下："景翙跟我说，你是天底下眼神儿最好的女人，你来帮我看看，这俩鱼虫子到底是在打架还是在求欢啊？"

冷月这才注意到，太子爷捧在手里的那杯不是茶，而是一杯清水。清水里两条肥嘟嘟的鱼虫子正疯了似的横冲直撞，打眼看去很是热闹。

她着实想得有点儿多了。

到底是主子发了话的，冷月破罐子破摔地伸出手接过杯子，只了一眼，便把杯子递还给了太子爷，颔首回道："卑职以为都不是。"

太子爷小心地抱着杯子，满目期待地看着底气十足的冷月："那它们如此异常活跃地游动，是因为什么呢？"

"热，您换杯凉水，它们就正常了。"

这话冷月是垂着脑袋答的，没看到太子爷恍然大悟的表情，倒是听到了太子爷恍然大悟之后的一句略带愧悔的自省。

"我还怕它们在鱼缸里待着太冷，特意给它们兑了杯温水。"

眼瞅着太子爷小心翼翼地把两条热得发疯的鱼虫子倒回到鱼缸里，冷月忍不住清了清嗓，恭顺地道："太子爷，那道密旨在卑职先前换下的官衣里放着，您若有所存疑，尽可让卑职的二姐取来。不过卑职以项上人头担保，安王爷绝不会做出假传圣旨的事来。"

太子爷看着缸里的鱼虫子，漫不经心地应了一声。冷月静待了半晌也没等到一句话，到底忍不住道："太子爷，卑职听说慧王爷来了。"

太子爷又应了一声，一直看到两条鱼虫子当真不再发疯一样地四下乱窜了，才眉目轻舒，有些愉快地道："太子妃看他穿得单薄，就带到他到花园凉亭里赏雪去了，估计怎么也得再待上半个时辰。我这儿正好有件事要告诉你，就让人先把你引到这儿来了。"

"请太子爷吩咐。"

太子爷搁下手里的杯子，转手端给冷月一杯热茶，邀她在茶案边坐下来，才道："景翙被软禁前托给我一件事。"

冷月微微一怔，心里莫名地揪了起来。

太子爷和景翙自幼相交甚笃，这个不假，但景翙在君臣之事上向来不会糊涂。

301

他可以毫不含糊地替太子爷出生入死，但若不是万不得已，他宁肯去萧瑾瑜那儿挨骂，也绝不动用太子爷一分一毫的情分。

他在这种时候托给太子爷的事，必是重要如遗愿的一件事，比如那封已被景老爷子认定不能作数的休书。

"他托我帮他办成一件事，说是本想亲自办好，等你回京的时候给你个惊喜的，如今怕是来不及了，让我办出眉目来之后，不方便告诉他的话，直接告诉你就行了。"

太子爷说得轻描淡写，冷月却听得出来，景翊当时交托给太子爷这件事的时候，就是当作一件后事交代的。

冷月心里一紧，也顾不得那么多的君臣之礼，忙道："什么事？"

太子爷倒是不急，在眉眼间聚起几分愧色，才缓声道："照理说，应该彻底办妥才告诉你的，不过被如今这些事一闹，不知要拖到什么时候了，索性还是现在就告诉你，免得你误会了他的一番心思。他说我皇祖父在位时为遏制梅毒病泛滥颁过一道酷令，当年确实收了些成效，如今却贻害甚深，有些风尘女子甚至因为惧怕此令，宁剜去毒疮也不就医，如此下去梅毒之患必会再在京中泛滥，但因这道法令是我皇祖父亲自颁下的，若要废除就必须有确凿的铁证。他把那封休书交给我之后，就夜夜到烟花巷中搜证，遭软禁之前连夜把搜集到的所有证物证言都整理出来托给了我，希望我助他完成此事。他没来得及查清的事，我都已替他查好了，待眼下这些事过去，这条法令必废无疑。"

冷月恍然记起，那日在凤巢听画眉说起这事，她还当是流言害人，愤愤地骂了几句。他曾用一种说不清道不明的目光静静地看了她片刻，并未出言解释什么，那会儿她只当他和她想的是八九不离十的事，却没想到竟是在做这样的打算。

冷月不知道，如果有一天她知道自己命不久矣，会选择用仅有的时光去做些什么，但她如今已经知道，景翊的选择是马不停蹄地去做一件他并不擅长的事情，只是为了让这个他即将离开的世上少一点儿不太美好的东西。

冷月出神地静默了半响，太子爷等得实在憋不住了："你还怪他流连烟花之地吗？"

冷月一怔，忙连连摇头。太子爷这才心满意足地点了点头。

一些芜乱的人与事在冷月脑海中荡了一荡，目光落在眼前这位处在风口浪尖仍淡然自若的少年准天子身上，冷月蓦地一怔。

这不过是个十六岁的少年人，能在这种时候从容若此，除了那些教导与历练的功劳，应该还有一个原因。也许就是因为这个，景翊才会把这件事交托给太子爷，而不是安王府里那些查疑搜证的行家。

太子爷刚松了口气，伸出去准备端水的手还没碰到杯子，就见颔首站在他面前的冷月倏然跪了下来。

太子爷一惊，慌忙站了起来："别别别，就芝麻绿豆大的事，用不着这样。不是还有身孕吗，赶紧起来。"

冷月没管太子爷的亲手搀扶，只管颔首跪着，沉声道："卑职有个不情之请，还望太子爷应允。"

"行行行，你先起来，有事好商量。"

冷月仍没起身："卑职斗胆，太子爷既能通过皇城探事司查明烟花巷中遮掩梅毒病的事，一定也能让他们探到安王爷的消息。"

太子爷愣了一下，愣得很轻微，但那双手就扶在冷月的胳膊上，冷月还是觉察到了。

太子爷既没反问冷月怎么会知道皇城探事司这回事，也没斥责她吃了熊心豹子胆，只无可奈何地笑了一下，略带歉意地道："这个我还真不能。"

一听太子爷拒绝了，冷月急道："安王爷偏偏在这种时候失去音信，连薛大人都找不着他，卑职敢断言，王爷那边肯定是出事了！"

太子爷不疾不徐地点点头："我跟你想的一样。"

冷月一急，言语不禁冷硬了几分："那为什么不能用探事司的人去找找王爷呢？"

太子爷温然苦笑："因为我现在还无权使唤探事司。"

冷月狠狠一愣，看着满面只见愧色不见愠色的太子爷，张口结舌："那……那查梅毒病的事……"

"景翊把事情托给我之前就已经做足了功夫，要是这点儿事都要靠探事司，景太傅这些年就不是教书，而是养猪了。"太子爷温声说罢，浅浅一叹，眉目间愧色愈浓，"我知道七叔身子不便，他突然杳无音信，你们着急，我也着急。不过说句实话，我到现在连哪些是探事司的人都不知道，你叫我怎么差他们去找人？"

冷月一时间不知道说什么好，她对皇城探事司的了解也就只有那么一丁点儿皮毛，只知道这伙人是只听当朝天子的使唤的。至于先皇过世后这伙人如何交接到下一任皇帝手里，谁也没跟她讲过。

冷月心知冲撞冒犯了主子，忙垂下头来，实心实意地道了一声："卑职该死。"

太子爷摇摇头，把她从地上搀起来，从怀里摸出一个信封，轻轻抖了两下，苦笑道："这是前些天有人送到我府上的，信里跟我说，只有在天子登基之后，探事司的首领才会自己冒出来拜见新主子，而新主子只有拿着先皇传下来的信物才能使唤探事司，否则探事司就会视这新主子为篡位反贼。后果你能想得到吧，这人要是不送这封信来，我到现在都不知道还有这档子事，也不知是真是假。"

冷月愕然听完，已禁不住渗出了一背冷汗。

这要是真的，皇城探事司的探子可谓无处不在，兴许是路边乞丐，也兴许是禁军总领，还可能就是最为亲密的枕边之人。探事司的人若想反谁，满朝文武加在一块儿都拦不住。

只是……

"这送信的是什么人？"

"已着人去查了，目前还不知道。"

太子爷说着把信封递了过来，冷月忙接了过来。信笺刚展开，目光落在纸上的字迹上，登时怔了一怔。

这字迹……

太子爷见冷月神色微变，不禁道："你认得这字迹？"

冷月盯着纸页又看了须臾，到底还是摇了摇头："只是觉得有点儿熟悉，好像在哪儿见过似的。"

太子爷有点儿无可奈何地叹了一声，收起冷月呈回的信笺，笑道："没准儿是慧王爷的人干的，吓唬吓唬我，我也许就知难而退，拱手让贤了呢。"

"太子爷。"

"成了，"太子爷像没听到冷月这略带劝慰之意的一声似的，展颜一笑，"我还得装个病，你就先去前面客厅候着吧。"

"是。"

冷月在客厅里好吃好喝地待了足有一个时辰，太子妃才带着已经冻得头晕脑涨的萧昭晔转悠了回来。许是怕这客气劲儿尚浓的嫂子再拉他去冰天雪地里干点儿啥，也顾不得去跟窝在卧房里精心装好了病的太子爷拜个别，就带着冷月告辞了。

冷月一路上和萧昭晔坐在同一辆马车里，布置讲究的马车里燃着炭盆，温暖如春。冷月目睹了萧昭晔从脸色青白到满面潮红，再到接二连三的喷嚏，和无论装作仰头看车顶还是侧头看窗外都止不住的鼻涕。冷月终于忍不住关切道："王爷别忍了，伤风流鼻涕乃人之常情，想吸就吸，想擤就擤，我就是编成本子唱出去，也没人稀罕听这个的。"

萧昭晔烧得泛红的两颊登时黑了一黑，抬起手里那块质地精良的帕子掩住口鼻,才用鼻音颇浓的声音道:"我还不曾问过,姑娘是哪个戏班的,怎么称呼?"

冷月被问得一愣,不知怎么蓦地想起画眉早先与她闲聊时半玩笑半抱怨地说的一番话,便把一直坐得笔挺的身子缓缓倚到车厢壁上,粲然一笑,不慌不忙地道:"安王府的,叫我冷月就行了。"

萧昭晔被这个明艳如火的笑容晃了一下眼,怔了片刻,才把眉眼弯得更柔和了些,带着鼻涕快要决堤的憋闷声尽力温和地道:"姑娘照实了说就好,日后得闲了,我一定带人去给姑娘捧场。以姑娘的天资,不成名成家实在可惜了。"

冷月睫毛对剪,笑得越发明艳了几分,一双美目里写满了"我代表全家谢谢你",嘴上却淡淡然地道:"我说的就是实话。"

这样的场面,萧昭晔这般身份的男子委实见得太多了,只是平日里如此场面中的女子们都是满目的欢迎光临、满嘴的公子自重罢了,一回事。

于是萧昭晔微微眯眼,用一种识英雄重英雄的眼神看了她须臾,会心地一笑,轻轻点头,之后就把精力转移回了更加难以捉摸的鼻涕上。直到马车停到软禁景翊的那处宅院门口,萧昭晔都没再开口说一句话,拿眼神打发她下了马车,就迫不及待地扬长而去了。

齐叔看到她是从萧昭晔的马车上下来的,二话不说就好声好气地把她请进了门,笑容和蔼可亲得好像一大早被坑了一千两银票的那个人跟他没有半点儿关系似的。

"姑娘这么早就来了啊,还没用过午饭吧,厨房里有现成的鸡汤,我让人拿一碗来,给姑娘暖暖身子吧?"

冷月也客客气气地笑道:"汤就不喝了吧。"

"姑娘不必客气。"

冷月笑得更客气了些:"我要吃肉。"

"……"

于是,窝在床上昏睡了一上午的景翊到底是被一股浓郁的肉香唤醒了。

景翊循着香味迷迷糊糊地看过去,正见冷月坐在桌边,对着汤盆里的一整只鸡啃得不亦乐乎。

安安稳稳地睡了这么一个上午,景翊虽仍觉得头重脚轻,但起码可以自己从床上爬起来,并用被子把自己裹成一个竹筒粽子的模样,一蹦一跳地凑到桌边来了。

景翊在紧挨着冷月的凳子上坐下来,缩在被子里,直直地盯着汤盆问道:"怎么又回来了?"

冷月含混地应了一声,把手里的那块骨头吮净扔下,才端起空置在一旁的小

305

碗,一边不疾不徐地盛汤,一边气定神闲地道:"你家老爷子说的话,我听不大明白。"

这倒是在景翊预料之内的,揣度圣意这种说不好就要惹祸端的事,他家那精得像狐仙转世一样的老爷子,怎么会一是一二是二地说给她听呢?

"他是怎么说的?"

"他跟我说,该吃的时候吃,该喝的时候喝,不能耽误正经事。"冷月悠悠地说着,把一碗清汤递到了景翊面前,"人饿过劲儿之后不能立马吃东西,所以你现在是该喝汤的时候,你就喝汤吧。"

景翊低头看了一眼这碗干净得连片葱花都没有的清汤,有气无力地道:"其实,他的话听听就行了,也不用太当真。"

"嗯。"冷月应着,下手扯了块肉塞进嘴里,一边发狠似的大嚼,一边幽幽地道,"听的时候我确实没当真,然后正儿八经问他的时候,他就跟我说他已经告诉过我了。"

景翊这才听明白,自己为什么只有喝汤的份儿了。

"不是,"景翊一边在心里默默拜着他那个坑儿子的爹,一边欲哭无泪地道,"他就只对你说了这些?"

"还有。"

冷月把嘴里的东西咽下,然后把景老爷子是如何以感同身受的方式,让她理解祖宗的供品为什么能吃这个道理的全过程复述了一遍。她越说越觉得憋屈,景翊反倒是越听越显坦然了,坦然得冷月连口汤都不想给他喝了,到底还是禁不住问道:"你听明白了?"

景翊点头之前先低头喝了几口汤。

"其实他的意思挺明白的,"被冷月黑着脸一眼瞪过来,景翊脖子一僵,语速立时快了一倍,"就是让你将心比心。"

冷月怔了一下,怔得眉目柔和了些许:"将心比心?"

"先皇也是人嘛,还是一堆孩子的爹,"景翊往被子里缩了缩,才带着一抹苦笑低声道,"你说,一个当爹的在自己快不行的时候,把能找来的孩子全找来,是想议什么事?"

这句提点比景老爷子的那番话清楚了不止百倍。景翊话音刚落,冷月就在一愣之间脱口而出:"后事?"

景翊轻轻点头,不由自主地垂目看了看冷月的小腹。

老爷子的这番提点倒也来得是时候,要是搁到以前,他还未必能这么快就反应过来。将心比心说起来容易，但当爹的人到了什么时候会琢磨些什么事，也只有当过爹的人才能会意吧。

就像他在冷月离开之后，将睡未睡之时，脑子里想的全都是那个还不知是男是女的小家伙。从学语学步到立业成家，所有的担心与所有的对策全都在脑海里过了一遍，想停都停不下来。他知道这小家伙的存在才不过一日光景，尚且惦念至此，何况是十几年来看着孩子们一点点长大成人的先皇呢？

冷月似是全然没有留意到这个裹得像粽子一样的人突然温柔起来的目光，错愕之后立时想到了些什么，于是错愕愈深，不禁凝起眉头沉声问道："你知道凝神散吗？"

景翊的注意力一时没来得及从她肚皮上收回来，一愣的工夫，冷月已耐心用尽，直接从身上摸出了那个脏乎乎的纸包。

"就是一种吃了之后能加倍透支体力，让人立马精神头十足的药。"冷月看着还有点儿云里雾里的景翊，追补了一句，"就像先皇临终前那样。"

景翊这才正儿八经地惊了一下，从被子里伸出手来，接过纸包凑到鼻底轻轻地嗅了嗅，又皱起眉头，小心翼翼地把纸包一点点剥展开来摊放在桌上，还伸出一根手指头在糯米粉似的药粉中蘸了一下。

冷月看着似是对这药兴趣盎然的景翊，问道："你知道你二哥被先皇遣回家学厨的事吧？"

景翊微眯起眼睛，细细端详着蘸在指尖的药粉，顺便点了点头。

"这药就是那个顶替你二哥的太医在街上塞给我的。你二哥说这药迄今为止就只有那个太医配得出来。不过按我二姐的说法，他现在已经该是给阎王配药的人了。"

景翊在短促的错愕之后，嘴角牵起一抹看起来并不怎么轻松的笑意，无声地拍打掉指尖的药粉，自语似的一叹："还真让老爷子猜准了。"

"为什么？"

景翊缩回到被子里，朝那包药粉扬了扬满是胡碴的下巴："因为这药，先皇也是打小就被立为太子的，新老皇帝交班的时候常出现的那些鬼花活，他都清楚得很。老爷子跟我提过，当年先皇刚登基那会儿，就是因为他爹驾崩之前迷迷糊糊地没把话说清楚，招得一群人乱做文章，朝廷里乌烟瘴气了好些年才清静下来。他这是怕自己重蹈覆辙，给太子爷留下祸患，就瞅准了时候服下这药，以保证自己是在神志清明、口齿清晰的时候把后事交代出来的。"

冷月在景翊这话里听出了一点儿弦外之音："瞅准了什么时候？"

景翊浅浅一笑，笑得微苦："我要是没记错的话，十一月初八好像是先皇后的忌日。"

冷月一愣，旋即瞪圆了眼睛，差点儿从凳子上蹿起来："你是说，先皇本来就准备好了要在那天死？"

景翊垂目看向那包药粉："病成那样干躺在床上，就是有人伺候也不是什么舒服的事，要不是为了熬到那一天，以先皇那个要强的脾气，恐怕没等到爬不起床来，就要给自己一个痛快了。他找那么个随心所欲的理由把我二哥撵回家待着，把那个制药的太医调来身边，又给那太医找好了脱身的退路，这不就是准备好了要死在那天吗？还有经安王爷之手发给你的那道密旨，估计是早就写好了交给安王爷，安王爷离京之前就安排给手下人，瞅准了那个日子发出去的。"景翊说罢，带着那抹微苦的笑意自语般地轻叹了一声，"也算老天有眼，没白瞎了先皇的一片心意。"

冷月对先皇的心性知之甚少，但起码这样一说，那道来得莫名的密旨就说得通了。只是一切要都是景翊说的这样，那有件事就又像见鬼了。

冷月刚一皱眉头，景翊便心领神会地点点头："对，萧昭晔早就知道先皇做了这通安排了。"

不知从什么时候起，冷月已然对这种自己心里一动便能在他那里得到回应的事情习以为常了，于是听到他这一句，冷月觉得不可思议的事情就只有那么一件："这事连太子爷和你家老爷子都不知道，他怎么能知道？"

景翊轻抿了一下微白的嘴唇，在嘴角边的那抹苦笑里掺进了几分自嘲的滋味："慧妃教萧昭晔做得最绝的一件事，就是借她的丧事把萧昭晔装扮成了天下第一孝子。"

萧昭晔是真孝还是假孝，已经是再清楚不过的事情了，但装孝子争宠这种事别说是在帝王家，就是在寻常百姓家也是司空见惯的。因为就算装到末了落不到最大份的家产，起码也落个好名声，立业成家什么的都能顺当许多。

冷月一时还真不觉得萧昭晔这手已被人玩烂的伎俩有什么绝的。

冷月眉梢微微一挑，景翊已摇头道："他玩这一手跟讨先皇欢心一点儿关系都没有，你想嘛，孝子要想尽孝尽到点子上，就得把孝敬的那个人的习惯嗜好摸得透透的吧？"

冷月鬼使神差地点了点头。

"所以啊，"景翊轻声叹道，"一个出了名的孝子，无论是跟大夫打听他爹的病情，还是跟他爹身边的人打听他爹的一举一动，大家都会理所当然地以为，他是为了尽孝做的功课,心里面一热乎,自己知道的那点儿事,甭管能说还是不能说的全都说给他了。只要他不傻,把各处打听来的零碎消息拼拼凑凑,先皇这番心思就一定能被他拼凑出来。"

屋里虽没生炭火,但也没开窗,冷月却觉得后背上凉意阵阵,开口时连声音都有些许虚飘了:"这些都是慧妃教他的?"

景翊露出一抹浅浅的苦笑:"兴许是吧,眼下朝里没有哪个人是跟他近到这个份上的。要不是因为他跟谁也不近乎,弄得好像丧母之后就真的万念俱灰无欲无求了一样,先皇英明了一辈子,怎么可能会被他摆这么一道?"

想到萧昭晔母子合伙给先皇摆的道,冷月蓦地绷直了腰背:"不对,就算他有本事猜得出来先皇的这些安排,他身在京外,也没法保证先皇在那天的那个时候就一定能喝到那罐有毒的茶叶。那天给先皇备茶的那个宫人跟他是一伙儿的?"

景翊毫不犹豫地摇头:"要真是那个公公干的,为保万无一失,他满可以在临退出去之前抓把毒茶放到杯子里。否则别人沏茶的时候要是一时兴起,非要拿那些放得远的茶叶罐子,他不就白忙活了吗。其实压根就用不着找什么同伙,先皇那天在那个时候一定会喝那种茶。"

不知是因为那满脸乱糟糟的胡碴,还是那久经折磨后略带沙哑的声音,景翊虽用被子把自己裹成了一个竹筒粽子的模样,冷月却觉得眼前的景翊比以往任何时候都严肃认真、沉稳老成,以至他说什么,她都觉得其中必有道理,哪怕她一时半会儿还找不到道理在哪儿。

"为什么?"

景翊温然一笑,笑容温柔得好像冷月转不过这个弯儿来是理所当然的一样:"这也是朝政。"

打她进京城开始,这十来个时辰的心惊肉跳的折腾,都是拜这俩字所赐。如今一听见这俩字冷月就忍不住地头疼:"又关朝政什么事了?"

"你想啊,"景翊缩在被子里耐心十足地道,"如果那天先皇不是被成记茶庄的茶叶毒死的,而是喝着成记茶庄的茶交代完后事,再躺回到床上安然辞世的,那这一段经由各位皇子的金口传出去,成记茶庄的茶叶就成了先皇临终前都念念不忘的茶。你猜猜,这茶叶的价钱能翻上几番?"

冷月觉得,她终于有一回能隐约明白点儿所谓的圣意了。

成家的茶叶价钱翻得越高,那些钱多到没处花的富贵人家的银子流入国库的就越多,历朝历代最让皇帝脑仁儿疼的赈灾一事也就越容易。说白了,先皇这最后一分力气还是打算用在为太子爷铺路上的。

冷月心里泛起一阵难言的温热，这往后谁再对她说天家没有父子只有君臣，她一定把那人瞪出个窟窿来。

动容归动容，冷月到底不是以绣花喂鸟为己任的闺中少女，动容和动摇这两者她是可以分得一清二楚的。

"不对，"动容一过，冷月立时蹙起了英气十足的眉头，看在景翊眼里，倒还丝毫不觉得白瞎了那身柔婉妩媚的裙装，"我还是觉得宫里还有个跟他一伙儿的人才对，这毒茶也不知道是什么时候混进去的，要是先皇在那天之前误喝了怎么办？"

景翊仍是摇头："先皇也是锦衣玉食长大的，你当他真喝不出来那茶叶有多难喝吗，都病到那个份上了，谁还没事给自己找罪受啊。我猜萧昭晔花那么大心思把冯丝儿送进成府，应该不只是做那些查探的事，还有些事兴许是连画眉都不知道的。"

冷月一愕，默然琢磨了须臾，不得不点了点头，带着些许不情不愿和些许愤愤不平，沉声道："所以，萧昭晔就在差不多的时候找了个机会，跑得远远的，然后安安稳稳地等到先皇驾崩之后，就干干净净地跑回来了？"

景翊轻轻点头，低头凑到碗边，吞了一口微凉的汤。

看着景翊这副明明狼狈不堪却安之若素的模样，冷月心里微微疼了一下，一疼之间倏然想起，自己似乎从头到尾都忘了一件事。

这事情要跟他俩推断的一样，景翊怎么会在这里被人弄成这副样子？

"不对，"冷月怔怔地看着一个哈欠之后倦意满满的景翊，"先皇要是为了召儿子们去交代后事，还找你去干吗？"

景翊懒得把手从温软的被子里伸出来，便用舌尖舐了一下嘴角的汤渍，有点儿漫不经心地摇了摇头："可能是他成天喊我小兔崽子喊惯了，末了就真把我当他自己的崽子了吧。"

冷月没好气地白他一眼："那先皇预先拟好召我回来的密旨，也是把我当成崽子了吗？"

"唔……没准儿呢。"

这解释在冷月这里显然是交不了差的，但看景翊这副疲倦已深的模样，冷月一时也不忍再逼他什么，只好帮他添满了汤碗，舀起半勺微热的汤，给他送到嘴边："对了，你家老爷子让我告诉你，你托给他的东西他找地方安置好了，让你别再挂念着了。"

景翊有点儿受宠若惊地把那口汤收进口中，顺便漫不经心地点了下头。

冷月又舀起一勺汤，送到景翊嘴边："太子爷也跟我说了，你托他办的事他已经办得差不多了。"

景翊微怔了一下，没去接这口汤，只看着眼前难辨心绪的人，一时竟有些语塞："小月。"

景翊刚犹犹豫豫地开口，就见冷月丢下汤勺，一眼瞪了过来："休我的事你就别惦记着了，你家老爷子说了，只要我不愿意，这事就不算数。一封休书连个字都不写就想把我赶出门去，你想得倒挺美。"

"我想得一点儿也不美。"景翊看着这人浮上眉眼的怨怼之色，不禁苦笑着轻道，"我想的是萧昭晔为了一个张老五闷不吭声地折腾那么多事，肯定不光是为了自保，先皇一旦撒手西去，京里必生大乱。我和太子爷太近，又得罪过他，他无论如何也不会放过我，结果不就被我猜对了吗？"

冷月把端在手里的碗往桌上一撂，叶眉一挑："你是觉得我只能跟着你享福，不能陪着你受罪吗？"

"不是，"这若是寻常人家的小姐，景翊兴许会这样想，但他娶的冷家的小姐，那就另当别论了。景翊眉眼间的笑意更苦了几分，淡声道，"你兴许愿意陪我出生入死，但这回的生死不只是你我两个人的事。我若是没熬住这番折腾，被他们栽个畏罪自杀的罪名，景冷两家就都要遭殃。景家有多少在朝为官的人连我都数不清，冷家男丁全在军中充任要职，冷大将军还守着北疆要塞，一旦景冷两家出了闪失，整个朝廷就要四面楚歌了。我改不了我的出身，起码还能护冷家周全。"

眼见着那双美目中的怒意渐渐被惊愕之色取代，景翊的声音禁不住轻软了些许，温声叹道："这些事那会儿还不能摆明了讲出来，我又不想写些乌七八糟的话给你添堵，只能把定亲的信物退还给你了。"

冷月不得不承认，这人考虑的这些是极有可能发生的，但他若没有考虑这些，恐怕真到恶果全都显现的那天，她也未必能醒悟过来，知道这个朝廷究竟毁在了哪里。她早该明白，这人生在景家，便是为了朝堂而生的。

"我可以承认你休了我。"冷月银牙一咬说下这句，又紧接着补道，"但你得答应我，等这事平息了，你要立马把我娶回来。"

景翊没有立即点头，犹豫了须臾，才挤出一丝极勉强的笑意，有些惴惴地问道："我要是告诉你，这样的事兴许以后还会发生，你还愿嫁我吗？"

"你我是三辈子的结发夫妻，只要这三辈子还没过完，你休我多少回，就得娶我多少回，否则我做鬼都不会放过你。"冷月毫不犹豫地把这些话撂下，不待

311

景翊再开口,已抢先道,"这事就这么说定了。还有件要紧的事,太子爷前些日子收到一封匿名的信函。"

景翊刚被她那句"说定了"说得百感交集,忽听得末了一句,一时反应不及,不禁反问了一声:"匿名信函?"

冷月见他不再提方才那事,心里微松,把声音放低了些,才道:"信上说,皇城探事司的头儿只有在登基大典之后才会自己冒出来拜见新主子,新主子手里要有先皇传下来的信物才能使唤探事司,否则探事司就会反了这个新主子。太子爷给我看了那封信,那字迹有点儿眼熟,好像在哪儿见过似的。"

景翊蹙眉,许久没有出声,一出声便说了一句差点儿让冷月拍着脑门儿跳起来的话。

"是不是在神秀的禅房里见过?"

"对!就是他房里墙上挂的字!"冷月心里一亮,也顾不得问那个满脑子弯弯绕绕的人是拐了多少个弯才拐到了这个上面,急道,"他好不容易逃了,为什么要给太子爷写这样的信?"

景翊微微摇头:"太子爷说了什么?"

"他说可能是萧昭晔在吓唬他,让他知难而退,自己挪地方,神秀不就是萧昭晔的人吗?"冷月说话间把眉头蹙紧了些许,竟蹙出了些不知所措的味道,声音里也隐约少了几分底气,"你说,萧昭晔是不是已经把什么都准备好了,就像先皇一样,行动就差那么一个日子了?"

朝政与案情到底还是两码事,她纵是把萧昭晔办这些缺德事时候的每一个表情都查出来,对一场万事俱备的篡位行动来说也是于事无补。这就好像是在战场上对面交锋之时,哪怕把对方八辈祖宗干过的缺德事全摸个门儿清,最后决定胜负的还是各自手里的那把铁片片。

这毕竟不是她熟悉的那个战场,事已至此,早就不是她职责以内的差事了。看着眉宇间似有几分不解的景翊,冷月破罐子破摔地叹道:"要不然他光是每天晚上来看着齐叔折腾你那么一通,也不逼你说什么,就那么看看就走,这不是瞎耽误工夫吗?"

萧昭晔有没有准备好,景翊原本也下不了定论,他那几分不解只是因冷月那一抹泄气的神情而生的,毕竟他还从没见过她在什么事上泄气过。但听到冷月这破罐子破摔的一句,景翊却像被她摔下来的那个罐子正好砸中了脑袋一样,"咣当"一下就醒过神来。

"萧昭晔还没准备好,他确实是在瞎耽误工夫。"

第二十章 五福临门

冷月怔怔地看着像中邪了似的一下子腰背挺直两眼放光的景翊，好一会儿才想起来回道："啊？"

萧昭晔没准备好倒是件值得松口气的事，但景翊这副模样分明不是松口气，而像是被打了一口气，好像高手对峙间一眼窥到了对方的命门所在，差的只是举剑一戳，这场逆天之战就能彻底消停了。

景翊当然没有举剑，但他干了件比举剑更让冷月心里发毛的事。

他把裹在身上的被子往地上一扔，伸手捧起摊放在桌上的那包凝神散，一股脑儿倒进了那碗鸡汤里，倒进去不说，还拿起勺子搅和了几下。

冷月眼瞅着他舀起一勺汤就要往嘴里送，倏地醒过神来，一把按住了景翊的手腕，生生把那勺汤水一滴不剩地震回了碗里，激起一阵无辜的叮当之声。

冷月一双凤眼瞪得浑圆："你想干吗？"

这样连呼吸都能清晰可闻的距离，景翊只消一眼就足以看尽那双美目中所有的惊慌，心里不禁一动，也不挣开冷月紧按在他腕子上的手，就暖融融地笑着，轻飘飘地道："提提神，出门。"

"出门？"冷月实打实地愣了一下，"上哪儿去？"

冷月这副呆愣愣的模样着实可爱得很，景翊一时没忍住，笑意一浓："咱们私奔吧。"

冷月一个"好"字都冲到嗓子眼了，才陡然反应过来，脸一黑，干脆果断地换了一个字："滚。"

冷月黑着脸低下身去，从地上捡起被子来，小心地披在景翊已冷得有些发抖的身上，不带好气地白了一眼这个不知哪来的如此兴致高昂的人："都什么时候了，你别给我出什么幺蛾子啊。你真要是一声不吭地走了，这罪名可就要坐扎实了。你想闹得景家满门抄斩吗？"

景翊在冷月披给他的被子里缩了缩身，有些怏怏地扁了扁嘴："咱们要是现在走，他们得等到晚上才会发现，你信吗？"

冷月想说不信，但出口之前过了一下脑子，突然发现这个似乎还真的可以信一信。打萧昭晔把她从太子府接过来起，她就觉得好像哪里有点儿不对，这会儿终于反应过来了。

不管是今天早晨为了把她留下不惜一掷千金的齐叔，还是刚才以活生生冻出毛病为代价才把她弄来的萧昭晔，这两人都用实际行动表尽了要把她搁到景翊身边的诚意，却谁也没对她提过，他们费这么大劲儿把她搁到景翊身边来，到底是想要她干些什么。

从她进这间卧房到现在也有好一阵子了，一只鸡都快被她啃干净了，竟连个来听墙根的都没有，自由得让她几度忘了这是一处软禁着头号弑君嫌犯的院子了。

见冷月一时没应声，眉眼间还浮起了点儿若有所悟的意思，景翊便知她想到了那个该想的地方，于是在嘴角牵起一抹无可奈何的笑意，轻叹道："咱们都被萧昭晔蒙了，他折腾这么一出，就是为了拖延时间。"

"拖延什么时间？"

景翊欲言又止，目光微转，投回到那碗已掺匀了凝神散的鸡汤里，深深看了一眼，才转回目光看向冷月，用比鸡汤更温热几分的声音近乎恳求地道："你要是信得过我，就容我先把这碗汤喝了再说。这药服下去还不知道要等多久才能生效，再迟就来不及了。"

景翊从没这样掏心掏肺地请她应允过什么，冷月不得不承认，景翊认真诚恳起来，就是有种让人摇不动头的力量。没法摇头，冷月只能点了点头。

直到景翊两手捧起碗来送到了嘴边，冷月才倏然记起景菑对她说的那些话，心里一紧，急忙又拦了景翊一下。

一时怕景翊怨她出尔反尔，冷月拦住他时便觉得脸上一阵发烫，舌头也跟着不争气地打了个结："你……你二哥没说这药用多少量才合适，但他说……说这药是靠消耗本元提神的，用过头了会油尽灯枯，要出人命的。"

景翊轻轻皱了一下眉头，稍一犹豫，就把捧在手上的碗搁回到了桌上。

冷月心里刚刚松了一下，却扫见身边的景翊身子一动，还没反应过来，就被结结实实地搂进了那个熟悉的怀抱里。

这一抱几乎使出了景翊所有的力气，冷月虽没注意到景翊的神情，却能在被他抱紧的一瞬感觉到他的专注，专注得像要把这辈子所有的拥抱一次用光似的。

"景翊。"

怀着身孕的身子突然被这样抱紧，冷月本能地轻挣了一下，却不想这么轻轻一挣，景翊当真就松了手，转而再次捧起那碗汤，在她再次拦下他之前利落地把碗里的汤一饮而尽。

喝罢，景翊淡淡然地搁下碗，好像喝下的只是一碗滋味不错的鸡汤一样，抬起手背拭了下嘴角。手背落下时，嘴角又带上了那抹春雨般温柔的微笑，双目轻眨，接着之前未完的话道："萧昭晔在我身上折腾这么一出，让所有知道这事的人都以为，他的注意力全放在了想尽一切办法让我招供这件事上，这样他就可以神不知鬼不觉地去查那些从我这儿顺走的东西了。"

冷月愣了一下，才从景翊刚才的拥抱中回过神来，皱眉道："他查那些东西干什么？"

"因为那些都是先皇在世时赏给我的东西。"

"先皇赏你……"冷月一句话没问完，蓦然反应过来，惊道，"他觉得那个使唤皇城探事司的信物被先皇赏给你了？"

景翊有点儿无可奈何地点点头："你不是问我先皇为什么在召儿子的时候也把我召过去吗，八成就是因为这个。萧昭晔兴许是在神秀口中得知有这么个信物，但还不知道这信物到底是个什么东西，而且他也清楚皇城探事司是干什么的。他知道先皇就算把信物搁在我这儿，也肯定不会告诉我那东西到底是什么，所以他干脆也不问我，就借在府上搜证的机会，让手下人顺走那几样先皇赏给我的东西，拿回家不声不响地查去了。等他查清楚这个信物到底是什么的时候，就是你说的那个什么都准备好了的时候了。"

景翊最后这句听得冷月脊背一凉，他自己却扬起了嘴角："他翻腾得这么仔细，却偏偏把先皇生前最后赐给我的那样最贵重的东西漏下了。"

听景翊这话，俨然是已猜到了那信物是个什么东西。冷月不禁精神一紧，忙道："什么东西？"

"你。"

景翊虽只说了一个字，但这一个字里带着几分深思熟虑之后的慎重，不像是那句私奔，用一个轻飘飘的"滚"就能打发过去的。

冷月狠愣了一下："我？"

她今年十八，虽比太子爷年长一岁，但要说她就是那个信物，恐怕连茶楼里的说书先生都说不出口。谁会拿一个活人当信物，她要是死在了先皇前面，皇城探事司岂不是要登基一个反一个了吗？

可景翊这副模样一点儿也不像在逗她的。

景翊看着这个愣傻了眼的人浅浅地笑了一下，笑得好像还是她刚记事时就记在脑海中的那个几岁大的小男孩的模样，即便是满脸胡子拉碴的，还是纯净得一塌糊涂。景翊就觑着这张胡子拉碴的纯净笑脸，反问她道："先皇当时让你来保护我的时候，是当面交代给你的，还是和这回一样，下了密旨？"

冷月虽一时想不出他为什么一下子又问到了这儿来，还是照实答道："都有，是先皇身边的郑公公到凉州刺史府传旨，顺便让人到军营里找了我来，给我一道密旨，又跟我讲先皇的那些意思。"

"那道密旨里除了信笺，还带着什么东西没有？"

冷月被问得一怔，茫然摇头。

景翊似是没得到料想中的回答，耐心却也略见焦急地道："你再想想，不管什么东西，一根头发丝也算。"

"想什么啊，我就搁在这屋里了，拿出来看看就是了。"冷月说着站起身来，走到床边蹲下身来，一手扶着床下沿往上一顶，另一手利落地从床脚下抽出一个折了几折的信封来，看得景翊刚在凝神散的作用之下略见血色的脸陡然黑了一黑。

这密旨藏得倒是真够隐秘的。

冷月气定神闲地拍了拍信封上的薄尘，展开折痕递了过来。景翊啼笑皆非地接到手里，抽出里面的信笺正正反反看了一番，又把信封的口子撑开往下倒了一倒，见一粒沙子也没倒出来，又不死心地往里面巴望了一眼。

也不知他在信封里看见了什么，冷月只见他倏然露出一副茅塞顿开的模样，整个人都精神一振。

不等冷月发问，只见这刚展开半个笑容的人不知怎么就倏然拧起了眉头，抬手按上心口，脸色微变。想起景翊刚才喝下的那碗汤，冷月一惊，好奇之心登时散了个干净，只顾得急问道："怎么了？"

"没事，"景翊缓缓吐纳，舒开蹙起的眉心，抬头看着满目担心的冷月，补完了那个格外满足的笑容，"就是心跳得有点儿快。"

冷月赶忙摸上景翊的脉："怎么个快法？"

"唔……"景翊认真地思量了一下，才一本正经地道，"就像刚知道你心里有我的时候一样。"

冷月额头一黑，忍不住狠白了一眼这个戏弄她都不挑时候的人。要不是脉象显示这人的心跳确实有些偏快，她非得让他尝尝真正的心跳快是个什么滋味。

景翊冲着这无计可施的人无赖地一笑，起身走到衣橱边，利落地换了身出门的衣服，并把那个信封折了几折收进了怀中。许是药效已起，景翊的脸色虽还有些发白，但明显已精神挺拔许多了。

景翊收拾停当，回到冷月身边温然一笑，笑里带着几分歉意，却已全然没了那般沉甸甸的担忧："还要劳你再去趟太子府，给太子爷通个气儿，让他做些准备。"

冷月愣了一愣才意识到景翊这话意味着什么，不禁周身一紧，正色道："做什么准备？"

"你只管把知道的都告诉他，他自己的事他心里有数。"

冷月已深刻地认识到有关朝政的事自己实在是有心无力的，太子爷自己知道自己那摊事该怎么收拾，自然再好不过。

"好，那你要干什么去？"

"找萧昭晔，报个仇。"

不知道为什么，报仇这么阴森森冷冰冰的两个字从景翊嘴里说出来，就好像说要找萧昭晔搓盘麻将一样。于是等冷月反应过来的时候，屋里就只剩下她一个人了。

没生炭火的屋子里凉飕飕的，冷月只觉得鼻子发酸。

一直以来她都觉得动不动就犯傻的那个人是景翊，如今才彻底明白，景翊只是懒得聪明罢了。因为在她这样只看得懂眼前的实，却看不懂实背后的虚的人面前，这般惊为天人的聪明实在派不上什么用场。

同样的线索摆在眼前，他已成竹在胸，她肚子里却连个笋尖尖儿都还没冒出来。

冷月挫败感十足地垂下头去，伸手在肚子上抚了几下，幽幽地叹道："你说，我笨成这样，你爹不会真的不再娶我了吧？"

话音未落，冷月倏然觉得小腹痛了一下，痛感很轻微，却也很真实，一闪而过，好像肚子里的那个小东西轻轻"嗯"了一声似的。

"你还嗯，我就是笨死了也是你娘，给我老实待着！"

冷月觉得自己已经笨到没事还是不要多与人说话为好的程度了，于是她选择了直接翻墙头跃进了太子府。

太子府的布局她大概记在了心里,从她选的这堵墙上跃下来,就是太子府的一处小花园。近来整个太子府都要装成主子大病了的死气沉沉的样子,只要太子妃没再领什么人出来赏雪,这里应该就足够清静,清静到她只在这里轻轻地落个脚的话,是断然不会被人觉察的。

所以冷月跃上墙头的时候是信心十足的,十足到跃下来的时候也没仔细往地上看,落到一半了才发现,墙下雪地里趴着一个人,还有动弹的意思,只是简洁到了极致的白衣与白雪浑然一体,打眼看过去委实隐蔽得很。

冷月一惊之下在半空翻了个身,险险地错开些许,才没一脚踩到这人的屁股上。

这会儿趴在太子府花园雪地里的人……

冷月站定之后小心地巴望了一眼,一眼对上那人侧向一边的脸,惊得差点儿把眼珠子瞪出来:"三……景大人?"

不错,正是那个景家排行老三的景大人——景矸。只是没着官服,也没了官样。

景矸见是冷月,索性趴在地上动也不动了,咬着牙根有气无力地道:"劳烦冷捕头挽我一把。"

冷月赶忙低身挽他起来,让他扶着旁边的一棵大树站稳。看着景矸僵戳在那里龇牙咧嘴地扭腰揉腿,不禁问道:"景大人这是怎么了?"

"摔了。"

冷月怔怔地搜索了一下四围,这才发现她刚刚越过的那面墙的墙头上扣着一只鹰爪钩,钩下一根攀墙用的绳子被小风吹得晃晃悠悠的。

景家一门都是如假包换的文官,除了景翊,一家人斯文得连个会爬树的都没有。在冷月的印象中,许是因为总与番邦外使打交道,景矸是景家四个公子里言行举止最谨慎得体的,最奔放的举动也不过就是在背地里骂骂那些各有各的奇葩之处的番邦来使罢了。

所以哪怕亲眼看见这用来爬墙的玩意,冷月还是有点儿难以置信。

"你是,从墙上摔下来的?"

景矸有点儿艰难地转过头来,恨恨地往墙头上看了一眼,顺便也恨恨地看了一眼好端端的冷月:"你翻过来的时候就不觉得墙头上结的那层冰特别滑吗……"

冷月蓦然觉得刚才那种快被自己蠢哭了的沉重心情莫名地好了许多。

到底是刚从高丽回来的人,气质果然与众不同。

"景大人,是不是太子爷不肯见你,你才……"冷月犹豫了一下,把到了嘴边的"狗急跳墙"换成了一句"出此下策"。

景玕揉着险些摔折的腰咬牙道："跟你一样，来找太子爷商量件事，不想让外面的人知道罢了。"

冷月被那声"跟你一样"说得一怔，但见景玕大部分的注意力似是全在那副差点儿摔散的骨头架子上，只当他是随口那么一说，便道："那我扶景大人过去吧。"

景玕一听这话，立马摇头摆手："你走你的，我自己过去就行了。"

冷月嫣然一笑："都是翻墙过来的，景大人还客气什么？"

"我没跟你客气，"景玕看着冷月无可挑剔的笑脸，忍无可忍地皱了一下眉头，"只是在这趟高丽之行中落下了点儿毛病，一看见你就饿。"

"饿？"

"王拓在回高丽的道上就拿破木头雕了一个什么送饭观音，跟你长得一模一样，高丽人还都信了他的邪，每家每户都照着那个模子雕个塑像供起来了，连我吃饭之前都得拜。"景玕带着清晰的怨气轻描淡写之后，又盯着冷月的脸补了一句，"一看见你就觉得该吃饭了。"

"那卑职先走一步了。"

"嗯。"

一直等到冷月对太子爷说完景翊对萧昭晔的所有推测，才有一个侍卫来报，礼部郎中景玕景大人求见。

见太子爷颇为意外地皱了下眉头，冷月忙替景玕说了句话："太子爷，景大人跟卑职一样，也是翻墙进来的，想必一定是有什么要紧的事。"

不知是"翻墙"两字还是"要紧"两字戳中了太子爷的好奇心，太子爷顿时眼睛一亮，利落地说了声"请"。

景玕扶着墙一瘸一拐走进来的时候，冷月蓦然想起了她这张脸的问题，忙拱手道："太子爷与景大人议事，卑职先退下了。"

太子爷还没开口，景玕却道："冷捕头留步。"

冷月怔了一下，太子爷也怔了一下。无论如何，抢主子的话说都不像景家人会干出来的事，何况是向来严守礼数的景玕，别说是摔着腰腿，就是摔着脑袋也断然不会如此。

景玕抢下这句话后，以尽可能端庄的姿势挪到太子爷面前，低头拱手见了个礼。

"臣，皇城探事司指挥使景玕，拜见太子爷。"

皇城探事司指挥使！

待冷月反应过来这个陌生的官衔意味着什么的时候，太子爷已从惊雷般的错愕中定下了神来，微微眯眼，定定地看着谦恭如故的景玕。

"景大人，这是什么意思？"

景玕没有抬头，依旧拱着手，除了因忍痛而呼吸不匀，还算镇定地道："臣想同太子爷商量一件事，太子爷若觉得不妥，只管让冷捕头一剑结果了臣便是。皇城探事司的事务臣已悉数交代给了接任之人，太子爷尽管放心。"

冷月刚回过来的神又被景玕的话惊了个精光。

太子爷当真像考虑了一下景玕的话，转头看了冷月一眼，看得冷月心里一慌。且不说她的剑在不在手边，就算是现在有柄出了鞘的剑攥在她手里，她也不敢想象把剑刺到景玕身上的场面。

单因这么个理由而夺人性命，别说他是景玕，就算他是个猴儿，冷月也下不了手。

所幸，太子爷只是看了她一眼，看罢，就把纹丝不乱的目光收回到了景玕身上，不轻不重地问了一句："景大人，你已打定了主意不再当这个指挥使了吧？"

皇城探事司指挥使是何等机密的身份，景玕就这样当着一位还说不准能不能登上皇位的储君和一位连品级都数不上的刑部捕头亮了个一干二净，已与明着撂挑子没什么两样了。

景玕也不含糊，坦然地应道："是。"

太子爷又不轻不重地问了一句："是因为那个叫神秀的密探的事？"

景玕仍拱着手低着头坦然应道："是。"

冷月已蒙得一塌糊涂，太子爷却俨然一副若有所悟的模样，微微点头："我可以承认神秀已经圆寂，也可以让你和神秀一样，自己选法子消失，不过你得告诉我一件事。"

"一件可以，多了不行。"

冷月愕然地看着向来字斟句酌的景玕。神秀这个不过排行十三的密探对他而言要重要到什么地步，才能把他逼到不惜暴露身份来跟太子爷讨价还价的份儿上？

太子爷也不与他计较口气的事，听他应了，开口便道："安王爷现在何处？"

冷月狠狠一愣，连景玕也愣得抬起了头来。冷月相信，这回景玕和她愣的一定是同一回事。

如果只能从皇城探事司的首领口中问得一件事，以眼下的情景，绝对轮不到这一件。不管景翊再怎么成竹在胸，这样一件关乎江山社稷的大事，无论如何也是从这个人嘴里说出来才是最踏实的。

景矸犹豫了一下，破例反问道："太子爷不想知道那件信物是什么吗？"

太子爷摇头："这个不急。"

这个要是连太子爷都不急，那别人也没什么好急的了。

"据午时的消息，安王爷在并州微服办案，三日前夜间遇袭，被一件作行人钉于腐棺之中，今日辰时刚被关中大盗唐严救出，生死暂且不明。"

冷月愕然地听完，倏地意识到一件事，顾不得太子爷在旁，冲口而出："你们早就知道安王爷有危险，连什么时候被什么人害的都知道，就干看着不救人吗！"

景矸坦然地迎上冷月怒意如火的目光，定定地道："皇城探事司只负责奉命探事禀报，决断是主子的事，我等无权擅作主张，否则罪同谋逆。"

景矸说着，转目看向太子爷："先皇有令，安王爷离京后须一日三次汇报其行踪，如今先皇驾崩，新君尚未登基，我等再急也只能把这些消息积攒下来。安王爷的行踪不过是积下来的万千消息中的一条而已。"

太子爷微微收紧了眉心。

景矸这番话让冷月的心情陡然复杂了许多，太子爷心里倒是清明了几分，这一堆话合起来其实就是一个意思。

国不可一日无君。

自先皇驾崩以来，这句话已有很多人通过各种方式对他说过，只是没有一个人比景矸说得更尖锐刺骨。

"我知道了，"太子爷轻轻点头，沉声道，"多谢景大人。"

得太子爷这么一句，景矸也不再多言，两膝一屈，端端正正地跪下身来，两手撑着地面，缓缓弓下疼痛尚存的腰背，四平八稳地对太子爷磕了个响头，起身之后只深深看了冷月一眼，便头也不回地退了下去。

景矸退出去时仍是走得一瘸一拐的。不知怎的，冷月却觉得他步履轻盈得很，轻盈得好像只待离开他们的视线便会腾云而去，这辈子，下辈子，永远都不会回来了。

"冷捕头，"太子爷淡淡的一声把冷月的神唤了回来，"我有些事要安排一下，安王府那边就劳你跑一趟了。"

"是。"

冷月沿原路翻出太子府的高墙之前，顺手将景轩留在雪地里的痕迹抹净，并将那个孤零零地吊在墙头的鹰爪钩仔细地收了起来，仿佛这里从来不曾有一个笨手笨脚的文官近乎卖命地努力过。

从墙头上飞身跃下的一瞬，冷月蓦然明白了景轩今日这惊天动地的一出图的到底是什么。

这世上能让一个人如此不合常理、不计后果地奋不顾身的，怕是只有那一件事了。就像先皇为自己计算的死期，就像张老五为自己选择的死法，就像秦合欢甘之如饴的苦日子，就像季秋的执念、碧霄的仇怨，就像她不管日后还要被景翊休多少回仍然非他不嫁，说到底，都是因为这个。

冷月心里一舒，竟觉得这隆冬里的化雪天也没有那么阴寒透骨了。到了安王府，作为安王府侍卫长的前任副官，三下五除二地把必要的事情安排妥当之后，冷月便踏着千家万户积雪的屋顶直奔慧王府而去了。

景翊说他要去找萧昭晔报个仇来着。

她相信景翊所谓的报仇，肯定不会是拎把大刀冲到萧昭晔家里削了他脑袋的那种，但既然是报仇，没有冲突是不可能的。想到景翊靠那个药性不明的凝神散维持一时的体力，她就不放心把他一个人撂在那儿。

她从没有想过哪天他要是死了她就随他殉去这种事，但她这两日来无时无刻不在想，只要她活着，她就要他也活着。

潜进慧王府找到景翊的时候，冷月登时就后悔了。

慧王府有个素雅的花园，花园里有座不小的假山，景翊与萧昭晔就面对面蹲坐在假山顶上，一个白衣似雪，一个丧服如霜，打眼看过去，像极了俩被雪盖了一身的猴。

冷月的肚子又微微地痛了一下。

"嗯……"冷月抚着小腹低声哄道，"娘也有点儿不想承认，但右边那个真是你爹。忍忍吧，习惯了就好了。"

肚子里的小家伙没给她任何回应，好像就这样认命了。

整个花园附近的人似是都被支走了，冷月毫不费力就靠近了那座"猴山"，侧身隐在一棵两抱粗的大树后面，等了足有一炷香的工夫，俩"猴"愣是谁也没动一下，谁也没吭一声。

这般场面让冷月蓦地想起了一件儿时旧事。

于是冷月嘴唇一抿，俯身从地上抄了块冻得结结实实的土坷垃，扬手一打，土坷垃奔着萧昭晔的后脑勺就飞了过去。只听"噗"的一声闷响，"嗷"的一声惨叫，萧昭晔蹲成一团的身子倏地向前一扑，顿时从猴子赏雪扑成了蛤蟆拜月，才险险地没有滚下山去。

景翊那大仇已报般的笑声登时响彻山顶。

"哈哈哈，我不说话不对你吐舌头，你还是输嘛，哈哈哈。"

她就知道会是这样。

这事他俩小时候干过，面对面蹲在屋檐下对看，谁先动谁就输。按理说她有内家修为，下盘功夫比景翊扎实得多，但她每回都是盯着景翊的脸看着看着就走神了，然后，就没有然后了。

那会儿她只觉得对面的人好看得像从画里走出来的一样，居然一点儿都没发现他这样的蹲姿其实活像个猴。

冷月抚了抚静悄悄的肚子，低声安慰："别怕，你爹也不是天天这样。"

见萧昭晔这么一声惨号之后连一个来看热闹的都没出现，冷月就放心地走了出来，站到假山下幽幽地看向山顶，客客气气地问了一句："王爷需要帮忙吗？"

在那一记如有神助的土坷垃击中萧昭晔后脑勺的时候，景翊就猜到一定是这个不管三七二十一总会站在他这边再说的女人来了。这会儿见冷月走出来他也不意外，仍兴致盎然地看着对面的萧昭晔。

萧昭晔四肢扒在冷得像冰块一样的山石上，有点儿艰难地转了转头。冷月这身衣服他还认得，虽一时想不通她怎么会出现在这里，但在他的印象中，这好歹算是半个自己人，于是落在冷月身上的目光登时热乎了不少。

冷月相信，这会儿萧昭晔心里想的一定是"你快点儿帮我弄死对面那个猴"，但对萧昭晔这样既没有功夫傍身又正在风寒发烧中的人来说，维持这样的姿势已是不易，于是萧昭晔到底只勉力说了个"要"。

"哦。"

冷月"哦"完，依旧仰着头客客气气地看着，一点儿把这份同情与关切付诸行动的意思都没有。

被萧昭晔苦忍之下频频瞪了几眼之后，冷月终于忍不住嫣然一笑，笑得既乖巧又妩媚："王爷别多心，我就是问问，没别的意思，你们继续。"

这么一喳之间，萧昭晔脑子里血脉一偾张，恍然明白了点儿什么，愕然看向下面嫣然含笑的美人："你……你到底是什么人？"

冷月夸张地愣了一下："安王府的冷月啊，今儿王爷在马车里不是问过一遍了吗，这才多一会儿，就忘干净了啊？"

冷月清楚地看到萧昭晔的脸色使劲儿地白了一白，因受寒而微微发青的嘴唇张开来，还没出声就又闭上了。

景翊比冷月更明白萧昭晔这欲言又止的背后是何等复杂的心情，禁不住叹了一声，叹出了几分仁至义尽的味道："我早就跟你说，你别一口气把人都撑干净嘛，你还不听我的，弄得好像我真不会害你似的。"

萧昭晔就趴着在这山顶凉风的吹拂中冷静了片刻，才把那张憋火憋得有点儿扭曲的脸恢复到往日惯有的安然："你可否告诉我一句实话，那个信物当真在我府上吗？"

冷月微惊，那信物在萧昭晔府上？

景翊三指对天一立，斩钉截铁地道："我以我的法号发誓，真在。"

想到景翊那个像买菜附送的一样的法号，冷月总觉得这个真的程度是要打点儿折扣的。

萧昭晔显然也有几分怀疑，但眼下除了相信景翊，他也着实没有什么别的选择了。

"好……"萧昭晔似是认命地一叹，缓声道，"这场我认输，你不必说信物是什么了，我也不追究你逃出来的事，我从你那里搜来的东西都在我书房西墙立橱上数第二个格子里。你若信得过我，我就带你们去取；你若信不过，自己去取也可以，立橱边上虽然有几个侍卫看守着，不过以你二人的身手，对付他们还是绰绰有余的。"

冷月听得一愣。

她倒是不奇怪萧昭晔会被景翊用这种事哄到自家假山顶上装猴，毕竟萧昭晔挖空心思使出这么缺德的障眼法，为的就是抢在别人知道这件东西的存在之前把这件东西弄到手。而今只要景翊淡淡地说一句知道，那就无异于在萧昭晔的脖子上拴了个绳，别说装猴，就是装孙子，萧昭晔也一准儿会装给他看。

反正这里也没有别人看见，只要能把信物弄到手，安安稳稳地坐上那把椅子，杀人灭口的法子还不是随他挑的嘛。

让她无法理解的是萧昭晔泄气之快。

纵然是个偷鸡摸狗的小贼，被逮个正着之后还要挖空心思地挣扎一番，萧昭晔隐忍这么些年，好不容易才把这杀父篡位的事干到只差最后一步了，末了竟因为挂到假山上下不来，就轻飘飘地认栽了。

冷月总觉得好像是在茶楼里听书的时候一不留神打了个盹，把中间的什么内容听漏了似的。

两个人一块儿听书就有这么个好处，她听漏的部分景翊全都听见了。萧昭晔话音刚落，景翊就抱着两膝轻巧地往前跳了一步，差一个指尖的距离没踩到萧昭晔扒石头扒得发白的手上，吓得萧昭晔一个激灵，险些滚落下去。

景翊蹲在他指尖前，伸手在他僵硬的手背上轻柔地戳了戳，笑得像朵花一样："你当我跟你似的，也以为你不会害我吗？"

萧昭晔好生稳了一下差点儿被吓丢了的魂，听着自己仍突突作响的心跳声，带着一抹委屈之色道："景大人何出此言？"

"你也跟我说句实话，"景翊依旧笑着，眉眼间却已没有了笑意，"我俩前脚拿了东西走人，后脚就会知道我景家老小出了些什么事，然后不得不把东西再给你捧回来，对吧？"

萧昭晔到底没能实实在在地说出那个"对"字。

冷月心里还是凉了一下。

如今负责查办先皇之死的人还是他，别的不说，至少现在守在景翊那处宅院里的御林军还是听他的招呼的。何况是自己看守的嫌犯畏罪潜逃，抓几个嫌犯家眷这种顺理成章的事，他们本就责无旁贷。

至于抓回来用什么法子审问，那就是萧昭晔的事了。

即便那时信物已到太子爷手中，即便太子爷已顺顺当当地坐上了那把椅子，有景家人握在手里，至少也是一道最坚实的护身符。逼太子爷平分江山的希望估计不大，但保命还是没什么问题的。

谋反的人似乎都会有同一种错觉——即便一夕不成，只要留条命在，总是有希望东山再起的。

就凭这个，冷月也彻底打消把萧昭晔从假山上放下来的念头。

萧昭晔似是没料到景翊能一下子就想到这儿来，怔了怔，才无辜地笑了一下："那你想怎么办？"

景翊像好生思虑了一番，才道："这样吧，你从我那儿拿走的东西我都留给你，只要你告诉我一件事。你知道我是能听得出来真话假话的吧，你撒谎的话，"景翊又在他青筋突起的手背上抚了抚，"我就摔破罐子了。"

冷月实在想不出有什么事能比那件信物更要紧，刚想出言阻拦，就听萧昭晔毫不犹豫地说了个"好"字。

既知道那东西确实就在他这里，即便不知道究竟是哪一件，到时候只管把那几件都往外一摆就是了。

毕竟知不知道信物是哪个并不是最要紧的，有，那就行了。

萧昭晔的想法与冷月不谋而合，还有什么事能比那件信物更要紧呢？

325

景翊满意地点了点头,看着满面安然的萧昭晔,微笑着问道:"你到底是为了什么才毒杀先皇的?"

冷月愣了一愣。

这算什么问题?

她即使不懂朝堂上的那些道道,也明白皇帝应该是这世上最难杀的人。一个皇家子嗣费那么大劲儿杀个皇帝还能为了什么,不就是取而代之吗?

也不知是不是因为趴在石头上冷透了,萧昭晔的声音有点儿抖,听起来很有一种被他俩合伙欺负的感觉:"你……你这话什么意思?"

景翊温然带笑,底气足得当真像在欺负他似的:"我觉得你根本就没那么想当皇帝,你不用把眼瞪成这样,你要真是发自肺腑地想当皇帝,死的那个应该是太子爷才对啊。太子爷一死,就按从长到幼的顺序往下排了,大皇子熙王爷在八年前因为推你母妃下水的事被先皇狠罚了一通,失心疯到现在还没见好;二皇子幼年受伤,身子不便,帮着干点儿活儿还成,继承大统就不合规矩了;四皇子靖王爷前几个月被人剖干净了,就算没人把他剖干净,他身上有一半高丽的血,也不合规矩;再往下排不就是你了嘛,你犯得着冒这么大的险毒杀先皇,末了还得自己找那个信物吗?"

冷月差点儿抬手往自己脑门儿上拍一巴掌。

所有知道先皇死于非命的人,都会顺理成章地琢磨先皇是死在什么人之手,知道先皇是被萧昭晔施计害死的人,又会顺理成章地想到他是为了篡位才这么做的。在所有知情人,包括她在内,都在绞尽脑汁地琢磨怎么才能把这桩捅破天的大案安然了结的时候,怕是只有景翊才会站到萧昭晔的位置上,替他琢磨一下篡位这件事还有没有更好使的法子了吧。

萧昭晔似是也没料到还会有人替他琢磨这么一出,愣愣地盯着景翊看了好一阵子,连鼻涕淌下来了都浑然未觉。

景翊好心地扯起萧昭晔垂在石头上的衣袖,替他抹了一把鼻涕,抹完还颇细心地把那片衣袖折起来往萧昭晔绷直的胳膊下面塞了塞,总算把萧昭晔的魂儿恶心了回来。

"我……"萧昭晔似是再失仪也不过如此了,于是铁青着脸破天荒地使劲儿吸了一下鼻涕,带着浓重的鼻音淡淡地道,"我是为了我母妃,八年前她就安排好了。"

景翊微不可察地皱了下眉头。他能猜到八年前那场暗斗里受益最大的莫过于勉强从湖水里捡回一条命的慧妃,但对于一个后半辈子都要窝在后宫里的女子,景翊猜到争宠这一重也就就此打住了，断然没敢去猜这不过是那女子争夺无上尊荣的第一步罢了。

"你是说，当年熙王爷推慧妃娘娘坠湖的事，是慧妃娘娘栽赃他的？"

萧昭晔又抽了一下鼻子，也没介意景翊用的"栽赃"这个字眼，坦然地"嗯"了一声："她想的就跟你刚才说的一样，把大哥和太子爷除掉，再把进宫前跟她相好的那个人除掉，然后只要我老老实实的就行了。"

"然后你就一直老老实实的，听慧妃娘娘的话，在她过世之后一边装孝子掩人耳目，一边继续给自己铺路？"

萧昭晔点头之前犹豫了一下，微青的嘴唇轻轻抿了一下，依旧坦然地道："孝子是她让我装的，不过我没装，我真的不想让她死。"

萧昭晔这句话说得很轻，冷月纵是有些内家修为，能觉察大部分细微的声响，可站在假山下听这句话，还是轻得像极了一声叹息。这声叹息掺杂在隆冬的寒风里，冷得让人有点儿难受。

慧妃是怎么想的，冷月觉得她这辈子恐怕都明白不了了，但她蓦然间有些明白，她为什么会觉得萧昭晔穿丧服的时候看起来最为顺眼了。

这人平日里总是一副雍容清贵又温和无争的模样，但这副模样是他打小就照着别人的意思装扮出来的，就像人死后被裹上寿衣一样，从头到脚全都由不得自己。哪怕装扮的人怀着怎样的好心，装扮的结果多么赏心悦目，终究还是带着那么一股身不由己的死气。

萧昭晔就这样死气沉沉地笑了一下："她都干了一半了，我要是不接着干下去，迟早也落不了好。"萧昭晔顿了一顿，像回想起了些什么，笑意淡了几分，却也柔和了几分，"我想法子干了，只是没按她的法子来，这样就算没干成，到地底下还能对她有个交代吧。"

景翊一时无话，萧昭晔就带着这抹淡薄却温和的笑意看着他，轮廓柔和的眼睛里闪起了点点水光："你当过和尚，研究过佛法，你说，像我这样杀过皇帝的人，下辈子投胎就不会再生到帝王家了吧？"

这话萧昭晔是笑着说的，话音里也带着笑意。冷月听着却只觉得凄苦非常，一时间心里竟替这个毒死了亲爹的人酸了一酸。

景翊沉默了片刻，才展开一个很有几分慈悲的笑容："你杀先皇不光是为了投胎的事吧？"

萧昭晔似是没料到景翊在此情此景下会有如此一问，怔得连眼睛里的水光都不动了。冷月也被景翊这大煞风景的一问着实晃了一下，心里为萧昭晔生出的那一丝酸楚登时散了个一干二净。

景翊看着愣住的萧昭晔，笑得更慈悲了几分，温声又问了一个和此情此景毫不相称的问题："你知道我爹为什么这么乐意让我去大理寺干活吗？"

萧昭晔又是一愣。

别说是萧昭晔，这个问题冷月也答不上来。

以景翊太子侍读的出身，以景老爷子在朝中的地位，朝廷里确实有很多更有前途的官职可供他挑选。她只听说景老爷子是被安王爷说服的，至于安王爷当初跟景老爷子说了什么，她也不知道。

景翊似是没指望萧昭晔能答出来，自己问完，便自己答道："我爹说，安王爷悄悄跟他说，我这个人性子里随心所欲的东西太多，不多跟法理打打交道的话，早晚有一天会折在自己手里。"景翊说罢，微微眯起眼来，带着微浓的笑意补了一句，"我觉得安王爷说的那个有一天，应该就是今天吧。"

见萧昭晔还在发愣，景翊一叹摇头："就你这点儿心思，就是真想跟太子爷抢也白搭。你刚才那些话，确实说得挺戳人心窝子的，但这也是慧妃娘娘临终前交代给你的吧，对付我们景家的人不能来硬的，动之以情是最好使的。我跟你打赌，赌一盘凤巢的红烧肘子，等我回去找齐叔算账的时候，齐叔一准儿也会跟我使你这一套。"

"我猜你下面就要跟我说，你如果不是生在帝王家就会干吗干吗，直到把我说得想给你一次重新开始的机会。"景翊把脸往前凑了凑，近得萧昭晔的视线里只剩下他这一张笑意微冷的脸，"我今儿要是随心所欲一下，让你远走高飞，你猜猜明儿京城的天会被你翻成什么样？"

冷月相信，她这会儿的脸色一定不比萧昭晔的好看到哪儿去。

今儿对着萧昭晔的要不是景翊，而是她一个人，她当真不敢保证自己会不会被萧昭晔这一番话说动情，会不会真像景翊说的，就这么把他放走，酿成一场无可挽回的灾难。

景翊似是丝毫没感觉到这两人心中的沉重，扯起萧昭晔另一边干净的袖子，又给他抹了抹鼻涕，像对着自家犯了错的弟弟似的，有点儿恨铁不成钢地道："你说你，杀都已经杀了，就大大方方地承认有点儿恨他从小就不怎么搭理你，又有点儿不服太子爷，就想跟他争一争，想让他明明白白地栽到你手里一回，报报小时候他没事老想戏弄你的仇，不就完了吗？"

景翊说着，抬手在萧昭晔的脑门上敲了个响亮的毛栗子。萧昭晔猝不及防间手脚一抖，整个人彻底从扒在石头上变成了挂在石头上，当真是一动也动不得了。

"行了，"景翊心满意足地站起身来，拍打了一下沾在衣服上的碎雪，舒心地一叹，"既然你没有别的心思，那就是没有别的准备，我也就放心了。我说话算数，从我那儿敛走的那些东西就留给你了，你自求多福吧。"

景翊说着，长身一跃，雪片一般轻盈无声地落到冷月身边，牵起冷月冰凉的手就走。冷月怔怔地跟着他走出两步才倏然回过神来，忙拽了一下景翊的手，压着声音对大步走在前面的人道："还是捆了他吧，他万一对景家……"

景翊没回头，也没停下步子，只扬声回了一句，听那般音量，像有意说给挂在石头上的萧昭晔听的。

"你当太子爷的脑袋跟他的一样，长在脖子上就是为了显得个儿高吗？"

"……"

冷月随景翊踏着屋顶跃出慧王府的时候，正撞见一队陌生的兵将在冷嫣无声的指挥下井然有序地包围了慧王府。

想起冷嫣今天一早就披挂整齐急急忙忙出门的模样，冷月不禁暗叹了一声。景翊说得没错，就算是萧昭晔一门心思想当皇帝，使尽浑身解数跟太子爷正儿八经地干一场，也赢不过这个早已把为王之道参悟得一清二楚的人

外面已然暗涌迭生，太子府里还是寂然一片。太子爷仍安然地窝在屋里，见两人齐刷刷地出现，舒然一笑，好像万事俱备，只等他们。

冷月这才恍然记起，还有个要命的信物。

以景翊的脾气，那般情况下是不会对萧昭晔说谎的。他说那信物在萧昭晔府上，应该就是真的在。

不过，冷嫣既然已包围了慧王府，拿回那样东西也是迟早的事。

太子爷似是与她想的一样，只字未提信物的事，只饶有兴致地打量了一番景翊满脸的胡碴，三分玩笑七分诚心地道："景大人辛苦了。"

景翊全然没把太子爷的这句客气话当成客气，抚着脸上的胡碴略带幽怨地道："太子爷看在我辛苦成这样的分上，能不能容我问件事？"

"景大人请讲。"

"当日先皇以冷家一门的性命相胁，下密旨逼冷月嫁我为妻，以便保护我的事，太子爷知道吗？"

冷月不知景翊怎么突然问起了这个，一怔之下却听太子爷已露出一道有点儿得意的笑坦然应道："知道。父皇担心你与我太近，朝野里算计我的人迟早要算计到你身上，有个能跟你贴心贴肺的人从旁保护，他才能放心。"

冷月被这句"贴心贴肺"窘了一下,脸上隐隐有点儿发热。景翊却又泰然地追问了一句:"那密旨里写的什么,太子爷可也知道?"

太子爷似是没料到景翊还有这么一问,愣了愣,摇头道:"父皇只是问我,觉得你俩成亲能否合得来。我记得你为了夺回跟她定亲的那个银镯子,差点儿连命都丢了,就跟父皇拍了胸脯。其余的事全都是他自己安排的了。"

太子爷话音甫落,景翊就舒然一笑,从怀里摸出那个被冷月垫在他们家床脚下的信封来,双手呈给了太子爷:"回头皇城探事司的头儿来拜见的时候,太子爷就拿这里面的物件试试吧。"

景翊话音都落了半晌了,冷月还没回过神来。太子爷也没好到哪儿去,愣了好一阵子才把这先皇下密旨惯用的信封接到手里,打开封口却发现里面根本没有信笺,一怔之下撑开封口往里看了一眼,才蓦地一惊。

信封最底端的两角处各粘着半颗红豆,豆粒颇小,又挤在角上,不刻意摸索很难察觉。

太子爷抬起目光刚想开口,便被景翊出声截住了:"这是在我家床底下摸出来的,我俩谁也不知道这里面装的什么。"

太子爷微怔了一下,会意地点点头,把这信封折了几折收进袖中,仿佛那当真只是景家垫床脚的一块儿废纸似的,依然慵懒而和气地笑道:"我这儿还有点儿事要忙,你们没别的事就先回去歇歇吧。"太子爷说罢,停了一停,又像想起了什么似的,追补了一句,"回去替我给景太傅问个安。"

跃出太子府的围墙,景翊才对冷月说,太子爷补的那句是让他俩回景家大宅待着的意思,却也没对她说那个信封里装的是什么。冷月隐约有些明白,这毕竟是皇家机密,不知道要比知道好得多。

不幸中的万幸,景翊是在跃进景家大宅的院墙之后才耗尽体力倒下去的。景疳多日不曾出诊,很乐得在自己送上门来的亲弟弟身上施施展展医术,但摸了一把脉之后就怏怏地摇了摇头,有点儿失望地给了个缺觉的诊断结果,继续回花园里采雪去了。

景老爷子忙完朝里的事回来看景翊的时候,也还是那副从容又亲切的模样,好像朝里一切如旧,跟先皇在世时没什么两样。

景老爷子把景翊被软禁前托付给他的那件事又转托给了冷月,那个硕大的木盆被送进景翊房里的时候,冷月才记起这只本应游在景翊那口宝贝鱼缸里的活王八。与她有关的一切似乎都被景翊温柔以待,不分巨细。

冷月只字没提景轩的事，倒是景老爷子先告诉她，景轩中午那会儿回家来卷铺盖卷走人了，临走时锁了自己的房门，说是只许她和景翊进去，怎么进去还得自己想辙。冷月使了最简单的辙，拿剑把门锁劈开了。那间屋子已被收拾一空，就像神秀的禅房一样，没留下任何能辨识主人身份的痕迹，唯一的破绽是那主人似是不慎弄破了什么，撒了满地的红豆。

冷月这才恍然明白那信封里装了些什么，也明白了景翊对萧昭晔说的那番话。景翊没骗萧昭晔，这信物确实在他府上，但这信物也在太子爷的府上，甚至在京城每一户人家都能找到这样信物。皇宫里也有，只是极少会出现在御膳房以外的地方罢了。

无论先皇这般挖空心思布下这个局到底是为了谁，她都感激之至。若不是先皇将她牵入此局，她如今的时光必不会有这般温柔。

景翊一连睡了几天，京城里近乎天翻地覆的几天。

这几天里，太子爷变成了当今圣上，并果决地将先皇的死因明明白白地昭告天下，有理有据地砍了萧昭晔的脑袋。

冷嫣随着被封为皇后的太子妃进了宫，成了皇后宫中的侍卫长，并在宫里得到了那个她惦念已久的人正因为他七叔之事从南疆军营赶来京师的消息。

景太傅虽未变成太师，倒也众望所归地成了当朝首辅，依然乐呵呵地该干什么干什么，惹毛了景夫人还是得去祠堂里跪一跪。景珀奉旨提前回太医院开了工，一个顶四个，忙得不可开交。景轩在礼部的位置顶上了新人，因为朝中官员变动颇多，也没显得多么惹眼。

连萧瑾瑜也撑着一口气回到了安王府。

萧瑾瑜本已走到了阎王殿门口，连景珀也拿不出什么像样的法子来。翌日一早，却不知是什么人将已脏得不人不鬼的叶千秋塞在麻袋里丢到了安王府门口。吴江当机立断，做主答应了叶千秋非死不出安王府的条件，叶千秋才把萧瑾瑜从阎王爷的茶桌边拉了回来。

安王府的赵管家坚信，这是萧瑾瑜平日里铲奸除恶积下的阴德。冷月却心知肚明，能在茫茫人海里精准地找到这样一个正好可用的人的，也就只有那群隐匿于众生之间的人了，而那群人里有这样的心的，估计就是那一个，或是两个，再也不会在他们的日子里露面的人。

景翊是在一个黑黢黢的大半夜里被活生生饿醒的，睁眼的时候，冷月正窝在他身边用手轻轻地抚弄着他的头发，乍一见他睁眼，吓得差点儿叫出声来，被景翊及时递来的一个吻拦住了。

"嫁给我吧。"

这句话景翊在昏睡的这几天已迷迷糊糊地说了不下百遍，每回都要冷月抱着他答应几声才能重新安静地睡去。弄得回朝来参拜新君的冷大将军一度怀疑他是故意装睡，趁火打劫的，要不是冷月死死护着，景翊恐怕早就被冷大将军的铁拳头唤醒了。

这话景翊说了不下百遍，冷月也就考虑了不下百遍，以至景翊如今再问，她已能无悲无喜地回问他："我如果辞了衙门里的差事，光在家里闲坐着，女人该会的那些东西我一样也不会，你还打算娶我吗？"

从私心上论，景翊巴不得她不要再去干那份危险又辛苦的差事才好，景家这么大的家业，着实不缺她那一份俸禄。但以他对这个人的了解，这份差事于她就像诵经念佛之于神秀、皇城探事司之于景玕，如不是出了什么意外，她绝不会生出放弃的念头。

景翊一个"娶"字都到了嘴边，还是硬压了回去，换了一句似是不解风情的"为什么"。

"我不合适干这个，"冷月姣好的面容在黑夜中有些模糊，景翊唯有在那似是从容的声音里辨出些遮掩不住的失落，"我仔细想过了，那天要是换作我对着萧昭晔，我可能真的就会被他那番鬼话说动，放他走了。"

冷月话音未落，一片漆黑中便传来了景翊带笑却笃定的声音："不会。"

冷月朝他翻了个他未必能看清的白眼："你凭什么说不会？"

景翊把怀里的人温柔抱紧，额头抵着她的额头，让她能清晰地看到自己脸上哭笑不得的表情，以及眼睛里如假包换的真诚："如果那天是你的话，你会有耐心听他说这些废话吗？"

冷月愣了一下，景翊已替她答道："肯定不会，你要是我，你一准儿会在掌握确凿证据之后，一进门就一巴掌把他拍晕，然后把他抓起来往牢里一塞。他这些废话根本就没机会说出来，又怎么可能把你说动呢？"

冷月在黑暗中垂着眸子，半响没有出声。

景翊也不追问，由她静了半响，才把她抱得更紧了些："不过，如果你真不想干了，能不能赏个光，让我来养你一辈子？不，三辈子。"

景翊分明看到她一怔抬起的美目中水光一闪，这人却拧身挣开他的怀抱，披衣下床了。

"早不答应，现在跟我说这个没用了。"冷月一边手脚麻利地把衣衫招呼到身上，一边忍着好像马上就要汹涌而出的眼泪，不带多少热乎气儿地道，"我爹在家等着你呢，他说，你要是不给他解释清楚你钻烟花巷子是怎么回事、出家是怎么回事、休我又是怎么回事，我肚子里这孩子就姓冷了。"

"别别别……"一听那个以大刀和驴脾气闻名朝野的冷大将军，景翊的脸登时就苦成了一团，趴在床边牵住冷月的一片衣角，可怜兮兮地道，"看在孩子的分上，给通融通融行吗？"

"不行。"

冷月果决地跃窗而出的时候，小腹适时地微痛了一下，像极了一声"干得漂亮"。她肚子里的这个小家伙一定不会明白，凭景翊那一张巧嘴、一颗诚心，怎么可能说不动她那个已经开始偷偷盘算要摆多少桌回门酒才能给闺女挽回面子的爹呢？

无论如何，这辈子她只可能与这一个人做到相识于黄发垂髫、相伴至白头偕老了。只是少时相识是天意使然，如今相伴是心甘情愿。

冷家就在景家大宅的街对面，冷月一跃出景家大宅的院墙，就能看到自家的大门。如水的夜色中，冷月一眼便看到自家大门前站了一个人，长身玉立，白衣如雪，对着从景家大宅的院墙上跃下来两脚刚刚着地的她笑得一脸明媚。

"你……"冷月呆立在墙下，像见鬼一样瞠目结舌地看着那个夜色之中轮廓比月光还要温柔的人，"你……你不好好睡觉，大半夜的跑这儿来干吗？"

景翊无可奈何地耸了耸肩，小心地整了整仓促间招呼到身上的衣衫，笑意微浓："我算了算，三辈子的时间也不算长，准备好了，就舍不得等了。"

（终）

333

番外

红豆生南国,春来发几枝。

愿君多采撷,此物最相思。

——《相思》唐·王维

蜜豆年糕

后来，一切跟以前没什么两样。

一天还是十二个时辰，一年到头还是春夏秋冬。

朝廷还是那个鱼龙混杂的朝廷，没有一天安生的时候，但到底鱼是闹腾不过龙的，再怎么闹腾，这朝廷也还是巍然屹立，威慑八方。

安王府仍是全国大小刑狱之事摆上皇帝案头之前的最后一关。安王爷虽在那一劫之后落了病根，心力大不如前，但也因此越发痛恨作奸犯科之事，对公务倍加尽心。

景翊依然是四品大理寺少卿，兼京城第一公子。闲暇时仗着一张俊脸晃悠在大小烟花巷间，为安王府织起一张独立且通达的消息网，使得安王府中人传递消息的速度堪比皇城探事司，杜绝了找不着主子这种事的再次发生。公务繁忙时他就一脑袋扎在大理寺，忙到晚上睡觉说梦话时嘴里还念叨着各项律条，俸禄也还是那点儿俸禄。

冷月还是刑部捕班衙役总领，京里唯一的女官差，兼被京城万千女子嫉妒得咬牙切齿的景夫人。她还是看不出那些价值连城的好东西有什么好，还是一天好几回想要弄死那个总以逗得她脸红为乐的亲夫，末了还只是在心里想想罢了。

最值得称为变化的变化，就是五月槐花压满枝头的时候，景老爷子的长孙呱呱坠地了。

景翊是一大家子人里最后一个抱到孩子的,在那之前他怀里抱着的始终是力竭之后昏昏睡去的冷月。冷月醒来想看看那个被自己揣在肚子里养了十个月的小家伙,景翊才第一次从奶娘手里小心地接过那个大胖小子,抱到冷月面前。

"唔……"冷月惊喜万分地看着襁褓里那张还没有巴掌大的小脸,伸手在他肉嘟嘟的脸蛋上轻轻地戳了一下,惹得熟睡中的小家伙不悦地哼唧了一声,张了张樱桃小嘴,看得冷月笑弯了眉眼,柔声叹道,"真好看。"

"好看?"景翊当即扁了扁嘴,不乐意地皱了下眉头,蹲在床边把自己那张享誉京师的俊脸凑到儿子还皱巴巴的小脸旁边,颇不服气地问道,"那我俩谁更好看?"

冷月额头一黑,一手指头戳在景翊皱成川字的眉心上,把这张好看得无可挑剔的脸戳得远远的,毫不犹豫地道:"儿子好看。"

"我怎么就不好看了?"

"脸皮太厚。"

"……"

孩子的名字是景老爷子给取的。冷月本想给儿子起名带个"芊"字,为了纪念他那个兴许已然知道他的存在,却永远不会与他相见的三伯父。景老爷子却摇头否决了,说是各人有各人的命数,活好自己那份儿就行了,寄托多了反是负累,孩子既然生在傍晚,就不如取个"暮"字,那是一日的尘埃落定之际,也是他一生的起始之时。

冷月有全国各地的案子要跑,景翊有大理寺的公务要忙,时不时还要帮安王爷跑些不足为外人道的差事。孩子不怕没人养,就怕没人教,所以景暮满月之后就被送到了景老爷子身边。

景暮刚学会说话那会儿,景老爷子就教他记住了他名字的意思。景暮却是在几年之后才知道,在他还没有这个名字的时候,他爹一直都是管他叫小兔崽子的。

再往后几年,两个人依然很忙,聚少离多。景暮被景老爷子带着,该学的不该学的一样也没落下,性子也比景翊小时候乖顺许多。两人虽时常觉得有所亏欠,但终究对这个儿子还是放心得很。

直到景暮五岁那年,冷月才又忙里偷闲,生了个水灵灵的小胖丫头。

小丫头的满月酒照例是在景家大宅摆的,满院子人一个比一个开心,唯独景暮窝在花园假山下,一声不吭地逗弄着那只被他从街上捡回来的已有两三岁的大白猫。

景翊能一眼看透朝廷里那些修炼成精的老狐狸琢磨的是什么,但对自家儿子，景翊立在假山顶上观察了半天，也只能看出这小子心事重重，毕竟这个年纪的毛头小子整日琢磨什么，景翊早就记不清了。

"干什么呢？"

突然被揉了揉头顶，景暮抬起头来，淡定地看了一眼他这个似乎永远不知道会从哪里突然掉下来的爹，抿抿嘴，没答景翊的话，却仰着那张写满了心事的小脸问道："爹，妹妹有名字了吗？"

景翊蹲在景暮对面，一手揉儿子，一手揉猫，笑得一片温柔："有了，叫景萱，好听吗？"

景暮没有立马回答，抿着小嘴认真地品咂了一下，好像单凭一个读音还不足以做出判断似的，又认真地问道："萱是什么意思？"

想也知道，这般谨慎周全的习惯，肯定是景老爷子苦心培养出来的。于是景翊也认真地回答他道："萱，就是忘忧草。"

这个"萱"字是他给女儿选的，几年风霜雨雪折腾下来他才琢磨明白，无论是受到多么周全的保护的人，要想一辈子不遇上点儿什么糟心事也是不可能的，唯有懂得一个忘字，才能真正地无惧大浪狂澜，在什么样的日子里都能过得快乐从容。

景暮有些茫然地皱起小小的眉头："忘忧草是什么？"

"就是……"景暮再怎么聪明，景翊也不指望自家儿子在这个年纪就能明白这番道理，犹豫了一下，还是挑了个最直观最实在的解释回答他，"黄花菜。"

景暮登时露出一副恍然大悟的模样，这才像模像样地点头说了个"好"。说罢，他抿了抿嘴，又变回了心事重重的模样，低头摸着被爷儿俩揉得舒服得快要睡过去的猫，有点儿底气不足地道："那……有了黄花菜，我是不是就是大人了？"

景翊被"黄花菜"这个称呼窘了一下，啼笑皆非地纠正道："你可以叫她萱儿。对，你现在是大人了，以后爹娘不在家的时候，你得保护她，不能让别人欺负她。"

景翊这话非但没让景暮轻松起来，反而使那张已然俊得惹眼的小脸上的沉重之色又浓了几分，看得景翊一时有些摸不着头脑。

"那……"景暮耷拉着小脑袋，犹犹豫豫地道，"我是不是要去抓坏人了？"

景翊听得一愣："抓什么坏人？"

"他们都说，等我成了大人，就要像爹娘一样去抓坏人了。"

景翊这才反应过来，景暮周岁生辰那天抓周的时候抓到的是冷月进出安王府的那块牌子，当时萧瑾瑜在席，冷月半开玩笑地问萧瑾瑜肯不肯收他，萧瑾瑜也半开玩笑地回了一句，"只要你们舍得"。

这事不只是家里人知道，连朝廷里的人也都知道，时常有人拿这件事来跟景翊打趣。但毕竟景暮才这么一丁点儿大，景翊总觉得现在考虑这件事实在是早了点儿，不过如今见景暮这副模样，怕是他那颗小脑瓜里已经正儿八经地琢磨过这件事了，景翊不禁笑着试探道："怎么，害怕啦？"

景暮急道："我才不怕呢！"

睡得正迷糊的白猫被这突来的一声吓得一个哆嗦，腰背一弓，"嗖"地蹿上了假山，蹲在一块突出的石头上，茫然地看着这个令猫费解的人世间。

景暮顾不得搭理窜开的猫，涨红着一张小脸，既羞恼又沮丧地道："我就是……就是不会……爷爷只教我念书，光会念书怎么抓坏人啊？"

景翊只当是旁人那些无心之词落在他心里成了结，便温声宽慰道："你想去抓坏人吗？如果不想，那就可以不会。"

景暮答得毫不犹豫："我想！早就想了！"

"为什么想？"

景暮依然答得毫不犹豫："我去抓坏人，爹娘就有空回家了。"

景翊愣了一下，心里有点儿不是滋味。这么大点儿的小男孩嚷嚷着要抓坏人，多半是因为男孩子骨子里与生俱来的那股英雄气，他实在想不到，儿子这辈子立下的第一个志向，竟是因为这个。

见景暮微扬着下巴笃定地望着自己，景翊一时也不忍拂了儿子这番心意，便温然一笑，扬手往假山上指了指："这样吧，只要你能把猫抓回来，爹就给你请个先生，专门教你抓坏人，怎么样？"

"好！"

看着一向举止文雅的儿子撸起袖子就往假山上爬，景翊由心底生出一抹笑意。抓不抓得到猫不要紧，他不过是想多给儿子一次认真考虑的机会，只有他当真肯为之付出努力的，才能算是他自己的理想，他也才能安心地看着他揣着这个理想长大。

景暮跟猫在假山上扑腾得正热闹的时候，冷月循声找了过来，一眼望去差点儿吓丢了魂儿。她刚想跃上假山去把爬得摇摇欲坠的儿子抱下来，就被景翊拥着肩膀拦住了。

"没事，我让他上去抓猫的，我在这儿看着呢，摔不着他。"

冷月美脸一黑，扬起胳膊肘子戳了一下景翊的肚皮，没好气地白了一眼这个当爹的人："老爷子好不容易把他领到正道上，你非得把他带歪了才高兴是吧？"

339

景翊没答,只厚着脸皮笑嘻嘻地在媳妇描画精致的眉眼上轻吻了一下,轻声问道:"安王爷来了吗?"

　　"来了,刚来,说是有事跟你谈。要不我满院子地找你干吗?"

　　"那你在这儿看他一会儿。"景翊抬起笑眼,看了看仍在山石间绞尽脑汁奋力抓猫的儿子,"我正好也去问问安王爷,咱家儿子他还肯不肯收了。"

芝麻汤圆

(一)

正月十五，上元节。

天光将将一敛，京中各处就次第燃起万千花灯，街巷间升腾的灯火与满月倾下的银辉相接，仿佛白昼得续，遍目璀璨。

越是年节里热闹扎堆的时候，案子也跟着扎堆凑热闹。

景暮出生后，一连两年冬日，景翊和冷月都扎在案子中各自奔忙。直到景暮人生中的第三个上元节，二人才终于落着半日空闲，赶在夜幕降临前把儿子从景家大宅带到满街的热闹里。

景暮生来就性子安稳，景老爷子怕他早早就被规矩捆束住，反受其累，常日里甚少拘着他。是以比起高门大户里那些小小年纪就规矩严整的孩子，景暮虽也举止有度，但到底是孩子心性占着上风，冷月时不时就要动用一身追捕逃犯的看家本事，把人精准地从热闹堆里拔出来吓唬一下。

"要是再到处乱跑，今晚回去，你就跟你爹一块儿，在院里跟狗睡。"

景翊无辜被连坐，从冷月手里接过那笑得没心没肺的小崽子，抱在怀里，板起脸道："爷爷有没有讲过，君子有所为有所不为，不能伤害无辜？"

"有。"景暮勾着景翊的脖子认真点头。

"那景暮要不要做君子？"

"要！"

景翊欣慰地在儿子跑得汗涔涔的发顶上胡噜了两把："君子为了无辜的狗今晚能睡个好觉，能不能跟娘保证，乖乖听话，不再到处乱跑了？"

"能！"景暮一挺胸脯，脆生生地应下，转头就向冷月道，"娘，我保证乖乖听话，娘就饶了狗吧。"

冷月好气又好笑，在景暮汤圆似的脸蛋上捏了捏，心里暗暗惭愧。

纵有血脉牵绊，亲情也不是与生俱来的，一样须得一日日的陪伴浇灌，才能生根发芽，渐渐蓬勃。他们常日在外，陪伴儿子的时间还远不及府中那只随他一起养在景家大宅的小狗陪他的时间多。

冷月软下话音哄道："想玩什么，娘陪你一起。"

"那个！"

景暮遥手一指，越过遍目琳琅，指向一个卖绳结的摊子。

为着凑上元节的热闹，摊主当街支了一面一人多高的竹架子，上悬一排排玲珑的小红灯笼，每只灯笼下都系着写了谜题的洒金红笺，每张笺的笺尾又都坠了个精巧的绳结。一文钱答一回，只要答出谜底，就能将对应红笺下那原本要卖三文一个的绳结带走。

摊子才将将支好，摊主正扯高了嗓门卖力吆喝这新鲜的玩法，景暮方才就是被这片新起的热闹吸引了。

"猜灯谜啊？"一沾上这些咬文嚼字的事，冷月就忍不住头大。

可话已说了出去，不好对儿子言而无信，冷月硬着头皮给了答题的钱，目光在那几排红笺上来回溜达了几趟，隐隐有些冒汗了，也没挑出个有点儿头绪的。

景翊一手抱着满目期待的儿子，一手为冷月指了一张："那个，'一痕弯月伴三星'。"

冷月一头雾水地拧起眉："这要猜什么，星象？什么星象是一个字的？"

"不是星象。"景翊垂手揽过她的腰，顺势朝她贴近些，附在她耳畔小声提点道，"这是个象形字谜，一道弯钩周围绕着三个点，是什么字？"

"心？"冷月犹犹豫豫地猜道。

话音才落，摊主立时扬声道了句"恭喜"，上前将写着谜题的那层纸揭下，露出掩在下面的谜底，果真是个"心"字。

赢来的绳结攥在手中，景暮高兴得直喊着再来一个。

赢不赢，怎么赢，本也没那么要紧，不过是哄儿子高兴罢了。冷月爽快地又放下一文钱，理直气壮地看向景翊。

"这个。"冷月才一掏钱，景翊就把题目挑好了，"'欲说无言因心直'，这是个拆字谜，'说'字没了言那一旁，因为多了个竖直的'心'。"

冷月顺着他的话在心里比画了一下："是个'悦'字？"

摊主又高声道了声"恭喜"。景暮一手攥着一个赢来的绳结，欢喜得直舞："娘真厉害！娘天下第一厉害！"

年轻悦目的小两口抱一着个粉琢玉砌的小娃娃站在摊前说说笑笑猜谜，比什么幡子吃喝都引人注目。眼见着渐渐有凑热闹的人驻足，摊主脑筋活络，忙连声赞冷月冰雪聪明，要送她一题，请她随意再选一个答。

有人围观，冷月多少有点儿不好意思，可看着景暮也跟着鼓劲儿，想着下回再这样一起出来还不知是猴年马月了，于是不忍扫了儿子的兴致，到底还是应了。

"这个，"景翊为她指了个谜面极短的，"'顶破天'，天字被顶破……"

没等景翊指点完，冷月已灵光一现："夫！"

"哎呀！夫人好才华，真乃文曲星下凡啊！"摊主一面殷勤夸赞，一面揭了谜底，"恭喜夫人再得一彩，这个是同心结，愿夫人与夫君同心永好，地久天长！"

景翊替已腾不出手的儿子接了这绳结，朝架上一扫。

"同心结怎能只有一个啊？"景翊说着摸出一文钱，笑眯眯道，"夫人再答一个，赢个一样的，凑一对儿才好。"

摊主接了钱，连声附和。景暮不解这同心永好是什么意思，但再答一个这话他是能听明白的，也学着景翊的话，直说要娘给爹凑成一对儿。

无忌童言逗得围观众人阵阵生笑，冷月被笑得脸热，忙哄着景暮别再胡说。

这一转眼的工夫，景翊已把那系着另一个同心结的谜题给她挑好了："那个也是三字谜面的，'羊离群'。"

猜字谜与破案没什么两样，一连听过三回指点，冷月已摸着了门道，这回只顺着景翊的指点往那红笺上一看，景翊才把谜面念完，她已脱口而出。

"这是个'君'，'群'字离了'羊'的半边，不就剩下一个'君'吗。"

摊主夸张地又赞了一嗓子，一边天花乱坠地道着恭喜，一边在热闹的鼓掌声中将那毫无悬念的谜底自纸笺上揭露出来，取下绳结交给冷月。

自己破出谜底赢得彩头的成就感促着冷月上了兴头，正想再来一把，目光扫上那一排排红笺，忽地一定。

那经由她口道出谜底的四张红笺，已一一揭下谜面，只露着谜底，在一众谜题间分外醒目。

赫然四字——心，悦，夫，君。

"……"

冷月一记眼刀朝那居心叵测之人飞去，还没飞到，那方才恨不能黏在她身上的人已抱着景暮健步蹿了出去，眨眼间就挤过人群，畏罪而逃。

"你给我站住！"

以景翊的脚程，要使全力逃跑，这一眨眼间就铁定寻不着人影了。但以景翊的胆子，绝不敢使出全力。

冷月不慌不忙地追出去，果见那人抱着儿子就在几步开外寻了棵只有一握粗的小树，明目张胆地藏在树干后面，等着京中最擅抓人的捕头来将他们揪出来。

满街明灿的灯火在那一大一小的身影上描了一圈暖融融的光，好似有神明指引，催她上前。

冷月心头微热，小心地将那同心结收进怀里，起脚正要过去捉人，忽听身后有个熟悉的话音唤了她一声。

"二姐？"循声转头，冷月不由得一怔。

在这种节庆日子里，冷嫣一身便装在街上闲逛，比她和景翊得空还要稀奇。冷月不禁问："你怎么到街上来了，有差事？"

冷嫣无奈地笑着一叹。

上元节庆，宫中循例大宴，冷嫣原该伴着皇后娘娘一起出席。可皇后娘娘突发奇想，非要看宫外的花灯，便派给她一道差事，要她从今夜街中的集市上买到最好看的那一盏，明日一早带回宫去。

买个花灯容易，可怎么才算是今夜最好看的一盏？冷嫣转了两条街也没转出个头绪来。

适才远远地看见那一面挂满了灯笼的架子，就上前来看，走到近前才发现是卖绳结的摊的花活儿，正要继续往前寻，就在人群里瞄见了冷月。

以及，在几步开外那棵小树后掩耳盗铃的景家父子俩。

"那俩在干什么呢？"冷嫣疑惑地望过去。

"啊，景翊说转眼就开春了，要教儿子爬树，不是，种树。"冷月面不改色地胡诌着，挽起冷嫣就走，"皇后娘娘的差事要紧，这条街往前就有不少卖花灯的，我陪你找。"

冷嫣一挑眉："怎么，他又皮痒了？"

"没有没有，"冷月挽紧了冷嫣提着刀的那只手，"闹着玩呢。"

景翊一贯是怎么跟她这个妹妹闹着玩的，冷嫣再清楚不过："又拿你寻开心了是吧？你要是当着儿子的面，对他下不去手，我替你揍去，保证三招之内就让他一直老实到明年春天。"

"别别，哪能动用皇后娘娘的侍卫长干这种粗活？"冷月紧挽着冷嫣，转头朝后瞄了一眼。

景翊早已留意到冷月这边的动静，见她们一动身，便也抱着儿子跟上来。只是未得招呼，不敢贸然上前，就只识时务地在几步开外老实地跟着。

见冷月回头瞄他，景翊嘴角扯起一道认罪伏法的笑。

"也不算拿我寻开心，"冷月板着脸转过头，才抿起笑意，挨着冷嫣，自语似的低低道，"就是想从我嘴里套出一句实话。"

这条街往前聚着许多卖花灯的摊贩，也是因为有官家工匠所制的各式大型花灯在此展设，人气昌旺。

等待冷月姐妹二人选灯的空当，景翊抱着景暮驻足在近旁一组神仙形态的花灯前，花灯一人多高，栩栩如生。景翊指给景暮认，白胡子的是太上老君，水波环绕的是水德星君，火纹萦身的是火德星君。

景暮忽然想起些什么，搂着景翊道："娘说过，爹也是这种神仙，跟他们是一套的。"

跟他们一套的神仙？

景翊一怔，看看眼前这些守护人间安泰的神明，又朝那被重重灯火映得分外明媚的身影望了望，忍不住好奇，小声问景暮："你娘是怎么说的？"

"娘说，爹是缺德星君。"

"……"

景翊正哭笑不得，喧嚷的人群里忽地惊起一阵异样的躁动。景翊下意识地将景暮往怀中拢紧，再循声看过去，就见方才还在花灯摊前的两道身影已没进那一团躁动之中。

"我……我不认识你！你放开我。"

冷月才一上前，就见一个高大的男人拽着一个十三四岁的小姑娘，小姑娘俨然是吓坏了，小脸一团惨白，竭力挣扎间，执在手上的花灯掉落，倾倒的火苗瞬时点燃了糊灯的彩纸。

"贱骨头！"这一团混乱招引来行人纷纷侧目，男人甚是恼火，扬手一巴掌便要往小姑娘脸上掴去。

手将落到小姑娘脸上之前，就被一股强硬的力道生生截住了。

一只也不比这小姑娘大多少的手,轻轻松松扣在他小臂上,竟好似有万钧之力,几乎要把他的骨头捏断了。

"哎——"

男人吃痛之下浑身力道一卸,便觉另一只手上忽地一空。

冷月一手扣住男人作恶未遂的手,一手将那被吓坏的小姑娘拽出禁锢,轻轻一推,送到冷嫣身前,而后才将男人从头到脚扫了一眼。

"大好的日子,大庭广众的,你这是做什么?"

男人也定睛看了眼这不知打哪儿冒出来的好事之人,见是两个面貌明艳、衣着光鲜的年轻女子,心头顿生轻慢,又定了胆气。

"关你什么事!"男人甩甩手,冷月就势松了力气,男人只当她功夫不过如此,越发气壮,狠狠盯着那已被冷嫣揽在身旁的人,"她是我年前新买的妾,这贱蹄子趁今日家里事多,偷了钱想跑。"

"不是,我不是!"小姑娘紧揪着冷嫣的衣摆,连连摇头,颤颤直抖,"我不认识这个人,我没有卖给他。"

"少在这儿装模作样!"男人一声喝骂过去,一双眼睛在冷月和冷嫣身上打了个转儿,话音软了软,商量道,"二位要是不信,不如就由你们带着她,跟我一道回家去,我拿她的卖身契给二位看,二位再看该为谁做主,行不行?"

冷月呵地一笑:"你家里,我定是要去一趟的。不过,核验卖身契的事用不着这么麻烦。只要去官府查一下籍册,就一清二楚了。"

闻听"官府"二字,男人目光一阵闪烁:"官府哪有闲心管这档子闲事?"

"有呀。"人群里忽响起一个笑盈盈的声音,"今日算兄台你走了大运,正好,我们就是官府里专管这档子闲事的。"

景翊抱着景暮明晃晃地凑到冷月身旁:"告诉这叔叔,你娘是什么人?"

"我娘是刑部捕班衙役总领,是最厉害的大捕头。"景暮朗声说着,忽又想起刚刚学到的一句,"还是文曲星下凡!"

看着男人顿然失色,景翊满意地笑道:"再说说爹是什么人?"

"我爹是缺德星君!"

"……"

男人还没领会这"缺德星君"是哪号神仙,已被一把扭了手臂,束在他外袍上的那根衣带也随着忽地一松。

只松下一圈,恰将他的一双手反捆在后腰间,若不近身细看,只会当他是负手而立了。

"走吧,"冷月拍着男人的膀子,"找个暖和地方,请你喝茶。"

冷月说着朝冷嫣看看,冷嫣会意点头。待冷月一家揪着那个男人彻底消失在已然恢复热闹的人群里,冷嫣才轻抚着那小姑娘颤颤发抖的肩头,含笑问她:"姐姐猜着,你是瞒着爹娘,一个人从家里跑出来玩的吧?"

小姑娘噙着一汪眼泪,怯怯地点了下头,哽咽着央求道:"姐姐能不能不要告诉我爹娘呀?我以后再也不会一个人跑到街上来了,我会好好听话,好好待在家里的。"

"好。"冷嫣轻笑着摸出一方手绢给她。

方才冷月朝她一望,她便明白冷月担心的是什么。旁的且不说,单凭这小姑娘被那男人拽住时手里还执着一盏花灯,便能知道这定不是个仓皇出逃之人。

吵吵嚷嚷这么久,也不见有人来寻她,最可能的就是哪户富贵人家常日养在深闺里的小姑娘,怀着对诗文中上元节无限美好的憧憬,鼓足勇气,想尽办法偷跑出来,还没尽兴就被一盆子冷水淋透了。

就这样送她回家去,怕是往后余生即使不被他人禁锢,她今夜遭逢的恐惧也会令她心中滋长出一只坚不可摧的牢笼,将她牢牢困锁,终此一生。

所以,单是将那凶徒擒住还远远不够。

好在,如何哄好这样的小姑娘,早在皇后娘娘还是太子妃时,冷嫣就已经在一次次实战中积攒下无数经验了。

"姐姐答应你,绝不告诉你爹娘。不过,你要先帮姐姐办一件事。"

小姑娘瘪了瘪嘴,垂下头,嚅声道:"我什么也不会……他们都说,我只会惹祸,我什么也学不会,什么也干不好。"

"你很会选花灯呀。"

"选花灯?"小姑娘一愣抬头,忽想起些什么,忙朝地上看去。方才挣扎间掉落的花灯已经烧得一团焦黑,被往来行人踏得粉身碎骨。

"我刚才看到了,你买的这只花灯特别好看。"冷嫣诚心夸赞罢,发愁地叹了一声,"我今夜接了一项顶顶重要的差事,必得买到这街上最好看的一盏花灯才能回去睡觉,你带我去你选花灯的那个摊子上,帮我出出主意,好不好?"

小姑娘沉如死灰般的眸子中倏然一亮:"好!这个我能行!"

(二)

冷月擒下那个男人时,已觉出他身上必还背着不少事,却也没承想,越查牵扯越多,千丝万缕连续起来,竟扯到一宗安王府追查日久的拐卖案上。

"难得那人是个贪生怕死的,只要顺着他摸下去,这回一定能把这贼窝一锅端了。"冷月边说着,边熟门熟路地收拾着出门的行装,"我算着,不出一个月,这案子肯定能结个干净,你们大理寺好好腾出地方来,等着关人吧。"

这宗案子景翊很早就听萧瑾瑜念叨过,即便对这个案子一无所知,只凭对冷月的了解,也足够他掂量出她话里的避重就轻。

安王府对这宗案子作何安排,景翊大概也知道些。

这回线索难得,萧瑾瑜反复斟酌,最后敲定,为免打草惊蛇,危及凶徒手中那些女孩子的性命,不可冒进,要有人乔装成那男人收来的"货",随那男人深入虎穴,与在外之人联手,里应外合,将贼人一网打尽。

个中凶险不言自明,萧瑾瑜原打算派个门下容貌俊秀的男官差乔装前去,可适合办差的人选里,比经验比武功,又没有一个可以全胜过冷月的。

"人是我抓回来的,就冲这个缘分,也得我去。"冷月毫不迟疑。

每一次出门办差,这些凶险与难处,冷月向来都是一带而过,只给他描画一个圆满功成的结果。

然后竭尽全力说到做到。

景翊承她这份心意,她如何说,他便如何信,冷月守信的次数多了,他习以为常,装作相信也渐渐成了真的相信。

是以半月之后,忽然接到冷月的死讯,景翊怔愣了好半晌,才一字一字明白过来这句话意味着什么。

消息是萧瑾瑜亲自说给他的。

说那个男人回到老巢后立时反水,冷月身份暴露,遭歹人毒手,尸骨无存。现下唯一寻回来的东西,就是上元夜她猜灯谜赢来的那个同心结。

绳结几乎被血泡透了,半点儿不见原色。

景翊将绳结执在手中良久,好似他手上的血色也叫这绳结吸去了,整个人都淡白了一重,才轻轻问:"是什么时候的事?"

"三日前。"

景翊点点头,萧瑾瑜又等了好一阵,也没等到他的下一句,只好与他说,这是最坏的结果,但一日不见人,一日就还有别的可能,安王府上下会尽一切努力寻到冷月,无论景翊有什么要求,他也都会尽力做到。

景翊只平静地摇头:"抓人找人,我都不擅长,还是拜托你了。"

消息传到景老爷子那里,他劝景翊的话也与萧瑾瑜的大同小异。景翊一一应着，也不多言，只是让家里人先不要对景暮说起这件事，转头回到自己与冷月的宅子里，不声不响地便动手布置上了灵堂。

府中无人敢扰，也无人敢劝，到底还是冷嫣闻讯赶来，红着眼将那静静坐在灵前的人一把揪了起来。

"你不想法子找人，也不念着给小月报仇，就在这儿弄这些晦气玩意儿。你是盼着她死吗？你还能不能干点儿正事！"

被冷嫣紧揪着衣襟，景翎丝毫不以为忤，不挣扎，不抗辩，只静静道："我不想她死，可是，她万一……真的死了呢？"

冷嫣气极："你会不会说句人话！"

这副怒极的眉眼间尽是那熟悉的影子，景翎留恋地看着，喃喃道："万一她真的已经死了，可我没有信，没有及时为她设灵堂，没有摆供品，没有祭香烛纸钱……她在下面什么都没有呀，会被欺负的。"

冷嫣手上一顿，缓缓卸了力，朝这布置仓促却样样齐全的灵堂望了一眼，默然而去。

出门不远，冷嫣又红着一双眼睛折了回来，掏出身上所有的钱，又一一摘尽了所有首饰，一把全塞到景翎手中。

"你……你也替我供上些。"

"好。"

算着头七的日子，景翎让人去把景暮接了过来。

景暮还从未见过灵堂，也不知这些布置是什么意思，一进来就好奇地四下打量着，看到当中香案上那块刻着冷月名字的木牌，立时欢欢喜喜地指着道："那是娘的名字！"

"嗯。"景翎将儿子拢在怀里，柔声问，"想娘吗？"

"想。"景暮重重点头，从腰间翻出两个绳结，宝贝似的在小手中捧着，"娘赢给我的，我天天戴着。娘什么时候回来呀？"

"你自己来问她，好不好？"

景翎引燃三炷香，教景暮执在手上，对着牌位三拜，奉进香炉中："有什么话想对娘说，可以说了，娘会听到的。"

景暮懵懂地点点头，絮絮地从问冷月什么时候回来，说到这些日子自己做了什么，又说到一个月后的上巳节想要一家人再一起出去玩儿。

景翎也不打断他，由着他说到再没话说了，才叫人将他送回景家大宅。

暮色四合，灵堂里原本就一片寂静，景暮走后，只剩景翊一人，愈显得静极。灯烛燃烧的细微声响都清晰可闻，重得刺耳。

景翊重回灵前，燃了三炷香，与景暮先前敬上的那三炷并排搁下。

"都说头七之日魂魄会回家，也不知道你会不会回来，不回来最好，那就说明你还活着。回来也不要紧，一切我都准备好了，别人有的，咱们都有。只是有件事，要跟你商量下。"

景翊轻轻说着，伸手入怀，取出一方折起的手绢，小心地展开来，露出两个编法与质地一模一样的同心结。

只是一个干干净净，一个已被血染透了。

"这同心结沾了你的血，本来应该烧掉的，可是烧了它，我的这一个，就要落单了。"景翊像往日里磨她答应些什么那样，半耍赖着央求道，"你就容我留下它吧，回头地府里要是查问起来，你就替我编个谎，好不好？"

"好。"

门外忽然传进一个熟悉的声音。

很轻，但在一片寂静中响起，如雷鸣一般，惊得景翊猛一回身。

灵堂的门始终开敞，一望过去就能看见那道这段日子来他无一日不在心里想着念着的身影。

不可能的。

该是冷嫣记着日子，前来拜祭，夜色昏沉，他晃眼看错了。景翊想眨眨眼晃掉这荒唐的虚像，却又实在不舍，到底只定定看着，勉强笑笑。

"二姐，你来了？"

那虚像款款走上前来，越来越近，仍没有一点儿变回原状的迹象。景翊一瞬不瞬地看着，看着看着，人已堪堪到了眼前，停住脚，伸手将他一把抱住了。

景翊浑身一僵。

"是我，我回来了。"熟悉的话音贴在他耳畔，低低道。

这样的距离，他绝不会认错了。

"你……你真的回来了？"

良久，景翊才抬起手，轻轻将人拢住，好像唯恐多使一点儿力，人就要立刻消散了，连话音也轻之又轻。

"没关系，回来了也好。我从前没有备办过这些事，肯定还漏了些什么，你告诉我，还缺点儿什么，你还想要些什么。一时想不齐全也不要紧，不急，后面再需要什么，只管托梦告诉我，我都会办到的。"

冷月越听越觉得不对,把人从身上推开来看看,一眼对上那双已盈满水光却还在强作笑意的眸子,心头一痛。

"我不是鬼。"冷月捧过那张比她更没有活气的脸,深深吻上去,吻得那人呼吸一滞,才退来,一手牵着人,一手指向长长拖在自己背后的影子,"看到了没,有影子的,我是活的。"

景翊一眼也没往地上落,只定定地看着眼前人,梦呓般喃喃道:"你活着……活着回来了?"

那男人临时反水出卖她的事没有假,不过这一出也在萧瑾瑜的预料之中,早在启程时,他就与冷月商议过应变的对策,必要之时,便行将计就计之计,以假死赢得先机。

只不过,那些人背后牵连的权贵甚多,若要此计得成,京中一切都要配合她的死做出天衣无缝的反应。否则一旦功亏一篑,不但她自身安危难保,还要折进不知多少条无辜性命。

景翊这一处,必是这些眼线关注的重中之重。

"是我要王爷一定不能将内情透露给办案之外的任何人,包括你。"冷月一边与他缓缓解释,一边不时轻吻他一下,"对不起。"

景翊摇头,目光始终定在她脸上,片刻不离:"都办成了吗?"

"办得很好,这一趟救了很多人。多亏有你帮我。"冷月又在那已缓回几许血色的唇上轻轻印下一吻,歉疚道,"委屈你了。"

好像游离多日的三魂七魄终于在这一个个轻吻中收拢回来,景翊结结实实地将人拥进怀里,把头埋进她颈窝间。

冷月只觉得颈侧渐渐漫开一片湿漉漉的热意,也不出声扰他,只轻轻拍抚着那片颤颤起伏的脊背。

良久,才听颈侧传来闷闷的一声:"你真的回来了。"

"嗯,回来了。"

"真好。"

冷月轻轻蹭蹭那颗埋在她颈间的脑袋:"也不埋怨我几句?"

"不埋怨。"埋在她颈间的脑袋轻摇了摇,还是没舍得离开,搂在她身上的手臂又将她搂紧了些。

冷月心疼地轻哄着:"不会再有下次了,好不好?"

"没关系,再有多少次都没关系,不管有多少次,我都会好好为你置办灵堂,供足香火,然后,盼着你和今天一样,走进自己的灵堂里,对我说,你活着回来了。"

活着走进自己的灵堂？

他不说这话，她还真没觉出这是件多么诡异的事。

冷月越过景翊的肩头，将这堂中为她而设的一切打量一番，目光最终落到香案前那一碟碟供品上，顿了一顿。

"那下回，我不要那个芸豆卷了，行吗？"

"好。"

（三）

三月三，上巳节。

帝后祭祀，朝中休沐，万民踏春。景翊和冷月也忙里偷闲，兑现了景暮在冷月"牌位"前提过的心愿，接了他去城郊踏春。

天地间凝蓄一冬的力量已勃发出来，满目生机。

自冷月死而复生回来，景翊越发喜欢黏着她。萧瑾瑜全都看在眼里，到底觉得于他们夫妻二人有愧，也为此专程与冷月谈过一回。

冷月让萧瑾瑜不必太将此事放在心上，景翊与她经此一劫，都已想清楚，人生有涯，只要在一起时不空掷时光就好。至于差事，无论从前如何，以后她只会更勇敢无畏。

因为冷月知道，有人会为她打点好身后的一切，连供品的样式都会包她满意。

萧瑾瑜在男女之事上一片空白，却也听得明白，这件事在这二人身上并未如云烟散去，而是如一场骤雨、一场狂风，让这对连理之木生得更为紧密了。

城郊踏春之人多如春燕，景暮东跑跑西跑跑，冷月也不拦阻他，只与景翊一起在他身旁随着，由他往任何他想要抵达的地方跑去。

"姐姐！文曲星姐姐！"

冷月随景暮跑着跑着，忽听一个雀跃的声音呼喊着古怪的称呼朝她跑来，稍近些才认出来，正是上元夜她们在街上救下的那个小姑娘。

小姑娘没了那日的惊惶，笑盈盈的眉眼被春光映着，一片明亮。

那日事后，冷月也向冷嫣问起过她。

冷嫣说，那晚她一直带小姑娘在街上玩到尽兴，才把她送回家里，交给那对只顾着宴请宾客，竟浑然不知女儿已离家一夜的爹娘。

之后不久，冷嬷就收到这小姑娘给她写的信，说她鼓起勇气向爹娘要求和兄长们一样学习做生意，磨了许久，爹娘才答应让她试试。她也打定了主意，就算在生意上学不成，她也会再去尝试别的，因为她知道，世间至少有一件事是她干成了的，那便定然还能有第二件。

"皇后娘娘喜欢她选的花灯？"之前听冷嬷讲到这事，冷月好奇地问。

皇后娘娘什么好看的花灯没见过？只是别的花灯再好看，也不及这一盏里的故事动人。

"我今日是趁着人多，出来为生意上的事摸摸底，碰巧见着姐姐。我身上也没带着什么值钱的东西，这花环是我刚编的，权当是个信物，往后有机会，一定好好报答姐姐。"

小姑娘说着，将手上那只鲜亮缤纷的花环往冷月面前一送，道了"改日再见"，便如鸟雀似的匆忙又畅意地跑远了。

冷月轻轻抚过那些编缀成一圈的花朵。

世间值钱的东西多了，可都不及这份为着自己的将来而勇往直前、全力奔跑的劲头来得珍贵。

"爹，我也要花环。"景暮拽着景翊的衣摆直晃。

景翊蹲下身，揉揉他跑得毛茸茸的发顶："这样的花环是送给大英雄，你要先做一件大好事才可以。"

景暮立时来了劲头："我可以！"

"看到咱们的马车没有？你拿好水囊，到咱们的马车上去，让奶娘帮你把水囊灌满，再把它拿过来，能不能办到？"

"能！"

"你能办好，爹就编只花环送给你。"

景暮响亮地应了一声，就朝那停在最多十步开外的马车跑去。

冷月目光追着景暮的身影，直到看到他成功抵达马车，才好气又好笑地剜了景翊一眼："还不快采花去？不许糊弄我儿子。"

"急什么，也没说什么时候给他嘛。"

景翊一把将人环进怀里就要吻，被冷月一抬手拦住了。

"跟你说个真格的。明日我出京办案，顺道要去我爹营里一趟，跟他说一声你给我设灵堂的事。不然等消息传过去，就要换我给你设灵堂了。你要不要跟我一起去？"

景翊毫不迟疑地摇头。

"为什么？"

"想活。"

"……"

景翊可怜巴巴地一低头，挨到冷月的肩膀上："不是我不肯去拜见岳丈，是我手里还有桩很麻烦的差事，耽搁不得呀。"

冷月一指头戳开他的脑袋，铁面无私道："多麻烦？"

"王爷那里要找个仵作，身家清白、背景简单、胆大心细的仵作。找了好些日子了，总没有能合他心意的。"景翊老实交代罢，又拖着长调叹了一声，"比给他找个归宿还难。"

冷月被他的这个比方逗得笑出来："那是够麻烦的。我也想不出来，王爷这辈子能落个什么归宿。"

"他那个人呀，得遇着个能对人掏心掏肺的姑娘才行。"

能对人掏心掏肺？

冷月想了想："那不就是仵作吗？"

"……"

这一日在郊野里跑下来，景暮不等到家，就已在回程的马车上睡熟了。

二人将景暮送回景家大宅，冷月又去安王府找萧瑾瑜细细对了一遍明日出京要办的差事，回府已是后半夜了，景翊还在等着她。

"你快去睡吧，我把东西收拾好，差不多就该走了。"

景翊不为所动，从后面牢牢环着冷月，下巴黏在她肩头上，不肯撒手："再亲我一下，也不耽误什么嘛。"

这话冷月收拾东西的工夫已经听他说了不下二十次，再由他磨蹭下去，怕是这点东西要收拾到明年去了。

"先欠着，下回见面时，亲你一百下，行不行？"

"说话算数？"

"当然。"

景翊立时松了手，转头便寻了一副笔墨来，将她方才的话一字不落地誊录在上面，又缠着她签章画押过，才心满意足地揣着走了。

许是有了这白纸黑字的保证，人就踏踏实实去睡觉了。冷月收好行装出门时，没见着他从卧房出来，也不进去扰他，踏着破晓前最后的黑暗去后院牵了马，一声不响地出了门。

出门才往前路一望，就见一道颀长挺秀的身影倚在一树盛放的桃花旁，手里得意地扬着一张纸。

　　不用往前走，冷月也知道那是什么。

　　因为那人一边扬着它，一边理直气壮道："说好下回见面时亲我一百下的，白纸黑字，冷捕头不会抵赖吧？"

　　冷月扬眉一笑。

　　堂堂冷捕头，自然不会。